879

José Manuel Fajardo

Al di là dei mari

JOSÉ MANUEL FAJARDO

AL DI LÀ DEI MARI

Romanzo

Traduzione di
Pino Cacucci

TEA

TEA - Tascabili degli Editori Associati S.p.A.
Corso Italia, 13 - 20122 Milano
www.tealibri.it

Edizione su licenza della Ugo Guanda Editore
del volume appartenente alla collana
«La frontiera scomparsa»,
diretta da Luis Sepúlveda

Titolo originale
El converso

Prima edizione TEADUE maggio 2001

Ristampe: 10 9 8 7 6 5 4 3 2 1
2005 2004 2003 2002 2001

A Elena, la mia alta dama mora

La libertà, Sancho, è uno dei più preziosi
doni che il cielo abbia dato agli uomini;
con essa non si posson eguagliare i tesori
che racchiude la terra o che il mar ricopre:
per la libertà, così come per l'onore,
si può e si deve rischiar la vita;
e, al contrario, la prigionia
è il peggior male che possan
patire gli uomini.

Miguel de Cervantes

Attraversai il mare quando credetti con inganno
che in esso il mio antico fuoco s'attenuasse;
mutai il mio modo d'essere, perché mutasse
la natura gli usi, e corso il danno.

Lope de Vega

È possibile cambiare radicalmente vita?
Quante volte si può ricominciare da zero?

Bernardo Atxaga

PRIMA PARTE
UN VIAGGIO DI RITORNO

I

Che non sono un santo, lo so bene. Il conto tengo dei miei peccati ed è tale il numero che meglio sarà lasciarlo da parte, che non intralci così questo racconto. Poco merito hanno le mie esperienze, che il più delle volte non son state altro che figlie del disegno altrui o frutti delle mie debolezze. Non sono uomo dotto benché non sian mancati i libri nella mia educazione, poiché la loro saggezza mi è scivolata via da queste dita inclini alle partite a carte o a lanciare dadi, attività che a loro volta richiedono destrezza e stile. In entrambe sono abile quanto può esserlo qualsiasi biscazziere del porto, anche se non posso negare di sapere pure recitare di seguito alcuni versi dei nostri grandi ingegni e stare tra gente d'alto lignaggio. Non a caso son state le mancanze del mio carattere, e non quelle della vita, ad avermi fatto come sono: né alto né basso, né tonto né saggio, né ignorante né discreto, e un poco di tutto. Forse la mia unica virtù dev'essere l'aver visto molto e ancor più ascoltato. E con ciò, aver trascorso la vita in un semplice andare e venire, viandante per il mondo e tra le genti, al punto che oggi mi vedo, ormai vecchio e stanco, come un pesce che una rete tessuta con mille storie altrui avviluppa e conduce verso la morte. Ma fra tanti racconti e menzogne, imprese e scelleratezze di cui son stato testimone, nessuna storia è altrettanto degna d'esser narrata di quella d'un uomo che ho conosciuto ogni volta sotto diverse spoglie, e la cui avventura è divenuta compagna della mia benché solo fino a poco tempo fa non lo sapessi. Ma basta con gli enigmi. Poco importa che io non sia il più illustre poeta di questi tempi, né che la mia fama sia grande o la mia posizione mi riservi privilegio alcuno. Sono colui che regge tutti i fili di questa storia e ciò basti a darmi il diritto di narrarla per intero.

Un anno fa, la città di Londra rabbrividiva ancora per il sangue versato del nostro Re, e persino noi che avevamo difeso con le armi la causa del Parlamento non potevamo evitare che il nostro spirito fosse percorso da un fremito: la testa di Carlo I, e con essa la corona, era rotolata ai piedi del carnefice, e io mi sentivo come se fosse stato il mio braccio ad aver assestato il colpo di grazia. Non saprei se attribuire tale sentimento alla mia ansia d'essere prezzemolo di tutte le minestre o a un inaspettato sussulto della mia coscienza, che credevo sprofondata per sempre nel letargo a cui solitamente inducono i vapori d'innumerevoli eccessi. Ma il turbamento non si limitava ad affliggermi l'anima. La nascente repubblica ribolliva come una marmitta, senza che si riuscisse a intender quale strano prodigio ci si dovesse aspettare al termine della cottura. E mentre i nostri signori di sempre e quelli nuovi, smaniosi di raggiungere le alte sfere, si contendevano terre e ricchezze senz'altro mezzo, il più delle volte, che quello delle armi, un mare di mani plebee pugnava per mandare tutto gambe all'aria, con grande timore degli uni e degli altri. Erano tempi di tumultuosi cambiamenti, e la prudenza consigliava di non avere fretta nell'attesa che gli animi si placassero. E, come dice l'adagio, nel torbido fiume in piena della patria io vedevo l'occasione propizia di ottenere buoni guadagni che mettessero sulla retta via la mia sorte sempre errante, o che almeno mi riempissero la bisaccia, dato che la vita militare non aveva soddisfatto i miei sogni di gloria; dico questo perché ho avuto modo di constatare che il tintinnio dell'oro in una borsa ben gonfia rende più lievi le carenze dell'anima.

Una notte, seduto nella taverna del Diavolo e con l'aiuto di una pinta di birra, mi lambiccavo le cervella in cerca della miglior maniera per far fortuna quando vidi avvicinarsi al mio tavolo Cristóbal Mendieta, Mohamed Al-Minar e Pierre Latour. Da molti anni non avevo notizie di loro, ma ricordavo ancora con stupore il giorno in cui avevo scoperto che, in realtà, i tre erano la stessa persona: un uomo asciutto, di bassa statura e sguardo fosco, che ora si fermava accanto a me, con il volto solcato di rughe e i capelli imbiancati, e mi diceva in lingua inglese:

«Avevo la speranza d'imbattermi in voi per questi borghi, amico, per quanto sia grande la città di Londra e voi sembriate una pulce di cane, e sebbene vi facciate notare e non sia stato difficile trovare chi vi conoscesse e mi desse notizie al vostro riguardo, non è risultata impresa facile incontrarvi».

La sua voce aveva la stessa chiarezza e fermezza d'un tempo, e dai suoi occhi non era scomparso quel bagliore di perplessità e diffidenza che avevo notato la prima volta che ci eravamo visti, quasi trent'anni addietro.

«Ben sapete che un uomo della mia condizione e con tale passato dev'essere necessariamente discreto nella vita pubblica, se non vuole perdersi i piaceri delle private indiscrezioni» risposi nella sua lingua, la castigliana, alzandomi e suggellando con un abbraccio il nostro incontro. «Da quanto tempo siete a Londra?» chiesi, una volta seduti al tavolo.

«Son tre giorni che mi godo l'umido di questa città, e da tre giorni vi sto cercando, fannullone, che a quanto vedo continuate ad affidare la vostra felicità più alla birra che al lavoro.»

«Lo sapete, chi nasce storto...» risposi, ed entrambi ci abbandonammo alla risata facile che accompagna sempre il piacere di ritrovarsi e spunta sulle labbra al minimo pretesto.

Tornai a guardarlo negli occhi, con la franchezza che concede l'amicizia di lunga data, e non vidi in essi alcuna traccia del sorriso che albergava ancora sulla sua bocca. Capii dunque che non era soltanto il grato aroma del vino vecchio dell'amicizia ad averlo spinto a cercarmi nelle taverne di Londra. Ma lo conoscevo bene, e a nulla sarebbe valso pressarlo di domande. Al momento opportuno, lui stesso mi avrebbe detto di buona voglia cosa si aspettava da me.

Da parte mia, non avevo fretta, poiché la mia sorte ingrata non si sarebbe di certo fatta più avversa se avessi trascorso qualche ora ascoltando un amico anziché macerarmi nei miei eternamente insoddisfatti desideri. Avevo tutta la notte per parlare, come dire che disponevo di tutto il tempo del mondo.

«Come devo chiamarvi, sire? Perché, di sicuro, quello che avrete adottato per venire a Londra non dev'essere nessuno dei tanti nomi con cui vi ho conosciuto» scherzai.

«Chiamami come ti pare, vecchio furfante, e non adularmi quasi fossi una delle dame ben fornite alle quali eri così devoto in altri tempi. Comunque, in onore della tua patria, puoi chiamarmi Stephen Tower.»

«E sia! Alla vostra salute, mastro Stephen!» brindai alzando la mia pinta di birra, ma non arrivai a portarla alle labbra sentendo che lui ordinava all'oste dell'aguardiente. Vinto dalla curiosità gli chiesi: «Sei diventato davvero tollerante! Da quando in qua bevi liquori?»

«Da quando la vita ha usato la mia schiena come abaco e si è messa a scriverci sopra, a forza di colpi, la cronaca delle debolezze e travagli del cuore umano. Son diventato comprensivo a forza di incomprensioni, paziente dopo aver subito l'impazienza altrui, austero dopo aver dissipato tanto, e sereno da quando ho dato per persa ogni speranza. Chiameresti tutto questo saggezza? Io la chiamo vecchiaia, e ti assicuro che non è solo questione di anni, poiché ben pochi ci distanziano, eppure il tuo è un cuore che ancora palpita da scriteriato, più adatto agli anni della giovinezza che all'età matura.»

Ammisi che non c'erano la prudenza e la temperanza tra le mie poche virtù e, sul filo della giovinezza, le parole s'involarono fino al lontano giorno in cui le nostre vite s'ebbero a incrociare per la prima volta. A quell'epoca, lui si faceva chiamare Cristóbal Mendieta.

Correva l'anno milleseicentoventidue, e io ammazzavo il tempo all'Avana, con l'aiuto delle fanciulle della locanda dove alloggiavo, in attesa che la flotta di galeoni di Cartagena delle Indie gettasse le ancore nel porto della città. Il mio proposito era imbarcarmi e continuare il viaggio fino a Lisbona, da dove pensavo di trasferirmi in un porto inglese, poiché era mia speranza prosperare nella terra dove nacque mio padre.

Al settimo giorno di settembre, le numerose vele dell'Armada si stagliarono all'orizzonte e, prima che calasse la notte, sette maestosi galeoni imboccarono l'entrata del porto, accompagnati dalla ventina di navi da carico che navigavano sotto la loro protezione. Vi fu un gran scompiglio in città, poiché il convoglio intraprendeva il viaggio di ritorno in Spagna con inusitato ritardo, e chiunque avesse da comprare o vendere si accalcò sui moli, dove già era in agguato la schiuma della città: furfanti d'ogni età svelti nell'infilar le mani nelle borse degli sprovveduti.

I mozzi tenevano a bada i picari del posto che sembravano lepri tra l'erba umana della moltitudine; alcuni lottavano per far avanzare le loro carrette senza spezzare più ossa del necessario; i ragazzi del porto si caricavano sulle spalle fardelli in grado di piegare schiene robuste come se fossero fuscelli; strillavano le meretrici dai porticati, offrendo la loro mercanzia peccaminosa tra risatacce e gesti osceni; chi lanciava maledizioni; chi si sgolava per farsi sentire; e chi allungava la mano, di passaggio, su un casco di banane, un pomodoro succoso o un fico maturo con cui ammazzare, d'un sol colpo, fame e sete.

I cannoni del castello dei Tres Santos Reyes del Morro rintronarono l'aria con l'ultima salva di benvenuto, e un fragore di gabbiani ansiosi, la cui cupidigia sorvolava il molo, venne ad assordarmi ancor più. Imprecando come un galeotto, mi aprii un varco verso il portico dove il notaio dell'Armada era riuscito a piazzare i suoi scranni e sotto i quali si sforzava invano di vistare gli incartamenti della tesoreria, tra proteste e denunce così veementi che a malapena eran sufficienti gli ufficiali che l'accompagnavano a evitare che, nel trambusto, tavolo e notaio finissero a terra, dove li aspettava l'ingrata carezza del letame di cavallo, i brandelli di alghe e la paglia calpestata.

Lasciai che mercanti e cialtroni si accapigliassero per conquistare un posto, dato che non ero nato ieri e sapevo bene che non avrei ottenuto nulla nel parapiglia di calci e gomitate, la cui dolorosa eloquenza si rifletteva sul volto della gentaglia. Mi diressi alla colonna sulla quale si appoggiava, annoiato e inosservato, il paggio del notaio. Due reali d'argento furon sufficienti a strapparlo dal tedio e a ridare vita alla sua lingua; così venni a sapere che il signor notaio aveva prenotato una cena degna delle sue fatiche nella taverna di Román, che chiamavano il Rosso per l'acceso colore dei capelli, molto frequentata dagli uomini di mare e dove ero solito recarmi con la speranza di ottenere il lasciapassare che mi permettesse d'imbarcarmi, senza che fino a quel momento la mia sorte schiva si fosse dimostrata favorevole.

La taverna si affacciava su una strada stretta alle spalle della Plaza de Armas, ben vicina al portico dove il notaio brigava con la folla. Pensai non fosse il caso di far visita così presto al locale del signor Román, poiché sicuramente avrei dovuto placare la sete dell'impazienza a furia di bicchieri e non era mia intenzione abbandonarmi ai languori del bere quella sera. Decisi, dunque, di vagare tra i moli per ammazzare il tempo, in cerca della nave più accessibile e dell'occasione per attaccare discorso con qualche marinaio che potesse poi tornarmi utile al momento di realizzare i miei propositi.

Mi allontanai dal portico dirigendomi verso le lunghe file di mozzi che, lavorando al carico delle navi, rendevano il porto simile a un formicaio in piena attività. Portavano sacchi di ceci, fagioli e riso; le fragranti ceste di formaggi e quelle di gallette, la manna delle lunghe traversate. Facevano rotolare barili d'acqua e d'olio, seguiti dagli otri di vino e damigiane di aguardiente che gli osti del porto vendevano a peso d'oro, poiché sapevano fin troppo bene che l'uno e l'altra avrebbero sostituito l'acqua quando questa fosse diventata marcia. E dietro sfilavano le cassette di baccalà e di pancetta, i cestelli di limoni, arance, banane e altra frutta ancora verde destinata a maturare a bordo, e i cesti d'aglio e cipolle, che sono i cancellieri d'ogni casseruola di ottimo stufato. Sembrava che la mano di un re Mida pantagruelico avesse toccato il porto, trasformando tutto non in oro ma in cibarie.

Dalle arcate dei porticati emanava un tanfo di sterco e di bestiame che annunciava la presenza delle galline e dei montoni da imbarcare vivi, poco prima della partenza, al fine di fornire uova e carne agli uomini dell'equipaggio durante il viaggio, e il cui belare e chiocciare si mescolava al frastuono regnante.

Di fronte ai porticati, tre grandi caracche, una caravella e due galeoni si allineavano ormeggiati al molo, innalzando la palizzata della loro alberatura, mentre il resto delle navi era alla fonda nella darsena, visitate in continuazione da barche, chiatte e petacci che trasportavano mercanzie fino a loro. I marinai delle navi, nel frattempo, assetate le bocche di liquore e le mani di femmine, non vedevano l'ora di finire i lavori, sgolandosi a metter fretta, per potersi sguinzagliare nel porto; pronti a dimenticare in anticipo le tante fatiche che di sicuro avrebbe riservato loro il mare Oceano, ma il cui rigore, in quest'occasione, erano ben lontani dall'immaginare.

Il molo offriva lo spettacolo della strana e diversa umanità che popolava le Indie Occidentali: pescatori galiziani e asturiani, diseredati secondogeniti extremegni, artigiani toledani, barbieri napoletani, mercanti ambulanti aragonesi, carpentieri santanderesi, coltivatori murciani, fabbri baschi, ufficiali sivigliani, marinai portoghesi, ubriaconi da taverna, malandrini di strada, devoti per convenienza, condannati dal Sant'Uffizio e avventurieri venuti dai posti più reconditi, tutti in cerca di fortuna e in fuga dalle tante pene che le terre di Spagna propinavano come pane quotidiano. E, tra loro, gli schiavi neri che sudavano sotto il peso del carico da imbarcare. Era un mare di facce che si agitava davanti alla calma oceanica del tramonto avanero, creando una confusione che mi stordiva.

Udii alle mie spalle un'imprecazione, un ansimare furioso, un respiro pesante, e feci appena in tempo a scostarmi per evitare che due marinai dalla faccia truce mi travolgessero con le lunghe travi che portavano in spalla.

«Cercatevi una compagnia di commedianti, se non sapete cosa guardare!» urlò uno di loro passandomi di fianco, e l'altro si aggiunse alla burla dicendo: «O dateci qualche reale, se vi piace tanto lo spettacolo!»

Accolsi quei lazzi con un sorriso forzato e un ironico accenno d'inchino, e mi incamminai dietro di loro per approfittare del varco che senza troppi riguardi aprivano nella ressa. In tal modo raggiunsi uno dei galeoni, sulla cui armata poppa si leggeva, a grandi lettere nere orlate d'oro, un nome: San Juan de Gaztelugache. Trattenevo l'ira in un nodo in gola, poiché l'orgoglio è tipico attributo della giovinezza e il mio era appena stato offeso, ma non era il momento adeguato per certi sfoghi e, oltretutto, mi ritrovavo da tempo con le mani in mano, senza far nulla per trarne profitto.

Forse quegli uomini, per quanto insolenti, potevano essermi utili, e pensavo al miglior modo di suscitare la loro cupidigia, che è un'alleata sicura se si tratta di conquistare le altrui volontà, quando vidi accanto alla scala del galeone un giovane che avrà avuto più o meno la mia età, e che sembrava una pietra nel torrente umano che lo circondava: immobile, spigoloso, estraneo a tutto quell'affaticarsi; ma i suoi occhi rivelavano un'altra ansia, un anelito che mi parve simile al mio.

Mi avvicinai con la certezza di aver trovato l'uomo giusto, e dissi:

«Anche voi cercate fortuna a colpo d'occhio? Datemi retta: a poco vi servirà restare qui appostato se nulla fate per volgerla a vostro favore».

«Cosa dite?»

I suoi occhi neri si piantarono su di me con diffidenza e curiosità. Benché fosse giovane, lo sguardo mostrava già profonde tracce d'esperienza che, con gli anni, sicuramente l'avrebbero mutato da sospettoso in castigato.

«Vi dico che sono baccelliere in ricerche infruttuose e dottore in fallimenti, amico. E vi leggo in volto l'ansia di un desiderio, come forse leggerete sul mio la determinazione di un proposito» risposi, e aggiunsi: «E magari non è campato in aria ritenere che con il mutuo aiuto potreste voi dare soddisfazione ai vostri aneliti e io riuscire a condurre in porto i miei fini».

Nulla rispose, fissandomi come se dalle finestre dei miei occhi potesse affacciarsi sulla verità che custodivo in cuore. Ostentai il migliore dei sorrisi, quello che fa risplendere la mia onestà e lealtà quasi fossero poderosi falò e non le misere braci che in realtà sono. E dissi:

«Vedo che siete parco di parole, amico. Grande virtù, senza dubbio alcuno, ancor più quando è probabile che fra tanta gente ad affollarsi su questo molo vi sia più d'un orecchio pronto a cogliere conversazioni altrui. Ma stanno ormai calando le ombre della sera e la prudenza consiglia di cercare un luogo appartato per l'affare che intendo proporvi».

«Non vedo la maniera in cui i miei servigi possano esservi d'alcun aiuto, io non son altro che il paggio del signor marchese di Valdehoyos, e ora devo adempiere ai doveri del mio incarico» rispose infine.

Fece il gesto di risalire sulla scala, ma due marinai che ne stavano scendendo glielo impedirono. Erano gli stessi che mi avevano fatto da guida fino al galeone.

«Fatti da parte, cagnolino di corte, che è ora di svolgere lavori da uomini, e non faccende da damigella!» lo apostrofò il primo, mentre lo spostava con un braccio, facendolo barcollare.

«Gran belle maniere le vostre, marinaio!» esclamai con la rabbia che tornava a opprimermi la gola. «Vi prendete eccessive libertà nel passare al nostro cospetto. Siete forse capitano o ammiraglio, che considerate il vostro passo alla stregua di un corteo reale?»

Si fermarono entrambi davanti a me e quello che aveva parlato, un omaccione alto dal naso rotto e il volto butterato dal vaiolo, mi disse:

«Dovete amare molto le beghe altrui, gentiluomo, se pur non essendo affar vostro vi immischiate come una comare in un cortile! Salite dunque a bordo e recitate le vostre preghiere perché il mare vi si dimostri benigno, che a tanti ha fatto perdere prima l'appetito e poi la vita. Prendete pure le difese di questo paggio pavido se proprio vi piace fare il Don Chisciotte, che noi abbiam da lavorare, poiché non saranno certo paggi effeminati e tantomeno gentiluomini senz'arte né parte a condurre questa nave a destinazione».

E, con una risataccia e una pacca sulla spalla del suo compare, che non mi aveva tolto gli occhi di dosso, ripresero il cammino senza aspettare la mia risposta che, se avessi seguito gli impulsi del cuore, non sarebbe stata altra che una stoccata in grado di passarlo da parte a parte.

«Vedo che li conoscete» disse il paggio, sul cui volto non v'era traccia di collera e neppure timore alcuno, bensì un'ombra di curiosità.

«Non ancora, amico, ma se continuano a burlarsi di me potete star sicuro che entrerò in intimo contatto con le loro viscere» risposi tra i denti, e un fugace sorriso balenò sul volto del paggio. Dopo tutto, le impertinenze di quei due rozzi eran servite a qualcosa. «Siete anche voi in vena di scherzare?» gli chiesi, fingendomi adirato.

«Niente di più lontano dalle mie intenzioni, sire» mi rispose, in tono cerimonioso. «Vedo che siete uomo d'onore, benché parliate come un marinaio. Chissà che non sia del tutto vano ascoltare di quel certo affare che desiderate propormi. Ditemi dove possiamo incontrarci e tra un'ora ci sarò.»

«Vi aspetto nella taverna di Román. È qui vicino e molto frequentata, quindi non avrete problemi a trovare chi ve la indichi» dissi, soddisfatto nel vedere che il pesce scivolava nelle mie reti.

Mi apprestavo ad andarmene quando il paggio mi prese per un braccio e disse:

«Ah, sì, c'è ancora una cosa: sebbene non abbia detto o fatto nulla, so difendermi da solo, non confondetevi nei miei riguardi come han fatto quei due cialtroni. Comunque, vi ringrazio di aver preso le mie parti. Ma questo non vi dà diritto a chiamarmi amico. Non lo sono nei vostri confronti né voi nei miei, e ben poco ci guadagnereste nel fingere un affetto che, lo sappiamo entrambi, non esiste».

Dal suo volto era scomparsa ogni traccia di simpatia, e addirittura avrei giurato che avesse repentinamente raddoppiato la sua età, se non fosse stata cosa impossibile. Si voltò e percorse la scala fino alla coperta del galeone, lasciandomi confuso e inquieto. Forse mi ero sbagliato a scegliere proprio lui, poiché le acque del cuore umano son sempre infide e nessuna intelligenza, per quanto perspicace sia, è esente da errori. In ogni caso, quello si stava rivelando davvero uno strano pesce.

La taverna di Román il Rosso era un fedele riflesso del brulichio del molo. Nelle sue alte stanze si affollavano già i marinai e scorreva il vino e la carne arrosto in quantità, come se fosse l'ultima cena della loro vita. Cercai un tavolo appartato, presi due sgabelli e ordinai una brocca di vino per ritemprare l'animo nell'attesa. Il corpulento Román emergeva ogni tanto dai fuochi della cucina, quasi che la sua testa di capelli color fiamma fosse opera delle braci e non un'eredità del padre, un olandese vermiglio dalla pelle bianchissima venuto nelle Indie poco dopo la costruzione della fortezza dell'Avana e da cui Román aveva ereditato qualche soldo, la taverna, una chioma crespa e rossiccia, e un odio per gli eretici che gli accendeva il volto d'un colore simile a quello dei capelli se qualcuno menzionava in sua presenza ugonotti, luterani e altri riformatori: «Demoni redivivi!» urlava lui, tutto imporporato di riflessi infernali. E, più presto che tardi, la mano correva all'attizzatoio della cucina se qualche incauto osava mostrare compassione per i nemici del Papa.

Il fatto che la terra dei suoi avi fosse diventata un rifugio di giudei e pulpito di insegnamenti luterani era una ferita che gli amareggiava l'esistenza senza che bastassero i denari o l'amore dei suoi a restituirgli la felicità. «Se non hai mai messo piede in terra olandese, perché farti tanto sangue cattivo?» obiettava la moglie, una robusta contadina che si era lasciata alle spalle i verdi prati della Galizia per l'avventura avanera quando la miseria aveva spinto i genitori a cercare fortuna nelle Indie. Ma i rimproveri si infrangevano contro il baluardo dell'indignazione del taverniere, che il più delle volte faceva tacere la moglie con un ruggito, voglioso di sfogare sulla sua schiena le offese che i lontani compatrioti del defunto padre gli infliggevano con le loro scelleratezze eretiche. Allora si buttava sulle pignatte con impeto da guerriero e, tra maledizioni e imprecazioni, trasformava la rabbia in superbe minestre e saporite fritture. Sembrava che soltanto nel crepitare dei fornelli, tranciando carni e martirizzando verdure, trovasse sfogo alla sua perpetua irritazione.

Però, quando le dispute della fede non insorgevano a turbargli l'animo, Román era un uomo dai modi gentili e un commerciante sagace al quale poco importava l'origine dei reali che tintinnavano sul tavolo, purché finissero nella sua cattolicissima borsa. Avevo potuto constatare fin dalla prima volta che ero entrato nella taverna, il giorno stesso del mio arrivo all'Avana, quanta avidità gli brillasse negli occhi quando avevo mostrato un pugno di ducati, e da allora non mi ero stancato di far ingrassare la sua borsa con mille pretesti, dichiarandomi sempre devoto figlio della Santa Chiesa di Roma. In tal modo, d'un sol colpo, avevo vinto la sua diffidenza e guadagnato i suoi favori. Adesso giungeva l'occasione di raccogliere i frutti di tali attenzioni.

Mi avvicinai al saturnino regno di Román, dove, dentro una grande pignatta, bollivano deliziose radici di yucca mentre un maialino si rosolava allo spiedo, e gli chiesi dove pensava di far sedere il signor notaio dell'Armada.

«Dove mi aggrada, inglese, il mio compito è riempire la pancia, non certo fare salamelecchi a chicchessia.»

«In fede mia, Román, fate bene!» approvai, per ingraziarmelo, e aggiunsi in tono confidenziale: «Ma la mia non è una domanda casuale, come potete supporre. Vi sono certi affari dei quali vorrei parlare con il signor notaio e la vicinanza del suo tavolo sarebbe per me una benedizione che il Signore avrà indubbiamente modo di ricompensarvi».

«Dio lo voglia, inglese, ma non sarebbe in sovrappiù nemmeno la gratitudine degli uomini» rispose il taverniere, e i suoi occhi brillarono maliziosi, quasi fossero anch'essi due tonde monete d'argento.

«Affare chiama affare, mastro Román, e affinché vada bene il mio sarà d'uopo favorire il vostro» ribattei, allungandogli un ducato nella grossa e sudata mano.

In men che non si dica il tavolo accanto al mio risultò libero, tra le proteste dei sorpresi commensali che si videro costretti a cambiare posto, boccali e scodelle in mano, di fronte all'energica determinazione del taverniere.

Il paggio arrivò di lì a poco, quando ormai cominciavo a scorgere il fondo della mia brocca. Si aprì il passo tra la calca, finché non mi vide e venne a sedersi accanto a me.

«Un posto davvero appartato, perdinci! Avete un curioso concetto della discrezione!» mi apostrofò a mo' di saluto.

«Non giudicate alla leggera, amico, e rendetevi conto che in mezzo a tanta sarabanda neppure il più fino degli orecchi potrebbe percepire ciò che due uomini si dicono sottovoce» risposi, e, senza lasciargli il tempo di protestare, aggiunsi: «Fareste bene a dirmi come devo chiamarvi se vi irrita tanto esser trattato da amico».

«Il mio nome è Cristóbal Mendieta e sono nato nella città di Cartagena delle Indie. E voi, benché parliate bene la lingua castigliana, intuisco dall'accento che dovete avere un nome dal suono piuttosto singolare.»

«Non lo è nella patria dei miei avi, mastro Cristóbal. Mi chiamo Thomas Bird, sono nato nella città di Brighton e fin dove giunge la mia memoria ho sempre vissuto in queste terre delle Indie Occidentali, dove mio padre faceva commerci con una polacca a tre alberi che costituiva l'intera fortuna di famiglia. Oggi mio padre è morto e la polacca giace in fondo al mare, dove l'ha spedita un brigantino bucaniere due mesi orsono.»

«E voi, facendo onore al vostro nome, avete deciso di spiccare il volo verso l'Inghilterra» mi interruppe.

«Così è» risposi. «Vedo che conoscete la lingua inglese.»

«Quello del paggio non è da sempre il mio mestiere... ma non credo vi interessino le traversie della mia vita, né vedo ragione alcuna per parlarvene. Siete voi che avete qualcosa da dirmi, raccontatemi dunque di quel certo affare a cui accennavate.»

Vi era un'eco d'impazienza nelle sue parole che mi parve convenire ai miei interessi. Alla luce della torcia che illuminava il tavolo dalla parete vicina, il paggio non dimostrava più di vent'anni. La sua figura sembrava un fascio di fibre, come se gambe e braccia fossero fatte d'un viluppo di sartiame, e le mani accompagnavano le parole con gesti svelti ed eloquenti, quasi dovessero sempre abbattere difese e vincere reticenze. Aveva l'atteggiamento vigile di una sentinella e lo sguardo vagava spesso lontano dal nostro tavolo per cogliere i movimenti di quanti si agitavano intorno a noi. Non volle unirsi a me quando gli proposi di ordinare una seconda brocca di vino e un po' di pancetta, visto che la fame si faceva ormai sentire ed era bene accompagnare la bevuta con qualcosa che saziasse l'appetito. Disse che preferiva dell'acqua fresca e un piatto di ceci, e io immaginai che dietro l'austerità delle sue parole banali vi fosse l'abitudine alla solitudine, la determinazione di chi non incontra mai attorno a sé il conforto dei suoi simili.

I benefici effetti del ducato suscitavano l'attenzione di Román, che non toglieva gli occhi dal nostro tavolo, poiché il taverniere è per il porto ciò che la vedova è per la chiesa: semenzaio di voci, divulgatore di accadimenti. Ben presto fummo serviti di pietanza e bevande, e tra un boccone e l'altro, in mancanza delle storie che il mio inquieto commensale mi rifiutava con ostinazione, decisi di raccontargli i miei piani nel modo in cui risultassero a me più convenienti:

«Voi sapete bene con quale discrezione vengano ingaggiati i fedeli servitori di Sua Maestà don Filippo IV, che pare siano obbligati a rendere conto di persona del proprio operato davanti allo stesso Re di Spagna, e di conseguenza si dimostrano rigorosi nel compimento di ordini e commissioni che accompagnano i preparativi di ogni flotta delle Indie. Tutte queste precauzioni risultano addirittura scarse se chi desidera imbarcarsi è uno straniero, come nel mio caso. Che dire poi se la patria di tale straniero è un regno rivale della Spagna nel commercio e nel dominio? Poco importa se nel mio caso lo straniero non ricorda neppure il colore dei prati del suo paese, né che abbia vissuto tanti anni lontano al punto da non sentire alcun obbligo nei suoi confronti, e quindi, non coltivi alcuna avversione nei confronti della corona di Spagna. Potete immaginare quanti giri viziosi ho dovuto fare, a quante porte ho bussato, quante volte ho supplicato in questi due mesi senza che fino ad ora sia riuscito a ottenere il permesso d'imbarco che mi permetta di viaggiare sino a Lisbona. Non mi stanco di ripetere che non sono un uomo d'arme, e se nutro una qualche forma di gratitudine, questa è rivolta agli spagnoli, nei cui possedimenti ho commerciato e dai quali la mia famiglia ha ricevuto benefici per tanti anni, senza contare che sono stati proprio i nemici del Re di Spagna, affondando la mia nave, a privarmi del sostentamento costringendomi a cambiar vita. Ma la sorte avversa mi impedisce persino di esporre tali ragioni, poiché sapete anche voi che il commercio in queste terre è proibito agli stranieri, e sebbene sia una realtà, con profitto di tutti, viene pur sempre considerato contrabbando. E non sarà certo il mestiere di contrabbandiere a commuovere il cuore severo di un ufficiale dell'Armada».

Tacqui, affinché la mia disperazione pesasse con tutta la sua eloquenza sull'animo dell'interlocutore, e siccome il silenzio si prolungava senza che io accennassi a riprendere il filo della storia, finì per decidersi a pronunciare la domanda che desideravo sentire dalle sue labbra:

«E cosa può fare un povero paggio come me per piegare la volontà delle autorità dell'Armada?»

«Più di quanto crediate, Cristóbal. Una piccola chiave può aprire la più robusta e inaccessibile delle porte. Siate voi la chiave del mio ritorno e vi ricompenserò generosamente, poiché i guadagni di tanti anni di lavoro non sono affondati con la polacca, e ciò che dovrete fare per me è ben poca cosa, di modo che otterrete un lauto guadagno con il minimo sforzo.»

«Attento a non sbagliare nido, mister Bird, perché non sarà covando la mia cupidigia che otterrete il mio aiuto. A dir il vero, poco m'importa del denaro, dato che so quanto poco vale se mancano altri beni più preziosi. E non dico che qualche reale sonante non raggiunga lo scopo: il suo tintinnio fa ballare anche gli uomini più grevi e gli stolti diventano miracolosamente savi. Ma non è il denaro la ricompensa che voglio, e sono sicuro che voi già lo sappiate. Smettetela dunque di raggirarmi fingendovi un sempliciotto e trattandomi come se anch'io lo fossi, che avete sagacia d'avanzo mentre a me scarseggia la pazienza.»

Scoppiai a ridere. Il pescatore pescato! Quel diavolo d'un paggio era duro come il guscio d'una tartaruga. Era giunto il momento di parlar chiaro.

«Va bene, Cristóbal. Basta con i trucchi e le menzogne. Non volete del denaro? D'accordo. Oppure volete il denaro e... qualcos'altro? Bene, e sia. Decidete voi, ma giacché mi chiedete d'esser chiaro e mi supponete sveglio, concedetemi una domanda che sicuramente riguarderà i vostri desideri. Non siete più un giovinetto per andarvene in giro a fare il paggio per diletto, dunque: da cosa state fuggendo? Perché ce l'avete scritta negli occhi la diffidenza e l'ansia del fuggiasco.»

Nulla sul suo volto diede segni di sorpresa, anzi, sembrava si aspettasse quelle parole, e io mi chiesi se l'inquietudine permanente che pareva agitargli l'anima non fosse in fin dei conti soltanto un'esca delle più efficaci, un velo d'emozione capace di nascondere i veri timori, così come nel chiasso della taverna la nostra conversazione passava inavvertita e si dissolveva nel rumore regnante al pari d'una lacrima su un volto flagellato dalla pioggia.

«Perché tanto affanno nel voler sapere di me? Che sperate di ottenere da tale conoscenza? Vi sono cose che è meglio ignorare così come esistono verità che non sono destinate a un orecchio qualsiasi. Cosa so io di voi? Perché dovrei parlarvi dei miei crucci? Siete stato voi a cercarmi e a pretendere qualcosa da me; chiedete fiducia, e intanto nulla vi impedirebbe di non rispettare la parola data dopo che io avrò soddisfatto i vostri desideri. Mi metto dunque nelle vostre mani, non dovete anche pretendere che vi apra il cuore, ed evitate di considerarmi uno stupido. Fate la vostra parte, poiché fuggiasco lo siete quanto potrei esserlo io, e di sicuro avete tutto da perdere se dovessi sbandierare ai quattro venti il nostro patto. Ascoltate dunque cosa ho da dirvi: io vi aiuterò a imbarcarvi sul San Juan de Gaztelugache e, una volta giunti nel porto di Lisbona, mi porterete con voi in Inghilterra, da dove mi sarà più facile proseguire il viaggio fino alle terre olandesi. Se siete disposto a farlo, vi darò in cambio ciò che chiederete, poco o molto che sia, poiché tutto mi sembrerà un nonnulla di fronte al bene che mi aspetta.»

Il paggio piantò i suoi occhi neri nei miei, in attesa di una risposta, ma dalle mie labbra uscì solo un'altra domanda:

«E quale bene sarebbe, che vale così tanto?»

«Quale sarebbe? La libertà, il dono più prezioso che il cielo ha dato agli uomini. L'unico per il quale è lecito rischiar la vita, il cui possesso colma il cuore e la cui perdita tramuta l'uomo nella più infelice delle creature.»

Ed era tale lo splendore che illuminava il volto di Cristóbal Mendieta mentre pronunciava quelle parole accese, che fui tentato, da miserabile, di stringere la corda delle sue ansie fino a spremergli l'ultima moneta, certo che mi avrebbe concesso qualunque cosa gli avessi chiesto. Ma furono ancora una volta ben altre le parole che m'uscirono di bocca:

«Brindo alla vostra libertà e alla mia, che su quest'isola mi sento prigioniero, per quanto non mi manchino i piaceri né debba trascinarmi in catene. Non vi servono le minacce, avete già la mia parola, io vi aiuterò a mettere piede sul suolo inglese. Ciò che mi aspetto da voi è ben poca cosa. Sta per giungere in questa taverna un notaio dell'Armada, che il buon Román farà sedere a quel tavolo accanto a noi. Mi è costato caro favorire tale vicinanza e intendo approfittare dell'opportunità offerta dal caso. Io guadagnerò la sua attenzione, e voi dovrete fare soltanto qualcosa che sono convinto non vi risulterà difficile: mentire. Non vi chiedo altro, Cristóbal».

E Cristóbal Mendieta mentì con la disinvoltura di un baro sivigliano. La fortuna si decise infine a sorridermi, e il notaio dell'Armada, don Sebastián de Arteta, risultò esserlo anche del galeone San Juan de Gaztelugache, di modo che Cristóbal Mendieta non si limitò a confermare le mie parole ma fu lui stesso il ponte che mi permise di superare la breve distanza tra il tavolo del notaio e il nostro, e saltare l'abisso che separava uno straniero sconosciuto come me dalla degna persona di un notaio nominato dalla potente Camera di Commercio che controlla, da Siviglia e in nome del Re, ogni traffico di merci con le Indie Occidentali.

Il notaio entrò circondato da ufficiali e, preceduto da un Román convertitosi di colpo in taverniere cerimonioso, si diresse al tavolo a lui riservato. Era vestito rigorosamente di nero, quasi che il minuzioso conteggio quotidiano di denari, mercanzie e passeggeri facesse parte del lutto che sembrava portare per tutti i defunti monarchi di Spagna, i cui interessi vigilava attentamente per conto degli illustri discendenti e del regno, che erano in pratica la stessa cosa. Mi chiedevo in che maniera avrei potuto rivolgermi a lui senza che il seguito di funzionari reali si trasformasse in una muraglia insormontabile, quando mi accorsi che proprio il notaio, da lontano e non senza un'espressione di forzata condiscendenza, si rivolgeva a Cristóbal Mendieta, che si era rispettosamente alzato in piedi vedendolo entrare, per chiedergli se la sua padrona, la nipote del marchese di Valdehoyos, doña Catalina Oro y Miranda, aveva goduto di una buona traversata da Cartagena delle Indie.

Lui rispose che la dama aveva fatto un buon viaggio grazie alla perizia del signor capitano e alle innumerevoli attenzioni che il signor notaio le aveva dispensato, per le quali gli era profondamente grata. E, cogliendo l'occasione per lodare la sua bontà, lui stesso osava, da umile servitore, presentargli un triste caso il cui buon esito la sua signora avrebbe oltremodo apprezzato, poiché lo sfortunato soggetto in questione era un uomo per il quale il signor zio nutriva stima dall'alto della generosità del suo animo severo ma compassionevole.

Il notaio si sedette, lusingato dalla fiducia che, stando alle parole del paggio, poneva in lui una così illustre passeggera, e acconsentì ad ascoltare il caso, in attesa del maialino arrosto che il taverniere gli aveva promesso. Cristóbal disse che io ero il protagonista di una storia in grado di dimostrare fino a qual punto nel cuore degli uomini albergasse al tempo stesso la miseria e la grandezza, e il signor notaio avrebbe giudicato quale delle due fosse infine prevalsa nella mia anima. Gli raccontò come fossi arrivato nella città di Cartagena delle Indie, dieci settimane prima, imbarcato su una polacca inglese che pretendeva far commercio di schiavi neri, e come il suo signore, il marchese di Valdehoyos, che gestiva il prospero commercio di schiavi nella città, si fosse rifiutato di intavolare qualsiasi trattativa con il capitano della polacca essendo proibito dalle leggi spagnole, suscitando parole offensive e innumerevoli proteste, a tal punto che io, uomo d'onore qual ero, avevo deciso di abbandonare l'equipaggio poiché temevo che alla fine il mio capitano avrebbe ceduto alla tentazione di ottenere illegalmente ciò che le autorità del porto non gli permettevano di realizzare.

Cristóbal arricchì il racconto di mille piccoli dettagli che avrebbero mosso a compassione il più indifferente dei cuori. Parlò delle mie disperate lacrime quando mi era stato negato il permesso di restare nella città, ed ero stato costretto a imbarcarmi sulla polacca dove il capitano, risentito per il mio frustrato abbandono, mi aveva promesso implacabile vendetta. Descrisse i maltrattamenti da me subiti a opera del capitano durante la traversata del mar dei Caraibi e come, infine, fossi stato gettato nelle acque infestate di squali nel canale dell'isola della Tortuga, e lì miracolosamente tratto in salvo da un pescatore.

«E così, signor notaio, Thomas Bird è venuto a parare all'Avana, con i pochi beni che ha potuto portare con sé, e per un felice caso l'ho incontrato sul molo, disperato per non poter fare ritorno in patria né restare in questa, data la sua condizione di straniero; parrebbe sia stato condannato al Purgatorio in vita. Ma ho voluto testimoniare la veridicità delle sue parole avendolo conosciuto a Cartagena delle Indie e visto agire da uomo d'onore che non merita un così crudele destino, per quanto abbia fatto male a venire su queste coste con propositi di commercio. Ma ciò non si è realizzato e, pertanto, non c'è stata violazione delle leggi. E il castigo da scontare per le sue cattive intenzioni lo ha già ricevuto dai propri compatrioti, di modo che non è certo animato da propositi di vendetta nei riguardi degli spagnoli, al contrario, è disposto a dimostrare un'immensa gratitudine se con cuore magnanimo gli concederete il permesso d'imbarco per far ritorno in Europa. Posso garantirvi, perché così mi ha detto, che non nutre altra speranza se non il ritorno alla sua dimora e al lavoro nei campi, che del mare ne ha avuto abbastanza.»

Cristóbal impegnò la propria parola e addirittura si azzardò a promettere di scrivere al suo signore una volta giunto in Spagna, se fosse stato il caso, per chiedere conferma a quanto detto, poiché sapeva che il marchese aveva apprezzato il mio gesto ed era dispiaciuto per la mia sventurata partenza. E mentre diceva tutto questo, mi azzardai a posare sul tavolo del notaio, con gesto timoroso, una piccola borsa piena di ducati che dissi costituire l'intera mia fortuna e che con piacere avrei offerto ai servitori del Re di Spagna non solo per pagare il passaggio, se me lo concedevano, ma anche per risarcire i danni che il mio spietato capitano doveva sicuramente aver arrecato in mia assenza e dei quali io, essendomi imbarcato con lui, mi consideravo in qualche modo responsabile.

La mano ossuta del notaio afferrò la borsa, la soppesò senza aprirla, quasi con vergogna, come se nulla fosse più lontano dalle sue intenzioni che impossessarsi del prezioso contenuto, e disse:

«Fate bene a mostrarvi umile e ancor meglio a esserci grato. I vostri denari sono appena sufficienti a pagare il viaggio e non credo possano ripulirvi la coscienza, ma non sono io a dover giudicare queste cose. Dovrete presentarvi dal nostro cappellano, fra' Alonso Espinel, se volete alleviare la vostra colpa. Da parte mia, posso soltanto offrirvi un permesso per il primo corridoio, senza lussi né comodità, ma utile come qualsiasi altro per i propositi che vi animano. E questo lo faccio unicamente per compiacere il cuore generoso del signor zio di doña Catalina, e per la pietà che in ogni buon cristiano devono suscitare i peccatori pentiti».

«Dio vi guardi, signore, perché la carità viene sempre ricompensata. Avete in me un fedele servitore in obbligo della più sincera gratitudine. E non vorrei che mi riteniate impertinente se oso rivolgervi un'ultima preghiera, poiché ho le migliori ragioni per importunarvi. Potrò portare con me il mio servitore?» chiesi prima che il notaio facesse scomparire la borsa tra le pieghe del pastrano.

«Quale servitore?» chiese, gettando un'occhiata diffidente al paggio.

Cristóbal Mendieta mi guardò sorpreso ma, prima che si vedesse costretto a inventare una menzogna con il rischio di far scoprire tutte le altre, mi affrettai a rispondere:

«Il pescatore che mi ha raccolto nelle acque del canale della Tortuga. È un pover'uomo di limitato ingegno, quasi un bambino a suo modo, che Nostro Signore ha privato della parola, quindi ben poco conosce del mondo e ancor meno io di lui, salvo che il suo cuore è grande e gli devo gratitudine per avermi salvato la vita. Gli ho promesso di portarlo con me per pagare un così grande debito e vi scongiuro di darmi l'occasione per rispettare tale promessa».

Il notaio soppesò di nuovo la borsa che teneva ancora in mano e alla fine disse:

«E sia. Portatelo con voi, però dovrà dormire in coperta e dare una mano nei lavori di bordo, per pagarsi il viaggio».

Concluso l'affare, era giunto il momento di allontanarsi dal signor notaio, prima che gli venisse qualche scrupolo. Feci della mia umiltà un vessillo, della mia gratitudine un bando pubblico, della mia sottomissione un tappeto e una cascata della mia allegria, e salutando con ossequiosi inchini lasciai la taverna in compagnia di Cristóbal Mendieta, che nel frattempo era diventato muto come il mio servitore.

«Chi diavolo sarebbe questo vostro servitore? Perché non mi avevate detto nulla di lui? Mi prendete per un idiota? Volete forse la mia rovina? Vi avrei ammazzato con piacere!» esplose non appena mettemmo piede in strada.

«Perdonatemi, Cristóbal, ma mi ero dimenticato di lui e solo adesso, vedendo i miei denari volare nelle mani del notaio, mi sono ricordato che fortunatamente ho ancora qualche ducato nella locanda dove alloggio, custoditi dal buon Jamaica, come chiamo il mio servitore, perché fu davanti alla costa di quell'isola che lo incontrai tre anni fa» risposi cercando di placare la sua ira, ma il mio sforzo risultò vano.

«Non vi credo, farabutto! Chi è in realtà quell'uomo? Perché lo tenete nascosto?»

«Controllatevi, Cristóbal! Smettetela di urlare e scalmanarvi!» Cominciava davvero a infastidirmi con tutte quelle domande. «Che vi importa chi è Jamaica? In cosa vi pregiudica la sua esistenza? Vi ho già chiesto scusa per non avervi parlato prima di lui, non c'è altro da aggiungere. Jamaica non si nasconde da nessuna parte: mi sta aspettando nella locanda, prendendosi cura dei miei beni. È muto, come ho già detto al notaio, e fedele come un cane. Non vi causerà alcun problema, siatene sicuro. E chissà che non ci sia d'aiuto durante il viaggio, da uomo esperto di arti marinare qual è, diligente e sveglio. Del resto, neppure voi mi avevate parlato della dama che servite con tanta devozione.»

Il paggio mi guardò con la collera che gli brillava ancora negli occhi, ma non disse nulla. Ci incamminammo in silenzio, diretti al molo, nella bruma della notte, e poco dopo si fermò.

«Che vi succede?» chiesi. Sapevo che stava rimuginando le mie parole.

«Vedo che vi piacciono i misteri, mastro Tomás, non pensate che non capisca. Nemmeno io vi ho raccontato tutto di me né riguardo le ragioni che mi spinsero a intraprendere questo viaggio. Non pretendo di essere il vostro confessore, così come voi non sarete il mio, però ritengo dobbiate dirmi ogni qual cosa la cui ignoranza potrebbe causarmi danno. Tenermi nascosto il tal Jamaica, che tanto stimate, è stata un'imprudenza grave perché poteva far crollare la fragile impalcatura del nostro raggiro. Non fatelo mai più. Io vi ho aiutato così come mi avevate chiesto. Rispettate la vostra parte dell'accordo. L'Armada salperà tra una settimana, vi rivedrò a bordo del San Juan de Gaztelugache.»

E, senza darmi il tempo di replicare, si allontanò a passi svelti.

«Addio pesciolino» mormorai tra me, guardandolo perdersi nell'oscurità. Non avevo nulla da temere dal paggio, poiché l'ira che presto s'infiamma presto si placa. E, comunque, le sue speranze erano nelle mie mani. Tutto filava per il meglio. Ora non restava che preparare i bagagli e riprendere le forze con il sonno: entro pochi giorni mi sarei finalmente lasciato alle spalle quelle terre ingrate. Mi avvolsi nel mantello e andai verso la locanda. Jamaica doveva essere impaziente di ricevere mie notizie.

L'Armada salpò il giorno quattordici del mese di settembre a mattino inoltrato, perché l'alba era stata brumosa e i brandelli di nebbia che si impigliavano ai pennoni delle navi avevano cominciato a dissolversi soltanto sotto i raggi del sole.

Il colpo di cannone della nave ammiraglia, che annunciava l'imminente partenza della flotta, era echeggiato in porto molto prima dell'alba, svegliandomi di soprassalto, mentre Jamaica, che vidi non appena aprii gli occhi, se ne stava appoggiato al davanzale della finestra, vestito di tutto punto e all'erta, come se non si fosse neppure coricato. Ben presto ci unimmo ai molti uomini che, come noi, avevano abbandonato frettolosamente i loro letti solitari o d'amorosa compagnia, per il timore di giunger tardi all'imbarco, esaltati dall'approssimarsi del grande viaggio.

Il velo nero della notte era lacerato dalla luce di numerose torce e lanterne, e le strade che conducevano al molo sembravano invase da nugoli di lucciole. La città si risvegliava dalle tenebre e gli intontiti galli dell'alba presero a cantare, ingannati dalle luminarie della folla.

Davanti a me, la figura sottile, energica e citrina di Jamaica, che portava i nostri fardelli come se non pesassero nulla, si apriva il passo tra persone mute come lui, dato che nessuna voce si levava nel rumore di passi e ferraglie. Le poche parole che venivano pronunciate erano quelle strettamente indispensabili per convogliare una simile fiumana, e comunque ridotte a mormorii. La stessa gravità sembrava pesare su tutti i volti e soffocare le voci, quasi che l'inquietudine e la preoccupazione si fossero materializzate e avvolgessero le nostre teste come uno spesso e invisibile manto, perché nessun uomo assennato si avventura in mare senza prima raccomandarsi l'anima a Dio e senza che il suo cuore si senta oppresso dall'incertezza. Non a caso si suol dire tra la gente di mare: «se volete imparare a pregare, andate per mare».

Non so quali orazioni recitassero mentalmente coloro che quel mattino si mettevano in viaggio con me, né quale risuonasse nella testa di Jamaica, ammesso che conoscesse preghiera alcuna, poiché il mio silenzioso servitore non era uomo devoto, posso garantirlo; ricordo però l'angustia che mi stringeva il cuore quando il ritornello di una vecchia canzone spagnola salì fino alle mie labbra senza che la volontà lo rievocasse:

E l'inferno si porti via quelli che mal si comportarono
racconta cos'hai provato quando il sepolcro sigillarono.
Madre di Dio, prega per noi tuo Figlio in questa ora.

Sul molo, la possente nave ammiraglia, un galeone dal triplice castello di poppa, aveva già issato l'insegna di comando sull'albero di maestra, e sul cassero risplendeva il gran fanale che di notte sarebbe servito da guida all'intera flotta. Alla sua luce sventolava lo stendardo del capitano generale della squadra, don Juan Álvarez de

Borja: un grande arazzo cremisi con lo scudo della monarchia spagnola e la figura equestre dell'apostolo san Giacomo che si avventa su un moro caduto a terra.

Ai piedi della scala del San Juan de Gaztelugache, un paggio mi consegnò, su incarico del notaio, i due permessi che autorizzavano il nostro imbarco, e seguendo lui, Jamaica e io salimmo a bordo, dove fervevano i preparativi della partenza. Ci condusse al corridoio per una scala di legno che scendeva dal tavolato del ponte vicino all'albero di maestra. Il ventre della nave era oscuro come le viscere di una balena e bisognava orientarsi alla fioca luce delle lanterne che ogni tanto strappavano alle tenebre i profili delle cose. Eppure, i marinai si muovevano là sotto come pipistrelli nella notte, agili e veloci, quasi fossero parte dello scafo della nave, e quella era una facoltà acquisita più per bisogno che abitudine, poiché nelle notti di tempesta potevano affidare la vita alla capacità di muoversi nella totale oscurità solo se conoscevano a memoria ogni angolo della nave.

La cabina che il notaio mi aveva assegnato in cambio dei miei ducati nuovi di zecca era un cubicolo infetto dove poteva starci soltanto un uomo sdraiato. C'era un paglericcio dai mille sudori, uno sgabello rovesciato e un barile che fungeva da tavolino e sul quale riposava un lume a olio. Il caldo era soffocante e l'umidità incollava le vesti al corpo come una seconda pelle. L'aria era impregnata di un acre odore di putredine e orina, di cimici e pelle conciata; un alito infernale che prometteva notti da incubo.

Una rugginosa punta di ferro piantata nel legno della parete mi servì per appendere il mantello e la bisaccia che portavo di traverso sul petto. Jamaica portò dentro i miei bagagli, che sistemammo sul fondo, accanto al barile, per tenerli lontani da eventuali mani furtive tentate da una porta aperta e, per stare più sicuro, tirai fuori dalla bisaccia il lucchetto di ferro di cui mi ero premunito nella ferretteria sulla strada dei mercanti, e con quello chiusi la porta una volta usciti dalla cabina per andare a cercare una sistemazione a Jamaica sopra coperta e per fuggire da quel pestilenziale sepolcro di cui ero stato privilegiato.

Nelle ore che seguirono assistetti incuriosito alle manovre dell'equipaggio e condivisi con gli altri lo sconcerto nel vedere che, cessata la brezza, la nebbia si infittiva e veniva rimandata la partenza che credevo immediata. Ma in tutto quel tempo non scorsi Cristóbal Mendieta né la sua padrona. Passavano le ore e aumentava la mia impazienza, mentre la nave cadeva in un letargo d'attesa, di modo che ebbi l'opportunità di osservare bene il galeone che mi avrebbe riportato in patria.

Il San Juan de Gaztelugache sembrava una nave giovane. Era robusta e compatta, come sono generalmente i galeoni spagnoli. Lo scafo era ben calafatato e le attrezzature non presentavano segni di ruggine né sembravano consunte, da cui deducevo che la velatura avesse affrontato una ancor breve vita marinara. A poppa si innalzava un doppio castello, munito di due cannoni per lato, sul quale pendeva lo stendardo del comandante, don Pedro Olea de Zumárraga, e a prora sorgeva un casseretto finemente lavorato, ma privo di artiglieria.

A quanto avevo visto imbarcandomi, il San Juan de Gaztelugache contava su ventidue bocche da fuoco: quattro sopra coperta accanto al cassero, quattro sul castello, dodici ai portelli di batteria e altri due cannoni a poppa, di quelli chiamati *guardatimón*, posti ai lati del frenello del timone. I quattro robusti alberi lasciavano immaginare una notevole velocità di crociera, complemento ideale alla sua potenza di fuoco. Bisognava essere davvero temerari per tentare di prendere d'assalto in alto mare una simile fortezza galleggiante.

Calcolai che il carico doveva aggirarsi sulle cinquecento tonnellate e, dai marinai che, come me, ammazzavano il tempo dell'attesa sopra coperta, venni a sapere che in quel viaggio la flotta trasportava un grosso carico di sale, imbarcato a Cartagena delle Indie, sacchi di zenzero, broccati, sete e venti quintali d'argento del Perú che erano stati raccolti a Portobelo. Tra i marinai correva anche voce che all'Avana, oltre a viveri e tabacco, avessero appena portato a bordo del San Juan de Gaztelugache un forziere, pesante come una campana di cattedrale, che senza dubbio doveva contenere un immenso tesoro poiché il signor notaio aveva ordinato di chiuderlo addirittura nella santabarbara, tra polveri e munizioni, sulla cui porta montavano la guardia giorno e notte due soldati.

«Quando si dice l'avarizia, signore!» concluse il marinaio che mi aveva appena riferito tali notizie. «Son capaci di mandare in fondo al mare una fortuna, se dovessero esplodere le polveri! E c'è addirittura chi vedrebbe di buon occhio uno scontro con i pirati, per temibili che fossero, così avrebbe il pretesto di aprire la porta della santabarbara. Di sicuro il signor capitano si ritroverebbe con molti più volontari di quanto immagini per rifornire di munizioni i cannoni!»

Risi della battuta e approfittai della confidenza che si instaura nel ridere insieme per chiedergli dove si trovassero la signora nipote del marchese di Valdehoyos e il suo paggio, poiché non li avevo visti da quando ero salito a bordo.

«Ah, signore mio, vedo che siete ben informato riguardo i tesori che trasporta questa nave!» rispose il marinaio, mostrandomi la sua scarsa dentatura in un'altra risata. «Che bellezza quella dama, perdinci! Che occhi, che portamento! Beato il poeta che sappia cantarne le doti! E beato chi frequenta la sua alcova! Ma certe prelibatezze non son riservate alla bocca del povero e, come dice il proverbio, chi evita l'occasione evita il peccato, per cui la nostra dolce passeggera sale raramente in coperta e quando lo fa si trattiene ben poco tempo, poiché a quanto pare la bellezza, al pari della ricchezza, rende taccagno chi la possiede.»

«E dove viene custodito questo gioiello per il resto della giornata?» insistetti.

«Dove volete che sia? Nella cabina di prora che si trova accanto all'alloggio del signor capitano. Don Pedro, che è uomo raffinato e amante delle gradevoli compagnie, ha convinto il signor ufficiale pilota a cedere la sua cabina a così degna signora per poterla meglio proteggere, e lì se ne starà adesso, con quel suo paggio che resta sempre di guardia in anticamera.»

Scherzammo ancora un po' a proposito del buon gusto del capitano e del temperamento del paggio, che ben poco sangue doveva avere nelle vene, visto che dormiva ogni notte davanti alla porta di un simile frutto proibito senza provare ad assaggiarlo.

«Però... chi può dirlo» aggiunse il marinaio strizzando l'occhio con malizia, «in fondo il paggio ha smesso da tempo di bagnarsi i calzoni, e la donna giovane cerca conforto alla solitudine foss'anche la compagnia d'un moscerino.»

Decisi di andare a cercare Jamaica, ormai sazio delle trivialità del marinaio, e lo trovai appoggiato alla ruota di legno dell'affusto di un cannone sul ponte. Usava il fagotto come cuscino e si copriva con il mantello, da cui spuntava la grossa testa scura e calva dove brillavano come braci accese le pupille dei suoi occhi insonni.

Gli dissi che il paggio e la sua padrona erano a bordo, gli raccontai quanto mi era stato riferito dal marinaio e lui mi rispose con il suo balsamico silenzio, poiché era virtù del mio servitore sapermi liberare l'anima dal turbine di parole in cui spesso mi precipita il mio carattere. Intorno a Jamaica c'era sempre uno stagno di pace dove le parole superflue affondavano e restavano a galla soltanto quelle necessarie, che mi parlavano degli impulsi del cuore, delle intenzioni altrui o delle vicissitudini del mondo. Mi accomodai dall'altra parte del cannone e lasciai che lo sguardo si smarrisse nella nebbia ovattata che, a tratti, permetteva di scorgere la coffa dell'albero di maestra dove un mozzo aspettava arrivasse il momento di ripetere ai marinai arrampicati sul pennone della vela maestra le istruzioni che, a voce o con l'aiuto di un fischietto, il nostromo avrebbe impartito stando ai piedi dell'albero. Non so se mi addormentai, e non ci sarebbe nulla di strano visto che il Signore ha voluto ricompensare qualche virtù nascosta nel fondo della mia anima con il dono di poter conciliare il sonno nelle circostanze più avverse. Forse mi ero semplicemente perso sulla barca dei miei pensieri, che dondolava capricciosamente e mi conduceva ora alla figura del paggio e al mistero della sua bella padrona, ora alle braccia delle allegre ragazze della locanda la cui tenera compagnia mi mancava alquanto nel freddo della notte. Ricordo che il soffuso chiarore dell'alba mi colse di sorpresa come se fosse la luce di un radioso mattino. I raggi del sole si stavano finalmente aprendo un varco nella nebbia simili a dita che rischiarano un vetro appannato.

Mi guardai intorno e constatai che la quiete dell'attesa era svanita, e a poca distanza da me si stava riunendo l'equipaggio. Mi alzai sporgendomi al di sopra del cannone per avvertire Jamaica, ma il mio servitore, sempre più attento di me a quanto accadeva, non c'era più. Mi avvicinai agli uomini che formavano un cerchio attorno all'albero di maestra e sentii la voce di un mozzo che recitava la consueta preghiera del mattino:

Benedetta sia la luce
e la santa Veracroce,
e il Signore della verità,
e la Santa Trinità;
benedetta sia l'anima
e il Signore che la guida;
benedetto sia il giorno
e il Signore che lo manda.

I marinai cercavano di scrollarsi di dosso l'umidità dell'alba con gesti misurati che riscaldassero dal freddo senza mancare di rispetto all'orazione. Recitarono un padrenostro e un avemaria e alla fine il mozzo pronunciò il rituale saluto che ci avrebbe coinvolti tutti nei lavori della partenza:

«Dio ci riservi giorni felici, buon viaggio, buona traversata faccia questo legno, signor capitano e signor ufficiale in seconda e tutta la buona compagnia, amen!»

Subito dopo, la voce del nostromo si levò al di sopra dello scalpiccio generale, mentre gli uomini si sparpagliavano in coperta come dadi su un tavolo.

«È giunta l'ora di mettersi al lavoro, signori! Sciogliete gli ormeggi! Forza con quelle pertiche! Gettate la cima di prora alla lancia!»

Le lunghe pertiche puntate dagli uomini dell'equipaggio contro il muro del molo cominciarono a scostarci dalla terra ferma, e ben presto un braccio d'acqua la rese irraggiungibile dallo scafo del galeone. L'intera flotta si stava mettendo in marcia con la lentezza di un animale sonnolento. A prora di ogni nave e unita a questa da un lungo cavo che si tendeva nello sforzo, una lancia aiutava a colpi di remi nell'impresa di salpare, simile a una minuscola formica che trascinava il gigantesco corpo di una farfalla.

In tal modo le navi imboccarono l'uscita del porto dell'Avana, fino a formare un variopinto corteo che si apriva con gli stendardi della nave ammiraglia e si chiudeva con la robusta alberatura del nostro galeone, il San Juan de Gaztelugache.

Il mare ci accolse con il suo freddo dorso increspato dal vento di ponente, che diede vita alle vele e prestanza alla nostra andatura. La folla sui moli divenne ben presto una macchia indistinta, i sontuosi palazzi si confusero con le misere case dei pescatori e il castello dei Tres Santos Reyes del Morro si fuse in parte con il promontorio roccioso sul quale sorgeva, il profilo ancora soffuso per le ultime pennellate di nebbia che si impigliavano tra le sue difese come un fazzoletto di seta sfilacciato.

La maestà del sole sembrava dover affondare l'isola e il suo verde nel verde del mare che la circondava, come se una mano invisibile la schiacciasse contro l'orizzonte. Il vento che frustava le vele ormai spiegate ci schiaffeggiava le orecchie con colpi secchi e incessanti. Jamaica, che si era arrampicato sull'albero di bompresso, si protendeva a prora con lo sguardo fisso sull'immensità oceanica che ci aspettava e io mi diressi al cassero, mentre la nave beccheggiava solcando le onde: lì mi imbattei in Cristóbal Mendieta, che cercava di mantenersi in equilibrio appoggiato al balaustro. Mi aveva visto da lontano, ma non disse nulla. La sua attenzione era catturata dalla terra che poco a poco scompariva alla vista. Neanch'io avevo nulla da dire, poiché ero caduto nella stessa trappola. Ci lasciavamo indietro le Indie, con le loro chimere e le loro ferite. Ci lasciavamo indietro il passato, il racconto non ancora narrato delle nostre sventure e di tanti affanni. E, senza che nessuno dei due in quel momento potesse rendersene conto, entrambi sognavamo di lasciarci indietro anche la nostra condizione, quasi che attraversando il mare si dovessero cancellare le stimmate che il passato imprime sull'anima e la cui lettura rivela a uno sguardo attento le più segrete verità dell'essere umano. Ci affannavamo a ripercorrere a ritroso le orme lasciate dai piedi altrui: era iniziato finalmente per entrambi il viaggio di ritorno in una terra che nessuno dei due aveva mai calpestato.

II

Se i miei occhi mi fossero ancora appartenuti, avrei potuto vedere i mille segnali con cui il destino annunciava i suoi crudeli disegni; avrei percepito l'ombra del disastro che si nascondeva dietro ogni nuova avversità, in ogni fastidioso incidente, nelle parole, negli sguardi e nei gesti dell'equipaggio e dei passeggeri, poiché avanzavamo gli uni e gli altri verso la nostra perdizione, spinti dalla forza del vento e dalla poderosa alleanza tra il fato e i capricci del mondo, estranei a tutto ciò che non facesse parte delle nostre piccole dispute e dei nostri piccoli aneliti, ancor più minuscoli nella vastità dell'Oceano. Ma i miei occhi non mi appartenevano più.

Quello stesso pomeriggio del giorno di partenza vidi infine la padrona di Cristóbal Mendieta e le rozze parole con le quali il marinaio l'aveva elogiata mi parvero ancor più volgari e vane, poiché la sua bellezza leggiadra superava di gran lunga i complimenti non già d'un marinaio balordo bensì del più eccelso poeta.

La vita a bordo si era incamminata sul sentiero dell'abitudine, delle azioni tante volte ripetute, ciascuno dedito ai suoi compiti e io ai miei che, protetto dalla condizione di passeggero, consistevano semplicemente nell'osservare gli affanni altrui, incuriosito dai modi in cui gli spagnoli conducevano la vita marinara.

Per tutta la giornata ero andato in giro a far conoscenza con gli uomini che governavano la nave e, vedendoli andare e venire assorti nei loro doveri, mi ero abbandonato al dolce piacere del pittore che fissa sui ritratti gli effimeri segni che il carattere compone su ogni volto. Momenti fugaci quanto voli di colombe, nei quali l'odio, l'amore, la disperazione, l'invidia, il dubbio, la paura, la speranza, il rancore, la fatica o la noia si affacciano dagli occhi, si intuiscono da una smorfia della bocca, da un sorriso, dal sudore che imperla la fronte o scivola lungo il collo, bagnando capelli e camicia. Così me la passai quel giorno, affacciato al balcone delle vite altrui, scrutando i loro paesaggi, indovinandone i segreti.

Rimasi sorpreso dall'ordine che sembrava presiedere ogni azione intrapresa dall'equipaggio, così diverso dagli usi marinari che io conoscevo. Il pilota, un biscaglino di nome Martín de Gorostiza, dedicò buona parte della giornata a vigilare sui venti che, variabili, esigevano un costante riorientamento della velatura per sfruttarne maggiormente la spinta. Di conseguenza, si susseguivano incessanti gli ordini al nostromo che, secondo la tradizione marinara, era l'asse attorno al quale giravano tutte le manovre della nave. Regnava un'agitazione permanente tra i marinai, chi dava volta alle cime, chi si arrampicava sulle sartie, chi raccoglieva o gettava la sagola da sinistra. Le grandi vele si sottomettevano a tali volontà forzose, spiegandosi come ali di gabbiano.

Il cambusiere del galeone, un sivigliano che si chiamava Lucas Beltrán, uomo dall'aspetto rozzo e modi da contabile, trascorreva il suo tempo del tutto estraneo alla rotta e alle fatiche della navigazione, poiché erano il buon ordine e lo stato di mercanzie, viveri e rifornimenti l'impegno a cui dedicava tutta la sua attenzione. E vedendolo reclamare e ricevere di tanto in tanto notizie dal cuciniere e dal notaio, era più logico immaginarselo a bandire un'asta che in qualsiasi occupazione marinara.

A mezzogiorno, dopo un pranzo frugale a base di formaggio e noci, il cuciniere fece sistemare sopra coperta, a ridosso del castello di prora, il focolare per la cena: una grande cassa metallica che quattro mozzi spostarono a fatica aiutandosi con dei rulli e manifestando il chiaro timore che uno scossone del mare potesse farla cadere sui loro piedi. Nel fondo della cassa gettarono un paio di sacchi di sabbia e su questa ammucchiarono la legna per il fuoco. Il cuciniere, che da buon cuoco dimostrava con le carni debordanti la bontà dei suoi stufati, fece portare due secchi d'acqua al fine di prevenire incendi dato che, per quanto possa sembrare strano, è proprio il fuoco uno dei peggiori flagelli in mare e più d'una volta si è vista consumarsi nelle fiamme una nave senza che tutta l'acqua circostante le fosse d'alcun aiuto. Misero nella pignatta riso, rape, cipolle, carote e carne affumicata, e le braci si incaricarono della lenta cottura, durante la quale mozzi e paggi ne approfittarono per lavare la coperta con secchiate d'acqua e spazzoloni, mentre l'ufficiale di guardia vigilava dal castello di prora che eseguissero diligentemente il loro compito e preparava le lanterne e le candele per combattere le tenebre della notte in alto mare.

Ma non ero l'unico indolente in mezzo a tanta laboriosità. Il galeone ospitava una compagnia di soldati dei temuti reggimenti spagnoli di fanteria imbarcata i cui eccessi e prodezze correvano di bocca in bocca persino nelle più remote terre delle Indie Occidentali. Stravaganti negli indumenti, gradassi e chiassosi, famosi per le bestemmie e le imprecazioni della peggior specie, sembrava non vi fosse legge o regola alla quale dovessero attenersi, dispensati dal rispetto e dalle buone maniere per via delle innumerevoli volte che si eran giocati la vita sui campi di battaglia delle Fiandre e di Francia, e nella difesa di porti come San Juan di Puerto Rico, Cartagena delle Indie o L'Avana ogni qual volta gli spietati corsari della mia patria scatenavano su di loro la furia dei cannoni e la ferocia delle proprie spade.

Un nutrito gruppo di quei soldati giocava a carte sopra coperta, attorno al lungo tavolo dove avrebbero di lì a poco fatto onore alla cena che, come avevano reclamato a gran voce all'affaccendato cuciniere, doveva risultare prodiga almeno quanto i sonori rutti con i quali si alleggerivano lo stomaco o le maledizioni che urlavano ai mozzi se questi, lavando il pavimento, schizzavano le loro consunte scarpacce di cuoio. Tra quelle voci roboanti e stentoree ne spiccava una che sbraitava come un'anima alle porte dell'Inferno. Proveniva da un uomo di mezza età il cui corpo robusto dissimulava a malapena la distorsione della schiena che, pur senza renderlo gobbo, lo faceva permanentemente scarrocciare a dritta. Ostentava un paio di baffoni che conferivano al volto l'aspetto e la ferocia di un mastino, e in testa calcava un cappello a tese larghe sovrastato da una piuma di pappagallo dai colori sgargianti. Gli occhi, piccoli e scintillanti, si piantavano in faccia all'interlocutore come due sottili pugnali, freddi e astuti, dai riflessi d'acciaio che li rendevano simili a palle di pistola, calcolatori e spietati. «Sono capace di tutto» parevano proclamare, e in fede mia non sarei certo stato io a mettere in dubbio tale affermazione.

Ogni tanto, batteva sul tavolo con la mano che reggeva le carte, e posandone una sembrava stesse abbandonando alla propria sorte uno dei suoi uomini su un isolotto deserto. Con una simile determinazione non c'era nulla di strano nel fatto che le carte migliori finivano nelle sue mani, come se fossero sempre state lì. E sebbene avessi il sospetto che la loro dimora permanente fosse proprio nella manica della giubba, poiché non c'è uomo che possa stimolare una simile fortuna senza le destrezze di una mano svelta, tenni per me tale parere, perché il baro non accetta di buon grado che lo si chiami per nome e, modesto riguardo a ciò in cui è abile, preferisce il silenzio del pubblico al più caloroso degli applausi, cosa che sapevo bene, visto che non mi erano del tutto ignote le arti di far comparire carte dal nulla.

Il marinaio che mi aveva dato notizie di Cristóbal Mendieta e della sua padrona al mio arrivo a bordo, il cui nome era Jacobo Albiz e la cui loquacità traboccava alla minima occasione, si avvicinò, vedendomi osservare il gruppo di soldati, spinto dal proposito di sussurrarmi all'orecchio, con un fondo di ammirazione e di rispetto, il nome di quel feroce personaggio: «È il capitano Alonso de Contreras». Di fronte al mio sguardo colmo d'ignoranza, aggiunse contrariato: «State attento con lui, perché non gli ci vuol nulla per spedire al Divin Creatore chi lo provoca, sia corsaro turco o funzionario reale».

Fu allora che si aprì la porta del castello di prora e vidi uscire in coperta una giovane dama, sontuosamente vestita, e dietro di lei Cristóbal Mendieta, che la seguiva con sollecitudine, stando attento che non inciampasse nei secchi d'acqua del cuciniere lungo il cammino fino alla murata di sinistra. Vedendola avanzare a passi titubanti e con le mani che brancolavano incerte, cercando già da lontano la sicurezza del balaustro, pensai a quanto fosse esiguo il favore che le aveva fatto il capitano nel cederle la cabina del pilota, considerando che lì dentro si sentiva di più il beccheggio della nave e, quindi, aumentava il malessere che il mare agitato provocava nello stomaco. Tutto questo si leggeva sul viso della giovane, la cui bellezza emergeva vincitrice sull'aspetto emaciato che la nausea vi aveva impresso. Sulla carnagione pallida gli ultimi raggi del sole ottenevano riflessi di un biancore diafano simile al ghiaccio. Alcune ciocche di capelli neri, raccolti sulla nuca, ricadevano languide sulla fronte e ne accarezzavano le guance fino a sfiorare il lungo collo, che si ergeva da una camicia non del tutto abbottonata con la quale, indubbiamente, aveva tentato di nascondere la generosità della scollatura del vestito attillato, ma che in quel momento, offrendo al mio sguardo ozioso la dolce intuizione dei seni sodi, si era trasformata nel più prorompente richiamo della sua bellezza.

La vidi chinarsi sul bordo, mentre Cristóbal Mendieta la prendeva delicatamente per un braccio, e il suo corpo minuto e fragile ebbe un fremito come un passerotto tremante nella mano di chi lo ha catturato. La penosa trivialità del suo malessere sembrava non sfiorarla, né tale postura forzata ne umiliava in alcun modo la figura superba. I miei occhi non vedevano altro che il grazioso arco del suo profilo stagliato contro il mare, i capelli scossi dal vento e le mani affusolate e armoniose aggrappate al balaustro, e per un istante provai disprezzo per quel ruvido legno che riceveva insensibile la sua carezza.

L'apparizione di tanta grazia non era passata inosservata neppure ai chiassosi soldati, le cui voci si erano smorzate, mentre l'interesse per la partita a carte non impediva loro di celebrare una così gradevole compagnia con schermaglie argute.

«La bellezza è un tiranno crudele, capitano» diceva, pomposo, un soldato dai baffi ispidi e il pizzo impertinente, dando le spalle alla giovane donna, «perché rinchiude d'improvviso nella prigione dell'ammirazione chiunque incroci sul cammino, senza badare se sia uomo sposato, chierico o scapolo.»

«E lì lo martirizza con il fuoco dei suoi occhi e lo affama di promesse o lo flagella con la lunga frusta del silenzio» disse un altro, con affettata noncuranza, fingendo afflizione.

«Ma vi è forse, per caso, una sola donna che si creda sprovvista di bellezza?» chiese un terzo, rispondendosi da solo con un sorriso malizioso: «Se persino la cagna più rognosa si dà delle arie quando ci sono dei maschi intorno!»

E le sue villane parole suscitarono un immediato coro di risate e battute:

«Brutta faccenda subire il suo dominio!»

«E fine ben peggiore tocca a chi riesce a fuggire dalle sue galere!»

«Perché, dunque, le signorie vostre fingono di elogiare chi tanto disprezzano e tanto male ci riserva? E che maleficio è mai questo, che ci fa amare la catena che ci trattiene, il cavalletto della tortura a cui siamo avvinghiati, il ferro che ci ustiona e, con l'ultimo respiro, induce le nostre labbra a baciare la mano che ci tormenta?»

I soldati rivolsero i loro sguardi su di me, sorpresi dalle mie domande. Vidi scintillare negli occhi del capitano Contreras un lampo di collera e maledissi la mia testa sventata e la temerarietà della mia lingua, sempre pronta a mettermi nei guai, veloce levriere dietro il quale faticavano a stare i pensieri lenti come cavalli da tiro. Ancora una volta, la ragione arrivava troppo tardi ad avvertirmi dei guai provocati dalla mia bocca sfrenata. «Chi te lo fa fare?» mi rimproveravo. «Sono solo battute da soldataglia. Si comportano sempre così e sempre lo faranno. A che pro la tua sfrontatezza? Ami tanto poco la vita da rischiarla per un'ombra di dubbio, per un pugno di parole che il vento si è già portato via?»

Il capitano Contreras, che era rimasto in silenzio mentre i suoi uomini si burlavano di me, posò le carte sul tavolo, si alzò in piedi e si avvicinò alla scala del cassero dove io stavo seduto. I suoi passi erano lenti e sicuri, tipici di chi ha navigato molto, le mani stringevano la grossa fibbia del cinturone, e la piuma di pappagallo rifulgeva sul cappello come se fosse d'oro. Mi piantò addosso i suoi occhi spietati e disse:

«E voi, signore, sareste...?»

«Un chiacchierone, signor capitano, me ne rendo conto. E perdonate il mio ardire, ma non v'è dama che non meriti rispetto e farebbero meglio i vostri uomini a riverirla, ora che come ben potete vedere ha bisogno d'aiuto, anziché ostentare un'arroganza che non ha motivo di essere, poiché di sicuro una così degna signora nulla potrebbe opporre a tanta intemperanza.»

Il capitano Contreras si voltò verso il bordo, dove Cristóbal Mendieta e la sua padrona stavano ancora appoggiati, probabilmente estranei alla nostra conversazione, considerando che dalla murata di sinistra soffiava il caldo vento del sudovest, direttamente dal gigantesco calderone del golfo del Messico, e le nostre parole dovevano quindi perdersi nel rumore delle onde, forse catturate al volo dagli sfolgoranti pesci volanti o dai giocosi delfini che ci accompagnavano ogni tanto con le loro capriole.

«Ci avete rivolto una domanda, signore» disse, infine, fissandomi nuovamente con i suoi occhi metallici. «Conoscete la risposta?»

«Quel male, signor capitano, sta nel nostro cuore, nasce dalla stessa fonte oscura dei nostri desideri, si alimenta della nostra passione, cresce con i nostri deliri. La bellezza non ci tiranneggia, signore. È il nostro arcaico cuore, traboccante di sogni insoddisfatti e di violenze, timoroso e temerario, il crudele tiranno che ci umilia e martirizza, che ci colma di promesse e tende il velo dell'inganno davanti ai nostri occhi. Non vi pare che il coraggio vada usato per prendersi gioco della debolezza che ci alberga nel petto, anziché per burlarsi della bellezza che aneliamo e temiamo?»

Un sorriso sornione si disegnò sotto i baffoni del capitano:

«Avete del coraggio, inglese, e ci sapete fare con le parole. Presumete di conoscere il cuore degli uomini? Non è estraneo nemmeno a me, che più d'una volta l'ho infilzato con la punta della mia spada. Togliere la vita a un uomo è qualcosa di terribile, potete starne certo, ma chi ne fa esperienza apprende cose del proprio cuore che prima ignorava. E v'assicuro che ogni cuore è uguale a un altro. Imparate dal vostro e saprete come sono gli altri. Ma ora lasciamo perdere tutto questo filosofare, perché con la vostra sfacciataggine avete interrotto una partita che si prometteva vincente, e io non rinuncio mai alla vittoria, che sia in guerra, nell'amore o nel gioco, e in fin dei conti tutto si basa sullo stesso principio: uccidere o morire».

Si voltò e con un cenno della mano mi invitò a seguirlo.

«Sedetevi al nostro tavolo, inglese, e non preoccupatevi per la dama. Il suo paggio sembra saperla ben servire e questi bruti che mi accompagnano bruciano le polveri dell'arroganza a salve, che è poi il modo in cui il soldato rende omaggio. Non fatevi del cattivo sangue e rischiate i vostri reali sul tavolo, come avete rischiato la cotenna ostentando quei modi da cavaliere errante. Vediamo se siete altrettanto valoroso con un mazzo di carte in mano.»

Alzandomi in piedi mi resi conto che non riprendevo fiato da tempo, con l'anima e il corpo oppressi. Mi dolevano le gambe e le mani, e l'aria tornava nei miei polmoni come può entrare per la prima volta in quelli di un neonato. Perché di fatto ero un uomo appena tornato in vita. Decisi di non occuparmi di Cristóbal Mendieta e della sua padrona, che di lì a poco rientrarono in cabina senza aver scambiato parola con nessuno, e mi misi a schivare la mia buona sorte con impegno, poiché non volevo che una mano di carte inopportuna facesse traboccare il vaso della pazienza del capitano Contreras; quindi persi una partita dopo l'altra con forzata determinazione e molta discrezione, anche perché, a quanto intuivo, quell'indomito soldato non avrebbe visto di buon occhio neanche una vittoria regalata. Feci delle puntate suicide, camuffate da orgoglio, e sprecai carte che valevano un tesoro lasciando intendere che, così facendo, inseguivo giocate ben più alte e gloriose. E alla fine, destinai un bel pugno di reali alla borsa del capitano Contreras, cosa che rese luminoso il suo volto e loquace la sua lingua.

L'allegra compagnia dei soldati alleviava la noia della vita a bordo e nelle loro maniere rissose e spaccone trovavo lo specchio in cui la mia anima inquieta desiderava riflettersi. La mia condizione di straniero ben poco sembrava importare e la dimestichezza con le carte e i dadi – portavo sempre con me un piccolo bussolotto e cinque minuscoli dadi di avorio, che tirai fuori non appena svanirono le nubi di tempesta dal volto del capitano Contreras – mi fecero guadagnare ben presto la loro fiducia, così che non ci misi molto a far parte del chiassoso gruppo, sotto la cui ala protettiva finii per dare libero sfogo alla mia sventata arroganza, per diletto del capitano che sembrava entusiasmarsi di fronte a tanta temerarietà.

La nostra flotta, intanto, aveva ormai imboccato il canale della Bahama sulla rotta di ritorno in Spagna, e i venti folli che lo flagellano di continuo gonfiarono le nostre vele come pance di vescovi e ci spinsero verso nord lungo il suddetto canale, che è lungo oltre cento leghe, veloci come saette. Il San Juan de Gaztelugache più che solcare quel mare agitato lo sorvolava, in mezzo a una nube di spuma, con tutte le vele spiegate, chiudendo la vistosa comitiva di navi che pareva uno stormo di gabbiani in cerca della terra che l'orizzonte occultava.

L'equipaggio era eccitato e contento, perché non c'è miglior rimedio alla melanconia della noia che lo sforzo del lavoro ben fatto, e valeva la pena ammirare il modo in cui quegli uomini governavano la poderosa velatura del galeone. O almeno così sembrava a me, che osservavo incuriosito i loro sforzi. Ma quelli che consideravo venti furibondi si dissolsero nel nulla quando uscimmo dal canale e mettemmo la prora a nordest, per sfruttare meglio quelli che ci avrebbero aiutato ad attraversare il mare Oceano. Il galeone era tutto uno scricchiolare, le onde si abbattevano sulle fiancate come colpi di frusta e il rollio divenne insopportabile. Ben presto gli uomini presero a rimettere qualsiasi cosa avessero nello stomaco, senza che importasse da quanti anni navigassero per mare. Dal pilota fino all'ultimo soldato del capitano Contreras, tutti entrammo a far parte della medesima scena offerta dalla nostra graziosa passeggera nel giorno della partenza. Ma mentre io mi davo per morto, incapace di mantenermi ritto, in preda a brividi e spasmi, i marinai si concedevano a malapena un attimo per raccare e subito tornavano ai propri compiti, poiché i conati e la nausea facevano parte del loro lavoro, al pari della pioggia e del vento, e il malessere non poteva esimerli dai doveri di bordo.

Soltanto il capitano don Pedro Olea de Zumárraga e il mio silenzioso servitore Jamaica sembravano indifferenti al vertiginoso dondolio che scuoteva la nave. Il capitano, che nei tre giorni precedenti si era a malapena fatto vedere sopra coperta, si piazzò accanto all'ufficiale di guardia vestito di tutto punto quasi andasse a una cena di corte: casacca rossa corta, collo increspato bianchissimo e pantaloni larghi di broccato abbottonati sopra il ginocchio. Le calze candide scendevano fino a un elegante paio di scarpe rosse con i tacchi sulle quali brillavano fibbie circondate di lustrini e pizzi. I capelli ricci e la barba corta gli conferivano un aspetto fatuo, e nel suo atteggiamento c'era altezzosità e disprezzo: così agghindato e ritto, assisteva impassibile ai patimenti dei suoi uomini come un antico Dio crudele che pretendesse sacrifici umani per soddisfare la brama di gloria. Avrei svuotato volentieri la mia già esigua borsa pur di vederlo con la faccia sconvolta a sbavare sulla casacca immacolata, ma la sorte non volle darmi una simile soddisfazione e dovetti accontentarmi di non sporcare la mia, di camicia, e ringraziare Dio per questo, visto che tra tanto malessere era un miracolo mantenere una certa compostezza.

Il buon Jamaica era prodigo di attenzioni nei miei riguardi, insistendo nel volermi far sdraiare sulla branda della mia puzzolente cabina. Ma la sola idea di rinchiudermi nel ventre della nave acuiva i disturbi e dovette desistere per occuparsi solo di farmi avere costantemente un secchio tra le gambe dove poter raccare. Lui stesso lo svuotava fuori bordo quando glielo consentivano gli impegni marinari, che dalla partenza non avevano fatto che aumentare, poiché la sua destrezza ed energia non erano sfuggite agli occhi attenti del nostromo, un tarchiato asturiano che si chiamava Juan de Tineo. Abituato a dare ordini, il nostromo apprezzava il silenzio di Jamaica come una benedizione del Signore e non si stancava di encomiarlo davanti al resto dell'equipaggio. «Fate del silenzio virtù, signori, che la forza se ne va via dalla bocca!» tuonava ogni qual volta i marinai imprecavano a gran voce lottando contro il vento. Di conseguenza, non esitava ad assegnare a Jamaica le manovre più rischiose, con una fiducia che il mio servitore sembrava gradire sforzandosi come mai lo avevo visto fare in precedenza. Se c'era da legare la sartia sul pennone dell'albero di maestra, Jamaica si arrampicava subito; e lo si vedeva a qualsiasi ora del giorno in prodigioso equilibrio sull'alberatura del galeone, a inguainare una gabbia strappata o a puntellare i bozzelli delle scotte sulla vela mezzana.

Tanta abilità non sfuggì neppure all'attenzione del notaio che, nonostante mi avesse ignorato da quando ero salito a bordo, non esitava a lanciarmi occhiate diffidenti ogni volta che credeva non lo vedessi. Ad essere sincero devo ammettere che un po' mi inquietava la sospettosità del notaio perché, trovandomi a bordo alla mercé della sua volontà lautamente pagata, c'era da temere che prima o poi denunciasse la mia impostura. Comunque, le sue preoccupazioni mi sembravano ridicole e potevo immaginare quali meschini timori gli tormentassero l'anima, poiché in essi vedevo il giusto castigo per la sua avarizia.

A metà pomeriggio di quel quinto giorno di navigazione, il giovane Pedro Ruy, che era il paggio di don Pedro Olea de Zumárraga e parente di un tesoriere della corona, cosa che si notava dalle sue mani minute e fragili poco abituate a lavorare, si avvicinò con fare cerimonioso al cassero, dove stavo lottando per controllare la nausea con l'aiuto del vento, e mi disse che il signor comandante mi invitava alla sua tavola per la cena, scusandosi perché i tanti impegni gli avevano impedito fino a quel momento di prestare la doverosa attenzione ai passeggeri della nave come avrebbe invece voluto.

Dedussi dalle parole del paggio che la bella nipote del marchese di Valdehoyos sarebbe stata presente alla cena e ringraziai il cielo per la petulanza del nostro comandante che, nella sua ansia di brillare tra le vicissitudini della vita marinara, non aveva avuto idea migliore che invitare al desco del suo alloggio chi non riusciva a trattenere niente nello stomaco. Il dubbio piacere di sedere a quella tavola mi avrebbe quanto meno permesso di riavere davanti agli occhi la graziosa padrona di Cristóbal Mendieta e di poterle finalmente rivolgere la parola, poiché non c'era stata occasione alcuna di avvicinare la sfuggente compagna di viaggio in tutto quel tempo, e le poche parole che mi aveva detto Cristóbal erano state alquanto evasive, scuse frettolose per tenermi alla larga dalla giovane donna. E di certo anche lui stava pensando alla stessa cosa perché, subito dopo che il paggio del comandante si era ritirato, venne a cercarmi per confermare la sua preoccupazione.

«Intendete accettare l'invito del comandante?»

«Caramba, Cristóbal, che razza di maniere! Non abbiamo quasi scambiato parola in tutti questi giorni e adesso ve ne venite con una simile domanda... Potrei forse rifiutare senza peccare di scortesia?»

«Ma voi non state bene! Io stesso vi ho visto raccare come se doveste rigettare l'anima dalla bocca.»

«Non sono stato l'unico, Cristóbal. In ogni caso, perché dovrei mancare a un appuntamento così piacevole? Forse che la vostra padrona non ci sarà?»

Un velo di sofferenza passò sul suo volto e negli occhi emerse la stanchezza della rassegnazione:

«Non burlatevi di me, Tomás. Catalina non è donna che sprechi l'occasione di fare onore alla tavola del capitano, soprattutto quando la vita a bordo non le offre altri svaghi che la contemplazione dell'orizzonte o i disturbi della nausea. Lei vi sarà senz'altro ed è proprio questa la mia paura. Come potrete sostenere i nostri raggiri se lei non vi conosce per nulla?»

«Accidenti al diavolo, Cristóbal, state affogando in un bicchier d'acqua!» esclamai, mostrando più collera di quanta in realtà non ne provassi. «Mi state evitando da quando siamo saliti a bordo, non negatelo. Che pretendete di fare? Starvene nascosto finché non arriviamo in porto? Tenere rinchiusa la vostra padrona come se fosse una prigioniera? E se il notaio fosse riuscito a parlare con lei? Che sarebbe successo? Voi e io siamo condannati a intendercela, Cristóbal, e sarà meglio discuterne e metterci d'accordo su cosa fare e dire, poiché dipendiamo uno dall'altro. Dovrete concedermi la vostra fiducia, per quanto la cosa non vi aggradi, e prima lo farete meglio sarà per entrambi.»

Capii di aver infranto la sua ostinata chiusura nei miei confronti quando annuì, facendo un cenno con il braccio, e mormorò un rassegnato «e sia».

«Bene, Cristóbal» dissi, battendogli la mano sulla spalla. «Parliamo dunque della vostra padrona. Lei non mi conosce, è vero, ma a questo si rimedia facilmente. Portatela fuori a prendere un po' d'aria e presentatemela. Ditele che sono un conoscente di suo zio. Di sicuro una bella giovane come lei non sarà al corrente degli affari del marchese. Non le avete detto nulla di me?»

Cristóbal Mendieta scosse la testa.

«Non importa» continuai. «Ditele che la nausea mi ha tenuto confinato nella mia cabina e che per questo non ho potuto finora porgerle i miei ossequi. Ditele quello che volete purché giunga alla tavola del signor capitano convinta della nostra storia.»

Si mostrò d'accordo e andò dalla sua padrona, lasciandomi solo con l'ansia che era cresciuta dentro di me mentre tessevo le ragioni che l'avrebbero portata dalla mia parte. Cado facilmente preda della bellezza femminile, è sempre stato così e ancor oggi, che il mio corpo disattende i richiami del desiderio, guerreggio con le ultime forze nella piacevole battaglia dell'amore non appena ne abbia l'occasione, e non risulta esser gran cosa perché la vecchiaia è avara e ciò che concede in saggezza lo toglie in altri attributi, che per quanto meno elevati non son meno efficaci al momento di cogliere l'amore d'una dama. Allora non ero tormentato da tali carenze, godevo la pienezza dei miei pochi e briosi anni e vedevo in ogni donna che incrociasse il mio cammino una cittadella da conquistare, un'armata da sconfiggere, un bottino da arraffare. Non cercavo altro che i piaceri del soldato di ventura, saccheggiare il territorio nemico per poi tornare trionfante alla mia solitudine d'avventuriero, appagato dal tesoro carpito. E poteva esserci forse un fortino più desiderabile da assaltare che l'altezzosa fragilità della padrona di Cristóbal Mendieta? Non a bordo del San Juan de Gaztelugache, ovviamente, e i giorni con le relative notti, prolissi in ore d'indolenza che mettevan le ali alla fantasia, non facevano che ravvivare il fuoco accesosi nel mio petto il giorno della partenza, quando l'avevo vista per la prima volta.

Vagavo nelle mie fantasticherie quando, neanche provenisse da quei sogni, una voce di donna mi riportò a bordo:

«Siete davvero amico del mio signor zio?»

Era dunque quella la sua voce? L'avevo forse immaginata così acuta, con quel fremito musicale e la cadenza lenta che ricordava un gatto nel gesto di sgranchirsi miagolando mentre si strofina contro la gamba del padrone? Era quella voce dolce e tentatrice, fatta per la menzogna e l'inganno, a esser risuonata nella mia testa quando fantasticavo un nostro incontro? Non lo era, naturalmente. Io le avevo dato un timbro caldo ma fermo, con un fondo di distacco e orgoglio, e ora mi ritrovavo la melodia di un'avventuriera ammaliatrice, colma di vanità e impudenza. Ma la sua pozione era efficace e la mia delusione fugace quanto uccello migratore. Davanti alla promessa dei suoi occhi e della sua bocca dalle labbra carnose, che sembrava mandare un bacio a ogni parola pronunciata, non esitai ad attribuire a tale voce le virtù immaginarie che ero andato creando nella fantasia, senza preoccuparmi quanto corrispondessero alla realtà. Perché, in fondo, non è forse proprio dell'amore porre maschere alla realtà, render bella una donna brutta, virtuosa chi è lasciva, amabile la schiva e arguta la stolta? Non vede forse l'innamorata nel suo corteggiatore l'eroe che immagina anziché il codardo che la circuisce? Da tutti è risaputo che l'amore e la guerra son arti uguali, e se il condottiero vincitore elogia lo sconfitto per rendere maggiore la sua gloria, allo stesso modo gli innamorati mettono sul più alto altare chi amano per render così più grande la loro conquista, che tanto tutto è vanità e nell'amare gli altri amiamo poi noi stessi con profonda passione. In quel tempo dovevo esser ben disposto a innamorarmi visto che caddi ai piedi della padrona di Cristóbal Mendieta, senza prestare attenzione alcuna agli avvertimenti che la ragione mi lanciava. E così, risposi alla sua domanda con il sorriso più galante:

«Lo sono, signora, per mia fortuna, poiché grazie a così somma stima posso oggi salutarvi e godere del privilegio della vostra attenzione e della vicinanza della vostra bellezza».

«Non ricordo d'avervi visto nel palazzo di mio zio» ribatté la leggiadra donna, con un vezzo di divertito sospetto. «Dovete esser stato davvero discreto, signor Tomás. Lo siete sempre nelle vostre visite?»

Un sorriso malizioso si disegnò sulle sue labbra e io mi ripromisi di suggellarle con un bacio prima che la nave toccasse porto.

«Il discreto non si pavoneggia delle sue virtù, signora, ma posso dirvi che vi è saggezza nel farsi vedere soltanto nell'occasione propizia, poiché la fama è lusinghiera ma anche scomoda.»

«Sarà un piacere ascoltare le vostre avventure ed esperienze durante la cena, il mio paggio m'ha detto che siete stato invitato dal signor capitano. Caricate bene il moschetto delle vostre storie, che il viaggio è ingrato e tedioso, e faccio conto sul vostro aiuto per ingannare il tempo» si accomiatò, porgendomi la mano da baciare e dirigendosi poi alla sua cabina in compagnia di Cristóbal Mendieta, che era rimasto in rispettoso silenzio durante la conversazione.

Il comandante dispose che la cena fosse servita sul grande tavolo della cabina principale, situata sotto il cassero e abituale punto di riunione degli ufficiali di bordo; una sala stretta e lunga, posta a dritta, che conteneva a malapena il tavolo, ma il cui spazio angusto veniva alleviato dalla vasta vetrata che si apriva a poppa. Da essa penetrava il chiarore del tramonto, creando riflessi rossastri sul legno e fulgori d'ambra sulla cristalleria che tremolava sopra la tovaglia.

Eravamo ben pochi commensali per così grande tavola, ma l'occasione non andava certo sprecata. Don Pedro Olea de Zumárraga, agghindato come lo si vedeva sul ponte e rigido quanto una statua, occupava il posto a capotavola più vicino alla vetrata. Di fronte a lui sedeva Catalina, sul cui volto non v'era più alcuna traccia del malessere che l'affliggeva, trasformata da quella singolare alchimia di belletti e attenzioni che le donne sanno creare con indubbia arte. Al suo fianco sedeva il capitano Contreras che, senza il cappello piumato, mostrava una lunga chioma castana e uno sguardo di sfida. Il mio posto era davanti al soldato e accanto avevo il notaio don Sebastián de Arteta, vestito con l'invariabile completo nero e così visibilmente imbarazzato per la mia presenza che mi tornò la tentazione di ridergli in faccia. Il cambusiere Lucas Beltrán completava il quadro con la sua rozzezza da carrettiere e il silenzio timoroso.

Il paggio del comandante servì la cena, aiutato da Cristóbal Mendieta che si era offerto per tale compito benché, lo si vedeva bene, aveva ben poca dimestichezza coi compiti del cameriere; ma non voleva lasciarmi da solo in quella sala, ed entrando mi aveva mormorato all'orecchio «siate prudente», come se una simile raccomandazione fosse necessaria.

Grazie alla loquacità di Jacobo Albiz, sapevo della predilezione del nostro comandante a rievocare le imprese di un suo prozio che aveva vissuto i gloriosi anni nei quali la Monarchia spagnola mandava i suoi uomini migliori a fare il giro del mondo, impresa compiuta da un celebre marinaio nato nello stesso paese di don Pedro Olea de Zumárraga e che si chiamava Elcano. Non mi sorprese, dunque, che non appena ci sedemmo a tavola, e prima ancora che i paggi servissero il brodo, il nostro comandante si lanciasse nel racconto anzidetto, con grande seriosità e prosopopea.

«Sappiano le signorie vostre che la mia è una famiglia marinara fin dall'antichità, e già il mio signor zio don Rodrigo, che Dio l'abbia in gloria, s'avventurò per mare con il più grande marinaio di tutti i tempi, don Juan Sebastián Elcano, a cui spettò l'onore d'esser il primo uomo a compiere il giro del mondo, checché ne dicano gli inglesi. E spero che il nostro illustre passeggero, don Thomas Bird, non metta in dubbio ciò che ho detto, poiché il suo compatriota, il comandante Drake, portò a termine il periplo cinquantotto anni dopo che Elcano gettasse l'ancora davanti al porto di Sanlúcar de Barrameda, da dov'era salpato tre anni prima e al quale tornò con soltanto un pugno di sopravvissuti dopo aver compiuto ciò che non era mai stato fatto.»

Gli dissi che non avevo nulla da obiettare a quanto sosteneva, poiché a tutti erano note le sanguinarie imprese di sir Francis Drake contro i porti spagnoli sia sul mar dei Caraibi che su quello del Sud, e non mi sentivo certo erede di simili efferatezze né partecipe dei benefici derivanti, quindi nulla mi spingeva a encomiarle in spregio alle imprese altrui.

«Però la vostra Regina in persona ha fatto incidere sullo stemma di quel Francis Drake un gallone che costituisce una vera infamia e che lo proclama il primo uomo ad aver circumnavigato il mondo.»

«Perché tanta insistenza, signore?» intervenne il capitano Contreras, con un sorriso così falso da far rabbrividire. «L'inglese vi ha già accordato il suo consenso, vostra grazia eviti di farsi il sangue acido, altrimenti si direbbe che siate voi a non credere a quanto raccontate.»

«Come potrei non crederci? Ma se il mio signor zio fu testimone di quegli eventi e in seguito membro dell'equipaggio della Sancti Spiritus sulla quale don Juan Sebastián Elcano perse la vita!» esplose don Pedro Olea de Zumárraga. «So fin troppo bene quanto vi diverta provocare, signor Alonso, ma vi ricordo che siete a bordo della mia nave e mi dovete rispetto, vostro malgrado.»

«È vostra intenzione, signori, rovinarmi la cena che risulta essere il primo momento di svago in questa ingrata traversata?»

Il dolce rimprovero di Catalina, pronunciato sottovoce, fu sufficiente a calmare l'animo di don Pedro e a seppellire nella bocca del capitano Contreras la pronta replica.

«Non metto in dubbio l'interesse per i fatti d'arme, ma son sicura che conosciate storie nelle quali audacia e destrezza siano al servizio dell'amore, argomento che noi donne apprezziamo oltremodo e il cui racconto suona alle nostre orecchie come mormorio di sorgente» continuò la leggiadra donna, mentre sulle guance risplendevano i colori del suo sfrontato capriccio, ed era una vera delizia vederla arrossire. Ma il quadro, che sembrava dipinto per la felicità dell'uomo, tradiva un'ombra di falsità che risvegliò in me la diffidenza e riportò alla mia memoria alcuni versi che allora apprezzavo considerandoli una verità assoluta:

Perché son preda di tanto smarrimento
per un simil inganno, giacché sappiamo
che parimenti ci inganna la Natura?

Perché questo cielo azzurro che tutti vediamo
non è cielo e tantomeno azzurro... Ed è forse meno grande
se tanta bellezza non corrisponde alla realtà?

E così, in accordo con tali parole, pensavo che se il cielo non era cielo e neppure azzurro, nemmeno il candore e la giovinezza di Catalina eran veri. Perché lei, che lì accanto risplendeva, timida e fatale, comprava il carminio che accendeva le sue labbra e il velo di porpora che le arrossava le guance. Lei si truccava di bugie il volto e fors'anche il cuore, e la mia anima lo intuiva con la precoce saggezza che mi derivava dall'aver già visto, a vent'anni, cose che altri non avrebbero voluto vedere in una vita intera, ma... chi poteva resistere a tanta malìa? Perché la sua bellezza non era meno inebriante per il solo fatto di non esser genuina. Lei chiedeva una storia d'amore e io non resistetti alla tentazione di compiacerla e, al tempo stesso, avvertirla, poiché se ero disposto a render omaggio al suo incanto questo non significava che avessi perso il giudizio. Lo tenevo solo in sospeso, ed era buon per lei, e per me, saperlo.

«Ah, l'amore, signora! Cosa non farebbe l'uomo in suo nome? Tutto sconvolge e turba, perché è la porta aperta che lascia fuggire ciò che il nostro cuore nasconde, e anche quel che di se stessi si ignora» dissi, a mo' di prologo alla storia che raccontai di seguito, mentre i paggi servivano finalmente la minestra, che minacciava di traboccare dalle scodelle per il tanto beccheggiare che ci agitava, ed era meglio non guardarla per non incoraggiare le nostre viscere a seguirne l'esempio.

«Sapete» continuai «che l'amore può costituire anche un pericolo e, a riprova di ciò, potete interrogare il passato, il Sansone prigioniero tradito da Dalila, il decapitato Oloferne, l'assediata città di Troia... Quali sventure ha portato con sé l'amore in questi casi? Ecco perché vi sono uomini che si guardano dall'amore quasi fosse un veleno. Non dico che non cerchino la compagnia delle dame, altrimenti la loro sarebbe vita da monaci, però ci sono altri modi per goderne senza metter di mezzo l'amore o il matrimonio. Già sapete a cosa mi riferisco, poiché per quanto siate una donzella, non vi reputo ignorante...»

Come mi aspettavo, Catalina mi fece dono di un pudico cenno

d'assenso e un impudico sorriso, maestra com'era nell'arte di esprimere una cosa e il suo contrario nello stesso gesto. Don Pedro mi richiamò all'ordine, invitandomi alla discrezione, e negli occhi di tutti gli altri vidi brillare il malizioso piacere di poter menzionare davanti a una dama ciò che pur essendo alla conoscenza del mondo intero si continua a confidare in gran segreto. Giurai a me stesso di non pronunciare parole sconvenienti, imposi il silenzio con un cenno della mano e continuai il mio racconto:

«Non si offendano le lor signorie, che avranno modo di constatare come il mio racconto abbia una sua morale. Alcuni degli uomini dei quali vi parlavo sono quelli che oggi popolano la costa settentrionale di Hispaniola e son venuti ad arruolarsi sull'isola della Tortuga, che innalza le sue verdi montagne proprio di fronte a quella costa. Come ben sa il nostro signor capitano, da oltre dieci anni quelle terre sono state abbandonate dai coloni spagnoli in osservanza agli ordini di Sua Maestà il Re di Spagna che in tal modo intendeva stroncare il fitto contrabbando diffuso in quella regione. Ma è legge della vita che vi sia sempre chi è disposto a prendere ciò che altri disprezzano, e così non hanno tardato a stabilirsi lì certi cacciatori di frodo francesi, che chiamano bucanieri, e commerciano con la carne del bestiame inselvatichito abbandonato dagli spagnoli. Neppure son mancati i coloni inglesi che prima si erano stabiliti sull'isola Roanoke e nella Bahama, e anche avventurieri olandesi che da tempo vagano per i Caraibi sulle loro piccole navi e vanno sotto il nome di filibustieri. Suppongo che don Alonso de Contreras potrebbe raccontarci degli scontri che gli uni e gli altri hanno cominciato a ingaggiare con i soldati del Re di Spagna, poiché dal contrabbando alla pirateria il passo è breve, ve l'assicuro io che son stato sul punto di compierlo, e rendo grazie a Dio per aver avuto la fermezza necessaria a mantenere l'onore in salvo dall'avidità tentatrice, che è causa di tanti mali».

«State dicendo il vero, signore?» mi interruppe Catalina, con lo sguardo ansioso ed eccitato. «Avete fatto il contrabbandiere?»

«Ci ho provato, signora, per ignoranza e imprudenza, che son peccati tipici della giovinezza. Ma grazie alla severità e all'intervento del vostro signor zio, feci a suo tempo ammenda del mio errore e ancor devo correggerlo del tutto, fuggendo il mare come la peste in questo viaggio che mi riporta nel seno delle terre paterne, che non avrei mai dovuto abbandonare» risposi, e rivolsi un eloquente sguardo carico di riconoscenza a don Sebastián de Arteta, che si mise a fissare il piatto di minestra quasi volesse leggere sul fondo le tracce del suo destino.

«Ma non sono le mie misere debolezze e scelleratezze l'argomento di questa storia» continuai. «Ciò che richiama l'attenzione di tutti è la singolare maniera in cui quegli uomini hanno organizzato la propria vita sull'isola della Tortuga, a quanto mi ha raccontato un inglese appena tornato da lì, conosciuto a bordo della polacca che tre mesi fa mi ha portato fino a Cartagena delle Indie. Secondo lui, laggiù c'è un porto naturale dal fondale basso e di facile approdo situato ai piedi della montagna, a sud dell'isola, sulla costa bagnata dal canale che la separa da Hispaniola. Quello è il miglior porto della Tortuga, circondata per la maggior parte da scogliere inaccessibili, e lì hanno cominciato a stabilirsi bucanieri e filibustieri, ciascuno con i suoi pochi beni e tanta superbia, poiché si considerano uomini liberi: infatti c'è chi ha raggiunto quei paraggi fuggendo dalla schiavitù, e considera la propria volontà come il più grande tesoro in cambio del quale accetta penuria e scarso cibo. Lì, ognuno è re e nella propria casetta tiene il suo regno. Se navigano su una delle poche imbarcazioni che possiedono, lo fanno imbarcandosi in regime di assoluta eguaglianza, e quello che ottengono lo dividono di comune accordo, con una razione speciale per il proprietario della nave, quando ve n'è uno. Inutile aggiungere che non mancano le imbarcazioni finite nelle loro mani in maniera tutt'altro che legale, poiché quella gente che tanto stima la propria libertà rispetta ben poco la libertà dei servitori del Re di Spagna. Ma il più singolare dei loro costumi è quello di proibire l'accesso sull'isola di qualsiasi donna che non faccia la vita, e hanno abolito il matrimonio perché dicono che con esso arrivano il desiderio di possedere e accumulare, e l'inevitabile avidità di cose altrui. Non v'è altro amore sull'isola della Tortuga che quello carnale e comunque dietro adeguato compenso, cioè una faccenda più concernente agli affari che ai sentimenti.»

«Perdinci, signore, che storia poco edificante! Se la nausea non avesse impedito al nostro cappellano di farci compagnia, sono sicuro che vi avrebbe imposto di confessarvi seduta stante!» protestò don Pedro Olea de Zumárraga, che non sembrava disposto ad abbandonare il suo degno ruolo di comandante della nave e protettore della giovane Catalina.

«Aspettate di udire la morale, signor comandante» ribattei «che è poi questa: la crudeltà di quegli uomini è la prova che il troppo amore per la propria libertà può trasformare il cuore in un deserto, poiché lo stato di servitù liberamente accettato non offende né opprime l'uomo, ma, al contrario, offre un riparo alle tormente dei suoi appetiti e un altro fine ai suoi sforzi che non sia il mero sperpero di energie giungendo alla perdizione.»

Catalina applaudì la mia uscita opportuna e il capitano Contreras, rallegrato più dalla collera di don Pedro che dalle virtù del mio racconto, annuì con entusiasmo e disse:

«Parla bene l'inglese, e io stesso posso avallare le sue parole con fatti certi poiché li ho vissuti di persona. V'assicuro che l'amore frustrato, che poi non è altro che amor proprio, può essere fonte di sventure. Accadde più di dieci anni or sono, poco prima che Sua Maestà il padre del nostro Re, don Filippo III, decidesse di ripulire le terre di Spagna dalla piaga dei moreschi che, come ben saprà il nostro inglese, erano i discendenti dei mori che in altri tempi dominavano il regno di Granada e che, malgrado si dicessero cristiani, avevano continuato a professare in segreto la fede dei loro antenati. Mi trovavo rinchiuso in un eremo dei Monegros, una zona arida e desolata, dedito alla professione dell'eremita... non dovete stupirvi, perdinci, le armi non sono in contrasto con la fede e una delusione sofferta a causa delle prime non ha miglior cura che la preghiera e il silenzio!» si interruppe, di fronte alle espressioni sorprese dei presenti.

«Ammetterete che è difficile immaginarvi nei panni di un uomo pio, signor capitano» dissi io, senza riuscire a trattenere il riso visto che lo sguardo del capitano Contreras, per quanto si sforzasse di esprimere ira, mi diceva chiaramente che pure lui si burlava delle sue passate debolezze e, di conseguenza, dava adito al mio ardire.

«Lo crediate o meno, io me ne stavo lì» continuò, «dedito alla preghiera, quando un giorno vidi apparire un gran numero di soldati che vennero fino alla mia misera dimora e mi fecero prigioniero con enorme strepito e dispendio di forze, neanche avessero messo le mani sul Gran Turco. E in effetti quasi mi consideravano tale, quei balordi! Se fossero stati in minor numero avrei fatto assaggiar loro la carezza della mia spada! Mi condussero in ceppi fino a un villaggio delle terre di Extremadura, chiamato Hornachos, e lì seppi di cosa m'accusavano. Niente meno che d'essere il re dei moreschi. Le vostre signorie riescono a crederci? Io, re dei moreschi di Hornachos! Ma non v'è follia del tutto folle, né menzogna del tutto falsa, poiché l'immaginazione dell'uomo è figlia dell'esperienza e un po' di verità, per poca che sia, palpita sempre in ogni sproposito o inganno. Quel garbuglio nasceva da un fatto vero, però si era alimentato di supposizioni e silenzi fino a crescere smisuratamente. Avevano scoperto nelle terre di Hornachos una congiura di moreschi in procinto di ribellarsi, e in effetti coloro che lì vivevano s'erano guadagnati la meritata fama di uomini turbolenti e, sebbene ricevessero il battesimo secondo le regole, celebravano un rituale su un colle vicino, che chiamavano lo sbattezzatoio, con cui cancellavano ogni traccia di cristianesimo dalle loro anime. L'autorità si spinse fin laggiù, ne catturò alcuni e li fece impiccare a pubblico esempio. Cosa che provocò il giusto terrore fra gli altri moreschi e fece aprire le bocche dei pochi veri cristiani che vivevano lì, i quali dissero di non essere per nulla sorpresi riguardo eventuali ribellioni e congiure poiché da tempo era passata in quella zona una compagnia di soldati che aveva scoperto una grande quantità di armi nascoste in una caverna, e sicuramente non dovevano trovarsi lì per un buon fine. Fu profondo lo stupore del podestà della Corona inviato in quella regione, perché non aveva avuto notizia alcuna del ritrovamento di tali armi. Vennero svolte delle indagini e ben presto si arrivò alla compagnia di soldati che le aveva rinvenute. Indovinate chi era l'alfiere che aveva guidato quella truppa? Proprio io, che a quei tempi rivestivo tale grado. Ecco perché mi trovavo in stato di arresto a Hornachos. Appreso ciò, proclamai la mia assoluta innocenza, perché ricordavo di aver comunicato a suo tempo la notizia al commissario e potevo mostrare il luogo dove giacevano le armi, cosa che poi non risultò facile, poiché a parte i vuoti della memoria, gli astuti moreschi avevano camuffato la caverna e costruito un muro sul fondo per meglio nasconderle. Alla fine le armi furono ritrovate, ma questo non mi procurò la libertà, e venni condotto a Madrid per chiarire la questione anche se, a onor del vero, durante il viaggio fui trattato con rispetto, non dovetti trascorrere le notti in carcere ma nelle case dei sindaci di ogni città lungo il cammino, alla cui custodia venivo puntualmente consegnato.»

«Non riesco ancora a capire dove sia l'intreccio amoroso, signor capitano» si lamentò Catalina, approfittando della pausa nel racconto imposta dall'arrivo nelle scodelle di un succulento stufato di gallina con verdure, che emanava un inebriante profumo di alloro, e meritava senza dubbio dei commensali più predisposti di noi.

«Ci sto arrivando, signora» ribatté il capitano Contreras, che licenziò il brodo con un sonoro rutto, cosa che suscitò le proteste di don Pedro e del notaio. Il capitano si scusò sostenendo che era un'abitudine mora acquisita durante le permanenze nelle terre dei berberi, dove aveva svolto spesso delle missioni di spionaggio, e riprese la sua storia:

«Mi valse ben poco quel trattamento benevolo e il proclamare che ero nato nella città di Madrid e avevo ricevuto il battesimo nella chiesa di San Miguel, né che i miei genitori fossero cristiani d'antica schiatta, senza mori o giudei o condannati dal Sant'Uffizio tra i propri avi e parenti. Venni a sapere dal signor giudice don Melchor Molina, una mia vecchia conoscenza, che il commissario a cui avevo comunicato il ritrovamento delle armi negava non solo questo ma addirittura di conoscermi. Ci misero a confronto, e quell'uomo, non so se per nascondere il proprio errore o per eventuale intesa con i moreschi, negò con notevole disinvoltura di avermi mai visto. Io giurai il contrario e mi dichiarai disposto a ratificarlo sotto tortura, cosa che impressionò sicuramente il giudice e gli ufficiali, ma che non mi evitò di finire in carcere assieme al suddetto commissario. Non dovetti comunque attendere molti giorni per vedermi legare su un cavalletto ed esser sottoposto al tormento, così come avevo io stesso proposto. Mi diedero diversi tratti di corda, e le carni subirono quel supplizio senza che cedessi in alcun modo, tanto che alla fine decisero di porre termine alle torture e ordinarono di curarmi le ferite con più solerzia che a un re, poiché il podestà e il signor giudice don Melchor Molina volevano credere alle mie parole. Dopo aver prestato giuramento di non allontanarmi dalla capitale, venni rimesso in libertà nell'attesa di risolvere la disputa; ma il commissario godeva dell'appoggio del vecchio comandante in capo e del conte di Chinchón, grazie alle ricchezze con le quali comprò testimoni disposti a giurare che non ero mai stato a Hornachos. E di conseguenza dovetti lasciare precipitosamente Madrid, venendo meno alla parola data, andando in cerca di chi potesse confermare quanto avevo dichiarato. Fuggii ad Alicante e lì incontrai molti soldati della leva dell'anno milleseicentotré che erano stati con me a Hornachos, e che si apprestavano a imbarcarsi con i reggimenti diretti in Italia. Da loro ottenni cinque testimonianze scritte sul fatto che il commissario si trovava a Hornachos quando era stata scoperta la caverna con le armi e che io lo avevo messo al corrente di ciò. Dopo aver festeggiato il nostro incontro come s'addice alle abitudini della soldatesca, tornai a Madrid per provare la mia innocenza. Cercai rifugio a casa di una signora che a quei tempi era mia amica e il cui nome, per doverosa discrezione, ritengo conveniente non rivelare. Venne ad aprir la porta la domestica, che si chiamava Isabel ed era una giovane di bell'aspetto sulla quale, per dirla tutta, avevo qualche volta allungato le mani senza giungere a maggiori risultati, che è consueto per gli uomini distrarre le mani per mantenere libero il cuore; e, vedendomi, esclamò: 'Oddio, signora, è l'alfiere!' La sua padrona non si mostrò meno sorpresa di lei e disse: 'Alonso, siete pazzo a venire a Madrid, non ci metteranno molto a scoprirvi e impiccarvi. Per le sante stimmate, andate in una chiesa!' Io replicai che non v'era motivo di preoccuparsi tanto, perché avevo con me le prove della mia innocenza e l'indomani mattina sarei andato dal giudice don Melchor Molina a mettere le cose in chiaro. Nel frattempo non datevi pena, conclusi, e aggiunsi: 'Isabelilla, prendi, vai a casa dell'ambasciatore d'Inghilterra che è un buon amico e portami quel che trovi da mangiare e del buon vino, che sto morendo di fame e se proprio devono impiccarmi, fa' in modo che muoia sazio'. La domestica uscì e tornò con quanto richiestole, così cenammo lautamente e poi, sentendosi stanca, la signora decise di ritirarsi in camera sua. Dunque, rimasi solo con la giovane, alla quale chiesi di farmi dei massaggi con il vino alle gambe, indolenzite per il lungo viaggio, e dai massaggi passammo ad altro genere di carezze al punto che mi ritrovai in una situazione così compromessa da sembrarmi un'enorme imprudenza, poiché non era il caso di provocare uno scandalo e di venire sbattuto in mezzo alla strada proprio quando ero in procinto di recuperare la libertà. Cominciai a respingere con parole dolci la giovane Isabel, che mostrava un notevole affetto nei miei confronti, e poi dovetti farlo con modi più bruschi perché lei non la smetteva con i suoi giochi e mi chiedeva di possederla senza indugi, visto che tante volte le avevo fatto assaggiare il miele senza permetterle di gustarlo appieno, e si sentiva ardere dal desiderio. Le ricordai la sua padrona e lei la maledisse, la implorai di restare in silenzio e quella giurò di scatenare un putiferio se non soggiacevo ai suoi viziosi capricci. E a un certo punto si udì il rumore della porta di camera della sua padrona, e lei saltò via come se l'avesse punta una vespa, fuggendo in singhiozzi. Apparve la signora, mi scusai per tanto rumore che, dissi, era causato da un topo al quale vanamente avevo dato la caccia. Lei si spaventò, giurò che non avrebbe potuto dormire da sola sapendo che una bestia simile girava per la casa, e io posi rimedio alle sue preoccupazioni. 'Una mossa felice', mi dicevo l'indomani, rallegrandomi per l'efficace trovata, mentre mi dirigevo alla casa del signor giudice. Lì aspettai che mi ricevesse e lo misi al corrente delle novità, udite le quali mi mandò a casa del signor conte di Salazar, dove avrei ottenuto giustizia. Ma uscendo in strada mi si gettarono addosso un ufficiale e vari sbirri decisi a catturarmi, cosa che avrebbero fatto se non avessi sguainato la spada e non fosse accorso il giudice, messo in allarme dalle urla dello scontro. Chiarito l'equivoco, raggiunsi la casa del conte scortato dagli stessi uomini che volevano arrestarmi e centinaia di curiosi attirati da quel singolare avvenimento. Ottenni finalmente giustizia e il commissario tornò in carcere, ma non per molto tempo, poiché il denaro e le protezioni di cui godono i grandi accorciano le pene, aprono le porte e chiudono le bocche. Dunque uscii bene da tale imbroglio, benché fossi giunto a un passo dal veder morire le mie speranze quando erano venuti a prendermi in casa del giudice, proprio per aver respinto le profferte amorose di Isabelilla, che volendo vendicarsi, aveva denunciato la mia presenza in città a un suo amico sbirro. E da ciò concludo che se può esser rischioso amare, lo è anche non dare soddisfazione a una donna che lo richiede».

Catalina approvò il racconto e altrettanto feci io, proponendo per don Alonso de Contreras l'onorevole titolo di Samaritano dell'Amore. E persino il cambusiere Lucas Beltrán, che non aveva aperto bocca durante tutta la cena se non per inghiottire il contenuto della sua scodella, si mostrò d'accordo con le parole del capitano. Però il silenzio di don Pedro che, ormai era fin troppo chiaro, disprezzava l'arroganza e la disinvoltura del capitano, incoraggiò il notaio a replicare al soldato:

«È facile parlar così, signor Alonso, quando le ferite e le pene di tanto amoroso favore e tanta licenza ricadono sulle spalle altrui, o sulle corna d'altri, se preferite un'espressione più schietta».

«Vi state riferendo a voi stesso?» ribatté il soldato, con uno scintillio d'acciaio negli occhi.

«A me?»

«Vi chiedo se vi duole la fronte.»

«Signore! Cosa volete insinuare?»

Il notaio era impallidito, evento miracoloso visto che la sua pelle era già di un biancore cadaverico.

«Dovete sapere, signor notaio, poiché non ho mai parlato di corna, che la mia amica era vedova e la ragazza nubile, e se c'era qualcosa tra lei e lo sbirro, ammesso che ci fosse, non so su chi facesse ricadere l'infamante cornificazione. Ma giacché mi provocate sappiate che non mi tiro indietro e non parlo a vuoto, né traggo profitto dall'altrui sventura. Ho provato il tradimento sulla mia pelle, perché anch'io ebbi a gustare i piaceri del matrimonio poco prima della storia di Hornachos, che ho appena finito di raccontarvi. Ero stato destinato nei territori d'Italia, dove comandavo una nave piccola e veloce che divenne meritatamente famosa per i tanti marinai turchi che, avventuratisi nelle acque mediterranee, avevan ricevuto il crudele messaggio dei suoi cannoni. Nei pressi di Palermo conobbi una bella donna spagnola, vedova di un giudice auditore, della quale rimasi folgorato. Avevo ben poco da offrirle oltre all'amore, poiché la sua fortuna era enormemente superiore alla mia che comprendeva quattro camicie e dodici scudi di paga, però decidemmo di sposarci e così facemmo. E fummo felici per più d'un anno finché un amico di quelli che definiamo fedeli si interessò a lei a mia insaputa, cosa che non avrei neppure potuto immaginare se non fosse stato per un suo paggetto che un giorno mi chiese, non so se fingendosi ingenuo, se fosse un'abitudine spagnola quella di baciare le mogli degli amici. Per non scatenare uno scandalo gli dissi di sì ma di non farne parola con alcuno perché tale costume poteva esser mal interpretato a Palermo. Da parte mia, mi misi in guardia finché un mattino non li sorpresi assieme in una situazione che non lasciava spazio al dubbio, e seduta stante morirono. Non sono uomo che piange le offese all'onore nascondendosi alla fine del mondo, come quel don Alonso Álvarez che abitava vicino a voi a Cartagena delle Indie e che era arrivato fin laggiù trascinandosi le corna fattegli in Spagna dalla moglie tra le liriche braccia del nostro illustre poeta don Lope de Vega, della cui amicizia mi onoro e quindi non provo alcuna compassione per la codardia della vittima in questo caso. Ma non voglio aggiunger altro, che vi sono cose in grado di far danno al solo menzionarle e donne che nulla valgono, per quanto elevato sia il lor lignaggio. Dunque, signor notaio, come vedete non parlo per sentito dire e immagino neppure voi lo facciate, perché la liberalità delle donne di Cartagena delle Indie è alquanto rinomata...»

«Signori, ora basta!» li interruppe don Pedro. «Che razza di parole sono queste, al cospetto di doña Catalina? Le signorie vostre hanno forse perso il senno?»

«Io, signora... perdonatemi, in nome di Dio...» balbettò il notaio, con la faccia atterrita quanto quella di uno caduto da un albero.

Il capitano Contreras porse le sue scuse con un silenzioso inchino del capo e io rimasi a rodermi dalla curiosità, perché non riuscivo a comprendere cosa fosse stato detto di così offensivo per la nostra graziosa passeggera.

La conversazione si consumò come una candela, mentre noi affrontavamo penosamente i dolci. Don Pedro Olea de Zumárraga continuava a starsene chiuso nel torrione della sua collera, che si innalzava quanto la smisurata superbia e l'abituale rivalità che regna tra comandanti della marina e dell'esercito. Il resto della tavolata osservava il silenzio. Solo Catalina sembrava compiaciuta per le facce adirate degli uomini che la circondavano. Mentre le nostre voci tacevano, la sua si levava a chiedere ogni sorta di attenzioni: un po' d'acqua per rinfrescarsi la fronte, l'apertura della vetrata per ventilare la sala, una tisana per la nausea che, a quando diceva, tornava a tormentarla...

«Vi causa dunque così tanto disturbo questo dondolio, signora?» chiese don Pedro, il cui volto accigliato aveva assunto una repentina espressione determinata. «Se è così, sappiate che cercherò di porvi subito rimedio, perché sebbene non brilli quanto le parole galanti o le storie ingegnose, per ottenere la felicità di una dama vale più la volontà di rimuovere gli ostacoli. Sono i fatti che contano, come dice il proverbio.»

E pronunciando tali parole, il comandante percorse con sguardo altero la tavolata fino a incontrare gli occhi del capitano Contreras. Ma il soldato rispose al disprezzo con un sorriso e disse:

«È un vostro privilegio, signor comandante. Prendete le misure che vi sembrano adeguate, anche se non riesco a immaginare quali. Ordinerete al mare di placare le sue onde? Direte al vento di starsene in silenzio?»

«Prima o poi raggelerò quel sorriso sulla vostra bocca, signor Alonso» rispose il comandante, strascicando le parole con ira. Chiamò il suo paggio con un cenno della mano e gli ordinò: «Ruy, vai dal signor nostromo e digli di venire qui immediatamente!»

Calò un lungo e imbarazzato silenzio mentre il paggio si precipitava a compiere l'incarico. Di lì a poco, arrivò il nostromo e il comandante si alzò in piedi per impartire nuovi ordini.

«Signor Juan, ammaini la mezzana, il fiocco e la vela maestra.»

«Agli ordini, comandante» rispose il nostromo e accennò a ritirarsi, ma si bloccò sulla porta della cabina, indeciso.

«Qualcosa non va, signor Juan?» chiese il comandante, ancora in piedi.

«Perderemo di vista il resto della flotta, signore.»

«Intendete dirmi come devo governare la mia nave, signor nostromo?»

«No, signore! Posso ritirarmi per impartire gli ordini?»

«Avreste già dovuto farlo, anziché tentennare. Andate.»

Il volto del nostromo aveva perso ogni espressione, quasi fosse una maschera di cera. Chinò appena il capo e uscì dalla cabina lasciandoci in preda allo sconcerto.

Il comandante tornò a sedere, rosso in viso e con un fulgore di ferocia negli occhi, e disse:

«Le signorie vostre hanno sentito i miei ordini. Spero ardentemente che nessuno ceda alla tentazione di discuterli. Sono stanco di bravate e chiacchiere. Mi auguro che la cena sia risultata gradita alla nostra graziosa passeggera e posso assicurarvi, signora, che riducendo la velocità di navigazione il vostro malessere vi concederà una tregua. Per ottenere ciò, scarrocceremo più a sud, dove i venti sono meno forti...»

«Volete forse portarci nel mar dei Sargassi?» esplose il capitano Contreras, che da tempo si mordeva la lingua per non dar libero sfogo alla rabbia.

«Signor Alonso, ho tollerato a sufficienza tali impertinenze! Mi prendete per un idiota? È ovvio che non ci allontaneremo così tanto. Cercheremo solo acque più calme sulle quali doña Catalina possa riprendersi dai suoi patimenti. In seguito raggiungeremo il resto della flotta. Abbiamo velatura in abbondanza per farlo.»

«Ma è rischioso restare indietro dalla flotta! Indebolite la difesa delle altre navi e mettete in pericolo la vostra!»

«Ora basta! Silenzio, se non volete che vi imponga la disciplina con altri mezzi! Dio, quanto sono stanco dei vostri timori e piagnucolii! Proprio voi, sempre pronto all'azzardo e alle fanfaronate! Dov'è finita la vostra galanteria nei riguardi delle donne? Dov'è quel valoroso capitano Contreras di cui tutti parlano?» E sulla bocca di don Pedro comparve un sorriso orribile, deformato dal disprezzo e dall'ira.

«Pregate Dio che non ve lo faccia incontrare mai sul vostro cammino, signor capitano» replicò il capitano Contreras improvvisamente calmo, quasi che la freddezza dei suoi occhi si fosse propagata all'intera figura. «Non ho motivo alcuno di darvi soddisfazione riguardo i miei pensieri e il mio passato. Siete il padrone di questa nave, potete togliervi qualsiasi capriccio, sprecare energie in sciocchezze o far pitturare il galeone a chiazze, se vi aggrada, però ricordate sempre di avere un altro padrone al di sopra di voi: il nostro Re, che di sicuro avrà qualcosa da obiettare sul modo in cui mettete a repentaglio la sua Armada per soddisfare la vostra superbia. Null'altro ho da dire.»

E rivolgendosi alla bella Catalina, il cui volto risplendeva, aggiunse:

«Abbiam viaggiato e vissuto molte esperienze senza muoverci da questo tavolo, signora, ed è giunta l'ora di riposare dopo tante emozioni e fatiche. Abbiate la bontà di concedermi licenza. Auguro la buona notte alle signorie vostre».

E lasciò la cabina senza rivolgere neppure uno sguardo a don Pedro Olea de Zumárraga, che ostentava un trionfante sorriso e ci intrattenne per qualche tempo ancora con storie banali, finché non diede per terminata la cena e, lasciando i paggi intenti ai loro compiti di servitù, uscimmo tutti sul ponte dove già brillavano fiocamente le lanterne e, ingigantiti dalla crescente oscurità, si facevano più inquietanti i rumori della nave.

Non c'era alcuna traccia del capitano Contreras, don Pedro, però, non doveva sentirsi a proprio agio visto che si diresse velocemente al rifugio del suo alloggio, lasciandoci da soli nella notte. Mi apprestavo a fare altrettanto, una volta che il notaio, il cambusiere e la bella fanciulla avessero sgombrato il castello di prora, quando la voce di Catalina cambiò i miei propositi.

«Offritemi la vostra compagnia, signor Tomás, che un po' d'aria non mi farà male.»

Lei mi aspettava sul vano della porta, sicura della sua irresistibile fragilità. E io, cosa potevo fare se non ringraziare il destino che mi prodigava le sue tentazioni con tanto sfacciato impegno? Mi avvicinai e le offrii il braccio, e così, con il freddo contatto della sua mano che mi bruciava attraverso la tela della camicia, ci dirigemmo ad balaustro di sinistra dove l'avevo vista per la prima volta. Il mare rumoreggiava oltre la murata, illuminato appena dalla luna calante, e il tintinnare del sartiame contro il legno sembrava comporre una musichetta propiziatoria al di sopra delle nostre teste. In qualche punto dell'invisibile orizzonte brillava, rimpicciolendo gradualmente, il fanale della nave ammiraglia seguito dalle luminarie del resto della flotta, che baluginavano come remote stelle in un cielo plumbeo.

«Che follia!» mormorai quasi senza rendermene conto.

«Cos'è che vi dà pena?» chiese lei.

«La vostra bellezza» risposi, lasciando briglia sciolta alla mia lingua.

«Non dicevate così l'altro giorno. Non sarà per caso il vostro cuore che vi fa soffrire?» ribatté lei, e avvertii che il suo sguardo timido, appena intuito alla fioca luce della lanterna sul castello di prora, diventava intenso.

«Avete ascoltato la mia conversazione con il capitano Contreras?» chiesi, sorpreso.

«Ma certo, mio valoroso signor Tomás. E non sapete con quanta impazienza ho atteso il momento di potervi ringraziare per aver preso le mie difese.»

«Non ringraziatemi di nulla, perché probabilmente non si trattò d'altro che di arroganza e pazzia.»

«Non vi credo.» La sua mano si posò sulla mia e un brivido mi percorse il corpo come se il freddo acciaio d'una spada m'avesse trapassato da parte a parte.

«La bellezza può esser tiranna. L'altro giorno ho mentito e voi dovreste saperlo.»

«Perché?»

La sua voce era un sussurro.

«Lo sapete bene.»

«Ditemelo voi.»

Giocava con me e io, povero pupazzo, potevo soltanto ballare appeso ai fili che lei tirava a suo capriccio. Mi ripromisi di restare in silenzio, ma le parole si aprirono un varco nella mia bocca quasi che questa non mi appartenesse più. Non lo avrei detto. Non dovevo dirlo. Ma non potevo fare a meno di dirlo:

«Perché vi siete impossessata del mio cuore, signora, e temo che non vogliate restituirmelo».

La sentii ridere di gusto, sommessamente. Una risata che era di gratitudine e anche di vittoria, invito e avvertimento.

«Ridete pure, Catalina, visto che mi tenete prigioniero, ma non prendetemi per stupido. Non mi sentirete pronunciare parole d'amore eterno. Voi volete la mia resa e capitolazione. Le avete. Adoro le vostre mani di marmo e i vostri candidi seni, che posso immaginare e mi struggono d'amore. Metto ai vostri piedi ogni mia energia e vi offro il piacere di cui vorrete disporre, ma sappiate che la mia schiavitù non durerà più di quanto duri questo viaggio.»

«Bugiardo! Pensate che non sappia leggere negli occhi degli uomini? Siete così arrogante... Credete che non senta il tremito della vostra carne sotto la mia mano? Ah, gli uomini...! Che presuntuosi. Se vi parlo così, apertamente, è perché so di non poter competere nell'inganno con il re dei raggiri. Dunque, a che scopo fingere? Sono una donna di stirpe nobile e posso quindi gettare di notte la rete dei miei desideri senza che al mattino debba rendere conto della pesca a nessuno. Ma voi... chi siete? Un amico del mio signor zio? Per Dio, Tomás, che sciocchezza! Mio zio non vi permetterebbe di oltrepassare l'atrio del suo palazzo. La vostra gradevole presenza è fatta solo per lo svago delle donne, ma voi non siete nessuno. Un pícaro. Un ladro, forse. Uno sfrontato. Un adorabile bugiardo che la sfacciataggine rende ancor più affascinante. Custodite molti segreti, signor Bird, ma a me non potete nascondere il più ovvio di tutti: voi non siete l'intraprendente gentiluomo inglese che vorreste far credere. Quindi... arrendetevi una buona volta, mio valoroso difensore. Siete mio prigioniero e posso garantirvi che nulla mi risulterà maggiormente gradito che tormentarvi con i più dolci supplizi, per poi poter curare le ferite.»

«Somministrate i vostri favori come un veleno» mormorai ormai arreso, mentre la mia mano temeraria volava nella notte e accarezzava fugacemente la scollatura del suo vestito, dove i seni fremevano ed esalavano il debole gemito che come un uccellino era sfuggito, rapido e libero, dalle sue labbra.

Ma quella carezza non durò neppure il tempo necessario per confermare che non fosse un sogno perché, con la leggerezza di una piuma, il suo corpo si separò dal mio, la sua mano abbandonò il mio braccio, e in un istante lo svolazzo della sua sottana scomparve nel vano della porta del castello di prora, portandosi dietro la tenue fragranza, il ricordo del suo sorriso, lo scintillio allusivo dei suoi occhi, i segni tracciati nell'aria dalle sue mani, quella presenza di giovane donna che mi aveva mozzato il respiro quasi fossi in preda a un sortilegio. Sentii che un sorriso mi spuntava sulle labbra e queste si aprivano e la lingua si agitava e riprendevano a uscire dalla mia bocca parole che nascevano in qualche angolo ignoto dell'anima, ma non dal cuore ardente di desiderio né dall'estasiata sommità dei miei occhi. Non eran parole di passione né di follia o di estasi, ma parole vane, parole stolte il cui suono mi feriva come se schegge di cristallo d'una coppa infranta graffiassero la pelle delle mia labbra traditrici.

«Perdinci, che femmina! Dicono che l'edificio più casto ha la porta di cera... Saprò come curare la sua insolenza con una medicina da uomo! Non c'è male che non guarisca con un buon clistere!»

«Non siate volgare!» urlò la voce di Cristóbal Mendieta alle mie spalle.

Mi voltai e lo vidi piantato di fronte a me, alterato e febbrile, come se uscisse da un brutto sogno. Da quanto tempo stava spiando la nostra conversazione? Non disse altro. Mi passò accanto senza guardarmi e scomparve nel ventre della nave, seguendo le orme della sua padrona. Ma il dolore che ero riuscito a leggere fugacemente nei suoi occhi aveva già cancellato il sorriso dalla mia bocca. La voce della sentinella annunciò il giro di clessidra e il timoniere gli rispose dalla sua invisibile postazione. La vita sulla nave andava avanti, estranea alle nostre pene benché fosse costretta a patire le conseguenze delle nostre vicissitudini. La nuova disposizione della velatura aveva fatto diminuire il beccheggio della nave, la bella Catalina aveva mietuto una nuova vittoria e io mi sentivo stanco. Scesi la scaletta fino alla fetida oscurità della mia cabina e lì, prima di addormentarmi, ebbi soltanto le forze per maledire la mia testa sventata e la mia cecità.

III

Ben presto dovetti rendermi conto che su quel galeone nessuno era ciò che sembrava essere. Il capitano, don Pedro Olea de Zumárraga, trascorreva le ore rinchiuso nel suo alloggio senza che nulla di quanto accadeva a bordo lo interessasse minimamente. Si preoccupava solo di adulare la bella Catalina la cui nausea aveva ormai sostituito il sestante nel governo della nave. Falsa galanteria, in fin dei conti, poiché non cercava il bene della bellezza bensì la semplice vicinanza, e anche così lo faceva più per pavoneggiarsi che per servirla. Nel frattempo, avevamo perso di vista la flotta in quella fatidica notte e il ritardo del comandante nel riprendere la rotta mi faceva temere che non vi fosse ormai alcun modo di raggiungerla.

Il nostro azzimato notaio aveva scambiato la devozione nei riguardi del Re con la passione per le monete che questi coniava, magari per venerare in esse il volto del suo signore, ma la cosa certa era che la sua borsa sembrava la bocca di un pícaro, sempre spalancata e pronta. Neppure la verità, della quale, stando al mestiere che svolgeva, doveva essere il tesoriere, scampava alla sua voracità e, siccome una nave è simile a una corte di comari dove qualsiasi cosa si cuocia arriva alle narici altrui, non ci volle molto per venire a sapere che don Pedro aveva saziato l'appetito di quella borsa in tal maniera che il riconoscente notaio non si era fatto pregare per mettere nero su bianco nei suoi libri il vero motivo dell'allontanamento dall'Armada. Dunque: una gravissima malattia aveva violentemente afflitto la nostra leggiadra passeggera, la quale supplicava di essere sbarcata sulla terra più vicina poiché non voleva che una morte ingrata la cogliesse in alto mare né che questo diventasse la sua ultima dimora. E se non fossero bastate le menzogne del notaio, anche il cerusico, Luis de Pontejos originario di Cadice, si era prestato a testimoniare per iscritto l'esistenza dell'immaginaria malattia, così rara e virulenta, diceva, di cui nulla sapeva al riguardo tranne che poteva esser contagiosa ed era, pertanto, una saggia decisione quella di cercare una terra dove lasciare l'inferma, perché non avesse a infestare l'intero equipaggio.

Ma il male non si limitava a questi raggiri. La nausea del cappellano, che ci aveva privato della sua compagnia nella cena dalla quale tanti guai minacciavano di scaturire, era risultata esser figlia dell'andirivieni del vino più che dell'agitazione marina. E proprio dalla bocca di fra' Alonso Espinel era sfuggita, assieme all'indiscreto alito puzzolente di vino rosso, la notizia dell'intrallazzo tra capitano, cerusico e notaio. Una volta risaputo ciò, il malcontento s'era propagato sulla nave a macchia d'olio, e a ogni ora del giorno c'era qualcuno che protestava per qualcosa senza curarsi delle orecchie in ascolto; dunque la volontaria reclusione di don Pedro emanava un inequivocabile tanfo di codardia e si sa che all'odore della paura accorron sempre gli avvoltoi della discordia.

Temendo che all'arrivo a Siviglia venisse scoperto l'imbroglio, il pilota si disinteressava dei suoi doveri, come se la rotta della nave non lo riguardasse, e proclamava a chiunque gli capitasse a tiro che sarebbe toccato a lui pagare con la propria pelle una simile bestialità, poiché era già successo che un comandante attribuisse al pilota l'erronea interpretazione di un ordine. Stando così le cose, il timoniere, che governava il galeone dal ridossato pozzetto in cui si trovava la barra del timone, si vedeva costretto a compiere il suo lavoro doppiamente alla cieca, poiché non solo non poteva vedere il mare da quella postazione ma per di più nessuno andava a orientarlo dal boccaporto sul ponte.

Tra gli uomini dell'equipaggio, sempre orgogliosi delle proprie capacità, si sprecavano le battute e le frasi argute, e non era raro vedere il carpentiere, il calafatore e il bottaio discutere animatamente, o sentire quest'ultimo, un biscaglino di nome Domingo Pérez, affermare che discendeva da uno degli uomini che con l'ammiraglio don Cristoforo Colombo avevano compiuto il primo viaggio al Nuovo Mondo, in contrapposizione alle imprese del famoso zio del comandante di cui diceva «per come si comporta il nipote, che ne sa più di rosari che di carte nautiche, di don Juan Sebastián Elcano deve aver conosciuto a malapena lo svolazzo del mantello mentre andava a messa».

I marinai si sfogavano a suon di bestemmie neanche fosse il San Juan de Gaztelugache una nave di eretici anziché di cristiani, e passavano di bocca in bocca le più feroci burle sulla nostra graziosa passeggera, che dall'equipaggio era unanimemente vista come la causa dello sconcerto regnante a bordo. E lei, quasi volesse colmare il calice dell'odio altrui, si faceva ammirare in coperta, esuberante e radiosa, ostentando le sue grazie come il ricco quando sfoggia i gioielli davanti alla plebe, indifferente a invidie e rancori, con un arrogante atteggiamento autoritario. Sapeva d'esser protetta e ammirata da quanti anelavano l'attenzione dei suoi occhi e poco importava che dietro tali protettori si celassero la vanità e la lussuria o che non tenesse in alcun conto la felicità dei suoi devoti servitori, poiché l'erratica sorte del galeone era il preteso omaggio e il sostentamento alla sua anima velenosa. Io pensavo malignamente che in lei trionfasse anche la menzogna, che si spacciava per donzella e magari lo era pure, ma non per la purezza delle sue azioni bensì, come altre donne sapevo che facevano, per esser casa con due porte e maestra nell'arte di custodire quella principale e lasciar aperta quella posteriore. Queste riflessioni amare, pure e semplici congetture, trovarono immediata conferma quando potei finalmente parlar da solo con Cristóbal Mendieta e questi mi confessò ciò che avevo letto nel suo sguardo: l'amava e non era il suo amore una devozione di poeta per la musa irraggiungibile bensì travolgente passione di chi conosce i segreti della carne altrui, i suoi godimenti e patimenti.

Lo incalzai di domande finché le lacrime infransero i suoi dinieghi.

«L'amate?»

«No, non la amo. Non posso amarla.»

«E malgrado ciò, l'amate?»

«Lasciatemi in pace!»

«L'amate, perdinci, perché negarlo se ce l'avete scritto negli occhi?»

«Non c'è scritto proprio nulla. Chi sono io per poterla amare?»

«Però l'amate, Cristóbal. Ammettetelo.»

«Mai. Non posso.»

«Perché tacere se è così lampante?»

«No, non lo è. Io non sono nessuno.»

«Però vorreste tutto.»

«No, voglio soltanto esser libero.»

«Bel cammino avete scelto. Sperate di esserlo con lei? Non siete altro che un paggio che lei usa per saziare i suoi appetiti, povero diavolo.»

«Cosa volete saperne voi! Tenete a freno la lingua!»

«Perché tanta collera se non l'amate? Cosa vi cambia che sia pura o si conceda a chi le aggrada, che vada a letto o se l'intenda con chicchessia? Siete forse il suo confessore, suo fratello, suo padre o un servitore pavido che la desidera ma non osa neppure ammettere a se stesso che l'ama?»

«Per Dio, Tomás, chiudete quella bocca e non soffiate sul fuoco che mi consuma! Lasciatemi in pace, vi scongiuro!»

Cristóbal Mendieta fece il gesto di uscire dalla mia cabina, dove ero riuscito a trascinarlo per poter parlare al riparo dalla curiosità degli altri, ma le mie parole riuscirono a trattenerlo:

«Aspettate, non fuggite, se vi parlo così non è per torturarvi, potete starne sicuro. Voi siete stato testimone del modo in cui Catalina getta le sue reti e, perché negarlo, mi tiene prigioniero come tanti altri. Io lo so e non mi sorprende di trovarci intrappolato qualche altro pesciolino come voi. Non v'è nulla che possa sorprendermi in una donna che soltanto essendo adorata da tutti si sente appagata. Lei si alimenta dell'amore altrui, ma è incapace di offrire il suo».

«Come vi permettete di parlare in questo modo! Catalina è capace di offrire un amore senza limiti.»

«Lo sapete per esperienza?»

«Se lo so? Me lo porto impresso sulla pelle!»

«Portatelo pure, ma non ingannate voi stesso, perché sotto la parola amore si nascondono sentimenti molto diversi e non bisogna mai confondere il godere dei favori di una dama, che è pur sempre una bella soddisfazione, con le cure che la donna innamorata offre al suo amato, una cosa da mandare in estasi. Permettetemi di dirvi che il piacere di un corpo saziato, per grande che sia, può risultare ingannevole e così ora bramate quella donna che vi porterà soltanto sofferenza, nonostante vi appaghi momentaneamente.»

«Se parlate in cotal guisa è perché siete divorato dalla gelosia. Ma non riuscirete ad allontanarmi da lei con simili fandonie.»

«Non ci provo nemmeno, Cristóbal. È vero che v'invidio, ma la mia non è l'invidia di chi nulla può. Sapete bene che lei stessa mi spalancherà la porta se così desidera. Ma io non voglio allontanarvi da Catalina. Dannazione, Cristóbal, godetevela fino a farne indigestione, ma non innamoratevi di lei, e se già lo siete, ribellatevi, lottate con il vostro cuore perché se non lo fate lei vi condurrà alla disperazione e non esiterà a metterci uno contro l'altro per poi godersi lo spettacolo dei nostri desideri in lizza.»

«State lontano da lei e non accadrà nulla di tutto questo.»

«Non dipende da me, è il suo capriccio che dovete temere. Però vi giuro che non sarò io a muover il primo passo, se ciò può servirvi da consolazione.»

«Mi serve» rispose Cristóbal Mendieta e avvertii una stilettata di tristezza vedendo quel viso sconvolto, che pretendeva d'apparire gagliardo mentre a malapena dissimulava la trascuratezza e l'abbandono a cui la sua volubile amata l'aveva condotto.

Uscì frettolosamente dalla cabina e mi lasciò da solo con i miei pensieri. C'era qualcosa in lui che mi sfuggiva. Dietro il turbine della sua anima intuivo la presenza di una paura che poco o nulla aveva da spartire con il mal d'amore. Ero a conoscenza della manifesta avversione nei confronti di Cristóbal Mendieta che nutrivano i due impertinenti marinai conosciuti al mio arrivo sul San Juan de Gaztelugache. Io stesso avevo dovuto sopportare per ben due volte le loro burle e, grazie all'instancabile lingua di Jacobo Albiz, avevo appurato che erano entrambi del suo stesso paese, dove godevano della meritata fama di attaccabrighe e pervertiti, poiché persino nelle migliori terre crescono le male erbe. Si chiamavano Juan Azcoitia e Antón Gastaca e i loro modi villani li tenevano in disparte dal resto dell'equipaggio, anche perché essendovi alcuni compaesani, come il già menzionato Jacobo Albiz e il bottaio Domingo, ben presto si era sparsa la voce sui peccati e gli affronti commessi da quei due. Di Azcoitia, che era grande e grosso e sboccato, con la faccia butterata, un enorme naso rotto che la diceva lunga riguardo le sue imprese, e occhi piccoli e malvagi, si narrava fosse capace di un odio senza limite. Aveva fatto della persecuzione degli eretici la sua vera religione e la professava con tanto ardore che vedeva streghe e servi del demonio persino nell'ombra dei gatti, che in genere sono creature demoniache, stando a quanto lui stesso sosteneva, convinzione che lo aveva portato a sterminare l'intera congrega felina del suo paese, in parte con le proprie mani a suon di colpi ben assestati, e in parte a opera dei rispettivi padroni che, timorosi di vedersi accusare dallo spietato Azcoitia, avevano finito per gettare nel fiume i loro animali chiusi in un sacco. Come ogni spirito pusillanime, Azcoitia sprecava le forze non per distogliere lo sguardo da quanto lo disgustava bensì per cercarlo con impegno, e così intossicava parroci e ufficiali del Sant'Uffizio con le sue denunce, che aumentavano di tono e indignazione a tal punto estremo che era capace di viaggiare fino alla lontana città di Logroño per ottenere l'attenzione del Tribunale dell'Inquisizione ivi insediato se il commissario di turno non ci metteva, a suo giudizio, lo zelo sufficiente nel perseguire la vittima da lui segnalata.

Il clamore suscitato dalla scoperta di riti stregoneschi che venivano celebrati in una grande caverna che chiamano di Zugarramurdi, nelle terre basche, aveva ravvivato la fiamma inquisitrice nel cuore di Azcoitia e non passava giorno in cui, al termine di una bevuta nella taverna del porto di Bermeo, non urlasse ai presenti, nell'antica lingua che si parla nella Signoria di Biscaglia, *esan neuchen nic, sorguiñac dagos edonon*, che vuol dire: «ve l'avevo già detto, ci sono streghe ovunque». E non si stancava di ricordare le streghe che un tempo volavano sulla regione di Durango, i cui spiriti senza pace, sotto le sembianze di un gatto, un corvo o una mosca, lui vedeva vagare intorno alle case delle nuove schiave di Satana.

L'eco che le sue denunce aveva suscitato nel Tribunale di Logroño era dovuto, secondo Jacobo Albiz, alla convenienza delle autorità nell'infliggere castighi sulle teste altrui e non a veri crimini contro la fede della Chiesa, poiché c'era ben poco da temere da coloro che lui denunciava: in maggioranza vecchie pazze e familiari di un gitano di nome Acedías, più dediti ai divertimenti musicali della loro razza che alle elucubrazioni teologali. Comunque fosse, Acedías era finito in carcere, e una delle vecchie aveva infine confessato che teneva nascosto nell'orto di casa sua un libro scritto dall'eretico Lutero, ma siccome non era stata capace di dirne il titolo né di fornire altri dettagli sulla questione, poiché non sapeva leggere, e neppure dove fosse di preciso sotterrato, molti a Bermeo avevano pensato che tutto fosse dovuto alle pressioni degli inquisitori. Alla fine la lasciarono tornare in paese, sfinita e condannata a esporre l'infame simbolo dei perseguitati dal Sant'Uffizio, perché morisse senza troppo clamore, cosa che aveva fatto devotamente di lì a pochi mesi con tristezza di molti e scatenando la furia di Azcoitia, che non aveva smesso di perseguitarla neppure sul letto di morte, convinto di poter ottenere le prove della sua alleanza con il maligno nel momento estremo. Tali esigui successi erano stati sufficienti, tuttavia, perché Azcoitia si guadagnasse il timore dei vicini, cosa che in poco tempo aveva cambiato la sua vita essendo già un uomo solitario che non era stato neppure capace di trovarsi una moglie. E se parlava con qualcuno, non prestava attenzione a ciò che gli rispondevano, innamorato com'era delle proprie parole; tanto che nella taverna iniziava una conversazione con uno e la terminava con un altro, senza che gliene importasse nulla, purché vi fosse qualcuno con cui sfogarsi.

La celebrazione dell'autodafè contro le streghe di Zugarramurdi, dove non si era riusciti a condannare che cinque o sei delle quasi trecento accusate, lungi dal saziare la sua brama di denunce gli aveva riacceso il desiderio di farne altre rendendolo ancor più temerario. Laddove lui vedeva la conferma alla giustezza della sua lotta, i compaesani ravvisavano l'evidenza che i racconti di streghe erano il più delle volte pure invenzioni, come aveva proclamato lo stesso inquisitore inviato a Zugarramurdi. E così, mentre lui spiegava al vento la vela della sua indignazione, nei cuori dei bermeani si ammainavano quelle della paura. Com'era logico aspettarsi, la velatura del suo zelo persecutorio aveva finito per crollargli sulla testa.

Azcoitia aveva rivolto i suoi sospetti, confidando sul fatto che la condizione di forestiero gli procurasse scarse simpatie, verso il nuovo tesoriere reale del porto di Bermeo, don Luis González, che al suo arrivo in città aveva comprato alcuni terreni da tempo ambiti da Azcoitia. Il nuovo tesoriere godeva dell'appoggio del governatore locale, dei favori del marchese di Salvatierra e dell'amicizia di un giudice auditore del Tribunale di Logroño, e sebbene la denuncia secondo la quale sua moglie celebrava riti satanici nel boschetto del suo casale, mentre lui conservava e leggeva libri proibiti, avesse all'inizio sortito una perquisizione della loro dimora, ben presto si era rivolta contro il denunciante, che aveva dovuto rispondere delle sue vere intenzioni davanti allo stesso commissario dell'Inquisizione a cui tante volte aveva rimproverato la mancanza di zelo, e questi non si era lasciato sfuggire l'occasione di restituire il torto facendolo incarcerare. Le cose avrebbero preso una piega ben peggiore se non fosse stato che a Logroño conservavano un buon ricordo dei suoi servigi e il desiderio di mantenere l'ordine era prevalso su quello di fare giustizia. Azcoitia aveva fatto ritorno a Bermeo come un cane bastonato e l'unica compagnia su cui poteva contare era quella di Antón Gastaca, che dalle sue denunce aveva tratto notevoli profitti perché, in seguito a una delle tante, era finito in prigione il comandante della nave sulla quale lavorava come pescatore, e così Gastaca ne aveva approfittato per impossessarsene a un prezzo da strozzino, visto che la moglie del comandante non faceva che piangere di notte, mentre di giorno viveva nel terrore di finire tra le mani dell'Inquisizione. Doveva esser stato allora che i due compari avevano escogitato qualcosa, perché Azcoitia si era messo a raccontare nella taverna i sospetti che nutriva riguardo la moglie del capitano, a suo dire una donna dai modi menzogneri come tutte le streghe. Nel giro di una settimana la buona donna aveva venduto l'imbarcazione a Gastaca per un misero pugno di reali per poi lasciare la città con i tre figli, ancora giovani, e un nonno mezzo ammattito che ben poco aveva potuto fare in sua difesa a parte girare per le strade imprecando contro l'accusatore e il marinaio profittatore, dimostrando quindi di non esser poi tanto fuori di senno, anche se non aveva ottenuto alcun aiuto dagli spaventati compaesani, poiché in quegli anni Azcoitia coniava la paura come fosse moneta sonante e con essa comprava il silenzio di tutti.

Dato che non vi è mano in grado di raddrizzare l'umana condizione, per quanti trucchi e inganni vengano orditi, e solo l'esperienza può farlo a forza di mazzate, non era passato molto tempo perché la vera natura di Antón Gastaca mostrasse quanto forzata fosse stata la sua fortuna. Padrone della nave ottenuta con l'infamia, era un comandante ingrato, vile e capriccioso, con cui pochi marinai eran disposti a lavorare. L'equipaggio aveva cominciato a sfaldarsi a causa del suo carattere, e le proteste per i suoi modi sprezzanti si univano ai rimproveri per la sua mancanza di perizia. Lungi dal cercare la compagnia e il consiglio di altri marinai più esperti, Gastaca si era circondato di uomini codardi e servili, di mozzi inesperti e marinai disperati, abituati più alle mareggiate del vino e della birra che a quelle del mare. Inetto e timoroso, li comandava anche la notte in cui, tornando in porto, aveva fatto incagliare la nave sui banchi di sabbia alla foce del Mundaca, dove era stato sorpreso da una burrasca che lo aveva mandato a infrangersi sulle scogliere dell'isola di Izaro. Tre marinai erano morti nel naufragio e lui aveva subito un processo perdendo i pochi soldi messi da parte. Dunque, quando Azcoitia era tornato a Bermeo dopo aver apprezzato le celle di Logroño, i due compari suscitavano l'odio unanime dei bermeani e avevano a malapena di che coprirsi e sfamarsi. La notizia che il galeone San Juan de Gaztelugache si univa all'Armada delle Indie era stata per loro una musica celestiale e si erano subito arruolati, confermando ciò che un'eccelsa penna ha scritto: che le Indie son «meta e rifugio dei disperati di Spagna, parrocchia dei falliti, salvacondotto degli assassini».

Dal loro arrivo a bordo, li si vedeva sempre assieme. L'uno, grosso e spavaldo, aveva mutato l'odio per le streghe in feroce avversione verso gli ebrei, che riteneva responsabili delle sue sventure perché assicurava che i falsi conversi s'erano infiltrati persino nei tribunali del Sant'Uffizio dove favorivano la liberazione o la fuga di quelli della loro congrega. L'altro, di statura, carattere e forza ridotti, se ne stava sempre all'ombra del brutale compare, e sembrava trarre godimento dall'aizzarlo, mentre l'unica sua passione era lanciare i dadi inseguendo la chimera della fortuna perduta; e non mancava di vincere ma, secondo Jacobo Albiz, ciò era dovuto più ai pesi di piombo con cui li truccava che alla buona sorte. Scervellato com'era, una notte provò a ingrossare la propria borsa con i denari del capitano Contreras contando sull'aiuto dei suoi levigati ossi di morto, come i giocatori incalliti chiamano i dadi. Ma il soldato, piuttosto avvezzo a simili situazioni, gli tolse i dadi e, sfilando il pugnale dalla cintura, raschiò la vernice dei numeri fino a scoprire il forellino da cui era stato inserito il piombo. E avrebbe usato lo stesso pugnale per tagliar la gola ai due scellerati se non l'avessero dissuaso i suoi uomini, poiché un tal gesto avrebbe aumentato il rancore di don Pedro Olea de Zumárraga e, chissà, forse gli sarebbe servito da pretesto per prendere qualche misura drastica nei suoi riguardi.

Il malanimo di quei due balordi verso Cristóbal Mendieta, che non meritava tanto accanimento solo per il suo carattere taciturno o l'umile compito di paggio, costituiva per me un assoluto mistero, che gli uomini del San Juan de Gaztelugache racchiudevano nei loro cuori; un mistero che, del resto, sembrava risultare contagioso poiché un timore oscuro, alimentato dalle menzogne degli uni e degli altri, pareva essersi impossessato anche dell'equipaggio e addirittura della stessa nave che, quasi avesse preso vita, cominciò a manifestare il suo malcontento con eventi sorprendenti. Dapprima fu il repentino corrompersi dell'acqua in alcune delle giare dov'era conservata. Poi, la rottura dello straglio del trinchetto che, schioccando come un colpo di frusta, trascinò con sé un mozzo chiamato Fito, un giovane un po' corto di comprendonio ma molto diligente, troncandogli una gamba e aprendo uno squarcio nella sua testa dura, così profondo da farlo sanguinare e urlare come un maiale sgozzato. Tutti eventi che non avrebbero rappresentato nulla di strano se non avessimo lasciato l'Avana da pochi giorni, per cui l'imputridimento dell'acqua risultava prematuro, e se non ci fossimo imbattuti in un mare bianco, brumoso e calmo sul quale non soffiavano raffiche di vento da giustificare la rottura dello straglio.

Ma dato che la vita provvede sempre a colmare entrambi i piatti della sua bilancia, foss'anche in maniera diseguale, per forza di cose doveva trovarsi a bordo un uomo in grado di far da contrappeso a tanto scompiglio. Un uomo che si caricasse sulle spalle i doveri abbandonati da altri assieme ai suoi, e che lo facesse con tale dispendio di energie e fermezza da dover temere di entrare, più presto che tardi, in dissidio con quanti, in posizione superiore di comando, lo avevano spinto con la loro ignavia a esercitare un'autorità che non gli spettava. Quell'uomo era il nostromo Juan de Tineo, un omone dal volto severo, instancabile e disciplinato, che si diceva fosse nato nel porto di Gijón e la cui destrezza era l'unguento che manteneva ancora unita la nostra comunità marinara. Era lui a incaricarsi di tenere la rotta e di far giungere gli ordini alla timoneria. Lui controllava i turni di guardia e che venissero accese le luci di notte, forse con la speranza che la flotta avesse inviato una nave leggera a cercarci. A lui rendevano conto dello stato e della quantità delle provviste. E si assicurava persino, non sempre con le buone maniere, questo è vero, che fra' Alonso Espinel fosse sobrio all'ora della preghiera d'ogni mattina. Al termine della giornata, si presentava puntualmente a rapporto dal comandante, che lo licenziava in fretta e senza prendersi il disturbo di approvare o disapprovare il suo operato, probabilmente già pentito della propria stolta arroganza ma incapace di assumersene la responsabilità, poiché è proprio degli errori umani esigere da chi li abbia commessi una perseveranza che, al pari di un liquore, addormenta la coscienza e obnubila la ragione. Dunque, don Pedro si ritrovava chiuso nella gabbia del suo orgoglio senza prestare attenzione alcuna all'insperata prudenza del capitano Contreras, che non aveva più detto nulla riguardo al guaio in cui ci eravamo cacciati e, con grande assennatezza, trascorreva anch'egli la maggior parte della giornata rinchiuso nella sua cabina.

Così rimanemmo per tutto il giorno, intrappolati nella calma del mare lattiginoso e afflitti dal calore del sole che filtrava da una lieve bruma che non si dissipò prima di mezzogiorno. Ma l'indomani, il maleficio dell'immobilità che minacciava il nostro viaggio sfumò di fronte a un contrattempo in grado di far uscire il comandante dal mutismo e dall'indifferenza. Il nostromo aveva passato l'intera mattinata a controllare le stive della nave in compagnia del cambusiere, che si era lamentato per l'ennesima volta del cattivo stato dell'acqua e della perdita di alimenti. Quando uscirono, Juan de Tineo corse nell'alloggio del comandante e, poco dopo, tornò fuori con una terribile notizia e un ordine:

«Signori, la nave è infestata di topi! Non c'è tempo da perdere! Spiegate le vele!»

In breve, il San Juan de Gaztelugache navigava a pieno regime, in cerca dei venti che ci avrebbero permesso di recuperare il tempo perduto.

Io mi sforzavo il più possibile di mantenere la promessa fatta a Cristóbal Mendieta e fuggivo la sua bella padrona neanche fosse il diavolo, cosa che mi costava maggiori fatiche di quanto avessi previsto perché Catalina ci metteva altrettanto impegno nell'incontrarmi. Al punto che era tutto un andirivieni, uno sfiorarsi furtivo e mezze parole, quasi stessimo eseguendo una danza fatta di fughe e inseguimenti, un continuo affannarsi ed esaltarsi nella vicinanza come nella distanza.

«Mi state evitando, Tomás» mormorava passandomi accanto, e più tardi, approfittando di un momento di distrazione del suo inquieto paggio: «Avete paura di me?»

Ma le mie proteste non calmavano in alcun modo le sue ansie, che andavano aumentando tra lamentele e rimproveri. E così era un continuo «muoio d'ardore», e «venite presto», e «che fate di me?», alternati a «siete un codardo», o «voi m'umiliate», o anche «siete solo uno tra i tanti», oppure «vi detesto». E di conseguenza, io stesso mi stramaledivo, prendendomela ora con la sorte e la debolezza della mia carne, ora con la balzana idea di servirmi del paggio per i miei propositi.

In tal guisa tentennava la mia volontà, al punto che già mi vedevo abbandonato tra le invitanti braccia di quella femmina vorace e, così facendo, avrei sfidato la sorte e risvegliato nel paggio smanie di vendetta; e ciò sarebbe accaduto se il destino non avesse rimescolato le carte in modo talmente inaspettato e con tale forza che tutti diventammo pupazzi in balìa del suo capriccio.

Forse il mutismo aveva aguzzato l'ingegno del mio servitore, comunque la cosa certa era che nulla sfuggiva ai suoi vivaci occhi per quanto indaffarato fosse in altre attività. Avevo più d'una volta affidato la mia vita alla sua perspicacia e Jamaica aveva sempre dimostrato una tale intuizione e olfatto da sembrare più un mastino che un essere umano. E, a onor del vero, superava in lealtà, forza e coraggio il più fiero e fedele dei cani. I suoi occhi si sostituivano ai miei, ogni volta che vagavo con lo sguardo perso, e su tale vigilanza si basava la pace del mio spirito anche nelle più avverse circostanze.

Non vi fu dunque nulla di strano se, smarrito nell'agitazione che mi attanagliava, fosse ancora una volta il mio servitore a richiamare la mia attenzione sulla minaccia incombente.

Da quando Azcoitia e Gastaca erano riusciti a salvare la pelle nell'affronto al capitano Contreras, benché tremebondi dalla testa ai piedi, se ne stavano in disparte dal resto dell'equipaggio cercando di farsi dimenticare da tutti, cosa che avevano ottenuto finché Jamaica non me li indicò quel pomeriggio. Chiesi perché richiamasse la mia attenzione su quei due e lui, nella sua maniera gesticolante e silenziosa, mi spiegò che i due marinai passavano le giornate a spiare Cristóbal Mendieta, lo seguivano ovunque, si appostavano accanto alla porta della cabina della sua padrona e non la perdevano mai di vista. Mi fece capire inoltre che un giorno in cui si trovava sospeso tra le sartie, come d'abitudine, li aveva sentiti parlare del paggio e, pur non avendo compreso il motivo della loro avversione, aveva però capito che si apprestavano a smascherarlo.

«Strappargli la pelle?» chiesi al principio, poiché non riuscivo a interpretare il gesto di togliere una maschera. Quando infine capii, caddi in preda a una profonda inquietudine. Di quale maschera si trattava? Quella del nostro raggiro? Poteva anche essere, ma Jamaica non lo sapeva.

Decisi di spiare le spie e ordinai al mio servitore di diventare la loro ombra.

«Voglio sapere tutto quello che fanno. Controlla i loro gesti, parole e sguardi. Se tramano qualcosa dobbiamo essere preparati a dare una pronta ed efficace risposta, Jamaica.»

Anch'io mi misi all'opera, più per togliermi dalla testa la bella Catalina che per mancanza di fiducia nell'abilità del mio servitore, e potei comprovare quanto azzeccata fosse stata la sua osservazione. I due marinai, con atteggiamento scaltro, gironzolavano intorno a Cristóbal Mendieta e alla sua padrona come falchi sui colombi. E quasi non v'era un momento in tutta la giornata in cui non fossero l'ombra del paggio.

Nel frattempo, un altro genere di caccia si svolgeva nel ventre del galeone. Organizzati in squadre, con turni di quattro giri di clessidra e armati di bastoni e sacchi, i marinai inseguivano i topi per stive e cambuse, poiché le esche solitamente impiegate sulle navi per prevenire tale infestazione a ben poco eran servite. Alla fine della giornata, tre sacchi con dentro i resti di oltre un centinaio di topi vennero gettati fuori bordo ma, secondo il carpentiere Alonso Gallo, che era stato uno degli ultimi a risalire in coperta, là sotto dovevano esserci ancora a centinaia di quelle feroci creature. «Sono impauriti ed emettono un verso che gela il sangue» aveva detto. E sul suo volto contratto si leggeva che tali parole non erano una delle tipiche esagerazioni a cui i sivigliani sono avvezzi.

Come se volessero rispondere agli affanni di quell'ingrata situazione, poiché incombeva la seria minaccia di rimanere senz'acqua e viveri nel giro di pochi giorni se non si frenava la voracità dell'esercito di topi, il cielo mandò finalmente venti forti e favorevoli che gonfiarono le vele del San Juan de Gaztelugache facendoci aumentare la velocità di navigazione. Però il vento impetuoso, che rinforzava nottetempo, costrinse la maggior parte dei marinai a occuparsi del governo della nave tralasciando l'inquisizione dei ratti, e don Pedro Olea de Zumárraga si ritrovò nell'imbarazzante situazione di dover chiedere al capitano Contreras che fosse la sua truppa a farsene carico. Mandò il nostromo a parlargli e ancora una volta il soldato diede mostra di grande prudenza accettando l'incombenza senza porre ostacoli. I suoi uomini fecero turni fino all'alba e il frutto della nottata furono altri cinque sacchi pieni di topi da gettare in mare.

L'arrivo del nuovo giorno non portò a bordo la serenità. Le raffiche di vento minacciavano l'alberatura del galeone e le ondate facevano rotolare sopra coperta qualsiasi cosa vi fosse lì, il che costringeva gli uomini a una sfibrante lotta con il sartiame e a procurarsi di continuo cime per dar volta agli attrezzi e ai pesanti affusti dei cannoni, che tremolavano davanti alle imposte chiuse dei portelli quasi fossero fuscelli. Sotto i nostri piedi, i topi, lungi dal diminuir di numero nonostante gli enormi sforzi, sembravano addirittura aumentare e, come se una forza oscura li spingesse ad abbandonare i nascondigli lanciandoli di corsa per le stive e persino sopra coperta, avevano cominciato a farsi vedere da tutte le parti suscitando i timori dei marinai, che in una così inusitata condotta presagivano l'imminenza della catastrofe.

Tutto questo faceva scivolare la bella Catalina in una tale disperazione e angoscia che rifiutava di restare da sola anche solo per un momento, dimentica di nausea e malesseri per il gran panico. Dato che la coperta le appariva ostile e pericolosa, trascorreva la giornata nella cabina principale in compagnia del notaio e del cappellano, liberi dalle incombenze marinare per posizione e imperizia, e non si chiudeva nella sua cabina se non per fare un breve sonnellino, dal quale era solita risvegliarsi ancor più lamentosa e oppressa per via degli incubi, o per fare il suo bagno abituale nella tinozza di ferro che il capitano aveva fatto portare fin lassù e che Cristóbal Mendieta riempiva con pentole d'acqua bollente. Nei vapori del bagno la bella cercava la pace che mare, vento e topi le negavano. Noi tutti ci eravamo dovuti accontentare per le nostre abluzioni razionate, durante l'intero viaggio, di pochi secchi d'acqua fredda rovesciati frettolosamente sulla testa nei momenti in cui la nostra illustre passeggera si assentava dalla coperta, poiché i corpi nudi e rozzi dei marinai non erano la visione più adeguata agli occhi di una donzella, per quanto nella nostra nudità, come suol essere nella cameratesca promiscuità di eserciti e flotte, non vi fosse lussuria alcuna né pensieri foschi. È solito esservi più peccaminosità nell'occhio che guarda che in chi è guardato, e se tra l'equipaggio vi fosse stato qualche sodomita, va riconosciuto che sapeva tenerlo ben nascosto.

Catalina aveva fatto il consueto bagno al tramonto e si apprestava a recarsi nella cabina principale, risistemata e imbellettata come dettava il femminino orgoglio nonostante la situazione avversa, quando Jamaica si avvicinò con un'espressione alterata e mi fece segno di seguirlo. Attraversammo la coperta dove, sotto un cielo plumbeo e tormentato che minacciava piovaschi, l'equipaggio si affannava nei lavori, e ci dirigemmo verso la porta del castello di prora. Prima di entrare, Jamaica mi fece capire a gesti che lì s'erano introdotti Azcoitia e Gastaca seguendo Cristóbal Mendieta, entrambi armati di pugnale. Gli domandai se lui aveva con sé il suo, poiché io ero disarmato. Jamaica annuì e io cercai qualcuno a cui chiedere una lama. La fortuna volle che Jacobo Albiz in quel momento fosse affaccendato con il sartiame del trinchetto, quindi gli chiesi il suo coltello ma dovetti insistere perché nessun marinaio se ne priva quando lavora, e poter tagliare una cima in tempo ha salvato più d'una vita dalla morsa traditrice del sartiame aggrovigliato. Alla fine acconsentì a prestarmelo, grazie al fatto che con lui c'era l'immersore della nave, un catalano robusto, sorridente e buontempone di nome Colomer, che ne aveva uno.

Armati, penetrammo nel castello di prora. Tutto era immerso nella penombra e si udivano soltanto gli scricchiolii del legno, il linguaggio mormorato e incessante d'ogni nave. Scendemmo la scaletta che conduceva nel ponte di corridoio, cercando di non far rumore, e ci avvicinammo lungo lo stretto corridoio alla porta dell'anticamera dell'alloggio di Catalina. Appena la aprimmo echeggiarono all'interno voci alterate e rumore di passi precipitosi.

«Vieni qui, figlio di cento cornuti e centomila puttane!» urlò una voce che mi parve quella di Azcoitia.

Anche noi ci gettammo dentro di corsa, attraversammo la piccola sala per poi entrare dalla porta spalancata nella cabina di Catalina. La scena che ci si presentò, oltre che inaspettata, dava un'impressione di follia: Cristóbal Mendieta, nudo come sua madre l'aveva messo al mondo e sgocciolante d'acqua, si riparava dietro un grande tavolo ovale dove giacevano dei panni, e nella mano destra impugnava la paletta dello scaldino che ogni sera metteva nel letto della sua padrona. Di fronte a lui, infuriati, Azcoitia e Gastaca brandivano i pugnali e tentavano di sbarrargli il passo. La scena aveva qualcosa di comico e si sarebbe detto che, tornati all'infanzia perduta, i tre si stessero dedicando all'inoffensivo gioco di «scappa che ti prendo» attorno al tavolo, se non fosse stato per la paura che stravolgeva il viso di Cristóbal Mendieta, per l'odio che contraeva le facce dei persecutori e i minacciosi bagliori emanati da pugnali e paletta riflettendo la luce del lume a olio che rischiarava la stanza.

Al nostro arrivo si bloccarono tutti, come bambini colti di sorpresa nel pieno di una marachella: silenziosi, sconcertati e imbarazzati.

«Che state facendo, perdinci?» riuscii a dire, non ancora ripresomi dallo stupore.

Azcoitia, che le mie parole sembrarono far riemergere dallo sbalordimento, riacquistò l'espressione rabbiosa e mi urlò, senza smettere di minacciare il paggio con il pugnale:

«È un maledetto ebreo! Lo sapevo! Quelle maniere e quell'odore di cipria! Ma adesso è fregato. Guardate voi stesso! Eccola lì la prova!» E con il pugnale indicò l'attributo virile che Cristóbal Mendieta tentò di nascondere con la mano libera. «È circonciso!»

Un ebreo? Il mio sguardo incredulo trovò una silenziosa risposta negli occhi spaventati di Mendieta. Era dunque quello il mistero? Che folle, a imbarcarsi per la Spagna!

«Riponete i vostri pugnali e poi vedremo il da farsi, non è questo il modo di trattare un passeggero né vostro compito perseguitare gli infedeli» dissi, nel tentativo di placare la rabbia del marinaio.

«Cos'altro potevamo aspettarci dall'amico del giudeo?» bisbigliò Gastaca, e vidi come il veleno delle sue parole si insinuasse, sottile e letale, nella dura testa del compare.

«Siete anche voi ebreo?» mi urlò Azcoitia, con una luce di intelligenza criminale nello sguardo. «Venite in suo soccorso?»

Non aveva finito di rivolgersi a me quando Jamaica, che non si era mosso dallo stipite della porta, si gettò su di lui ed entrambi rotolarono avvinghiati al suolo ansimando. Gastaca fece il gesto di assalire Jamaica alle spalle, ma glielo impedii affrontandolo con il mio coltello, frangente di cui approfittò Cristóbal Mendieta per sferrargli un colpo di paletta sulla testa così forte che lo fece barcollare e sbattere contro la parete, mentre il sangue gli colava sulla faccia. Un secondo colpo gli strappò il pugnale di mano e un sordo gemito di dolore dalle labbra. E ne avrebbe ricevuto un terzo se l'urlo di Azcoitia non ci avesse paralizzato dallo spavento. Il pugnale di Jamaica aveva frugato nelle sue viscere come un cinghiale tra i cespugli e i suoi occhi attoniti annunciavano la morte con uno scintillio disperato che subito si velò nel vuoto del corpo ormai senz'anima. Tentò di muovere un altro passo e ci riuscì, per poi abbattersi al suolo con le mani ancora premute sul ventre, quasi cercasse in quelle assi di legno la sua bara. Gastaca, dimenticato nel suo angolo, si mise a strillare come un topo e andò alla porta chiedendo soccorso a gran voce, ma il suo passo era incerto e il beccheggio della nave sempre più intenso, così ebbi modo di afferrarlo per la camicia e scaraventarlo nelle braccia di Jamaica, già accorso in mio aiuto. Lottarono per qualche istante, perché la paura tira fuori energie dal nulla e la faccia di Gastaca era il ritratto stesso del terrore, senza che il vile inquisitore cessasse di gridare.

«Fallo tacere!» ordinai a Jamaica che, con un rapido e preciso movimento della mano, tagliò la gola a Gastaca, le cui urla si spensero in un sanguinolento gorgoglio.

Sentivo che il cuore mi batteva come un cavallo al galoppo. Tutto era perduto. Azcoitia giaceva ai miei piedi, sicuramente morto, e Gastaca si dissanguava accanto alla porta, boccheggiando come un pesce fuor d'acqua. Jamaica aveva le mani insanguinate e negli occhi scuri brillava ancora lo sguardo feroce del guerriero che ben conoscevo. Maledivo la mia sorte e la mia fatua intelligenza che, quando credevo di avere il destino in pugno, si era mostrata così scriteriata e avventata. E Cristóbal Mendieta se ne restava lì in mezzo, nudo e tremante, con la paletta ancora in mano e il maledetto membro circonciso a prender aria impudicamente davanti alle spoglie dei suoi nemici.

«Dio mio, un ebreo!» esplosi. «Siete pazzo? Vi rendete conto di cosa avete scatenato?»

Non vi fu risposta alcuna alle mie parole adirate. Cristóbal Mendieta mi fissava dall'altra sponda della paura, come se niente di quanto accaduto lo riguardasse. Io mi dibattevo tra il desiderio di schiaffeggiarlo e la voglia di sfogare tale violenza su me stesso perché, in fin dei conti, ero stato io ad avvicinare il giudeo confidando sulla mia perspicacia e, nonostante tutto, non avevo saputo vedere ciò che il suo cuore nascondeva. Come avevo fatto a non rendermene conto? Quella diffidenza, l'aria di mistero, lo starsene in disparte... Non lo si era mai visto lavarsi in tutti quei giorni eppure appariva sempre fresco, pulito e profumato... Mossi un passo e avvicinai la faccia a quella di Mendieta, che indietreggiò spaventato. Sì, emanava lo stesso odore di belletti che la sua padrona scioglieva nell'acqua, dove poi lui ne approfittava per fare il bagno. Anche il naso mi aveva tradito. Che stupido! Stupido e stolto come l'ultimo degli zotici!

Ero in preda a quel folle turbinio di emozioni e pensieri, odiando la mia stoltezza e la doppiezza del paggio, quando un rumore di passi mi fece recuperare il senno.

«Copriti!» ordinai a Cristóbal gettandogli la camicia che era sul letto.

Fece appena in tempo a infilarsela, e gli arrivava quasi alle ginocchia, quando il capitano Contreras e due dei suoi uomini irruppero nella cabina, spada in pugno. Si fermarono davanti al corpo agonizzante di Gastaca. Il capitano osservò la scena, con un'espressione più incuriosita che sorpresa, e infine mi disse:

«Sacripante! Che razza di battaglia è stata questa?»

Raccolsi dal suolo il pugnale di Azcoitia, notai che era macchiato di sangue e cercai Jamaica con lo sguardo. Era appoggiato al tavolo e sul suo fianco sinistro si apriva una lunga ferita, ma il volto rimaneva impassibile, come se con la perdita della parola fosse scomparsa anche la capacità di esprimere il dolore e il rimorso. Consegnai il pugnale al capitano Contreras e dissi:

«Del genere più antico che si conosca, la battaglia tra la virtù e il peccato, il coraggio contro la codardia. Questi due marinai sono entrati nella cabina di doña Catalina, non so se per impossessarsi di qualcosa di valore o per soddisfare qualche vizioso appetito, non c'è stato il tempo di chieder loro, e qui si sono imbattuti nel paggio della nostra graziosa passeggera, che invano li ha affrontati e che avrebbe pagato con la vita la devozione verso la sua padrona, se non fosse stato per il mio servitore che si era accorto della strana condotta di questi ceffi e mi ha avvertito a cenni che stavano tramando qualcosa di male. Siamo scesi a vedere se i nostri timori erano fondati e ringrazio il cielo d'averlo fatto, perché così abbiam potuto scompaginare i loro propositi a forza di ferro, dato che ci sono balzati addosso non appena ci hanno visti. Ma la volontà di Dio ha fatto sì che il bene prevalesse sul male, sebbene lo scotto di tale vittoria sia stato pagato con il sangue».

«Non è motivo d'allegria la morte d'un uomo, signor Bird, ma neppure è il caso di rattristarvene. Era scritto che questo paio di farabutti facesse una brutta fine: voi siete stato solo la mano esecutrice del loro destino.»

Rinfoderò la spada e, indicando Gastaca, ordinò ai suoi uomini:

«Portatelo dal cerusico, per vedere se può fare qualcosa, anche se ne dubito. L'altro lasciatelo lì, ci penseremo più tardi». E mi chiese: «È morto?»

Mi chinai su Azcoitia e lo rivoltai. Aveva l'espressione placida dei morti. Gli tastai il collo, in cerca del battito, ma tutto in lui era ormai silenzio: niente pulsazioni né alito che gli agitasse il petto.

«Sì, lo è.»

«Bene, una fatica in meno. Mandate il vostro servitore dal cerusico, signor Bird, anche se quella ferita non ha un brutto aspetto, non si sa mai. E voi e il paggio fatemi la cortesia di seguirmi, visto che vi stavo già cercando quando ho udito le grida d'aiuto.

I due soldati afferrarono per braccia e gambe Gastaca che, persa la conoscenza, si muoveva appena, e si allontanarono a passi barcollanti e sbattendo di continuo, a causa dei violenti scossoni della nave. Jamaica li seguì.

«E voi» aggiunse il capitano Contreras, rivolto a Cristóbal Mendieta «finite di vestirvi. Siete un uomo fortunato.»

Mi parve di percepire nelle parole del capitano una sfumatura d'ironia, ma non volli approfondire perché in quel momento conveniva dimenticare i dettagli dell'accaduto. Gli chiesi dunque per quale motivo ci stesse cercando.

«Signor Bird, mi vedo costretto a richiedere il vostro aiuto volontario ma, prima di darmi una risposta, devo avvertirvi che in caso di rifiuto ve lo imporrò d'autorità.»

«Non ce ne sarà bisogno, visto che mi offrite una così franca scelta, acconsento con piacere. Ditemi di cosa si tratta e farò il possibile per servirvi.»

«Venite con me e ve lo spiego strada facendo.»

Uscimmo in corridoio con Cristóbal Mendieta al seguito, però non ci dirigemmo al ponte bensì alla scala che scendeva nella seconda coperta. Scendemmo i gradini ripidi con una certa difficoltà, perché il dondolio era aumentato a tal punto da rendere arduo il mantenimento dell'equilibrio. In fondo alla scala, due soldati sostenevano delle lanterne e accanto a loro si accatastavano quattro sacchi pieni, legati con delle corde, e alcuni vuoti.

«Salite in coperta» ordinò loro il capitano Contreras.

Ci consegnarono le lanterne, presero i sacchi pieni e scomparvero su per la scala.

«Quella è la nostra ultima mietitura di topi» mormorò il capitano e subito dopo mi disse: «Sta per arrivarci addosso una tempesta, come avrete ormai intuito dal mare agitato, e don Pedro mi ha fatto sapere che conta sull'aiuto dei miei uomini per mantenere la rotta all'inseguimento della flotta».

Lasciarsi cadere tra le braccia di una burrasca! Di tutte le stoltezze che può commettere un uomo di mare questa è senza dubbio la più stupida, perché la furia scatenata di vento e acqua è un cavallo impossibile da montare, così non potei evitare di esclamare:

«Quell'uomo è impazzito!»

«Poco importa se è pazzo, lui è il comandante di questa nave, signor Bird, e se gli salta il capriccio di farlo ci porterà dritti all'inferno. Nelle nostre mani c'è solo la possibilità di salvaguardare la poca assennatezza rimasta a bordo e consiste nel lottare contro questa piaga divoratrice che sta devastando la nostra stiva. Perché se, come temo, usciremo malconci da questa folle corsa, avremo un gran bisogno di viveri e acqua per sopravvivere finché non manderanno delle navi a cercarci. I miei uomini non possono continuare questo lavoro, vi prego di farlo voi, con l'aiuto del paggio, almeno fino al momento in cui la collera del cielo ci concederà tregua. Non è un compito da gentiluomo, lo so, ma le situazioni d'emergenza mettono gli uomini sullo stesso piano, seppur per un breve tempo, quando la vita di tutti è in gioco.»

Gli dissi che non v'era nulla di offensivo nella sua richiesta e la salvaguardia della piccola e sballottata patria che era il nostro galeone, in mezzo a quel mare procelloso, mi sembrava un titolo d'onore più che un pesante incarico, fossi anche dovuto scendere alle porte dell'Averno per poterlo svolgere. Il capitano Contreras accolse le mie parole con soddisfazione, indicò l'armamentario accatastato contro la fiancata, dove c'erano badili, lunghi punteruoli, sbarre, palanche e mazze, e disse:

«Armatevi dunque per l'impresa, prendete i sacchi e le lanterne e fate attenzione perché il topo, come la cattiva coscienza, è codardo se lo attaccano di fronte, ma la paura lo rende anche più fiero. Là sotto ci sono solo i mozzi che fanno funzionare la pompa di sentina, o almeno così credo, perché da molto tempo nessuno è sceso a rimpiazzarli né ci ha dato notizie di loro. Vi manderò qualcuno in aiuto appena sarà possibile».

Senza ulteriori commiati, il capitano Contreras salì i gradini della scaletta e scomparve in coperta. I suoi passi si persero sulle nostre teste e Cristóbal Mendieta e io ci ritrovammo improvvisamente soli, faccia a faccia, come due naufraghi esausti ai quali la tempesta abbia fatto abbracciare la stessa tavola di salvezza. Per una volta, nessuna parola venne in mio soccorso. Non sapevo cosa dire. Non capivo neppure quali fossero i miei sentimenti, se fossi in collera, timoroso, rattristato o angustiato. O se fosse una mescolanza di tutto questo a oscurarmi il cuore come si oscurava il vasto ventre della nave attorno a noi.

Sollevai una delle lanterne e illuminai il volto di Mendieta, fino a quel momento celato dall'ombra. Gli occhi brillavano colmi di lacrime, ma il respiro era calmo. Il suo era un pianto silenzioso e pacato, come l'acqua che traboccando da un serbatoio si mette a fluire placida e limpida. Non se ne vergognava, come prima non si era vergognato della propria nudità. La muraglia di silenzio e riserbo, dietro la quale si era fino ad allora rifugiato, era crollata lasciando la sua anima come una città aperta, una di quelle città africane dove le carovane fanno sosta e le cui strade si confondono con i palmeti che le circondano e con il deserto che le assedia. Mille volte ho udito storie della lontana Timbuctù e della solitaria Tegaza, e mille volte ho sognato che avessero un'anima come quella che Cristóbal Mendieta mise a nudo in una terribile notte di tormenta nella nera caverna infestata di topi dove ci aveva condotti il capriccioso Fato.

«Vi devo la vita» mormorò infine Mendieta.

«Me la devi, perché negarlo, ma ho messo al sicuro anche la mia salvando la tua. Non pretendo riverenze o lodi né buone parole, Cristóbal. Siamo sulla stessa barca, gli stessi pericoli ci aspettano al varco e i nostri destini si sono uniti in tal modo che, almeno per la durata di questa traversata, possiam dire che sono uno solo. Ora basta con i misteri e gli inganni, perché in fede mia persino nell'arte della menzogna, dove mi ritengo un virtuoso, tu mi superi di molto.

Dobbiamo parlare. Cacciamo dunque le parole come ci tocca cacciare i topi: facendo di necessità virtù.»

Mi avvicinai agli attrezzi e presi una sbarra di ferro lunga e sottile. Cristóbal scelse una robusta mazza in legno di pino, ci gettammo in spalla i sacchi vuoti e, alla tenue luce delle lanterne, ci incamminammo verso la scaletta che scendeva nella stiva, vicino al boccaporto di prora. Infilai il braccio con la lanterna in quel buco nero e uno scalpiccio frenetico accompagnò le ombre furtive che si agitavano là sotto. Avevo scorto per un istante, ma con chiarezza, un grosso topo dal pelo ritto che si ergeva sopra uno dei barili più vicini alla scala verticale da dove saremmo dovuti scendere. Ma ce n'erano molti altri che potevo soltanto udire o intuire nelle cangianti forme a ogni angolo della stiva. Mi venne la pelle d'oca e un brivido mi corse lungo la schiena.

«Andiamo laggiù» dissi iniziando a scendere, mentre mi aggrappavo alla scaletta per non cadere agli scossoni della nave. Sopra la mia testa, il tavolato della seconda coperta lasciava filtrare dalle fessure la luce fioca della lanterna di Cristóbal, che aspettava il suo turno per scendere. Intorno a me, la stiva si estendeva come una grotta colma di masse informi. C'erano barili e ceste coperte da teli. Il tavolato di fondo era umido e scivoloso, e il mare rumoreggiava con un accanimento ritmico dall'altra parte del fasciame, simile a un cuore stanco. L'odore era insopportabile e la sola idea che lì, in quel ventre fetido e putrido, fossero immagazzinati gli alimenti che avremmo dovuto portare alla bocca, scatenò nel mio stomaco un violento attacco di nausea.

«Dev'essere così la dispensa del diavolo» mormorò alle mie spalle Cristóbal Mendieta, appena sceso dalla scaletta. Guardai di nuovo verso il cielo del locale e non vidi più il chiarore che mi ricordasse che lassù si agitava il tumultuoso mondo. Ci trovavamo imprigionati nella notte marina dove proliferavano i vermi e i topi, indesiderati passeggeri d'ogni nave, piccoli quanto insaziabili, sempre in agguato, come i molluschi che corrodono pazientemente gli scafi delle navi e riducono le solide tavole del fasciame in legno marcio e bucherellato dove l'acqua s'infiltra facilmente.

«Qui c'è un'altra lanterna, accendiamola e appendiamola a uno dei ganci delle traverse del cielo» dissi, e così feci. Tuttavia, la parca luce della nuova lanterna aiutava ben poco a vincere le tenebre, e il suo incessante dondolio dava vita agli oggetti che ci circondavano. Guardai ancora una volta Cristóbal Mendieta, che si era messo a controllare le trappole per vedere se avevano dato frutti e, a tale scopo, spostava le ceste appoggiate alla fiancata di dritta. «Sei davvero ebreo?»

«Lo sono» rispose senza guardarmi, «anche se ho ricevuto il battesimo da cristiano.»

«Non è proibito agli ebrei, compresi i conversi, viaggiare nelle Indie?»

«Lo è, ma io non ho affatto viaggiato fin laggiù: ci sono nato, nella fiorente Cartagena delle Indie.»

«Guarda, eccone uno lì!» gridai.

Cristóbal girò su se stesso e sferrò un calcio al topo sbucato tra le ceste che stava correndo verso i barili accatastati dall'altra parte dello stretto corridoio in cui ci trovavamo. L'animale schizzò in aria e si schiantò con un rumore secco contro un barile, cadde al suolo strillando e si contorse per qualche istante finché non gli arrivai addosso con una sprangata in grado di abbattere un toro. Lasciai che fosse Cristóbal a raccoglierne la carogna e infilarla nel sacco.

«Che lavoro ripugnante!» brontolai, alzando di nuovo la lanterna in cerca di altre prede.

«Non lamentarti, che qui tu sei inquisitore e non topo. Non sai cosa sia dover vivere condannato a muoversi nell'oscurità e nel silenzio, a subire il malanimo altrui, a sopportarne il disprezzo e l'odio, vederti costretto a fare della menzogna l'abito quotidiano e del segreto la tua dimora... No, non v'è nessun aspetto grato nell'esser trattato come un topo. Quale alta considerazione credi possa avere un topo di se stesso? Pensi che aspiri a dignità e prebende? Te lo immagini desideroso di encomi e gratificazioni? Non sarà forse la mera sopravvivenza l'unico suo proposito? Mangiare, dormire, procreare, vivere... Le più elementari passioni, le più basse e, tuttavia, vissute come un miracolo, un dono, una grazia divina. Perché quando la vita si basa sulla paura è come una casa senza fondamenta, in balia dei venti estranei. È sufficiente l'incessante pioggia fine del sospetto o il repentino acquazzone di una denuncia per far crollare tutto. Così ho vissuto io da quando la parola 'io' ha cominciato ad avere un senso nel mio infantile intendimento. Cristóbal Mendieta, il figlio dell'interprete e scrivano Baltasar Mendieta. Io, inginocchiato all'altare maggiore della chiesa di Santo Domingo, pregando un Dio in cui non credo e temendo, all'uscita, di esser portato via da una turba di demoni per le mie innumerevoli bugie. Io, riunito in preghiera con la famiglia attorno alla tavola dei miei genitori, la sera di ogni venerdì, con le finestre sprangate e protette da pesanti tende per nascondere agli sguardi indiscreti le orazioni che ci azzardavamo a mormorare appena. Preghiere che non mi colmavano il cuore di allegria bensì di paura e sobbalzavo a ogni minimo rumore. Perché una barbarica e feroce sapienza mi ha insegnato fin da bambino che non importa quanto amato e rispettato tu possa essere dai tuoi compaesani, né il bene e l'onestà con cui tu compia le tue azioni, tutto ciò non farà altro che mietere odio se ai loro occhi tu sei soltanto un topo. E a nulla serve che trascorra il tempo senza che la disgrazia si abbatta su di te e sui tuoi familiari. Non puoi abbassare mai la guardia, perché la minaccia sta scritta nel sangue che ti scorre nelle vene e, prima o poi, verrà a esigere il suo sanguinoso tributo. Mio padre nacque a Cartagena delle Indie, negli anni in cui la città veniva fondata, quando contendevano le terre agli indios caribe e i colonizzatori lottavano con l'avverso Fato a colpi di spada e picca. Mio nonno lo generò quando ormai i suoi capelli erano bianchi e gli insegnò ciò che sapeva: il mestiere di interprete che ci tramandiamo di padre in figlio, l'amore per la terra che li nutriva e accoglieva, e la fede nel Dio di Israele che lui aveva conservato nello scrigno del suo cuore, malgrado fosse stato costretto a fingere d'abbracciare la religione dei notabili e a benedire il nome di Cristo come quello del suo vero Dio. E così, nelle remote terre delle Indie, mio nonno riuscì a far dimenticare la sua condizione di converso, e come vecchio cristiano visse lui e abbiam vissuto noi discendenti, salvaguardando nel silenzio la nostra condizione di giudei.»

Cristóbal fermò il flusso dei ricordi e si chinò sul topo morto, come se cercasse qualcosa sul pavimento, ma il suo sguardo non errava sulle prede che ci avevano portato in quella lugubre stiva. Lui stava frugando nelle ombre del tempo, che giocavano a nascondino con le mutevoli ombre circostanti, e in quel genere di caccia poco importavano i topi o la tempesta.

Nel frattempo, io aspettavo ansioso le sue parole, senza azzardarmi a dir nulla. Così restammo per qualche istante, barcollando per gli scossoni della nave, finché Cristóbal non alzò finalmente lo sguardo su di me e continuò:

«Ma la felicità, Tomás, per quanto piccola sia, non è mai duratura. Poco più di dieci anni orsono, quando ero ancora un bambino, venne a installarsi a Cartagena delle Indie il temuto tribunale del Sant'Uffizio e non si fecero attendere le sue inquisizioni. Dapprima caddero alcune donne delle quali si diceva praticassero stregonerie e sortilegi; poi, diverse persone di Francia arrivate dal Brasile e che accusarono d'essere ugonotte; e, infine, toccò ai giudei. Tre anni fa, alcuni abitanti d'origine portoghese caddero nelle mani dell'inquisitore don Juan de Mañozca, i cui eccessi e abusi hanno scandalizzato persino le più alte autorità cittadine ma il cui potere ha saputo resistere a ogni sorta di protesta, e son state tante, e addirittura è cresciuto. I portoghesi finirono nelle segrete del palazzo dell'Inquisizione, dove subirono indicibili torture, e dissero quello che chiedevano loro di dire, poiché avrebbero confessato persino di essere i diretti responsabili della morte di Gesù Cristo, se li avessero spinti a farlo. In casa mia trascorremmo i giorni della loro prigionia e tormento nel panico assoluto, perché i portoghesi erano in effetti ebrei conversi e mio padre temeva che, per quanto scarsi fossero i loro rapporti, venissero a sapere della nostra condizione così come noi sapevamo della loro, considerando che mia madre era anch'ella discendente di conversi venuti dal Portogallo. Ma il Fato volle, se è lecito invocare il suo disegno in una così crudele sorte, che l'interesse dell'inquisitore Mañozca si rivolgesse su alcuni tra quanti avevan denunciato i suoi eccessi al Consiglio Generale dell'Inquisizione, e furono i loro nomi che mise in bocca ai portoghesi legati al tavolo della tortura. Dunque, uscimmo indenni da quel frangente critico, anche se il mio ormai anziano padre non si sarebbe più ripreso dai colpi d'artiglio che l'angoscia e il terrore avevano inferto al suo cuore in quei mesi orribili. La vita si spense in lui come una candela che si consuma lentamente. Prima abbandonò il posto nel porticato degli scrivani che aveva frequentato per quasi quarant'anni. Poi si chiuse in casa, limitando i movimenti a un lento e malgrado ciò affaticante passeggio nel cortile isolato dove si ergeva maestoso un enorme mandorlo i cui rami più alti eran stati il rifugio delle mie scorribande infantili. E le ultime settimane della sua esistenza le trascorse a letto, incapace d'alzarsi, consumato dalle piaghe e dalla febbre che finirono per portarselo via soltanto sei mesi orsono. Mia madre era morta già da nove anni. Mia sorella si era sposata con un buonuomo che nulla sapeva della nostra condizione di ebrei, e lei stessa si è allontanata dalla nostra fede al pari di mio fratello Tomás, il maggiore, che aveva ereditato il posto nel portico degli scrivani, dove esercitava il mestiere di famiglia con umiltà e diligenza, sforzandosi di dimenticare le proprie origini. Soltanto io continuavo ad accendere le candele la sera di ogni venerdì, immerso nel silenzio e nella solitudine, per mormorare le preghiere che un tempo avevano riunito la famiglia. Finché il suono della mia voce solitaria non divenne insopportabile e la paura che mi attanagliava il cuore e si alimentava della minaccia di nuovi processi a veri o presunti giudei, poco importava, mi spinse a cercare una terra dove poter essere chi sono. Perché non puoi immaginare quanto sia stretto il mondo in cui deve abitare uno come me! Si limita al mio cuore e ai pochi palmi della più riservata intimità. Una casa, con un po' di fortuna, e comunque neanche quella, perché le stanze più esposte alla curiosità altrui si trasformano in territorio nemico, scenari obbligati per il teatrino dell'altra mia vita, quella che tutti vedono e a tutti mi eguaglia. Una camera, forse, sempre che sia soltanto mia poiché, in caso contrario, dovrei far stare il mio vero mondo nello spazio ridotto di una branda, dove tessere con fili di silenzio il manto delle mie preghiere e dei miei ricordi, dato che sono l'unico riparo di fronte ai rigori di questa vita confusa che mi costringe a trascinare le pesanti catene della menzogna».

Cristóbal Mendieta tacque e nel silenzio che seguì al torrente di parole trovai l'eco delle mie, quelle che non avevo pronunciato e che narravano di come fossi nato in una esigua colonia inglese sull'isola di Roanoke, durante la giocosa festa del carnevale che a tutti serviva per mettere una maschera d'allegria sul volto della dura vita; parole che raccontavano anche del triste modo in cui, in mezzo a tanta sarabanda, la mia venuta in questo mondo fu causa della dipartita di mia madre. Sono cresciuto tra un pugno di stranieri abbandonati alla loro sorte, in terre che il Re di Spagna reclamava per sé senza che in realtà vi fosse altra legge a parte quella dettata dalla necessità, nostra vera regina. Mi tornarono in mente i mille espedienti di mio padre ogni volta che ci avventuravamo in mare per fare contrabbando con la nostra polacca, e i suoi insegnamenti e i libri che mi faceva leggere, non so se per sviluppare la mia intelligenza o per ricordare lui i tempi in cui era stato precettore in Inghilterra. E l'infausto giorno, tre mesi orsono, in cui una galera spagnola aveva colato a picco la polacca con mio padre dentro, lasciandomi come unica compagnia Jamaica, come unica fortuna i pochi denari custoditi nel cofanetto tenuto in un nascondiglio poco distante dalla nostra capanna, e come unico destino la scelta tra il malvivere in quelle lande di violenza e miseria o tornare nella patria dove non ero mai stato, la lontana Inghilterra. Mi chiedevo quale strano fato avesse tracciato due rette parallele tra la vita di Cristóbal e la mia, ma non dissi nulla di tutto questo perché un'altra idea si era fatta strada nei miei pensieri fino a spuntare sulle labbra:

«Allora, Catalina è a conoscenza della tua condizione di ebreo?»

«Come potrebbe non averlo scoperto?»

«Non ne ha motivo, se davvero è virtuosa come tu giuri, perché per saperne di circoncisioni bisogna aver avuto altri termini di paragone.»

Cristóbal, che fino a quel momento era rimasto accovacciato accanto al sacco con dentro il topo, si alzò in piedi e con espressione addolorata mi disse:

«Non lo è, Tomás, non lo è. E il cielo sa quanto mi duole riconoscerlo, ma la verità è che non appena mi ha avuto nudo al suo fianco, una volta soddisfatto il desiderio, mi ha detto di non temere perché non avrebbe detto a nessuno che io ero ebreo. 'Non sarà per mia volontà che possa perdere un amante capace di darmi tanto piacere', e ha addirittura elogiato le virtù di un membro circonciso come un allevatore vanta la fertilità di una vacca o la virilità di uno stallone. Però le sue parole non mi hanno ferito, perché so bene che tali conoscenze son frutto della maligna influenza della sua signora zia, la moglie del marchese di Valdehoyos, che approfittava dell'attività negriera del marito per studiare da vicino la mercanzia e così un giorno venne sorpresa, nella vasca del ridente patio del suo palazzo, in compagnia di un negro chiamato Domingo Menco e assorta in certe faccende che mandaron in bestia il marchese al punto da ordinare che le tagliassero la mano con cui commetteva il suo peccato. Peggior sorte sarebbe toccata al negro se la monca marchesa non lo avesse aiutato a scappare in una di quelle riserve dove si rifugiano gli schiavi fuggiaschi. Ma forse conoscerai già questa storia, che suscitò un enorme scandalo in tutta Cartagena delle Indie».

«Non sono mai stato a Cartagena, così come non è vero che sia nato in Inghilterra» risposi, e un sorriso comparve sul volto di Cristóbal Mendieta.

«Già. Sono talmente tanti e convincenti i tuoi artifizi che io stesso non so più distinguere tra verità e menzogna. Ciò che importa, nel nostro caso, è che non vi è nulla di strano se una giovane dama come Catalina ha visto e sa cose altrimenti impensabili laddove vi fosse buona creanza. Eppure in tutto questo c'è un lato positivo: alle stravaganze della sua signora zia devo l'opportunità del nostro viaggio e di poterla stringere tra le braccia, perché il marchese non ha voluto che sua nipote viaggiasse con un servitore negro, lui li vede ormai tutti maliziosi, e così ho avuto modo di offrirgli i miei servigi e, con ciò, pagarmi la traversata.»

Avrei voluto dirgli che la zia non era colpevole dei vizi di Catalina, e se da un seme di zucca non nascono pomodori, in nessun cuore si destano sentimenti che non siano già racchiusi in esso. Ma la pena poté più del criterio e lasciai Cristóbal al suo sogno consolatore, tanto da sveglio avrebbe solo covato rancore, dolore e poco senno, poiché per le lezioni del cuore non esiste, in fin dei conti, miglior maestro della propria disillusione.

«Continuiamo» dissi, e percorremmo lo stretto corridoio fino alla piccola santabarbara che il capitano aveva fatto installare a prora, per poter tenere sempre chiusa quella grande a poppa, dov'era custodito il tanto bramato forziere che sarebbe stato caricato all'Avana.

Le bisacce piene di polvere stavano allineate sugli scaffali. C'erano alcuni contenitori per la ricarica fatti di avorio e altri di cuoio, mentre le pesanti palle di cannone formavano piramidi sul pavimento. Tutto appariva dello stesso colore grigio scuro e bisognava abituare gli occhi alla penombra prima di poter distinguere i topi acquattati fra gli attrezzi. Avvicinando la lanterna, i corpi si allungavano e trotterellavano via, cercando il riparo del buio. Ce n'era un vero e proprio esercito.

«Da dove cominciamo?» chiese Cristóbal.

«Senza quartiere!» gridai come risposta, e sferrai un formidabile colpo di sbarra contro lo scaffale più vicino all'entrata della santabarbara. I topi si misero a correre quasi avessero ricevuto un ordine simultaneo, mentre Cristóbal e io menavamo fendenti a destra e a manca, certi che, data l'abbondanza di nemici, qualcuno lo avremmo comunque centrato. E così fu. Il locale rimbombò di strida di topi e imprecazioni umane, e in pochi istanti il grigio di pareti e oggetti prese a tingersi di rosso. Avvertii nella spina dorsale lo stesso brivido che mi aveva rizzato i peli scendendo nella stiva, ma stavolta era una sensazione di ebbrezza a possedermi. Ubriaco di rabbia ed euforia, schiacciavo i piccoli corpi dei topi a furia di sprangate o li scaraventavo contro le pareti a calci. Di fianco a me, Cristóbal urlava fuori di sé mentre sferrava sonore bastonate.

«Non sbarrare il passo! Lasciali correre, tanto ormai sono nostri!» gridavo.

«Prendi questo, figlio di puttana!» esclamava Cristóbal a ogni colpo.

Continuammo così per il poco tempo che i topi impiegarono a sgusciare verso la stiva centrale, dove ceste di gallette, tinozze d'acqua, otri di vino, sacchi di legumi e bisacce di spezie offrivano nascondigli e alimenti in abbondanza. Quando scomparvero tutti dalla nostra vista, anche se le strida acute continuavano a echeggiare simili a rabbrividenti canti nella stiva che risuonava come una cattedrale consacrata al demonio, Cristóbal e io ci sedemmo al suolo, madidi di sudore e morti di risate.

«Topi di merda!» rideva Cristóbal. «Hanno tagliato la corda alla svelta!»

«Se è per questo, hanno tagliato anche qualcos'altro, amico, basta guardare come sono ridotti i sacchi di ceci!» ribattevo io, mentre alla luce della lanterna che avevamo lasciato accesa nella stiva centrale osservavo la tela sventrata dei sacchi e la mercanzia sparsa sul pavimento.

Tutto intorno a noi, una sanguinolenta distesa di topi aspettava di essere raccolta. Cominciammo a infilarli nei sacchi, non senza prima saggiarli con la punta delle nostre armi, nel caso fossero ancora vivi.

«Nove» contai, soddisfatto.

«Un buon inizio» disse Cristóbal, e aggiunse: «Visto che ormai siamo uniti dal sangue versato di questi topi, non è forse giunto il momento di sentire la tua vera storia?»

«Non so che razza di notte oscura sia questa, che scatena le tempeste del mondo e degli animi» dissi io, «però non intendo privarti della verità riguardo la mia tormentosa vita, che poco ha da invidiare alla tua in quanto a sotterfugi e segreti.»

E mi preparavo a vuotare il salvadanaio dei ricordi quando un brutale scossone del mare ci gettò a terra, e a causa di ciò, i barili strapparono le cime che li rizzavano e presero a rotolare da una parte all'altra, fracassandosi alcuni e minacciando, altri, di venirci addosso. Tutto il carico sussultava e si muoveva come cosa viva, mentre noi barcollavamo di qua e di là senza riuscire a trovare un sostegno a cui aggrapparci. Andammo avanti così, tra cadute e spintoni di casse e sacchi, finché non raggiungemmo la scala da dove eravamo scesi. E ci apprestavamo a uscire da quell'inferno quando udimmo delle grida che provenivano da sotto i nostri piedi.

«Aiuto! Salvatemi!»

Venivano dalla sentina. Senza indugio, tornammo indietro dirigendoci verso poppa, in cerca del boccaporto che immetteva nell'angolo estremo della nave. Finalmente lo scorgemmo, vicino all'albero di maestra: un piccolo pertugio da cui cadevano ogni tanto alcuni tra i molti oggetti che stavano rotolando sul pavimento. Sotto, la faccia terrorizzata di un giovinetto ci guardava implorante:

«Tiratemi fuori di qui, vostra grazia, per carità! C'è una falla e la pompa di sentina non serve a nulla!»

«Dov'è la scala?» chiesi.

«Non lo so, è caduta con lo scossone e se l'è portata via la corrente!»

L'acqua gli arrivava alla cintola e tremava con tutto il corpo. Accanto a lui nuotavano alcuni topi.

«Afferrami e aggrappati a qualcosa» dissi a Cristóbal, e poi mi sdraiai sul pavimento fino a sporgermi per metà dal boccaporto. Fu arduo tirare su il mozzo, perché le oscillazioni della nave gli facevano perdere continuamente l'equilibrio e le pietre della zavorra non aiutavano di certo. Alla fine riuscii a prenderlo per un braccio con entrambe le mani e urlai a Cristóbal di tirarci fuori. Non senza grandi sforzi, riuscimmo a issarci e credo di non aver mai visto maggior gratitudine di quella che si leggeva nello sguardo del ragazzo.

«Come ti chiami?»

«Cosme, signore, per servirvi in qualunque vostro desiderio. Vi devo...»

«La vita, lo so. Succede a molta gente. Ma è meglio se fai in modo di conservarla da solo. C'è qualcun altro là sotto?»

Fece cenno di no.

«Allora usciamo da qui.»

Ma la via del ritorno era sbarrata: una montagna di masserizie si frapponeva tra noi e la scala di prora. Così continuammo verso poppa fino a raggiungere l'altra scala.

«Se la lanterna che abbiamo lasciato laggiù cade dal gancio, appiccherà il fuoco» disse Cristóbal mentre stavo salendo i primi gradini.

«Fa lo stesso, Cristóbal, tanto se ci inghiotte il mare, si prenderà lui la briga di spegnerlo.»

Salimmo nel secondo corridoio e, illuminando il cammino con le lanterne, arrivammo ben presto alla prima, dove ci aspettava un'altra spiacevole sorpresa che si era annunciata con un rumore assordante prima ancora di spuntare fuori dalla scala. Non avevo avuto il tempo di gettare uno sguardo intorno quando un coro di voci mi urlò «attento!», e così potei buttarmi da una parte per evitare che un enorme cannone mi schiacciasse. Le cime che lo trattenevano avevano ceduto e l'affusto lo trascinava da sinistra a dritta come una palla, travolgendo ogni cosa sul suo tragitto. I corpi tranciati di due marinai ne testimoniavano il passaggio, e gli altri uomini che si accalcavano in coperta sembravano giocare a un mortale quattro cantoni fuggendo con passi barcollanti dalla furia del cannone, che aveva già sfondato l'imposta di un portello dal quale l'acqua entrava a scrosci, rendendo ancor più scivoloso il ponte di legno e aumentando il caos. Anche noi fummo costretti a schivarlo finché non raggiungemmo il pozzetto del timone dove il timoniere, con l'aiuto di Juan de Tineo, tentava di governare la nave.

«Spegnete quelle lanterne, perdio!» sbraitò il nostromo senza mollare la barra, che gli scivolava tra le mani come un'anguilla. Le spegnemmo e l'angusto locale sprofondò nella penombra, rischiarata a tratti dal tenue chiarore che filtrava, assieme all'acqua, dal boccaporto sul cielo del locale.

«Signor Juan!» gridai, nello sforzo di sovrastare il frastuono di acqua e legname che ci assordava. «Che succede? Stiamo per colare a picco?»

«Finirà così, se il diavolo e quell'idiota d'un comandante ci si mettono d'impegno!» urlò con un vocione vibrante d'ira.

«Allora, com'è la situazione?»

«Com'è la situazione? Stupidità e superbia, inglese, ecco com'è! Guardate bene e ricordatevelo, se mai avrete occasione di raccontarlo ai vostri nipoti anziché finire in pasto ai pesci! È così che si porta una nave alla catastrofe! Si rifiuta di ammainare le vele, quel grandissimo imbecille! Ha scelto il momento giusto per avere fretta! Merda e mille volte merda a lui e a tutta la sua stirpe!»

«Ma finiremo disalberati!» esclamai.

«Finiremo? Dio, abbiamo già perso la vela di trinchetto con tutto il pennone, e l'albero di maestra non resisterà un altro giro di clessidra se non si taglia il sartiame!»

«Parlate con don Pedro, per l'amor di Dio!»

«Vi sembra forse che stia qui a divertirmi? Parlateci voi se vi aggrada, inglese! Per quel che servirà...! Adesso starà discutendo con il capitano Contreras e sarebbe meglio se quest'ultimo lo passasse a fil di spada una volta per tutte e ci liberasse dalla sua follia!»

Cominciai a sentire la paura che mi annodava lo stomaco, facendo danzare i suoi fantasmi tra le ombre che mi circondavano. La nave solcava la tempesta affidata alle mani di Dio, squassata dalle ondate, flagellata dal vento, e saremmo colati a picco senza che nessuno potesse porre rimedio a tanto scempio.

«Cosa possiamo fare?» chiesi, angosciato.

«Non possiamo fare niente! Pregate e sperate che qualcuno di quei valorosi sul ponte sia capace di liberarci dalla velatura!»

Mi voltai verso Cristóbal Mendieta, ma non era più accanto a me. Incrociai solo lo sguardo atterrito del mozzo Cosme, che sembrava trasformato in una statua di sale da qualche maledizione. Uscii dalla timoneria e salii la scala del cassero, sbattendo la testa contro i bordi del carabottino del cassero. La porta del cassero era scomparsa e l'acqua colava dentro a ogni colpo di mare. Mi avvicinai al vano, aggrappandomi allo stipite, e al chiarore delle prime luci dell'alba vidi uno spaventoso spettacolo che non dimenticherò finché campo e non ho rivisto nelle numerose volte in cui le tempeste mi hanno sorpreso a bordo di una nave. L'acqua spazzava la coperta inondandola. Il mare infuriato innalzava i suoi immensi artigli liquidi sopra le nostre teste e si infrangeva in un'esplosione di spuma, ululando e ruggendo come un animale rabbioso. Il cielo ci cadeva addosso rovesciando scrosci di pioggia tra lampi e tuoni formidabili che sembravano l'eco dell'abisso in cui sprofondavamo e poi, miracolosamente, risalivamo, spinti dalla stessa forza che ci aveva trascinati sotto. E in mezzo a tutto questo, arrampicato alla crocetta dell'albero di maestra, lontano e irraggiungibile come un gabbiano nella tormenta, se ne stava il mio servitore, di cui vidi brillare la testa calva. Jamaica cercava di tagliare le sartie e gli stragli dei velacci e della gabbia, e il suo corpo si dondolava sull'albero come un burattino appeso ai fili, le gambe avvinghiate alle cime del sartiame per sostenersi, e minacciando di schiantarsi sulla coperta a ogni istante. Lo vedevo allungare disperatamente il braccio e menare fendenti in aria con il suo corto pugnale, e mi chiedevo da dove prendesse tante forze, nonostante la ferita, per affrontare una così temeraria impresa. Decisi di chiamarlo a squarciagola, non so bene con quale intenzione, perché in fondo cosa gli avrei detto? Rimanere lassù era una follia. Tentare di scendere, un suicidio. Quando mollai la presa sullo stipite della porta, per unire le mani a imbuto e chiamarlo, un violento scossone mi scaraventò al suolo e una tromba d'acqua mi infradiciò fino al midollo, e sarei stato trascinato via se il mozzo Cosme non mi avesse tirato dentro. Mi rialzai, bagnato e stordito, corsi di nuovo sul vano della porta e, affacciatomi, un rumore secco mi raggelò il cuore. Il pennone della maestra era caduto sul ponte, trascinando giù la sua vela; sulla sommità dell'albero fluttuavano ormai soltanto la gabbia e il velaccio, e le tele schioccavano come schiaffi quando un altro scricchiolio annunciò la tragedia. L'albero di maestra si spezzò a metà, come uno stuzzicadenti, e sollevato dalle ali delle due vele spiegate volò via come un uccello spaventato. Preso negli artigli delle sartie, vidi Jamaica trascinato in alto, lo vidi proiettato verso il cielo per poi scomparire tra le onde come un volatile abbattuto. E quasi che con lui se ne fossero andati anche i demoni che ci assediavano, la nave, disalberata, smise di sbandare.

Mi lasciai cadere al suolo, accanto alla porta, e sentii che il respiro si agitava in un pianto che non volle venir fuori, mentre il cielo si acquietava e la pioggia diventava calma e triste, quasi cercasse di ripulire i danni che il destino ci aveva inferto. Non tardò a comparire il nostromo, chiedendo lumi.

«Cos'è successo?» mi domandò.

«Ci ha salvato un angelo dalle ali enormi» risposi, più per me che per lui. Ma Juan de Tineo non prestò attenzione alle mie parole. Si era già affacciato alla porta e aveva visto con i suoi occhi la causa della nostra salvezza.

«Abbiamo perso l'alberatura!» urlò, per farsi sentire dal timoniere. «Forza, c'è bisogno di braccia sul ponte! Bisogna ammainare quel che resta della velatura!»

Echeggiò un rumore di passi e gli uomini del primo corridoio cominciarono a uscire sul ponte, ancora barcollanti per il mare agitato ma animati dalla forza e dal coraggio che nascono dalla speranza riacquistata. Udivo le loro voci sopra coperta, gli ordini del nostromo, il tramestio di una nave governata, e mi chiedevo quanto sarebbe durato, poiché l'albero della nostra avventura si reggeva ancora sulle stesse radici marce.

«State bene?»

Don Pedro Olea de Zumárraga, pallido e agghindato come un commediante, mi fissava dal vano della porta. Feci cenno di sì, ma non mi alzai: un odio freddo come il ghiaccio mi tratteneva al suolo. Dietro di lui scorsi il profilo del capitano Contreras, che stava uscendo in coperta di corsa. Le urla adirate con cui radunò i suoi uomini mi rivelarono il suo stato d'animo. Io, al contrario, ero impassibile come un morto.

«Signor nostromo!» gridò don Pedro dalla porta. Fuori si udì la risposta di Juan de Tineo, e il capitano aggiunse: «Mi faccia sapere quanti uomini abbiamo perso e in che stato è la nave!»

Poi si ritirò nel suo alloggio, senza una parola di incoraggiamento, senza un lamento e neppure un'espressione dispiaciuta. Io rimasi ad ammirare sgomento la lucentezza delle sue scarpe, lo scintillio del fiocco di lustrini sull'elegante fibbia, ascoltai rapito il suono nitido e secco dei tacchi sul sudicio tavolato. Pensai: «Per tutti i santi... le sue scarpe hanno più cuore di lui!» Mi alzai, stirando con dolore le gambe che ora mi ricordavano lo sforzo compiuto, e andai in cerca di Cristóbal Mendieta. Cosme mi seguì come un cagnolino.

Cristóbal era dove immaginavo, nella cabina principale, accanto all'amata Catalina. Fra' Antonio Espinel stava parlottando senza che nessuno gli badasse, dopo essersi riconciliato con il suo passato di peccatore sul fondo di una brocca di vino e sembrava felice come un bimbo piccolo, grassoccio e rubizzo, seduto su uno scranno a mormorare una litania che pretendeva somigliasse a un rosario. Catalina era l'immagine stessa della paura. I capelli in disordine, gli occhi arrossati dal pianto, il volto emaciato, il ricco vestito strappato sotto le ascelle... Tanta incuria e angoscia non facevano altro che esaltarne la bellezza, rendendola ancor più provocante e impudica. Appena mi vide, la bella si gettò tra le mie braccia.

«Siete vivo! Che spavento mi sono presa!»

Poi, facendo un passo indietro, risfoderò il suo sorriso di circostanza e aggiunse:

«Mi avete lasciata sola, signor Bird! Tenete così poco a me?»

Cristóbal mi fissava rosso in volto come un tizzone ardente, lontano e dimenticato dalla sua amata, ma nel mio freddo cuore non c'era spazio per le galanterie.

«Vi adoro, signora, lo sapete bene. E adoro i vostri giochi galanti e le vostre sottili lusinghe femminili. Adoro le vostre menzogne e le vostre false collere. La vostra svenevolezza e i vostri fantasiosi malesseri e il modo in cui gli uomini corrono incontro alla morte per soddisfare ogni vostro desiderio. Adoro ciascuno degli istanti d'agonia che abbiamo vissuto per la gloria della vostra mai sufficientemente decantata bellezza. Perdinci se vi adoro, Catalina! Non immaginate quanto!»

La bella indietreggiò di altri due passi, sconcertata dal tono della mia voce.

«Mi fate paura, signore. Mentre la vostra bocca mi lusinga, i vostri occhi sprizzano fuoco.»

«Ah! Vi lusingo? Provate piacere udendo le mie parole? Vi sentite riverita? Che spiraglio di pace per la mia anima tormentata! La vostra felicità è la mia, signora. Voi siete felice? Perché darsi tanta pena, dunque! Cosa importa se il mare mi ha portato via un amico. Il suo sacrificio non è stato vano se voi ritrovate il sorriso e il buonumore.»

«Avete perduto qualcuno?» domandò, sempre più inquieta.

«Sì! Anzi no, io non l'ho perduto! Se n'è andato. È volato via come un angelo.»

«Che dite?»

«Nulla, leggiadra Catalina. Nulla. Il mare mi diede un amico e il mare me lo ha tolto. Lui è così, capriccioso quanto voi.»

«Avete detto che se l'è portato via un angelo?» si intromise il cappellano dal suo scranno.

«O un demonio, fra' Antonio. Non ho potuto vederlo bene: il mondo mi stava rovinando addosso e il mio coraggio non arriva a tanto.»

Il cappellano si fece il segno della croce e la bella riprese a chiedermi:

«Perché ci parlate così? Cosa vi abbiamo fatto?»

Per la prima volta scorgevo negli occhi di Catalina un barlume di sincerità, una punta di verità, una scintilla di sentimento vero. E ciò confermava la sua ignoranza. Lei non sapeva nulla di se stessa. Regnava sul suo regno di vacue filigrane e finte passioni senza che l'intelletto giungesse a sospettare l'esistenza di null'altro sulla faccia della terra. Era innocente come può esserlo un lupo, che uccide unicamente per sfamarsi, estraneo al danno che arreca.

«È tutta colpa di questo viaggio, che sembra maledetto e minaccia di non finire mai» risposi.

«Non finirà mai? La tempesta è ormai cessata e presto saremo a casa, Tomás. Dopo quello che abbiamo passato, cos'altro potrebbe succederci?»

Ancor oggi, quando ricordo quelle parole, il cuore mi si rattrappisce per la tristezza e gli occhi si colmano di lacrime, forse perché sono ormai vecchio e gli anni rendono malleabile anche il cuoio più duro. È una tristezza senza volto. Non mi affliggo più per il destino di Catalina, o il mio, o quello di Cristóbal Mendieta. Mi affliggo per la vanità degli uomini, questa folle vanità che li porta a chiedersi cosa possa esserci di peggiore rispetto al già vissuto, senza rendersi conto che una simile domanda è uno schiaffo in viso alla dea Fortuna e lei punisce simili affronti in maniera spietata.

Non si era ancora del tutto acquietato il mare, quel mattino in cui il nostro galeone disalberato contava i suoi morti mentre i marinai addetti alle riparazioni si affannavano a chiudere le falle aperte nello scafo dalla tempesta, quando proprio Juan de Tineo urlò, dall'alto del cassero, che c'erano navi in vista. L'allegria esplose a bordo. Uscimmo tutti in coperta e persino io avvertii che il sorriso mi tornava sulle labbra. Disalberati e con i viveri e l'acqua che scarseggiavano, il futuro ci appariva oscuro se un miracolo non avesse fatto accorrere in nostro aiuto altre navi della smarrita Armada. Eccolo dunque, il miracolo tanto atteso.

Ma il mare crea i suoi miraggi, come fa il deserto, e quello ne aveva tutta l'aria. Ben presto distinguemmo le vele appuntite di una caravella e due sciabecchi, però non vi era alcuna caravella nella nostra Armada quindi, per forza di cose, doveva trattarsi di navi a essa estranee. Un fosco presentimento si impossessò della mia anima. Mi avvicinai al capitano Contreras e lo misi a parte dei miei timori.

«Quelle sono vele che chiamano latine» mi rispose pensoso, «e se è vero che vengono usate su alcune navi cristiane, è altrettanto vero che contraddistinguono le flotte turche.»

Rimase in silenzio per qualche istante, lo sguardo fisso sulle navi mentre si lisciava distrattamente i baffi con la mano destra. Poi chiamò il caporale, un sivigliano di nome Bustamante, e gli ordinò di far nascondere i soldati e distribuire le armi per ogni evenienza. Quindi, si avvicinò a don Pedro e disse che quel casuale incontro con navi sconosciute lo preoccupava.

«In effetti siamo lontani dalle acque berbere, ma in tutte le nazioni ci sono degli impavidi e i loro pirati godono d'una meritata fama di temerari» rispose don Pedro.

Provai sollievo vedendo che i due capitani mettevano da parte i reciproci rancori per il bene comune. Venne ordinato di preparare le artiglierie con discrezione e senza aprire i portelli, per evitare che i nuovi venuti si insospettissero. Avevamo perduto tre dei cannoni del ponte durante la tempesta, e quello imbizzarritosi sulla prima coperta era stato scavalcato rendendosi inutilizzabile. Malgrado ciò, avevamo ancora cannoni a sufficienza per dare una severa lezione a chi tentasse di abbordarci. Tutto venne approntato e rimanemmo in attesa del momento in cui le navi fossero a tiro, sfogliando la margherita delle loro intenzioni.

Chiesi a Cristóbal di riportare Catalina nella cabina principale perché, in caso di battaglia, era meglio non restasse sopra coperta. Ma Cristóbal si rifiutò di rimanere con lei e, piuttosto che stare da sola, la bella decise di appostarsi sulla porta del cassero, da dove poteva vederci.

«So che entrambi siete coraggiosi» mi disse quando tentai di persuaderla a ritirarsi. «Cristóbal mi ha raccontato del duello sostenuto nella mia cabina e come avete tratto in salvo quel mozzo nella sentina. So anche che l'amico da voi perduto era il vostro servitore, e credetemi che la cosa mi addolora quasi quanto se avessi perduto il mio...»

«Non credo che per voi possa esser la stessa cosa, signora.»

Mi guardò, diffidente, e disse:

«Quando c'è la vita in gioco, e le nostre sono state gettate sul tappeto della morte diverse volte in questo viaggio, non rimane spazio alcuno per il risentimento. Disapprovate la mia condotta? Non l'avevate forse intuita? Avrete occasione di chiedermene conto, se impiegherete il vostro coraggio anche nel riconoscere l'amore che nutrite per me e che vi mostrate così restio a concedermi... Ma ora non lasciatemi sola. Ve ne prego. Esser testimone del vostro valore vi renderà ancor più gradito ai miei occhi, e se per nostra fortuna quelle navi sono amiche, non vi è alcun male nel fatto che anch'io dia loro il benvenuto».

Acconsentii e pregai a mia volta Cristóbal che, almeno, rimanesse vicino alla porta per poterla proteggere.

«Procurami un'arma» mi chiese lui. Gli trovai una spada, orfana del padrone a causa della tempesta, e un moschetto con relative munizioni e fiaschetta di polvere. Mi disse che non sapeva maneggiarlo e mi accinsi a insegnarglielo in tutta fretta. E in quel mentre le tre navi si avvicinarono a tal punto da poterne distinguere gli stendardi, che risultarono essere del Re di Spagna.

«Ehi, del galeone!» gridò una voce in lingua castigliana dalla prora della caravella. «La burrasca vi ha causato gravi danni! Vi serve aiuto?»

«In fede mia sì, signore!» rispose don Pedro. «Però prima ditemi chi siete e cosa ci fate in questi mari lontani!»

L'uomo della caravella riprese a gridare:

«Non è il momento adeguato per le cerimonie, signore! Le acque non si sono ancora calmate! Permettete che ci avviciniamo e poniamo rimedio ai vostri mali! Avremo così l'occasione di presentarci!»

«Non mi piace» sentii dire al capitano Contreras.

«Neanche a me, l'abito non fa il monaco e quello stendardo può essere rubato» ribatté don Pedro e, sempre gridando, disse all'uomo della caravella: «Ogni cosa a suo tempo, signore! Ditemi prima chi siete e mandate una lancia affinché possiamo smettere di urlare!»

L'uomo della caravella si voltò verso l'equipaggio e scambiò qualche parola. Poi tornò a gridare:

«Siamo pescatori del porto di Palos!»

«Se quello dice il vero io sono un santo!» esclamò il capitano Contreras.

«Adesso caliamo la lancia!» urlò ancora l'uomo della caravella. Sulla sua coperta si notava un frenetico movimento, ma non vedemmo calare in acqua alcuna barca.

«Che facciamo?» chiesi, inquieto, ma non vi fu il tempo di ricevere alcuna risposta perché Juan de Tineo indicò le altre due navi, che fino a quel momento avevano fiancheggiato la caravella tenendosi a una certa distanza, e urlò:

«Vogliono abbordarci!»

I due sciabecchi avevano messo i remi in mare e, a tutta velocità, si disponevano a prora e a poppa della nostra nave, eludendo la linea di fuoco delle nostre artiglierie. Erano navi veloci e maneggevoli, mentre il nostro galeone, privo di quasi tutta la velatura, sembrava un vecchio e goffo orso circondato dai mastini.

«Spiegate le vele!» gridò don Pedro, e gli uomini corsero alle poche sartie ancora utilizzabili. Ma era uno sforzo vano. Ben presto fu chiaro che non avevamo scampo. Uno dei due sciabecchi si era spinto avanti e aveva virato per affrontarci di prora. L'altro ci seguiva a poppa. E la caravella navigava di fianco, aspettandoci al varco come un avvoltoio che punta un bue agonizzante.

«Trattiamo la resa, signore» propose il capitano Contreras, ma don Pedro, che non si era mai allontanato dal boccaporto del timoniere, rifiutò recisamente.

«E dov'è il vostro coraggio, signor Contreras?» sibilò, nuovamente in preda all'ira e al disprezzo.

«Dove deve stare: nel cuore e nella testa. Perché non è affatto coraggioso chi conduce i suoi alla carneficina senza alcuna possibilità di vittoria, ma lo è chi fa in modo di conservare le forze per l'occasione propizia. E se affrontiamo quei pirati, sarà un massacro.»

«Scrupoli! Sono stufo dei vostri scrupoli!» esplose don Pedro. «Non esiste la parola resa sulla mia nave, signor Contreras. Andatevene a piagnucolare in un angolo o battetevi da uomo: il San Juan de Gaztelugache non si arrende.»

La prima salva d'artiglieria della caravella mise fine alla disputa. La balaustra della murata di dritta volò in pezzi e le schegge di legno andarono a piantarsi in corpo agli uomini che si riparavano dietro di essa, tra i quali il povero Jacobo Albiz e il paggio del capitano, che si contorcevano al suolo urlando di dolore.

«Fuoco!» gridò don Pedro. E per qualche tempo le cannonate e le esplosioni si susseguirono nel caos totale.

Alcuni dei nostri tiri avevano centrato il fianco della caravella, ma era ben rifornita di munizioni e continuava a spararci contro delle tremende fiancate che spazzavano la coperta come la scopa di una strega. Anche l'albero di trinchetto crollò, e così perdemmo quasi del tutto la capacità di manovra, mentre il disordine che regnava nelle stive rallentava il rifornimento di munizioni, tanto che ben presto dovemmo ridurre la frequenza delle salve, per non restare senza colpi.

La caravella ne approfittò per avvicinarsi al nostro fianco, mentre i due sciabecchi facevano altrettanto a prora e a poppa, senza che i cannoni ai lati del timone servissero a granché.

Cercai Catalina con lo sguardo e la vidi accovacciata al suolo, accanto alla porta del cassero, quasi nello stesso punto dov'ero stato io al mattino, che mi sembrava ormai così lontano, quando avevo visto Jamaica volare verso le nubi come un novello Icaro.

Cristóbal, inginocchiato al suo fianco, cercava di consolarla con parole gentili. Provai pena per quei due e una tale rabbia che ancor oggi son convinto che avrei strangolato con le mie mani lo stupido comandante del San Juan de Gaztelugache, se i pirati non avessero lanciato rampini e catene sui resti del nostro balaustro dando inizio all'arrembaggio.

Subito prima, come impongono i canoni militari, i pirati avevano sparato scariche di colubrina a mitraglia che, letteralmente, spianarono la coperta, strappando brandelli di carne, orecchie, spezzando gambe, mozzando braccia e mani. Il ponte del San Juan de Gaztelugache si trasformò in un formicaio umano, dove ognuno lottava per sopravvivere. Il capitano Contreras e i soldati rimasti ancora in piedi batterono in ritirata verso il cassero, dove Cristóbal Mendieta e io, con l'aiuto di alcuni artiglieri del ponte di batteria, avevamo cominciato a innalzare una barricata. Vennero a ripararsi dietro questa. A prora si vedeva ancora qualcuno che combatteva a colpi di spada e pistola contro gli assalitori. Avrei dato un braccio per avere al mio fianco Jamaica. Lo avevo visto battersi in situazioni analoghe con una furia che non aveva nulla di umano. Conoscevo la sua agilità felina, la precisione nella mira, la destrezza nel maneggiare spada e pugnale, l'audacia silenziosa e mortale. Adesso, tutto questo mi mancava, anche se il Fato aveva voluto fosse con noi il capitano Contreras che, a quanto pareva, si muoveva nella battaglia come un pesce nell'acqua, circondato di moschetti, picche e sciabole, con in testa lo stravagante cappello piumato e rintronando l'aria di imprecazioni e ordini mentre irrorava di ferro gli avversari.

Don Pedro, che sembrava aver ormai perduto completamente il

senno, dava mostra di un'audacia suicida ripetendo la solita storia del San Juan de Gaztelugache che non si arrendeva. Il caporale Bustamante, che resisteva sul secondo cassero agli assalti dei pirati dello sciabecco a poppa, avvisò che era sul punto di cedere. Allora, don Pedro salì in piedi sull'improvvisata barricata, approfittando di una momentanea pausa negli assalti dei pirati, e con la temerarietà dell'idiota che raggiunge il culmine delle sue idiozie commettendo la peggiore di tutte, cioè farsi ammazzare per niente, si lanciò contro i nemici alla testa di alcuni dei suoi uomini che spronava urlando «morte agli infedeli». Una palla gli aprì la testa come una zucca matura e se ne andò nell'aldilà cadendo bocconi, elegante e borioso, da quel grande mentecatto che era.

La morte di don Pedro ridiede impeto ai pirati che ci arrivarono addosso infuriati; ma noi rispondemmo con una scarica di moschetti che fece loro abbassare la cresta. Nel frattempo, a prora era tutto finito e vidi alcuni pirati scendere la scaletta. Le urla che echeggiarono dal primo corridoio erano la dimostrazione di quale battaglia senza quartiere si fosse scatenata laggiù.

Il fuoco si era propagato alla velatura superstite e a parte della coperta, e le colonne di fumo rendevano ancor più ardua la lotta.

Tra le nubi nere vedemmo arrivarci addosso i pirati che infine avevano travolto il cassero difeso dagli uomini del caporale Bustamante.

«Pensa a Catalina!» riuscii a gridare a Cristóbal, un istante prima che un pirata lo assalisse ed entrambi rotolassero avvinghiati sopra coperta in un rumore di ferraglie.

Il pirata stava ormai per sopraffarlo e si apprestava a pugnalarlo, quando sparai un colpo di pistola che gli ridusse la testa in poltiglia. Il pirata crollò di schianto e Cristóbal ebbe appena il tempo di dirmi «ti devo già due vite eppure non sono un gatto», che un altro pirata mi si gettò addosso: dovetti vedermela con quel tipo grasso e forte che sembrava deciso a farmi ingoiare l'acciaio e lo respinsi come potevo. Il capitano Contreras e io indietreggiammo verso la porta del castello di poppa, incalzati da un crescente numero di avversari, e da lì vidi Cristóbal, che era rimasto indietro vicino alla balaustra di dritta, ricevere una palla in corpo e cadere in mare nel ridotto spazio tra le due navi. Non ricordo di aver provato commozione in quell'istante. Nel mio cuore non c'era spazio per altra rabbia, paura o odio. Sferravo fendenti a due mani, schivavo stoccate, bestemmiavo e pregavo al tempo stesso, sparai con le pistole che il mozzo Cosme caricava stando dietro di me, e ricevetti la mia razione di ferro, ma ero così offuscato che non avvertii il dolore se non più tardi, una volta che tutto fu finito e il mondo tornò a esser composto di quattro elementi anziché di solo fuoco.

Quando la situazione era ormai disperata e ci consideravamo già morti, vedemmo i nostri nemici iniziare la ritirata. I pirati scesi nel ventre della nave ne uscivano carichi di fagotti, casse e forzieri. Gli altri raccoglievano i feriti e i caduti e li trasferivano sulla caravella, che aveva spiegato le vele e non tardò ad allontanarsi, lasciandoci alquanto perplessi. Cessammo il fuoco, perché a quel punto non serviva a nulla continuare a combattere. La scena che offriva il ponte devastato era orribile. Corpi riversi ovunque e fumo che usciva da ogni boccaporto. I feriti gemevano e singhiozzavano, in preda al terrore o immersi nel sonno inquieto che spesso precede la morte. Quelli che non avrebbero visto un nuovo giorno giacevano insanguinati e soli, come bestiame sacrificato in una pagana ecatombe a divinità antiche e sanguinarie.

«Cos'è successo?» chiese il capitano Contreras, i cui occhi arrossati sembravano guardare ancora il mondo attraverso un velo d'odio.

«Stanno arrivando delle navi» disse Juan de Tineo, ai piedi dell'abbattuto albero di maestra. Il valoroso nostromo, con la faccia sporca di sangue e la camicia a brandelli, era sopravvissuto con mia grande gioia, perché lo stimavo per la sua lealtà e fermezza d'animo.

Tutti guardammo nella direzione da lui indicata e in lontananza, due quarte a sinistra, scorgemmo le tondeggianti vele di un galeone spagnolo.

«Dov'è Catalina?» domandai, con il cuore nuovamente in subbuglio, e sentii che pronunciando il suo nome tornava in me la perduta e tremebonda umanità.

«Sono qui» udii alle mie spalle.

Era così bella... trasandata e pallida come una contadina che attraversa il campo dopo la battaglia! La strinsi fra le braccia e lasciai, finalmente, che le mie lacrime si mescolassero alle sue.

Lacrime d'amore, all'inizio, quando tutte le parole che mi ero proibito di pronunciare fluirono dalla mia bocca senza riserbo alcuno. Lacrime di dolore, poi, quando la misi al corrente della triste fine di Cristóbal Mendieta, il cui corpo era stato inghiottito per sempre dai flutti.

SECONDA PARTE
LA REPUBBLICA DEI PIRATI

I

Cristóbal Mendieta mi piantò addosso gli occhi neri mentre le mie parole rievocavano la sua morte, e il ricordo di quel drammatico frangente gli scurì il volto con un'afflizione che risultava fuori luogo nel bel mezzo della crescente baldoria che regnava nella taverna del Diavolo. Erano ormai numerosi i marinai che, conclusi i turni di lavoro a bordo delle navi ormeggiate, cercavano sotto la calda coltre del suo salone l'oblio delle sventure passate e un tonico per i loro cuori erranti, rimedi procurati dalla stessa medicina: le dorate pinte di birra che scorrevano a fiumi e risollevavano, d'un sorso, le voci e le speranze. Mendieta vuotò nuovamente il bicchiere d'aguardiente e tornò a riempire la scodella con i fagioli che fumavano ancora dentro la marmitta messa sul tavolo dal taverniere. Io feci altrettanto, perché sapevo che solo una pancia ben piena può limitare gli eccessi del bere, e quella lunga notte di chiacchiere in cui ripassavamo le nostre vite parallele, con l'aguardiente, la birra e le parole, esorcizzati, dal sortilegio della memoria, minacciava di sfociare in una sbronza memorabile. Il taverniere tornò a riempire il bicchiere di Cristóbal Mendieta e questi, come se l'aguardiente limpida risvegliasse nel suo palato il ricordo salmastro dell'acqua marina, mi disse:

«Anch'io mi ero dato per morto poiché non sapevo dove fossi né sentivo più il mio corpo. Udivo soltanto in lontananza la voce di mia madre, che intonava la benedizione del pane e ripeteva: '*Baruch atà Adonais, eloeinu meleg aolàn*'. E così, invocando la benedizione del nostro Dio, sovrano del mondo, sprofondavo in un abisso senza luce finché un colpo di tosse non mi svegliò e sentii che l'aria riprendeva a entrare nel petto attanagliato dall'ansia e sembrava lacerarmi le viscere quasi stessi respirando vetro tritato. Tremavo dal freddo e gli occhi mi bruciavano. Boccheggiai, dolorante e grato alla sorte, finché non mi resi conto d'esser vivo e che la luce che mi accecava era quella del sole implacabile. Udivo delle voci intorno a me, ma la mia testa confusa non riusciva a capirne le parole. Sopra di me, il cielo si agitava e sembrava giocare a nascondino con l'orizzonte, benché non tardai a scoprire che l'ombra che celava ogni tanto l'azzurro del cielo non era quella della remota linea della fine del mondo, bensì di alcune vicine e prosaiche assi di legno. Richiusi gli occhi, cercando di ritrovare la calma che mi aiutasse a capire cosa stava succedendo, e compresi di essere a bordo di una nave e tutto quel movimento non era altro che il dondolio della navigazione. Dovevo essere sdraiato sul ponte, perché non sentivo alcun peso ai piedi, così tentai di alzarmi, e fu come se delle braci ardenti mi squassassero il petto, tanto che persi nuovamente i sensi.

«Ancor oggi, a distanza di tanti anni, m'assalgono incubi dove mi sento urlare, incatenato nella stiva di una nave, senza che riesca a vedere il mio corpo, la cui esistenza è provata solo dai terribili dolori causa dei miei lamenti. Non sono altro che una voce urlante e il timore di smettere di esistere, se taccio, mi fa gridare sempre più forte finché la gola sembra dovermi esplodere e allora mi sveglio, tossendo e folle di paura. A quanto avrei saputo più tardi, uno dei pirati mi aveva ripescato con il lungo rampino che usano sulle lance per attraccare, e mi aveva gettato in coperta quasi fossi un tonno, dopo aver comprovato che ero ancora vivo. Lì mi abbandonarono alla mia sorte, tanto non ci rimettevano nulla a tenermi a bordo: se la mia tempra mi faceva sopravvivere potevano guadagnare del denaro con il mio riscatto, in caso contrario avrebbero restituito il cadavere al mare. Comunque, permisero a uno dei prigionieri presenti a bordo di prestarmi le cure grazie alle quali sarei tornato in vita. Quel brav'uomo risultò essere il carpentiere del San Juan de Gaztelugache, Alonso Gallo, che, quando cominciai a recuperare l'intelletto dopo una lunga incoscienza, mi raccontò come era stato catturato lui, durante il combattimento sostenuto nel primo corridoio, e una volta portato sulla caravella pirata, aveva visto che mi tiravano fuori dall'acqua, più morto che vivo. Da lui seppi anche che il San Juan de Gaztelugache era sopravvissuto alla battaglia e, sicuramente, i malconci difensori erano stati soccorsi dalle navi che avevano provocato la frettolosa ritirata dei pirati. E devo dirti, Tomás, che quelle buone nuove infusero più forza nel mio cuore dei miseri impiastri con i quali Alonso Gallo tentava di rimarginare la ferita aperta nel mio petto. Sapere che esisteva la possibilità che Catalina e tu foste ancora vivi mi aveva ridato la speranza e la voglia di vivere».

Distolsi lo sguardo dagli occhi di Cristóbal Mendieta perché non avevo bisogno di leggervi la conferma che quanto diceva fosse vero. Tuttavia, quella sua lontana gioia risvegliava nella mia memoria un senso di colpa che ora tornava a opprimermi il cuore, benché le cicatrici che sul delicato organo vanno lasciando le traversie della vita finiscono per formare calli sui più sinceri sentimenti. I baci profusi a Catalina al riparo della sua cabina, senza che ci importasse nulla di sollevare i sospetti e le maldicenze del decimato equipaggio, mi apparivano come pugnalate alla schiena del mio amico, la cui presunta morte, che mi aveva restituito la libertà d'amare, non poteva servire da scusa. Le parole di Mendieta si riferivano a una lealtà non corrisposta e a una speranza infondata: mentre lui giaceva nella penombra della prigionia, Catalina e io ci abbandonavamo al reciproco desiderio con l'impeto della vita ritrovata. Noi e lui vivevamo nell'inganno, ma... quante volte ci succede in questo folle passaggio per il mondo in cui ci affanniamo tanto di sapere, sentire, essere, e siamo così disposti a lasciarci abbindolare dalle apparenze? Quel tradimento venga almeno considerato, nell'elenco delle mie mancanze, un peccato veniale, poiché in verità, sia io che Catalina, davamo per morto l'amico, anche se temo che per la bella donna quello fosse un dettaglio senza molta importanza. E nemmeno serviva ormai a nulla chiedere perdono o cercare scuse, questo era uno dei pochi debiti della vita che entrambi avevamo saldato in diverse maniere, ma in modo tale da non lasciar spazio al rancore, solo alla tristezza e al silenzio. E fu proprio questo che offrii al mio amico nella taverna del Diavolo: la silenziosa tristezza del mio cuore. Distolsi lo sguardo dal suo e annuii. Conoscevo la sua speranza e il suo dolore. E sapevo anche di altri dolori che avrebbero appannato il ricordo del primo, così come lui sapeva dei miei. Le nostre parole rievocavano ciò che ognuno era riuscito a sapere dell'altro nelle scarse occasioni in cui ci eravamo rivisti, ma anche tutto quello che non avevamo mai osato dirci. Vi era in esse un desiderio di chiarezza, l'ansia di completare finalmente il rompicapo di un'amicizia costruita sulla distanza e il silenzio e che, malgrado tutto, era sopravvissuta ai rigori del tempo. La conversazione di quella notte interminabile e strana nella taverna londinese del Diavolo non era altro che il rumore delle onde prodotto dalle nostre vite, tornate a congiungersi ancora una volta.

«Non so per quanto tempo rimasi in quello stato di allucinazione e agonia» riprese a raccontare Cristóbal Mendieta, «ma al pari di un neonato che viene al mondo tra sangue, grida e dolore, senza che poi resti in lui memoria di tale travaglio, così rinacqui io a bordo della caravella pirata, insanguinato e dolorante, e a malapena conservo una vaga rimembranza dell'inizio della mia nuova vita. Ricordo il fetido caldo della stiva in cui venni confinato e i lamenti degli altri prigionieri; il rumore di catene e le voci dei nostri carcerieri che sembravano parlare tutte le lingue del mondo: ve n'erano alcuni che usavano tra loro l'inglese e altri l'arabo, però tutti, a quanto pareva, conoscevano il castigliano, cosa che persino in quello stato di confusione suscitò la mia sorpresa. Ricordo anche l'attività frenetica all'arrivo in porto, l'accecante luce del giorno dopo la lunga notte nella stiva, l'ombra maestosa di una fortezza e il brulicare di genti il cui chiasso mi assordava. Me ne stavo sdraiato su una improvvisata barella portata da Alonso Gallo e da un altro prigioniero, un uomo dall'età indefinibile, magro e triste, che era nato a Cadice e che tutti chiamavano Saborío. Subito dopo venimmo rinchiusi in segrete sotterranee, ai piedi della muraglia, dove la vita trascorse per qualche giorno nella calma totale e il mio corpo e il mio senno cominciarono a recuperare le perdute energie. Così potei infine domandare ai compagni di prigionia quale fosse il porto cui ci aveva condotto la nostra mala sorte, poiché nel breve tragitto dal molo alle segrete credevo di aver visto che gli abitanti del luogo indossavano vesti sia da mori che da cristiani e, a quanto ne sapevo, non c'era più terra alcuna dove questo fosse ancora possibile. Grande fu la mia sorpresa quando Alonso Gallo mi disse che eravamo rinchiusi nelle segrete fatte costruire secoli addietro da colui che fu il sultano di Marrakech, il potente Yosuf Almanzor, nella stessa città da cui erano partite a quei tempi le truppe more accorse in aiuto dei califfi di Córdoba e di Siviglia nella guerra contro i re cristiani in terre di Spagna: il porto di Salé.»

Recuperata la parola, e nel riposo della cella, Cristóbal Mendieta ben presto riacquistò anche buona parte delle sue forze, ché la gioventù è pianta difficile ad appassire e, per quanta poca acqua riceva, torna rigogliosa come se mai si fosse inaridita. E non trascorse molto tempo perché si vedesse costretto a svolgere compiti e obblighi del prigioniero comune, ossia lavorare fino a crollare sfinito, rimpiangere la libertà perduta e industriarsi scaltramente per poter sopravvivere.

La sua attività principale era quella di ripulire, riparare e, a volte, costruire le navi utilizzate dai pirati, poiché questi sapevano che la loro sorte era affidata alla buona navigazione, e pertanto, sospese le scorribande con l'arrivo dell'inverno, sottoponevano la nutrita flotta a ogni sorta di cure. Era un lavoro duro che si svolgeva dall'alba al tramonto e, tuttavia, gli sfortunati prigionieri di Salé lo consideravano un privilegio: la sorte riservata a chi non veniva destinato ai cantieri era quella di remare su una delle navi riparate. E vedersi incatenato al banco come galeotto è la più triste di tutte le tristi vite che possa patire un prigioniero, poiché all'estenuante lavoro si aggiunge il perfido paradosso di dover prendere parte ai combattimenti dei pirati contro navi cristiane, cosa che spezza l'anima, scissa tra il desiderio che vinca la flotta cristiana e il timore che ciò possa accadere perché, colando a picco, la nave pirata diventerebbe la sua tomba. Sull'istinto di sopravvivenza contavano i pirati per il buon lavoro dei forzati rematori, e non si sbagliavano, dato che nessuno è così folle da lasciarsi morire se può evitarlo, per quanto grande sia la sua ansia di vendetta.

L'abile esperienza da carpentiere di Alonso Gallo lo aveva portato a lavorare nei cantieri, e furono le sue bugie a condurre lì anche Mendieta, perché convinse i guardiani che l'incarico di questi a bordo del San Juan de Gaztelugache era proprio quello di aiutarlo nelle riparazioni allo scafo della nave. Grazie a questa bugia, ogni mattina, quando il sole cominciava appena a schiarire il cielo al di là delle colline dove scorreva il fiume sulla cui foce sorge la città di Salé, che gli abitanti chiamano Bu Regreg, un gruppo di prigionieri, tra i quali Mendieta, lasciava le celle e scendeva fino alla riva. Camminavano in fila, legati a grosse funi strette attorno ai polsi, e sorvegliati da un drappello di soldati che vestivano alla maniera turca, con turbanti, fasce di seta e scimitarre, ma che parlavano in castigliano e in tale lingua si rivolgevano ai prigionieri, tra i quali c'erano spagnoli e pure inglesi e francesi e portoghesi e un veneziano grasso come un elefante che chiamavano Gatò ed era uomo dalle molte conoscenze e amena conversazione. Ben presto le capacità di traduttore di Cristóbal Mendieta lo convertirono in interprete di quella così variegata truppa, poiché conosceva il francese, il portoghese, l'arabo e qualcosa d'inglese. Ma con Gatò si intendeva nella fascinosa lingua latina, neanche fossero due teologi romani.

I cantieri si trovavano a poco più di una lega, risalendo il fiume, ai piedi di una maestosa e antica torre, detta di Hassan e che i pirati avevano trasformato in un gigantesco magazzino marinaro e arsenale delle loro navi. Alla sua ombra riposavano le strutture inconcluse di petacci e galeotte, e appoggiati al muretto di pietra del molo, legati da lunghe cime che li mantenevano in quella posizione forzata, con mezzo scafo sospeso sull'acqua, i brigantini, gli sciabecchi e le caracche della flotta pirata si alternavano per i lavori di ripulitura e carenaggio. Tra tutte, nessuna nave riceveva maggiori attenzioni e cure di quella ammiraglia, la caravella che aveva diretto l'abbordaggio del San Juan de Gaztelugache e i cui danni, inflitti dal galeone spagnolo, avrebbero dovuto riparare Alonso Gallo e Cristóbal Mendieta.

Sull'altra sponda del fiume, sorgeva una città fortificata, gemella di quella che ospitava la Casbah, che in lingua mora vuol dire fortezza o castello, e sotto le sue muraglie si trovavano le segrete. Cristóbal seppe che entrambe si chiamavano Salé, ma la metà che offriva a lui così ingrata dimora veniva detta Salé la Nuova, mentre l'altra, situata sulla riva destra, oltre i banchi di sabbia dell'infido corso del Bu Regreg, la chiamavano Salé la Vecchia. In realtà, la quotidiana passeggiata fino ai cantieri e le conversazioni che nella sua condizione di interprete sosteneva con i guardiani, nei momenti di riposo, gli permisero di apprendere molte cose e farsi poco a poco un'idea del nuovo mondo in cui per forza maggiore avrebbe vissuto.

«In tal modo» continuò Cristóbal, «venni a sapere che la città di

Salé la Vecchia era abitata da devoti musulmani nonché terra prodiga di santi della religione islamica che chiamano morabiti, uomini di fede e di guerra molto rispettati dai seguaci di Maometto. I nostri guardiani, tuttavia, non erano nati nella città di Salé la Nuova, ma erano moreschi che dopo esser stati cacciati dalla Spagna, dieci anni addietro, avevano deciso di stabilirsi lì. Al loro arrivo, Salé la Nuova appariva quasi del tutto abbandonata: nient'altro che un vasto spazio cinto da mura e, all'interno, la Casbah, edificata sull'estremità rocciosa che sovrasta la foce del fiume, veniva malamente custodita da una ventina di armigeri. Seppi anche dal capo dei nostri guardiani, un moresco di nome Rachid Ben Mohamed Narváez, che la sua gente non aveva deciso di stabilirsi sulla sponda sinistra del Bu Regreg di propria volontà, ma perché gli abitanti di Salé la Vecchia avevano loro impedito di fermarsi su quella destra.

«'All'inizio fummo accolti come fratelli e festeggiati' mi raccontò Narváez con una tale veemenza da lasciar trasparire, nonostante gli anni trascorsi, che l'affronto aveva scavato un solco profondo nel suo cuore. 'Ci permisero di piantare le tende alle porte di Salé la Vecchia e lì riunimmo quanto eravamo riusciti a portar via dalla Spagna, e non era poco perché noi, circa tremila andalusi arrivati in questa terra, provenivamo tutti dallo stesso paese, che si chiama Hornachos. Uniti dalla fede in Allah, il Misericordioso, avevamo saputo far valere i nostri diritti e così, mentre in altre parti dell'antico regno di Al-Andalus i nostri fratelli moreschi si erano visti costretti, con la forza o per paura, ad abbracciare la fede dei cristiani, noi conservavamo le nostre credenze e castighi e minacce non erano serviti a piegarci. E sono certo che tanta determinazione e tanto coraggio dovettero persino commuovere il duro cuore dei nostri governanti cristiani, poiché ci concessero il privilegio di portare con noi i nostri beni e le ricchezze quando decretarono l'espulsione dalle terre spagnole. Così, lasciammo Hornachos, la sua terra scoscesa e la fertile vallata del Río Matachel. Abbandonammo i nostri campi e le case, e ci mettemmo in marcia formando una lunga carovana, sorvegliati da numerosi soldati che, in realtà, avrebbero poi dovuto difenderci dall'accanimento dei cristiani che ci sbarravano il passo, sia con l'intenzione di prenderci a sassate, sia per spogliarci di quanto possedevamo, perché la notizia del raro privilegio che ci era stato concesso mentre veniva negato ai moreschi di altre regioni, corse come polvere accesa e fece avvampare l'avidità di molti. Giungemmo a Siviglia e lì fummo subito imbarcati su sei grandi navi che attraversarono lo stretto di Gibilterra per poi sbarcarci su terre della Berberia, ma anziché cercar fortuna ciascuno per proprio conto, come solitamente avviene tra esiliati, decidemmo di andare avanti assieme per migliorare la sorte di tutti e così attraversammo i regni che si affacciano sul mare Oceano fino a giungere qui, sulla foce del Bu Regreg, dove credemmo di poter trovare pace e concordia. Vano sogno, perché non eran trascorsi sei mesi dal nostro arrivo a Salé la Vecchia, e ognuno stava appena cominciando ad avviare la propria attività, commerciando oppure offrendo i servigi di scrivano, musico o carpentiere, quando i più insigni signori della città indissero dei festeggiamenti in occasione della fine del Ramadan e accesero grandi falò lungo il fiume, al di là del nostro accampamento, e tutti noi andalusi arrivati da Hornachos, sia quelli che vivevano ancora nelle tende sia chi era riuscito a trovare alloggio all'interno delle mura, fummo invitati a partecipare. Vennero arrostiti agnelli e grassi e floridi polli allevati per l'occasione, i nostri musici suonarono le belle arie andaluse e la notte si riempì di viole e chitarre, e le nostre voci, che cantavano in coro sotto la luna, levarono alle stelle il rimpianto per la terra perduta e il ricordo della lunga sconfitta. E così, ebbri di nostalgia, danza e aromi, a malapena ci accorgemmo che, poco a poco, i signori della città si andavano ritirando, finché l'alba ci trovò soli con noi stessi, tremila anime dolenti che ballavano e cantavano con ritrovata allegria. Quando coloro che abitavano dentro la città decisero di tornare alle proprie case, scoprirono che le porte delle mura erano state chiuse e sprangate, e nessuno poteva entrarvi'.»

Così Cristóbal Mendieta conobbe la causa dell'inimicizia tra le due città sul Bu Regreg. Perché, agli occhi degli abitanti di Salé la Vecchia, gli indumenti spagnoli che indossavano molti moreschi, il loro gusto per il vino e il fatto che parlassero in castigliano li facevano apparire come cattivi musulmani, se non addirittura dei cristiani occulti, poiché non mancava tra loro chi professasse la fede in Gesù Cristo e si lamentasse continuamente per l'ingiusta decisione del Re

Filippo III di cacciarli trattandoli al pari dei pagani. Di conseguenza, i moreschi, considerati musulmani in Spagna, erano definiti cristiani di Castiglia dai nuovi vicini di Salé, ed è un crudele paradosso dell'esilio perdere una terra senza riuscire a guadagnarne un'altra. Dopo infinite discussioni e richieste di udienza dei saletini e degli hornacesi presso il sultano Muley Zidàn, signore della regione, si giunse all'accordo che i moreschi si sarebbero insediati sull'altra sponda del fiume incaricandosi di proteggere la Casbah, dato che a quei tempi il sultano era in guerra con suo nipote, deciso a contendergli il regno di Fes, e aveva bisogno del valore di uomini come quelli espulsi dalla Spagna, già distintisi per coraggio nel travagliato viaggio d'esilio. Così fu. I moreschi si stabilirono sulla riva sinistra, a protezione della Casbah, che continuava a esser retta da un uomo del sultano, il caíd Abdelazid El-Zurari, e impiegarono parte dei loro beni per far giungere lì altri moreschi spagnoli che vagavano senza speranza nei porti mediterranei della Berberia, e questi ben presto cominciarono a costruire nuove case nel sobborgo che si stava espandendo ai piedi della Casbah, l'Arrabal, dentro il grande recinto fortificato di Salé la Nuova.

Da allora la città moresca di Salé aveva prosperato notevolmente, poiché i suoi abitanti erano genti dedite ai mestieri e al commercio, avvezzi agli affari e abili nelle arti, cosa che alimentava la diffidenza e l'invidia dei vicini di Salé la Vecchia, che si vedevano sorgere sotto il naso una città dove i mercanti di Marrakech, di Tlemcén e di Fes venivano a vendere le proprie mercanzie che le carovane trasportavano dalla lontana Timbuctù e da Algeri, e per acquistare quanto i moreschi raccoglievano nella loro principale attività, ossia la pirateria, dato che avevano impiegato ogni ricchezza per allestire una flotta, in continua crescita grazie alle imbarcazioni catturate, e per comprare i servigi di esperti pirati rinnegati venuti dall'Inghilterra e dall'Olanda. La temibile fama della loro squadra navale era andata aumentando di pari passo all'audacia e alle devastazioni delle scorribande sulle coste spagnole e portoghesi, e addirittura più in là, poiché le navi saletine non esitavano ad avventurarsi in acque irlandesi e persino nel mar del Nord. Ma fu nel porto di Siviglia dove per la prima volte mi giunse voce dei pirati di Salé.

Era trascorso poco più di un mese da quando il San Juan de Gaztelugache, malconcio e rimorchiato, aveva fatto il suo ingresso nel porto sivigliano e da allora alimentava ogni sorta di chiacchiere in città, poiché le sue traversie suscitavano commenti dal quartiere di Triana fino ai moli dell'Arenal e dal Patio di Monipodio alla Camera di Commercio, a tal punto che poco importava quanto in alto si salisse nella nobiltà o quanto in basso si scendesse tra il popolino, ovunque si parlava della malasorte del galeone, della testa bacata del suo comandante, del coraggio dell'equipaggio e un'infinità di particolari che nessuno sapeva bene dove collocare nel quadro generale di tali peripezie, e che, sempre più strampalati e inesplicabili, non facevano che alimentare tutti i sospetti possibili, dall'ammutinamento a bordo fino alla presenza sulla nave di agenti segreti di paesi stranieri. Con tanti occhi attenti, il mio arrivo risultò essere il meno discreto che potessi desiderare. La condizione di straniero mi collocava al centro di tutti i mormorii e la protezione che, messo piede a terra, mi offrirono Catalina e il capitano Contreras sollevò un'ondata di curioso entusiasmo al punto da poter dire che non v'è stato momento di maggior fervore creativo nell'immaginazione sivigliana che le giornate seguenti il nostro sbarco, nelle quali si disse di tutto, si malignò incessantemente, ogni sorta di congettura trovò spazio in abbondanza e ogni folle idea venne data per buona, sommergendo la città di Siviglia in un'apoteosi di loquacità alla quale nemmeno i più vecchi abitanti del luogo ricordavano di aver mai assistito.

Il capitano Contreras, la cui stima mi ero guadagnato durante la lotta contro i pirati, mise in conto a questi le morti di Gastaca e Azcoitia, e a poco servirono le storie raccontate da alcuni dei suoi soldati nelle taverne del porto, poiché entrambi quei farabutti andarono ufficialmente a ingrossare la lista dei valorosi caduti in combattimento. La morte di don Pedro Olea de Zumárraga ebbe, del resto, la virtù di permettere a chiunque di scaricare la propria parte di colpa nel malgoverno del galeone e così venne addossata sulle spalle del defunto marinaio la totale responsabilità per il fatidico ritardo che aveva favorito l'incontro con i pirati. Il notaio chiuse la bocca e la borsa a doppio nodo e giurò, di fronte all'ufficiale della Camera di Commercio che cercava di stabilire cosa fosse accaduto, che tutti i suoi libri e appunti erano andati perduti nel corso della tempesta e dell'abbordaggio. Di conseguenza, la chimerica malattia di Catalina divenne una chiacchiera da taverna e le vere motivazioni della balordaggine di don Pedro evaporarono nell'aria, lasciando soltanto le vaghe testimonianze dei sopravvissuti, che coincidevano nel vedere nella sua condotta la manifestazione di una strana melanconia con risvolti, forse, di pazzia. Neppure Juan de Tineo, che era uomo d'onore e onesto, volle far luce sull'accaduto. Aveva condiviso con noi la comunione guerriera dalla quale eravamo usciti vincitori e tale fratellanza non dichiarata lo induceva a chiudere la stiva del passato, perché in fin dei conti don Pedro era stato un mentecatto matricolato e tanto meglio se almeno la sua stupida morte fosse ora di qualche utilità per i vivi.

Ognuno a suo modo si ritrovò, dunque, con i piedi sulla terraferma e i propri desideri avverati. Don Sebastián de Arteta, con la bisaccia bella gonfia. Don Juan de Tineo, con la sua perizia abbondantemente riconosciuta. Il capitano Contreras, con il proprio coraggio esaltato. Catalina, adorata nuovamente da tutti. E io, diventato l'amante di una dama liberale, il protetto di un famoso soldato e il cittadino di un paese nemico. E tutto questo grazie a quei pirati di origine sconosciuta. In fede mia, i capricci del Fato son davvero imprevedibili.

Catalina cercò alloggio in casa di certi parenti, poiché desiderava ritemprarsi prima di proseguire il viaggio verso le terre settentrionali della Spagna, dov'erano le proprietà dei genitori; e io decisi di restare a Siviglia tanti giorni quanto quelli della mia bella, la cui compagnia stimavo al di sopra di tutte le cose di questo mondo, tale era lo stordimento in cui la passione aveva precipitato la mia ragione. Con l'aiuto del capitano Contreras, trovai alloggio in una rinomata taverna del quartiere di Triana che chiamano dell'India, per il fatto che vi aveva vissuto una schiava india, ai primi tempi della conquista del Nuovo Mondo, la cui bellezza era ormai leggendaria. Si diceva che giacere con l'india portava fortuna e nel quartiere c'era chi attribuiva l'attuale prosperità di qualche vicino ai favori concessi dall'india a un gagliardo antenato. Non v'era più nessuna india nella taverna, ma alcune schiave negre che dovevano sopportare la lussuriosa eredità della predecessora; ma era comunque credenza generale che ottenere alloggio in quella che era stata la casa di così prodiga creatura doveva attirare per forza la buona sorte. Era quindi necessario godere dei favori del proprietario, un certo Juan Álvarez, per trovare una stanza.

«Non potete negare un letto e da mangiare a un valoroso che viene dal battagliare con i peggiori pirati del mare, mastro Juan» protestò il capitano Contreras piantando gli occhi addosso al taverniere. Non accettò dunque un rifiuto e infine potei appendere la bisaccia e il mantello in una stanza bianca e soleggiata, la cui finestra dava sull'affollato molo di Las Muelas. Il mozzo Cosme si caricò in spalla il resto dei miei averi per portarmeli fin lì e si preparò un modesto giaciglio ai piedi del mio letto, perché la gratitudine e la paura passata avevano fatto sì che non si staccasse dal mio fianco dal giorno dell'arrembaggio pirata. La sua disponibilità e la natura taciturna, che tanto mi ricordava il benefico silenzio di Jamaica, mi spinsero a prenderlo alla fine come paggio, cosa che aveva colmato il suo cuore di gioia e le mie mani di riconoscenti baci.

Avevo impiegato il tempo trascorso dal nostro arrivo a godermi il viavai della città, che era il cuore dei commerci dell'impero spagnolo nonché corte dei miracoli per ogni sorta di furfante e usuraio del regno. Le prospere case dei trafficanti di schiavi traevano profitto dai carichi umani che passavano la dogana proprio sul molo di Las Muelas. Dalla finestra della mia stanza vedevo le lunghe file di infelici che, provenienti dalla Berberia o dalla lontana Guinea, con i propri corpi facevan la fortuna dei trafficanti fiorentini e valenciani, i veri signori della tratta degli schiavi. Pelli scure e conciate dalle intemperie, donne musulmane il cui pudore veniva violato dalla curiosità degli eventuali compratori, giovani in lacrime e anziani stoici, ragazzi robusti come tori e scheletri ambulanti che si reggevano a malapena in piedi... C'era di tutto in quel mercato di carne umana. Osservavo il triste transito con l'indifferenza di chi si crede in salvo dalla sventura altrui, e con ciò davo prova ancora una volta della profonda stoltezza insita nell'animo umano, poiché solo lo stolto ignora che l'unica sventura da cui si è in salvo è quella già passata.

Un mattino presto il capitano Contreras comparve nella locanda. Indossava la sua uniforme migliore, la piuma di pappagallo al vento, il giubbetto abbottonato e lucente, gli stivali lustri e la spada impigliata nel lungo mantello che a malapena teneva il ritmo energico delle sue falcate. I pugni contro la porta della mia stanza, malgrado le proteste di Juan Álvarez che lo supplicava di pazientare, strapparono l'intera locanda dal letargo notturno e io mi svegliai di soprassalto con una mandria di cavalli al galoppo nel petto.

«Entrate, che diamine!» urlai, aprendogli la porta. Cosme, rannicchiato sotto le coltri, fissava terrorizzato l'imponente figura del soldato.

Il capitano Contreras irruppe nella stanza come un turbine nella boscaglia, creando scompiglio con il mantello che svolazzava, inquieto e incapace di star fermo. Andò alla finestra, senza degnarmi d'uno sguardo, si piantò le mani sui fianchi, e infine si decise a rivolgermi la parola:

«È ora di saldare i conti con quei pirati berberi, Tomás! Forza, prendete le vostre cose e venite con me, che l'occasione è propizia!»

«Quale occasione? Sarà almeno un mese che non so niente di voi e adesso vi presentate così, menando colpi e urlando come un pazzo furioso. Di cosa state parlando, capitano?»

«Di vendetta, accidenti!» E lanciò una risataccia gutturale. Sembrava che persino i suoi baffoni fossero sul punto di emettere fumo, tanto erano fiammeggianti gli occhi.

Lo pregai di sedersi sul piccolo scranno accanto alla finestra e di provare a raccontarmi tutto con un certo senno, se gli fosse stato possibile. Quando riuscì a rasserenare un poco lo spirito bellicoso, mi fece sapere che per tutto quel tempo era rimasto nel porto di Cadice, nell'attesa di una destinazione che gli consentisse di far valere la propria destrezza e coraggio. Per poco non si era imbarcato sulla flotta diretta alle Filippine, ma l'incapacità dell'ammiraglio Figueroa, che del mare non conosceva nemmeno il sapore, aveva condotto al naufragio la nave ammiraglia di fronte al capo di Tarifa, perdendo questi la vita e mandando a picco il viaggio previsto. Stava tentando di recuperare alcuni dei cannoni del galeone affondato, con l'aiuto di due tartane, quando era giunta notizia in città che i pirati berberi del porto di Salé avevano nuovamente stretto d'assedio la fortezza spagnola sulla costa africana, chiamata La Mamora.

«Il signor duca di Medina Sidonia ha ordinato di soccorrere gli assediati, Tomás, e a tal fine mi ha convocato per verificare quando potranno prendere il largo i galeoni presenti a Siviglia. Ma qui le cose vanno a rilento e non credo possano levare le ancore fino alla prossima settimana, quindi devo salpare per primo con le due tartane e un carico di cavi, polvere e palle con cui prestare aiuto immediato alle forze di La Mamora o perire nel tentativo. Venite con me! Sarà l'occasione buona per far pagare a quei pirati la loro audacia e vendicarci del danno subito, perché se quelli di Algeri hanno fama d'esser feroci, questi di Salé non son da meno e infestano le acque dello stretto di Gibilterra dove assaltano e depredano, e non sarebbe affatto strano se le navi che ci hanno attaccato trovassero rifugio in quel dannato porto.»

«Ma io sono uno straniero, capitano...»

«Però siete cristiano e valoroso, perdinci! Di che altro avete bisogno? Arruolatevi soltanto per questo viaggio e guadagnatevi qualche reale che vi farà sicuramente comodo se intendete continuare a ronzare intorno alla bella Catalina, donna dai gusti cari e i molti capricci.»

Catalina. Come si era mostrata schiva e crudele, negli ultimi giorni! Tornata sotto la protezione della famiglia, nella casa dove veniva trattata con i riguardi degni di un delicato gioiello, mi aveva lesinato la sua compagnia e centellinato le carezze come gocce di veleno. Tirava la corda della mia passione fino a lasciarmi senza fiato e poi scioglieva gli ormeggi delle sue attenzioni per evitare che la disperazione mi soffocasse. E così trascorrevo il mio tempo, dimenticato per lunghi giorni, anelando i rari e fugaci appuntamenti nei quali ci era appena possibile sfiorarci nell'ombra del giardino di casa sua o al riparo di una carrozza. Andare a farmi ammazzare a La Mamora era un modo come un altro per liberarmi dalla tirannide del desiderio e dimenticare per sempre il fossato che mi separava dalla mia bella, poiché sapevo che il mio posto era nelle rimesse o negli angoli appartati, i miei diritti non superavano il peccato segreto e la felicità rubata, e le mie armi il riserbo e la pazienza. Ma saperlo non leniva affatto la ferita nella carne viva del mio orgoglio, invaghito dei dolci frutti che Catalina permetteva soltanto di assaggiare e cosciente del fatto che mi sarei sempre dovuto accontentare degli avanzi, perché non sarebbe mai stata veramente mia come non lo erano la brezza che mi rinfrescava né il fiume le cui acque mi dissetavano.

Accettai dunque, mettendomi a preparare il fagotto che mi avrebbe accompagnato in quell'avventura. Affidai a Cosme i miei scarsi averi, arrivando al punto di doverlo trattare in malo modo perché il paggio insisteva nel voler seguire la mia sorte, e quella stessa mattina lasciai Siviglia a bordo della tartana del capitano Contreras.

A Cadice armammo le due tartane con una batteria di cannoni recuperati dal galeone del defunto Figueroa e una grossa bombarda ciascuna, destinate più a far rumore e metter paura che altro. E l'indomani, un venerdì, prendemmo il largo calcolando di ritrovarci all'alba di fronte a La Mamora, poiché dista da Cadice soltanto quarantadue leghe. Durante la traversata, il capitano Contreras mi raccontò quanto sapeva sui pirati di Salé:

«Hanno la loro fortezza tre leghe a sud di La Mamora, alla foce di un fiumiciattolo dove tengono al riparo le loro navi, che sono numerose, manovrabili e di scarso pescaggio, e con quelle depredano le coste di Spagna e Portogallo. Non passa anno senza che entrino a Salé meno di cinquecento schiavi, catturati sulle navi provenienti dalle Indie e dalle Canarie, dal Brasile e da Pernambuco. Dicono che la fortezza di Salé sia ben costruita e disponga di ottime difese, e la occupano i moreschi che il nostro Re ha cacciato dalla Spagna. Cosa che non mi stupisce di certo poiché ho potuto constatare a suo tempo, quando prestavo servizio nelle terre di Hornachos e altre città moresche, quanto fossero duri e bellicosi gli abitanti».

Durante la breve traversata dormimmo ben poco: bisognava tenere gli occhi aperti, per evitare di imbatterci in qualche bastimento pirata prima del tempo. Navigammo sotto costa ma senza luce alcuna, per non annunciare il nostro arrivo, e il capitano Contreras piazzò due vedette a scrutare la notte, che era nuvolosa e in certi momenti pareva la bocca d'un lupo. Le prime luci del giorno ci colsero di fronte alla fortezza di La Mamora, circondata a terra da più di trentamila mori, e bloccata dal mare da una ventina di navi saletine, ancorate a una lega dalla costa, essendo questa scoscesa ed esposta alle mareggiate. Approfittammo delle ultime ombre notturne per scivolare tra le navi pirata a forza di remi, e quando se ne avvidero avevamo già imboccato la foce del fiume dove sorge La Mamora, rischiando che le ondate ci arrivassero fin sulla coperta. Nessun bastimento pirata si azzardò a seguirci in una simile manovra e si accontentarono di spararci contro qualche colpo di moschetto e colubrina, a cui rispondemmo con due salve di bombarda, già pronte al fuoco, e che sembrarono toglier loro la voglia di combattere peraltro scarsa a quell'ora del mattino.

Raggiungemmo l'imbarcadero della fortezza, dai cui spalti la guarnigione prese a battere le rocce vicine per tenere alla larga i mori che la cingevano d'assedio a terra, e lì ci accolse il governatore, un ufficiale di campo che si chiamava Lechuga, vecchia conoscenza del capitano Contreras, che non nascose la sua gioia nel vederci. Iniziarono i lavori di sbarco e noi fummo condotti in un salone dove ci venne offerto un succulento banchetto degno della corte di Madrid. Mentre parlavamo con il vecchio Lechuga, ci avvisarono che la flotta saletina aveva levato le ancore prendendo la rotta del loro rifugio, senza dubbio temendo l'arrivo imminente della flotta di galeoni che, in effetti, doveva seguirci in breve tempo. E non appena i mori si videro abbandonati dalla loro squadra, mandarono alla fortezza alcuni notabili per annunciare la fine dell'assedio e manifestare al governatore l'intenzione di convivere da buoni vicini; tutti eventi dei quali fummo lieti testimoni, poiché con due sole tartane avevamo rovesciato le sorti dell'assedio e restituito la libertà e la pace ai difensori di La Mamora.

Il capitano Contreras, sorpreso per aver trovato molte più navi di quante ce ne aspettassimo, approfittò dell'occasione per appurare quale fosse la situazione a Salé e venne a sapere dai suddetti notabili mori che nel porto la vita prosperava grazie alle scorrerie e i moreschi avevano avviato buoni rapporti con i commercianti olandesi, nemici giurati della Spagna, che li rifornivano di polvere e cannoni e ogni altra cosa necessitassero per il buon governo e la prosperità della repubblica pirata.

Ciò che allora il capitano Contreras e io ignoravamo era che l'uomo la cui mediazione aveva maggiormente contribuito al proficuo commercio tra Salé e gli Stati Generali d'Olanda fosse proprio il comandante della caravella pirata responsabile dell'abbordaggio del San Juan de Gaztelugache. Il suo nome era Jan Janssen, benché si facesse chiamare Jan Jansz e tra i moreschi fosse conosciuto come Morat Raís; era nato nella città di Haarlem dove, a quanto si diceva, aveva ancora moglie e figli. Era un uomo robusto, di statura media, capelli rossi e barba corta, sui trent'anni circa. Aveva iniziato come corsaro al servizio dell'Olanda, ma con scarsa fortuna perché ben presto era stato fatto prigioniero, davanti alle isole Canarie, da un pirata berbero di nome Solimán Raís. Condotto come schiavo ad Algeri, aveva scelto di unirsi al suo equipaggio in qualità di rinnegato e, alla morte di Solimán, aveva deciso di tentare la fortuna nel porto di Salé, dove si era stabilito da poco più d'un anno offrendo i suoi servigi di pirata ai moreschi spagnoli, che non avevano esitato ad affidargli il comando della caravella. L'ardimento e l'esperienza gli avrebbero ben presto fatto guadagnare fama e stima tra i signori di Salé, e nelle sue incursioni lungo le coste europee si era spinto fino nella natale Olanda, dove aveva ritrovato la moglie, che disperava ormai di rivederlo. Lei si era accorta di esser incinta mentre lui veniva catturato da Solimán, dando poi alla luce una bella bambina chiamata Lisbeth, che aveva già due anni. Jan Jansz si era fermato il tempo necessario a consolare la moglie, lasciarle una certa somma di denaro e prometterle, prima di ripartire, di mandargliene ancora appena possibile. Da quel viaggio era tornato con l'amoroso ricordo della figlioletta Lisbeth, in omaggio alla quale aveva chiamato Lisi la caravella, ma la sua vita e il suo destino erano ormai legati a Salé, e non aveva tardato a trovarsi una sposa musulmana tra le moresche, per rendere più saldi i legami con la comunità la cui ricchezza e prosperità appartenevano anche a lui. E così aveva contratto matrimonio, lo stesso anno che Cristóbal Mendieta finiva nelle segrete di Salé, con Selma Al-Fajar, una donna austera e matura i cui familiari erano influenti commercianti della città e che ormai temeva di restare zitella, poiché da giovane s'era guadagnata la fama di dissoluta e neppure i denari dei genitori erano bastati a trovarle marito. Forse per porre rimedio alla sua cattiva nomea, Selma si era convertita in una donna devota e solitaria, dedita alla carità e alle opere pie, e dotata di un'infinita pazienza che le sarebbe stata indubbiamente di grande aiuto per sopportare la vita accanto a un uomo inquieto e volubile come il capitano Jan Jansz. Fu proprio lei a richiamare l'attenzione del marito sullo schiavo spagnolo che parlava tante lingue e che aveva visto lavorare nei cantieri, ogni qual volta i suoi compiti misericordiosi la portavano lì con del cibo per gli infelici cristiani.

Un giorno, uscendo all'alba dalle celle, diretto al lavoro quotidiano, Mendieta si vide allontanare dalla comitiva e condurre dai soldati a una delle case nel popoloso quartiere della Casbah. Si trovava in un vicolo detto del Bazo, dai muri bianchi e le porte intagliate e verniciate di azzurro, rosso e giallo. I soldati lo accompagnarono in un appartato patio interno sul quale si innalzavano gli archi di una ridente loggia chiusa da persiane di legno. Al centro del patio zampillava una piccola fontana e, sul fondo, i rami verdi di un arancio offrivano i loro frutti dorati. Nel porticato ombroso risuonò una voce che salutò in lingua araba:

«La pace sia con te! Che Allah ti protegga da ogni male e disgrazia».

«La pace sia con te» rispose Mendieta nella stessa lingua.

«Avvicinati!» ordinò la voce, stavolta in lingua castigliana. Mendieta obbedì e, quando i suoi occhi si abituarono alla penombra della dimora che si apriva sotto il porticato, riuscì a vedere un uomo dai capelli rossi, vestito alla maniera moresca, che se ne stava sdraiato su grandi cuscini. Era il capitano Jan Jansz, il Morat Raís del quale aveva tanto sentito parlare nei cantieri e che aveva visto solo da lontano, quando veniva a controllare la carenatura della sua caravella.

«Anch'io parlo diverse lingue ma, a quanto mi dicono, non tante come te. Di dove sei?»

«Sono nato a Cartagena delle Indie.»

«Ben lontano ti trovi dalla tua patria e notevoli risultano le tue conoscenze per esser nato nelle Indie, che son terre aspre e di scarsa cultura.»

«Ciò che so l'ho appreso dai miei avi, da sempre il nostro mestiere è stato quello di traduttore e scrivano.»

«Non sei dunque un carpentiere?»

«Sono ciò che le traversie della vita impongono.»

«Buona filosofia. Sei altrettanto volubile in altre questioni?»

«Non capisco di cosa mi stiate parlando.»

«Di lealtà e fede, Cristóbal. È questo il tuo nome?»

Mendieta annuì e il capitano Jansz gli fece cenno di sedersi sui cuscini di fronte a lui. Prima di accomodarsi, Cristóbal gettò un'occhiata alle spalle ed ebbe conferma che i guardiani erano scomparsi. Il capitano pirata continuò il suo discorso:

«È risaputo che la vita gira e rigira come un mulino a vento e sotto la sua ruota ci va macinando. Si riducono così in farina le speranze e gli ideali, i timori e le ambizioni. Con il trascorrere del tempo, non siamo più gli orgogliosi chicchi che ondeggiavano sulle dorate spighe, ma una polvere malleabile da impastare per assumere altre forme. Il mulino della vita ti ha portato fino a Salé e ti macina pazientemente sotto la dura ruota della schiavitù. Magari sogni il giorno in cui i monaci dell'ordine della Trinità o di quello della Mercede verranno a pagare il tuo riscatto. Potrebbe avverarsi, se hai chi faccia valere la tua causa a Siviglia, a Madrid o a Cartagena delle Indie, però stai pur certo che nulla potrà liberarti da almeno altri due anni di prigionia prima che trattative così lunghe diano qualche risultato. E due anni sono troppo tempo. Nel mentre, potrebbe succedere qualsiasi cosa. Ti potresti ammalare e morire. Finire a fare il galeotto. Persino esser venduto a qualcuno dei tanti signori di Marrakech, di Algeri o di un luogo addirittura più lontano, che vengono a rifornirsi di schiavi nel nostro porto... Ma non intendo spaventarti né desidero che tu prenda le mie parole come minacce. Ti sto solo parlando di cosa può esser la vita di un prigioniero a Salé. Una vita per la quale non posso fare nulla... salvo riscattarti dalla prigionia». Il capitano Jan Jansz rimase per qualche istante in silenzio e poi aggiunse: «Dipende da te continuare a essere schiavo o guadagnarti la libertà grazie ai tuoi meriti. Ascolta, dunque, la mia proposta e medita prima di rispondere. Anch'io sono stato prigioniero ad Algeri e prima avevo messo in catene altri uomini in nome del principe d'Orange. Conosco bene i capovolgimenti della vita. E ho imparato che la fede per la quale gli uomini muoiono e uccidono, la lealtà verso la patria nel cui nome si devastano le patrie altrui e si rendono schiavi uomini mossi da differenti lealtà, non sono che pedine intercambiabili come le armi che gli uni e gli altri brandiscono in battaglia. Prendi tra le mani una scimitarra saracena e vedrai quanto poco importi che sia stata forgiata a Bagdad, perché con essa potrai mozzare tante teste di nemici a seconda delle tue forze e abilità. Alla fine non farai altro che difendere la tua vita, salvare la pelle, cercare il modo di sfuggire alla morte. Comportati alla stessa maniera con la fede e la lealtà e vedrai quanto poco importi quale sia il nome del vero Dio o il colore della bandiera per cui combatti. Troverai sempre uomini di buon cuore disposti a giurare e morire per Allah o per Gesù Cristo, e ti chiederai chi sia più devoto e sincero verso la propria fede. Vedrai coraggiosi capitani perire inalberando la mezza luna o la croce, e se li spogliassi dei simboli e delle uniformi, quale ti sembrerebbe più valoroso e onesto? Come faresti a riconoscerli? Io ho innalzato la bandiera della mia libertà e ho scelto la fede nelle mie forze quattro anni fa, quando mi unii all'uomo che mi aveva fatto prigioniero e rinnegai altre lealtà e altri ideali. Da allora sono il padrone della mia vita e, se non posso evitare che il Fato faccia girare il mulino a suo capriccio, posso almeno decidere quale genere di pane impastare con la farina dei miei giorni. Perché in questa vita pirata che ho scelto servo soltanto chi mi aggrada e conviene. Perciò sono venuto in questa terra che è la patria dei senza patria, un angolo del mondo in cui ciascuno può realizzare i propri sogni a colpi di audacia e volontà. Guardami, un povero marinaio in Olanda divenuto un prospero comandante a Salé. Guarda tutti questi moreschi, cacciati dal loro paese come cani rognosi e trasformati oggi in armatori di navi e pirati vendicativi. Qui non vige altra legge che quella della sopravvivenza. Ognuno tiene per sé la propria fede, e la lealtà si basa sull'aiuto reciproco per uscire vittoriosi dal combattimento. Non vi sono signori da riverire e ti posso giurare che entro non molto tempo questa piccola repubblica otterrà l'indipendenza liberandosi dall'asservimento al signore di Marrakech. Qui c'è posto per uomini che ambiscano alla ricchezza o alla libertà. È forse il tuo caso? Pensaci, e se ti decidi, unisciti al mio equipaggio. Un uomo come te, conoscitore di tante lingue, ha un prospero avvenire in questa piccola Babele».

«È sufficiente proclamare soltanto il mio proposito per essere libero?» disse Cristóbal, che aveva seguito il lungo discorso del pirata in silenzio.

«Godrai di piena libertà di movimento all'interno di Salé nei sei mesi in cui verrà messa alla prova la sincerità delle tue parole. Trascorso tale tempo, e dopo il pagamento di una somma che avrai abbondantemente guadagnato durante i sei mesi, se davvero sei intenzionato a farlo, tu stesso comprerai la tua libertà definitiva e diventerai un cittadino di Salé. Fammi sapere la risposta tramite il capo delle guardie dei cantieri. Ora puoi andare.»

Il capitano Jan Jansz fece un gesto con la mano e i due soldati si affacciarono all'entrata della sala. Mendieta si alzò in piedi e, dopo aver accennato un inchino, si diresse al patio, ma prima di raggiungere i soldati si voltò e disse:

«Non c'è ragione di rimandare una risposta che ho già deciso di dare, capitano».

«Qual è?» chiese il capitano Jan Jansz, dal suo giaciglio di cuscini.

«Desidero unirmi a voi e riacquistare la libertà. La fede cristiana non mi è d'impedimento. Al contrario, è una camicia in prestito di cui finalmente posso sbarazzarmi. La lealtà riguarda soltanto me, vive chiusa nel cuore come una prigioniera e se, come dite, in questa terra c'è spazio per ogni sogno, lasciatemi da solo con il mio, che saprò servirvi con impegno e coraggio. Potete contare sulla mia intelligenza e volontà per far prosperare questa repubblica senza padroni.»

Il capitano pirata sorrise apertamente e disse:

«Hai preso una saggia decisione. Presto avrai mie notizie».

I soldati condussero Mendieta ai cantieri, dove i compagni di prigionia aspettavano ansiosi il suo ritorno. Tuttavia, poterono scambiare ben poche parole fino al momento del magro pranzo portato dalla pia Selma e dalle sue domestiche, perché i soldati, che in altre occasioni si erano mostrati indolenti e tolleranti, quel giorno spiavano i suoi movimenti come uccelli predatori e non concedevano alcun momento di riposo dai lavori, che consistevano nel ribattere il fasciame di un nuovo petaccio.

Quando finalmente si ritrovarono insieme attorno alle misere scodelle, Alonso Gallo fece la domanda che tutti avevano sulle labbra:

«Cos'è successo, Cristóbal? Ti hanno fatto del male?»

Mendieta negò con un cenno del capo. Si guardò intorno e vide che gli occhi di tutti erano puntati su di lui: lo sguardo inquisitorio di Alonso Gallo, quello inespressivo di Saborío, quello malizioso di Gatò... persino lo sguardo diffidente del capo delle guardie, Rachid Narváez, che lo controllava da lontano. Senza dubbio, non era il momento migliore per rendere pubblica la sua decisione.

«Sto bene, non mi hanno fatto niente» disse infine.

«Allora? Cosa volevano, dove ti hanno portato?»

Mendieta abbassò gli occhi sulla scodella e mangiò in fretta la semola.

«Sono stato nella casa di Morat Raís.» Vi fu un lungo silenzio e poi Mendieta continuò: «Vuole che mi arruoli nel suo equipaggio».

«Hai fatto bene a rifiutare!» esclamò Saborío, mentre Gatò chiese nella sua lingua che qualcuno gli spiegasse cosa stava succedendo.

«Mutatus sum in piratam» ribatté Mendieta.

«Smettila con i latinismi e dicci la verità!» esplose Alonso Gallo. «Intendi unirti ai pirati?»

«Perché glielo chiedi?» protestò Saborío. «Non vedi che è qui?»

«Perché glielo leggo negli occhi. È vero, Cristóbal?»

Gatò lo fissava con un sorriso indecifrabile, grasso e placido, seduto su un masso e intento a raschiare con il cucchiaio di legno il fondo della scodella vuota che teneva sulle ginocchia. Saborío era sconcertato e spostava lo sguardo dal carpentiere all'aiutante. Alla fine Mendieta trovò il coraggio per rispondere:

«Sì, lo farò».

«Sant'Iddio!» grugnì Alonso Gallo. «Sei pazzo! Unirti a quei razziatori pagani! Non ti rendi conto che perderai tutto?»

Mendieta sentì che la rabbia gli gonfiava il cuore e, alzandosi in piedi, rispose con voce rotta dall'ira:

«E cosa posso perdere? La mia condizione di schiavo? Non chiedo di meglio. La protezione della Chiesa? Per Dio, ma se non mi riserva altro che odio e castigo! Non capisci? Io non sono cristiano e non lo sono mai stato! Porto il marchio del battesimo come le catene della prigionia. Non sogno che di liberarmene. Sono ebreo! Non sono cristiano, anche se mi hanno sempre considerato tale. Ero un'ombra e finalmente vivrò alla luce del giorno! Qui gli ebrei vivono in libertà e a questa libertà io aspiro. Quindi non devi vedere la mia decisione come un tradimento: nessuno tradisce i carcerieri se tenta di fuggire dal carcere. Al contrario, fa parte della natura umana volersi liberare dalle catene che ci opprimono».

Alonso Gallo lo fissava con sguardo colmo di stupore:

«Tu, un ebreo?» E scuoteva la testa, incredulo.

«Ascoltami, Alonso. Ti devo la vita, ti devo tutto. Tu mi hai aiutato quando più ne avevo bisogno e non mi hai chiesto quale fosse la mia fede. Non ti importava, ero un uomo che stava morendo e tu sei venuto in mio soccorso. Perché ora dovrebbe importare che sia ebreo o no? Ho a portata di mano la libertà, come potrei rifiutarla? Per fedeltà a una fede che non è la mia o a un re che non esiterebbe a cacciarmi o a mettermi in carcere se sapesse la mia vera condizione? Io non riconosco altra lealtà di quella che mi unisce agli uomini che amano la libertà e nessun'altra patria che quella del mio cuore. Dove conservo uno spazio per te e per la tua generosità. Vieni con me, saprò convincere il capitano Jan Jansz ad accettarti.»

«Mi hai ingannato» mormorò il sivigliano, quasi non avesse sentito nulla di quanto detto dal converso.

«Ho vissuto rinchiuso nella gabbia della menzogna, Alonso. Che razza di vita è questa? Non dolertene se finalmente ne posso fuggire.»

Il carpentiere chiuse gli occhi e scosse la testa, come se volesse scacciare la visione di un fantasma. Poi si alzò in piedi e si allontanò dal gruppo, dove tutti discutevano animatamente, perché se i più esprimevano la propria collera per le parole e l'operato di Mendieta, alcuni come il grasso Gatò si mostravano d'accordo con lui. L'arrivo dei soldati mise fine alla disputa. Gli schiavi furono costretti a riprendere il lavoro, benché non avessero finito il pranzo, poiché le passioni scatenate avevano fatto dimenticare loro persino i morsi della fame. Si misero a lavorare alacremente e in silenzio. Alcuni evitavano la presenza di Mendieta, ma non Alonso Gallo. Per tutto il pomeriggio inchiodarono assi uno di fianco all'altro, senza scambiare una sola parola che non fosse strettamente necessaria a svolgere il loro compito. Al termine della giornata, Rachid Narváez si avvicinò a Mendieta e gli disse:

«Quando arrivate nella vostra cella, preparate il fagotto perché stanotte stessa dormirete in libertà, non sia mai che i vostri compagni decidano di vendicarsi».

«Nessuno mi farà del male.»

«Non siate stupido! Quelle segrete sono una miniera d'odio e voi una vena a portata di mano. State all'erta, potrebbero farvi scontare quello che noi abbiamo fatto a loro.»

Gli sguardi torvi dei compagni di cella e l'inusuale silenzio che regnava nelle segrete, come un presagio di tragedia, convinsero Mendieta che le parole del moresco corrispondevano al vero, dunque fece in fretta il fagotto dei suoi pochi averi e batté alla porta per richiamare l'attenzione del carceriere.

«Addio, caro amico.»*

Il corpulento e panzuto Gatò lo strinse in un fraterno abbraccio.

«Non abbiamo bisogno di dirci addio, è solo un piccolo arrivederci» disse Mendieta nella lingua del veneziano.

«Complimenti per il tuo italiano» disse scherzosamente Gatò.

«Ho avuto il migliore dei maestri.»

Il rumore della porta che si apriva separò i due amici. Con il carceriere c'era un soldato e, dietro di loro, lo stretto corridoio contorto e malamente illuminato da una debole lanterna, si perdeva nella penombra. Nel momento in cui Mendieta attraversava la soglia, una voce alle sue spalle disse:

«Che il Dio della tua fede ti accompagni».

Alonso Gallo lo salutava dal paglericcio, con un triste sorriso sulle labbra.

Fuori, stavano calando le prime ombre della sera e una pioggerella fredda trasformava in fango la sabbia portata dal vento, che non aveva smesso di soffiare in tutta la giornata. Le sentinelle sul grande portone della Casbah socchiusero una delle enormi ante e Mendieta e il guardiano sbucarono nella piazza che separa la fortezza dal labirinto di stradine dell'Arrabal che si estende davanti. Al centro della piazza, un alto fico levava i ritorti e nudi rami verso il cielo coperto, quasi gridasse un inudibile lamento.

* In italiano nel testo. (*N.d.T.*)

«Dove mi portate?» chiese Mendieta, mentre attraversavano la piazza.

«Dove meglio verrete trattato. Dai vostri.»

«I miei?»

«Gli ebrei. Andiamo a casa di Moisés Santiago, segretario del caíd della Casbah e uomo generoso. In cambio di pochi reali vi autorizza a occupare le stanze di servizio.»

«Ma io non possiedo nulla! Come farò a pagarlo?» protestò Mendieta, che dentro di sé si stava chiedendo come aveva potuto diffondersi così in fretta la notizia della sua condizione di ebreo.

«Questo è affar vostro. Guardate, è qui.»

Si erano addentrati per una strada lunga e pavimentata di pietra, che chiamavano del mercato, al cui centro scorreva un canaletto traboccante d'acqua. Ogni tanto, su entrambi i lati della via si aprivano piccoli archi che davano su altri vicoli, e le facciate delle case, bianche e con grandi portoni di legno, testimoniavano la buona sorte degli abitanti. Quella indicata dal soldato era una magione alta, dai muri lisci e poco adorni, com'è usanza dei mori, e con una porta enorme dalla quale sarebbe passato un carro carico di fieno. I colpi del battente echeggiarono nella strada deserta e di lì a poco si aprì il portone e un ragazzo, che indossava una tunica nera e teneva in mano un candelabro, li guidò lungo le ampie scale che scendevano in un patio circondato da colonne, dove aleggiava la fragranza dei mirti e si stagliavano le ombre di alcuni aranci. A quel punto il soldato ritenne concluso il suo compito e tornò verso la Casbah.

«Seguitemi» disse il ragazzo, conducendo Mendieta oltre una piccola porta che si apriva nell'estremità più appartata del patio, fino a una grande sala piena di lunghi rotoli di tela, dove, in un angolo, era stato preparato un giaciglio e messo un rozzo baule.

«Potete mettere lì dentro le vostre cose» aggiunse il ragazzo, indicando il baule mentre consegnava a Mendieta un piccolo lucchetto. «Domani dovrete alzarvi all'alba, perché Adón Moisés desidera parlarvi presto.»

Quando il giovane lasciò la sala, questa rimase immersa nella penombra, fiocamente illuminata dal vago chiarore che filtrava dalla finestrella sul patio. A tentoni, Cristóbal gettò dentro il baule gli scarsi averi, tra i quali c'era il suo prezioso tesoro, un consunto libro di rime del poeta di cui si diceva amico il capitano Contreras, don Lope de Vega Carpio, datogli da un altro prigioniero spagnolo poco prima di morire consumato da un male che gli faceva sputare sangue, poche settimane dopo il suo arrivo a Salé. Da allora, quei versi gli facevano compagnia quasi fossero il perduto Talmud, poiché sebbene non contenessero consigli spirituali vi trovava comunque sollievo alla solitudine e all'amarezza, e anche le magiche parole che rievocavano la memoria dell'amata Catalina, che considerava ormai irraggiungibile e perduta e della quale riusciva appena a ricordare il profilo del viso o il colore dei capelli. Conservava di lei una sensazione, certi movimenti, alcune parole sparse, il dolore dell'assenza e un amore che giorno dopo giorno si andava allontanando dalla donna che lo alimentava per aleggiare soltanto nella sua anima, come un uccello in cerca del posto migliore in cui fare il nido. E perciò, lodava il buon giudizio del poeta quando rileggeva i suoi versi preferiti:

creder che un paradiso possa essere contenuto in un inferno,
dar la vita e l'anima a una delusione;
questo è amore: chi l'ha provato lo sa.

Lui lo sapeva e conservava ancora sulle labbra il dolce sapore delle sue carezze e quello amaro dei propri vaneggiamenti. E quel ricordo appannava, con il fosco vapore della gelosia, l'affetto che nutriva nei miei confronti e la nostra stessa amicizia, poiché non poteva dimenticare il modo in cui Catalina mi aveva concesso la sua preferenza, lasciandolo da parte, scacciandolo dal paradiso dei suoi favori e relegandolo alla misera condizione di paggio. E malgrado ciò, Cristóbal rimpiangeva quell'inferno di umiliazione e disprezzo quasi fosse un paradiso.

Venne svegliato dal canto dei galli che entrava dalla finestrella assieme alle prime luci, mescolato a una gioiosa melodia che arrivava da lontano, sulle note di una voce dolce e ben intonata, una voce di donna che tornò a scatenargli in petto le stesse tormente che il sonno aveva placato durante la notte.

Si era appena alzato e vestito, quando il ragazzo che lo aveva ricevuto entrò nella sala. Portava un catino e una brocca d'acqua, che posò sul baule.

«Adón Moisés vi aspetta nel patio. Andateci dopo esservi lavato.»

Mendieta si tolse il giubbetto e si rinfrescò la faccia e il torso con l'acqua fresca della brocca. La dura vita nelle segrete gli aveva fatto perdere quell'abitudine. Si rivestì e uscì nel patio. Il cielo era sempre coperto, ma non pioveva più. Le foglie degli aranci brillavano come se fossero di legno lucidato, e i frutti sembravano catturare la poca luce del giorno incipiente e risaltavano contro il fondo scuro del porticato e sulle lunghe colonne che la pioggia e l'erosione dell'aria, sempre carica di salsedine, avevano reso grigie. Al centro del patio, seduto su un'umile sedia, c'era un uomo di età avanzata e la lunga barba bianca. Inginocchiata davanti a lui, una ragazza con una corta tunica bianca gli rinfrescava i piedi usando un panno che ogni tanto inumidiva in un secchio accanto a lei. Il suo corpo era minuto e aggraziato, e gli scuri capelli crespi ricadevano ondulati sulla schiena. Era lei che cantava quella melodia, e lo faceva con tanta dolcezza e discrezione che la voce fluiva dalla gola in un sussurro che sembrava addormentare il vecchio. La canzone diceva:

Così è il fiore
che sulle rive del Bu Regreg sboccia,
ha il profumo
delle alghe cullate dal mare.
Un giorno volevo coglierlo,
me l'hanno impedito le onde del mare.

Dammi il tuo aroma, donna
tu sei il fiore che coglier vorrei.

Dammi dei tuoi occhi il calore
che muoio d'amore.

Quando Cristóbal si avvicinò, la giovane lo fissò con quegli occhi scuri, ma non smise di cantare. L'uomo anziano aprì i suoi, che erano azzurri come un cielo d'estate, e mise la mano sulla testa della ragazza.

«Grazie, figlia mia. Adesso asciugami, che devo parlare con quest'uomo.»

Lei volse ancora una volta lo sguardo su Cristóbal, e questi pensò che nonostante il suo umile compito e la dolcezza della voce, in quegli occhi brillavano la determinazione e l'orgoglio.

«Venite» disse l'anziano, quando la ragazza finì di asciugargli le gambe e raccolse il secchio dal pavimento.

Il cammino di Cristóbal incrociò quello della ragazza, mentre lei si dirigeva frettolosamente verso l'interno della casa, e per un istante i loro corpi furono così vicini che lui credette di percepire, tra il profumo dei mirti, la fragranza degli unguenti con cui la giovane ingentiliva il suo aspetto, e sentì che un balsamo di inquieta felicità gli aspergeva il cuore.

«Shalom! Che il Nome del Cielo vi benedica e vi guardi da ogni male. Siate il benvenuto nella mia casa» lo salutò l'anziano.

«Shalom» rispose Cristóbal, senza poter evitare che il suono della propria voce lo facesse sussultare. Per la prima volta pronunciava apertamente l'antica parola ebraica che in tutta la sua vita aveva mormorato sottovoce al riparo della casa dei genitori.

«Mi dicono che avete mantenuto in segreto la vostra condizione di ebreo e che fino a ieri vi consideravano un cristiano.»

«È così» rispose Cristóbal e, di fronte all'invitante silenzio del suo anfitrione, cominciò a raccontare le proprie sventure.

Moisés Santiago ascoltò l'intera storia senza dire nulla. A volte annuiva gravemente, altre chiudeva gli occhi come se le parole di Cristóbal Mendieta gli evocassero penosi ricordi. Quando questi finì di parlare, l'anziano ebreo si alzò dalla sedia, con minor sforzo di quanto lasciasse presagire la sua età, e si avvicinò. Gli prese le mani tra le sue, che per quanto fossero rugose erano forti come artigli, e fissandolo negli occhi disse:

«Conosco bene le sofferenze di cui mi parlate, poiché i miei nonni furono tra gli ebrei che decisero di restare in Spagna sotto le apparenze di cristiani quando il nostro popolo venne cacciato dal Re Ferdinando e dalla sua crudele moglie, e per tale peccato subirono persecuzioni e oltraggi, e alla fine dovettero abbandonare beni e proprietà per salvar la vita, e vennero in questa terra di Salé dove ritrovarono la fede e la libertà, che sono grandissimi tesori da custodire con ogni cura. Dalle loro parole e da quelle dei miei genitori ho saputo delle tribolazioni dei nostri avi, e di tali insegnamenti ho conservato memoria, al punto che a mia figlia, che avete appena visto, ho dato il nome di Susana in ricordo della graziosa figlia di un agiato ebreo di Siviglia, la quale, per amore di un vecchio cristiano, denunciò all'Inquisizione il proprio padre, dovendo poi assistere a come gli davan la morte sul rogo, con grande dolore del suo cuore e vergogna nei secoli a venire. Quella povera infelice si tormentò nel rimorso fino alla morte, e come ultime volontà chiese che appendessero il suo cranio sulla porta di casa, affinché nessuno dimenticasse l'enormità del suo peccato e della sua infamia. Il nome di mia figlia mi ricorda ogni giorno quell'avvertimento... E voi... ci avete messo molto a proclamare la vostra vera fede, poiché sono ormai quattro mesi, a quanto mi dice il capitano Jan Jansz, che siete prigioniero. Non so se il vostro lungo silenzio sia dovuto alla paura o alla condizione di schiavo o a semplice miscredenza, e neppure se il ritorno nel popolo di Israele sia sincero o mosso dal solo desiderio di trovare protezione in questa terra straniera. Solo il Nome può leggere nel cuore degli uomini e soltanto Lui conosce la gravità e il numero dei vostri peccati. Io vi offro alloggio nella mia casa, che potrete pagare aiutando nel lavoro del commercio delle tele e consegnandomi ogni settimana tre reali presi da quelli che guadagnerete fungendo da interprete e scrivano per il caíd della Casbah, del quale io sono segretario. A quanto ne so, avete un periodo di tempo per dimostrare la sincerità della vostra fede, se volete essere accolto come un fratello nella nostra comunità. Intanto, prendete questi venti reali come acconto sulla somma che riceverete per il vostro lavoro, e usateli per comprare vestiti e altre cose vi siano utili per cancellare dal vostro aspetto il passaggio dalle segrete».

Cristóbal chinò il capo per baciare le mani dell'anziano, una delle quali aveva depositato nelle sue il sacchetto di monete, e mentre lo faceva si poneva domande sul vero senso delle parole appena ascoltate. Erano di benvenuto, di avvertimento, di minaccia o diffidenza? In ogni caso, erano accompagnate da denari e promesse che sicuramente avrebbero migliorato la sua travagliata esistenza. Per cui, quando ringraziò Moisés Santiago per la generosità e i consigli, lo fece con tutto il cuore. Ci sarebbe stato modo di riflettere con calma su quanto gli era accaduto.

In realtà, la vita di Cristóbal Mendieta cambiò in meglio nei mesi che seguirono all'incontro con il capitano Jan Jansz. Impiegava le prime ore del giorno, a casa di Moisés Santiago, a spostare e mettere in ordine i pesanti rotoli di tela che la famiglia del suo anfitrione commerciava: a giudicare dalla mole di mercanzie che entrava e usciva da quella casa, i guadagni dell'anziano ebreo non dovevano essere di poco conto. C'erano morbidi panni di felpa e anche robuste tele di lana filata che chiamano stamigna; tessuti di lino finemente lavorati e altri di pelo di cammello, detto cammellotto, e che ricordarono a Cristóbal le stoffe di vigogna in commercio a Cartagena delle Indie. Non mancavano neppure le lunghe fasce di taffetà, i tessuti di broccato, i cui fili d'oro e d'argento brillavano tra la seta, e le tele di Damasco così apprezzate da tutti che in città qualcuno ne imitava i disegni su stoffe ben più volgari, di modo che nelle dimore dei più umili lavoratori si trovavano tendaggi, tuniche o tovaglie damascate.

Poi si recava nella Casbah, dove il segretario del caíd gli affidava i più svariati compiti, dal tradurre qualche lettera ricevuta o da inviare in Inghilterra o in Francia, all'assistere i commercianti della città quando dovevano trattare con capitani di navi straniere venuti a offrire o a comprare mercanzie. Non mancavano i giorni in cui doveva essere presente all'arrivo di nuovi schiavi o al momento della loro vendita nel mercato che, di tanto in tanto e sempre dopo averlo annunciato dentro e fuori la città, veniva approntato sulle rive del Bu Regreg, vicino all'imbarcadero dove quegli sventurati mettevano piede per la prima volta sul palco da cui si sarebbero avviati a un'esistenza di patimenti.

Dato che la maggior parte dei commercianti provenienti dall'Europa erano olandesi, e alcuni avevano preso una casa a Salé, per i numerosi e pingui affari che la città offriva, il capitano Jan Jansz ordinò a Mendieta di imparare la lingua d'Olanda, aiutandolo lui stesso. Di conseguenza ebbe occasione di conversare a lungo con il capitano pirata, che gli sembrò un uomo di grandi ambizioni e buonumore. Durante quelle chiacchierate nella difficile lingua olandese, Mendieta apprese cose di quel lontano paese che accrebbero in lui il desiderio di recarvisi in futuro poiché, a quanto raccontava il capitano Jan Jansz, vi erano città come il porto di Amsterdam dove il numero e la ricchezza degli ebrei residenti erano tali che persino nei consigli che regolavano i commerci questi risultavano in maggioranza. Vi sorgevano molte scuole talmudiche e i rabbini delle sinagoghe godevano di notevole prestigio. E, agli occhi di Mendieta, tutto ciò faceva dell'Olanda un vero Eden per il quale il suo cuore palpitava. Ma, nell'attesa di realizzare tali sogni, doveva battagliare con la vita quotidiana, poiché ogni beneficio della sorte ha il suo lato oscuro.

I compiti da svolgere adesso non erano certo ardui quanto il lavoro nei cantieri, però alla fine dei conti risultavano altrettanto sfibranti. Al termine della giornata, la schiena dolorante gli ricordava il peso dei grossi rotoli di tela con cui la castigava; migliaia di parole nelle più diverse lingue gli affollavano la mente, stordendolo; e non mancavano i ricordi spiacevoli che rattristavano il suo animo, perché i prigionieri cristiani, che rivedeva di frequente nel cantiere dove aveva condiviso gli stessi travagli, non perdevano occasione di dimostrargli il proprio rancore e disprezzo. Lo avevano ribattezzato Barabba e gli lanciavano imprecazioni da lontano o lo prendevano in giro, senza che Mendieta rispondesse in alcun modo alle ingiurie, poiché capiva che la disgrazia rende ingiusti gli uomini e non era per lui cosa nuova l'odio dei cristiani nei confronti degli ebrei, benché adesso, per la prima volta in vita sua, si sentiva in salvo. Tuttavia, il contatto con la comunità ebraica di Salé non era riuscito a risollevargli lo spirito. Moisés Santiago apprezzava il suo lavoro e gli sforzi compiuti, e lo aveva portato nella sinagoga del rabbino Menasseh Abecassis, dove Cristóbal intonava i canti della Torah e si deliziava le orecchie con il tintinnio delle campanelle appese ai bastoni attorno ai quali si arrotola la sacra pergamena; e, la sera, divideva con tutti la focaccia e il vino dolce con cui, allo spuntare della prima stella, si metteva fine al digiuno del Sabath. Ma quella comunione, che il primo giorno lo aveva pervaso di gratitudine e gioia, non costituiva che un fugace momento, una pausa nell'atteggiamento diffidente con cui gli ebrei di Salé lo trattavano. O per meglio dire, non lo trattavano affatto, perché era proprio quello il suo cruccio: nessuna porta sembrava aprirsi per lui nella comunità e persino in casa di Moisés Santiago veniva considerato più come un servitore che come un fratello di fede. In fin dei conti, la sua vita si differenziava ben poco da quella del giovane che lo aveva accolto la prima notte, un domestico moresco di nome Hicham. Sapeva che, in fondo, Moisés Santiago lo vedeva più come un cristiano che come un ebreo, allo stesso modo in cui i mori di Salé la Vecchia diffidavano della fede dei moreschi stabilitisi a Salé la Nuova. Forse anche per questo, Hicham era diventato il solo amico che lo aiutava nei lavori e lo metteva in guardia dalle manie della moglie di Moisés, una donna rigida e devota che si infuriava se scopriva la benché minima imperfezione nel giardino del patio e che pretendeva dai suoi servitori il massimo pudore nel vestire e nel parlare.

In realtà, Cristóbal Mendieta si sentiva smarrito come una nave nella nebbia, fluttuando fra terra e cielo. E non trovava altra consolazione che nei momenti in cui vedeva Susana, la figlia del suo anfitrione, indaffarata tutto il giorno nei lavori di casa e le cui canzoni risuonavano a ogni ora dalle invisibili stanze. Scambiavano a malapena qualche parola, perché la madre di Susana teneva sotto controllo la casa come la sentinella di un castello, diffidando di tutti, in perpetuo stato inquisitorio dall'atrio al solaio, a caccia di visitatori inopportuni e di domestici oziosi; e quando capitava l'occasione, la conversazione era insignificante, banale quanto possono esserlo le parole che nascondono altre parole, quelle vere, non pronunciate, che bruciano nella bocca e nel cuore.

«Che canzone stavate cantando questa mattina?» chiedeva Cristóbal. E lei sorrideva rispondendo in tono compiaciuto:

«Una canzone moresca che mi ha insegnato la vecchia Saadía, la madre di Hicham. Vi piace?»

«Mi rende felice.»

E ognuno tornava alle proprie faccende, portandosi dietro la promessa di uno sguardo e la speranza di un prossimo incontro. Una speranza che veniva esaudita nei giorni che Moisés Santiago doveva recarsi nel vicino mercato di La Mamora dove, quando non infuriavano battaglie o assedi, si commerciava con gli spagnoli, perché il denaro non si preoccupa di religioni o patrie se non per trarre profitto da entrambe tanto in pace come in guerra. In tali giorni, la casa restava quasi deserta e, sebbene le ronde della moglie del ricco ebreo intensificavano ritmo e vigilanza, c'era sempre l'occasione propizia per incontrare Susana e conversare senza limitarsi a due o tre frasi affrettate.

Ben diversa era la sorte che mi aspettava a Siviglia al mio ritorno da La Mamora. Avevo lasciato la città da una sola settimana, ma il fantasma della leggendaria india che dava il nome alla locanda dove alloggiavo sembrava negarmi la sua influenza benefica. Il capitano Contreras decise di fermarsi a Cadice, dove arrivammo prima dell'alba a bordo delle nostre due vittoriose tartane, con la visione dei maestosi galeoni spagnoli ancorati davanti alla fortezza di La Mamora ancora viva nella memoria. L'audace soldato tentò di convincermi a rimanere lì e condividere le avventure che sicuramente ci avrebbe riservato la vita militare, poiché quelli eran tempi di guerra... benché, a pensarci bene, quali non lo sono? La tentazione era forte e l'entusiasmo per la nostra recente impresa risvegliava nello spirito la voglia di nuove peripezie. Tuttavia, il mio cuore in subbuglio supplicava di metter da parte qualsiasi impegno che mi tenesse per troppo tempo lontano da Catalina; il viaggio a La Mamora, infatti, lungi dal farmi dimenticare la leggiadra creatura, mi aveva riportato in terra spagnola con l'ansia accresciuta, assetato delle sue carezze e persino del suo disprezzo. Rifiutai con cortesi parole la proposta del capitano e questi allora si impegnò a scrivere una lettera di suo pugno per il conte di Salazar, nel caso avessi avuto bisogno di aiuto in qualsiasi momento.

«Nonostante l'eminente posizione, è uomo di parola e di buona memoria che sa apprezzare i servigi ricevuti. E stima al di sopra di ogni cosa gli uomini ardimentosi» mi disse. «In questa lettera gli rendo noto il vostro coraggio e la difficile situazione in cui potrebbe porvi la condizione di straniero se attraverserete le terre di Spagna. Ricorrete a lui soltanto come ultima risorsa, che la moderazione è la miglior virtù al momento di chiedere favori, ma siate certo che vi sarà di grande aiuto.»

Ringraziai il capitano Contreras per la premura nei miei riguardi e promisi di metterlo al corrente sui miei passi futuri. Quello stesso pomeriggio mi imbarcai su una chiatta che risaliva il Guadalquivir diretta a Siviglia. Passai la notte in bianco, sotto lo stellato cielo andaluso, meditando sulle parole con le quali avrei raccontato a Catalina gli eventi accaduti e lasciando vagare l'immaginazione sull'onda dei desideri. Al tramonto del giorno dopo attraccammo al molo di Las Muelas, tra il consueto viavai di gente, e fu grande la mia sorpresa nel vedere Cosme che, arrampicatosi su una montagna di sacchi, attirava la mia attenzione agitando le braccia. Il paggio mi venne incontro di corsa e con il volto alterato dall'urgenza, e non appena fu abbastanza vicino, gridò:

«Se n'è andata, signor Tomás! Doña Catalina se n'è andata!»

Quando l'ebbi di fronte, afferrai il ragazzo per le spalle e mormorai, infuriato:

«Smettila di urlare come un ossesso. Vediamo, che razza di storia è questa? Quando è partita? Dov'è andata? E non alzare la voce, non vedo motivo di annunciare ai quattro venti ciò che riguarda soltanto me».

Cosme mi guardò corrucciato, neanche fosse lui il colpevole di una simile disdetta:

«L'altroieri, signore. Ero preoccupato per il vostro ritardo nel far ritorno dalla terra dei mori e ho voluto controllare se a casa di doña Catalina avessero notizie, perché ci lavora un giovane a servizio che è mio amico. E stando con lui nelle stalle, ho notato l'assenza della carrozza che tengono solitamente lì, quella che vostra signoria conosce bene».

«Stringi, santocielo! Non ti sapevo così loquace!»

«Ci sto arrivando, signore. Il ragazzo mi ha detto che doña Catalina era partita quella mattina, affidata alle cure di un tesoriere dell'Armada, amico di famiglia, e di una dama di compagnia. Tutti diretti a Madrid. E io me ne sto sul molo da due giorni, aspettandovi.»

Guardai il volto rubicondo e compunto di Cosme, ma non vidi neppure i suoi grandi occhi bovini né i capelli unti e lisci. Fissavo il suo volto come chi guarda attraverso una finestra, e il paesaggio che mi appariva davanti era quello del tortuoso sentiero su cui si allontanava la carrozza con dentro Catalina. Perché se n'era andata via così? Perché non mi aveva aspettato? Lei sapeva della mia partenza, dato che le avevo fatto pervenire tramite Cosme un breve messaggio. Forse era rimasta offesa proprio dalla brevità o dal fatto che non ero stato io a dirglielo. Magari aveva disperato di vedermi tornare e, temendo il peggio, era corsa a cercare la protezione dei suoi. Forse, semplicemente, non gliene importava un accidente di cosa ne fosse stato di me e mi aveva già dimenticato. La faccia di Cosme riprese forma davanti ai miei occhi. Tentai di riflettere. Dovevo fare qualcosa.

«Vai immediatamente dal tuo amico e chiedigli di appurare dove starà Catalina a Madrid» gli ordinai, e un sorriso soddisfatto comparve sul suo volto.

«Non ve n'è bisogno, signore, perché sapendo quanto stimate doña Catalina, è stata la prima cosa che gli ho chiesto, e mi ha detto che si fermerà per qualche giorno nella casa che il tesoriere possiede laggiù, per poi proseguire il viaggio fino alla casa dei suoi signori genitori, che si trova in una città della costa cantabrica chiamata Villaviciosa, non molto distante dal porto di Gijón.»

«Bravo, Cosme! Prepara le nostre cose e cerchiamo la maniera di andare a Madrid, che potremmo ancora raggiungerla.»

Il volto del paggio tornò a illuminarsi, negli occhi mansueti e perennemente spaventati c'era adesso una sconosciuta scintilla d'orgoglio:

«Già fatto. Le nostre cose sono pronte da due giorni e ho trovato un carrettiere che dopodomani partirà per Madrid, con un carico di verdure e foglie di tabacco, e per due reali ci porterà con lui, se a vostra signoria va bene».

«Se mi va bene? Ben fatto!» risposi, battendo la mano sulla schiena del mio servizievole paggio. «Andiamo subito a parlare con questo bravo carrettiere e chissà che con qualche reale in più non si convinca ad anticipare la partenza a domani.

II

Il viaggio fino a Madrid fu lento ed esasperante. I reali ottennero l'effetto desiderato, ma in numero maggiore di quanto avessi sperato poiché ci fu da convincere anche gli altri due carrettieri che avrebbero viaggiato assieme al nostro ad anticipare la partenza. In definitiva, i denari guadagnati andando a La Mamora svanirono e nella borsa mi rimaneva a malapena di che sfamarci per qualche giorno. I carri, carichi all'inverosimile, avanzavano con irritante lentezza, scricchiolando e sballottandoci, lungo strade sconnesse e pietrose fatte più per il passaggio del bestiame che per quello degli esseri umani.

La cassetta dove ci stringevamo tutti e tre era dura e stretta, e dopo due giorni di marcia avevo il fondoschiena dolorante e un umore da cani. Furono tante e rabbiose le mie proteste che alla fine il carrettiere, un cordobese taciturno che parlava solo con i suoi due vecchi cavalli usando sempre parole affettuose e familiari, cosa che non gli impediva di propinare loro sonore frustate quando lo riteneva necessario, acconsentì a ricavare un buco tra la mercanzia affinché potessi raggomitolarmi ogni tanto, cercando sollievo alle reni maltrattate. Così, in mezzo a patate e rape, percorsi le molte leghe che separano Siviglia da Madrid. Lungo il cammino incontrammo alcuni mandriani e anche i drappelli di moschettieri che proteggevano i viandanti dall'inopportuna visita dei banditi che hanno i loro rifugi sulla Sierra Morena; e nelle vicinanze di Bailén ci imbattemmo in una compagnia di comici che si dirigevano con tutto il carico di stravaganti carabattole verso Almagro, nella cui arena destinata alle commedie erano stati ingaggiati per rappresentarne una, intitolata *Il burlone di Siviglia*, della quale ripassavano continuamente i dialoghi, e valeva davvero la pena vederli. Gridavano da un carro all'altro e, siccome avevamo deciso di fare insieme quel tratto di percorso per reciproca sicurezza, la notte trasformavano il nostro improvvisato accampamento in un palcoscenico suscitando risate e battute a non finire. Don Juan diceva alla duchessa, della quale aveva appena goduto i favori approfittando dell'oscurità della notte, di non accendere la candela. E lei domandava, sobbalzando al sentirne il timbro della voce:

«Cielo, chi sei, uomo?»

«Come chi sono? Un uomo senza nome» rispondeva lo spensierato amante.

«Ma allora non sei il duca?»

«No!»

E la giovane donna si turbava con così aggraziata svenevolezza da far venir voglia di mangiarsela di baci e forse ci avrei provato, poiché Leonor, come si faceva chiamare l'attrice, non sembrava indifferente alla mia compagnia, se non avessi avuto il cuore impegnato dietro altre chimere.

Ero tormentato dall'idea che Catalina lasciasse Madrid prima del mio arrivo in città, ma non era l'unica mia preoccupazione. Con i pochi denari rimasti non avrei trovato altro alloggio che quello offerto dai ponti sul fiume Manzanares, misera e inappropriata dimora per chi pretendeva di riconquistare all'amore un'altezzosa e schiva dama. Dovevo rimpinguare la mia borsa e a tale scopo approntai ben presto un piano. Dedicai la giornata a osservare i miei compagni di viaggio e in breve conclusi che sebbene i comici fossero poveri come topi, e pertanto nulla potevo sperare di cavarne, quella stessa povertà poteva convertirsi in mia alleata per alleggerire le tasche dei tre carrettieri.

Madre natura volle favorire la mia sorte con una pioggia insistente che ci inzuppò fino alle ossa e con un vento gelido e spietato che batteva le pianure della Mancha con ululati da lupo costringendoci a cercare continuamente un riparo. La notte ci colse tra le ospitali mura di un eremo, sotto una tettoia di paglia, avvolti nei mantelli e riscaldati a malapena dal falò che avevamo acceso e sul quale il nostro carrettiere stava arrostendo dei peperoni e un po' d'aglio. Cercai di scambiare qualche parola con la bella Leonor, restando però alla vista degli altri, perché non volevo che l'attore a cui lei concedeva i propri favori e chiamava pomposamente marito, non so se per spingerlo effettivamente al matrimonio o per burlarsi di lui, diventasse geloso. Ma nel cuore della commediante dovevano albergare ben altre intenzioni poiché, non appena mi si sedette accanto, appoggiò la mano sulla mia gamba e cominciò a parlarmi dei tanti viaggi intrapresi e degli innumerevoli attori con i quali aveva calcato il palcoscenico, e a ogni nuova storia la mano stringeva la mia coscia spostandosi più in su, come se quelle eloquenti cinque dita parlassero in vece sua. Io la lasciai fare, in fin dei conti quell'atteggiamento suscitava più piacere che pericolo, poiché la notte era buia e gli altri assorti nelle proprie conversazioni. Anzi, mi azzardai persino a prendere la sua mano tra le mie ogni volta che interrompevo il discorso con qualche domanda, suscitando in lei interesse o stupore. Di conseguenza, arrivammo a scaldarci a vicenda e, quando ritenni raggiunto il punto di cottura che ogni cuoco deve saper riconoscere per ottenere il meglio dai suoi manicaretti, le chiesi:

«Ditemi, signora, non vi pesa questa dura vita tra carri e ristrettezze, dopo aver recitato davanti a così tanti e distinti signori?»

«Se non mi pesa?» E fece una graziosa smorfia di fastidio. «Sono stanca di questa vita errante e ingrata e di trascorrere i miei giorni con carrettieri garruli e contadini ignoranti.»

«Non sarebbe male procurarsi un risarcimento per tanta volgarità e grossolaneria...»

«Dio mio! Magari si potesse...» disse l'attrice e fu la sua mano ad afferrare la mia. Poi, aggiunse con un sospiro: «Ma non vedo come».

«Se mi permettete, signora, io potrei indicarvi il modo e, d'un sol colpo, porre rimedio alla vostra povertà e alla mia.»

E così le esposi il piano, che consisteva semplicemente nel cercare, con il suo aiuto, di far fortuna con le carte. Convenimmo di unire le nostre forze e a tale scopo facemmo un fondo comune con i nostri pochi denari, poiché i miei da soli non servivano a nulla. Usai alcuni centesimi per comprare dal carrettiere una caraffa del suo vino e andai a sedermi accanto al fuoco, ostentando scoramento e tristezza. Mi scolai dei robusti sorsi dalla caraffa, confidando sul fatto che reggevo bene il vino, e mi sembrava addirittura acqua al confronto dei liquori con cui mi ero bruciato la gola nelle terre delle Indie da quando erano spuntati i primi peli dei miei baffi. Così come avevamo concordato, Leonor chiese ad alta voce cosa mi stesse succedendo per bere a quel modo, e io risposi che mi lasciasse in pace, non avrei certo confidato i miei crucci a una donna, poiché la causa era proprio una donna. E ingollai un quarto di litro, pur essendone già satollo. Le mie parole suscitarono risate e burle tra i carrettieri e gli stupiti attori, che pur non sapendo di cosa si trattasse, conoscevano bene il proprio mestiere e soprattutto il carattere della loro compagna, e annusarono subito il raggiro, notando che quella restava in silenzio, anziché balzarmi addosso per cavarmi gli occhi.

«Sono afflitto dalle pene d'amore!» proclamai con voce da ubriaco. «Magari avessi per le mani un bel mazzo di carte per curare i miei malanni!»

«Ne ho uno io, straniero, e ve lo do volentieri, così vi svuoteranno la borsa» disse Leonor, fingendosi adirata, e andò verso il suo carro, tornando con un mazzo di carte che io le avevo consegnato prima e che gettò ai miei piedi con un gesto così rabbioso da farmi dubitare fosse veramente offesa. Feci per raccoglierlo e, nello sforzo, barcollai goffamente.

«Volete fare una partitina?» chiesi ai tre carrettieri, seduti in un angolo appartato quasi temessero la vicinanza dei comici. Nei loro occhi brillò la cupidigia e la gioia di poter spennare un inglese ubriaco e imprudente. Si avvicinarono e io mescolai le carte senza ostentare destrezza alcuna. Facemmo una prima mano al gioco detto della *carteta* e vi arrischiai i miei reali dissennatamente, perdendoli così in fretta da non avere neppur il tempo di salutarli. I carrettieri si davano pacche sulle spalle e mi definivano un coraggioso, spronandomi a giocare un'altra mano. Feci il finto tonto, mi riattaccai alla caraffa e offrii loro un sorso, ma nessuno volle bere, adducendo a pretesto che ne era ormai rimasto poco e non intendevano privarmi di quel tonico così benefico. Concessi un'altra mano, però stavolta cambiai gioco passando a quello del *quínolas*, e ci lanciammo nella partita con entusiasmo. Leonor si avvicinò per servirci i peperoni arrostiti e, mentre incitava i carrettieri a spennarmi e mi apostrofava come idiota arrogante, i suoi occhi prendevano nota delle carte di ciascuno. Poi, con la scusa di servire Cosme o di portare non so cosa, riferiva al mio paggio il colore e le figure che ognuno aveva in mano e questi, con segni convenuti, me li comunicava. In tal modo, le sorti della partita cambiarono di colpo e i reali tornarono nelle mie mani portandosene appresso altri in abbondanza. Sancho, così si chiamava il nostro carrettiere, malediva la fortuna degli ubriachi e si intestardiva a voler recuperare il denaro perso, aizzato dalle proteste di Leonor che si fingeva defraudata della pretesa vendetta con ardore tutto femminile, raggiungendo lo scopo di rimpinguare le mie vincite. Quando gli altri due carrettieri si diedero per vinti e si ritirarono dal gioco, Sancho propose di fare un'ultima mano testa a testa sulla prima carta. Era tale la furia che brillava nel suo sguardo da farmi ritenere prudente acconsentire, benché in quel tipo di giocata non v'era modo di barare. Diedi per persi i cinque reali puntati, ma stava scritto che quella notte il Fato mi fosse propizio perché vinsi anche quell'ultima mano, scatenando la disperazione del carrettiere, che si mise a bestemmiare come un demonio. I comici intervennero, al fine di evitare mali peggiori, e io approfittai della confusione per cacciarmi due dita in gola e provocare una vomitata da ubriaco che fungesse da scusa per abbandonare il gioco.

Andai a dormire accanto alla porta dell'eremo, dove Cosme mi aveva preparato un giaciglio di paglia, e pregai il paggio di fare buona guardia perché diffidavo dell'ira del carrettiere. I vapori del vino mi fecero sprofondare subito nel sonno dal quale mi risvegliò il tiepido contatto di una mano sulla guancia. Aprii gli occhi e vidi Leonor, accovacciata al mio fianco, che mi faceva segno di tacere portandosi un dito alle labbra. Cosme dormicchiava, ancora seduto al suo posto di guardia, vinto dalla stanchezza.

«Che grande attore saresti!» mi sussurrò all'orecchio, e avvertii il suo profumo di femmina notturna. «Io ho fatto la mia parte, adesso tocca a voi, che domani potremmo non averne più occasione.»

Riflettei sulle sue parole e decisi di interpretarle come un invito a saldare i conti, quindi misi mano alla borsa e seduta stante, con ogni cautela, le restituii i denari che mi aveva prestato e la parte della vincita sottratta ai carrettieri. Alla fine, la borsa restava ancora ben fornita.

«Un buon raccolto» mormorò soddisfatta. «Potete contare su di me per i vostri affari, perché chi si unisce lungo il cammino, il cammino torna a unire.»

E mi diede un leggero bacio sulle labbra che mi lasciò confuso tutta la notte.

L'indomani arrivammo a Valdepeñas, dove i comici presero la strada per Almagro, dunque mi ritrovai da solo con i tre rancorosi carrettieri, senz'altro aiuto che quello del giovane Cosme. Ma la Fortuna continuava ad arridermi, perché proprio lì si unì alla nostra piccola carovana un gruppo di mulattieri che portavano a Madrid, a dorso di mulo, otri di vino della regione.

La nuova compagnia impedì ai carrettieri di recuperare con la forza il maltolto, anche se questo non evitò che Sancho mi spillasse una quantità di monete sonanti per le poche verdure con cui sfamarmi. Una miserabile vendetta che non lo soddisfaceva di certo e alla quale posi termine scegliendo la compagnia dei mulattieri, ben più generosi al momento di spartire cibarie e vino, e i pochi centesimi che diedi loro vennero accolti come manna dal cielo.

Quattro giorni dopo arrivammo a Madrid, e ci separammo da Sancho senza tristezza alcuna. Sapevamo, tramite il servitore amico di Cosme, che la casa del tesoriere dove alloggiava Catalina era in calle de la Cava de San Miguel, dietro la plaza Mayor. Ci dirigemmo lì, in cerca di una qualche sistemazione, e trovammo una stanza in una locanda che dava su calle Mayor.

Mandai Cosme alla casa del tesoriere, affinché cercasse il modo di entrare in contatto con Catalina, poiché non vi è porta più sicura per accedere a una casa estranea di quella che la servitù può aprirci dall'interno, mentre io passeggiavo per la città tentando di placare l'ansia, che diventava insopportabile nella quiete della locanda.

Percorsi la calle Mayor, dove si accalcavano chiese, case d'asta e taverne senza alcun ordine prestabilito, al punto da sembrare fossero state trascinate lì dalla piena d'un fiume, benché il Manzanares sia appena un torrentello dal quale c'è poco da temere. Mi parve inaudito che una città così importante, capitale di un impero che contava almeno diecimila case, avesse un simile fiumiciattolo. Forse per compensare tale carenza, la città era piena di bellissime fontane che gareggiavano tra loro nella finezza della lavorazione e nelle proprietà salutari delle acque. Ne trovai ben presto una, in una piazza che chiamano della Puerta del Sol, vicino alla locanda, che attirò la mia attenzione per la grazia delle forme e nel cui principale ornamento credetti di riconoscere una recondita allusione al mio sconforto: al centro della larga e tonda vasca si innalzava un altissimo piedistallo, sovrastato sulla cima da una delicata scultura che rappresentava la dea Diana. Gli abitanti del luogo l'avevano ribattezzata scherzosamente La Mariblanca, quasi fosse una ragazza del quartiere, e i madrileni sono inclini ai motti di spirito e alla burla, amanti dei piaceri terreni e, sebbene orgogliosi come patrizi romani, non hanno alcuna remora nel prendere in giro se stessi.

Al di là della Puerta del Sol, la città scendeva verso una distesa di orti e prati dove i nobili locali amavano passeggiare e affidavano a quei paraggi appartati i segreti dei loro intrighi e passioni, poiché Madrid è anche una città potente e all'ombra del potere fioriscono sempre tradimenti e congiure. La mano insanguinata degli altolocati arrivava così lontano e a livelli tanto elevati quanto la loro ambizione sfrenata, e fin da quella prima passeggiata in città venni a sapere del crimine, avvenuto pochi mesi prima nella stessa strada dove alloggiavo, in cui aveva perso la vita il conte di Villamediana.

Quando tornai alla locanda, alle prime ombre del tramonto, riuscii a leggere la notizia sulla faccia del mio paggio prima ancora che me la comunicasse: Catalina non si trovava più a Madrid. Era partita tre giorni addietro per il Nord e non aveva lasciato alcun messaggio nella casa del tesoriere. Lei sapeva che ne avrei seguito le orme al mio ritorno a Siviglia, e perciò il suo silenzio sdegnoso mi risultava ancor più insopportabile. Cosme tentò di persuadermi a prendere una diligenza o salire su un altro carro e continuare le ricerche, ma era tale il mio scoramento che lo zittii in malo modo e, afferrando il mantello e l'impolverato cappello, scesi in strada per affogare le mie pene in un pozzo di peccati così lussuriosi che nulla, neppure la passione per quell'ingrata dama, avrebbe più potuto strappare un briciolo di sentimento dal mio cuore.

Non c'era luogo più appropriato per perdermi, visto che la città intera sembrava essersi perduta. L'aria pullulava di mosche che ronzavano, intontite, tra i cavalli e negli androni di postriboli e taverne, come se in quei posti il calore stesso dell'inferno rendesse incandescenti gli scantinati. È notorio che la vita dissipata ha la sua dimora permanente a Madrid, dove ogni uomo trae godimento sia dalla moglie che da una o più amiche concubine, poiché le donne della capitale son le più vivaci e sfacciate di tutta Europa, al punto che persino i poeti mettono il dito nella piaga di tanta scostumatezza. Conservo ancora nella memoria alcuni versi che a quei tempi mi fecero sorridere:

Si era soliti usar donzelle,
raccontano i miei nonni.
Devono averle finite presto,
essendocene già ben poche.

Disperato com'ero non cercavo la galante compagnia di una dama a pagamento, di quelle che si affittano per un'intera stagione quasi fossero attrezzi agricoli; né l'assedio al virtuoso castello delle donne sposate, che cesellano di rifiuti e negazioni i gradini della scala che conduce alle loro camere. Non desideravo certo visitare l'entrata proibita di un convento né placare gli appetiti di ragazze alle prime armi o tantomeno avere il privilegio di assaggiare fanciulle da marito. Volevo perdermi toccando il fondo, scendere al livello più basso, sprofondare nelle carni di signore di mezza tacca, meretrici di bordello, professioniste del letto, donne di strada, sgualdrine, baldracche... non mancano i termini per definire le più vecchie conoscenze degli uomini: le dame che sanno a piè pari quanto si può guadagnare a gambe aperte.

Indirizzai i miei passi verso un rinomato postribolo di calle de Francos, oltre la Puerta del Sol, vicino al convento di Santa Ana e al teatro all'aperto di calle del Príncipe, e non potei fare a meno di apprezzare la saggezza del caso che in uno spazio così ristretto offriva all'uomo soddisfazione per tutte le sue passioni, fossero della carne, dell'intelletto o dell'anima. Il quartiere era un dedalo di vicoli che si intrecciavano nella penombra, male illuminati da alcune lanterne, e sul cui selciato i passi risuonavano in modo sinistro. La casa era bassa, con stanze separate e inferriate alle finestre, e prima ancora di varcare il portone di quella locanda lussuriosa si udiva già il frastuono peccaminoso che regnava all'interno. Nel lungo corridoio che conduceva alla sala incrociai alcuni gentiluomini dall'atteggiamento borioso, che nascondevano il volto dietro i risvolti di ricchi mantelli, e i servitori di quelli che ancora si trovavano dentro, aspettavano rosi dall'invidia che i loro signori finissero di sollazzarsi con le donne del posto. Mi bastò dare un'occhiata nella sala per capire che non era lì ciò che cercavo. Mi ripugnava l'idea di unirmi alla farsa di quel mare di stoffe e cuscini dove stavano adagiate donne così belle da sembrare dame d'amore, di quelle che ricevono e si concedono nella propria casa con la maggior riservatezza, se non fosse che erano circondate da una schiera di pretendenti che, per quanto le circuissero con lusinghe e moine quasi si trattasse di vere signore, non esitavano ad allungare le mani sulla mercanzia.

«Quelle allodole beccano troppo in alto» dissi a uno dei servitori, un giovane grasso e sudato i cui occhi minacciavano di schizzare dalle orbite.

«Beato il ramo dove andranno a posarsi!» esclamò rassegnato.

«Preferisco passere che volino più basse. Sapete mica dove potrei trovarle?»

Il giovane distolse lo sguardo dalla tenda, oltre la quale spiava quei piaceri per lui irraggiungibili, e mi fissò incuriosito.

«Vostra signoria le preferisce volgari?»

«Preferisco che se devono spiccare il volo, com'è abitudine di tali creature, non lo facciano portandosi via tutti i miei averi nel becco.»

«Non troverete ragazze più disponibili e meno costose di quelle di calle de la Primavera, però laggiù rischiereste la vita, poiché non passa notte senza che scorra il sangue di qualche sprovveduto. Perciò vi consiglio di recarvi nel posto che chiamano della Platería, dove troverete in mezzo alla strada ragazze compiacenti e plebee senza bisogno di rischiare la pelle.»

Seguii le indicazioni del giovane e tornai verso la Puerta del Sol, il cui vasto e sudicio territorio attraversai sotto il cieco sguardo della dea Diana, poi ripresi calle Mayor e mi addentrai in un vicolo che conduceva nella piazzetta di San Salvador. Lì il baccanale si celebrava sotto la tutela delle stelle. Mi imbattei subito in un'ombra, dalle carni flaccide e la voce impastata, che mi si appese al braccio neanche fossi un cesto di mele marce e della quale mi liberai con un brusco spintone che la rispedì nel nero ventre notturno da cui era venuta. Le sue imprecazioni mi inseguirono per qualche passo, ma ben presto si persero tra le altre voci che affollavano quel luogo assurdamente chiamato della Platería, poiché non vi era alcun argento che brillasse. Le meretrici, poco coperte dai loro corti manti neri, richiamavano i torvi passanti con parole oscene e gesticolare esagerato, lasciando intravedere angoli segreti che era meglio non guardare, perché in luogo di incitare al peccato risultavano efficaci quanto un esorcismo per fugare qualsiasi sordida intenzione. Il mio sguardo cercava in quell'intrico di bocche deformi, occhi strabici, denti anneriti o assenti, flaccidume malaticcio e mammelle mostruose, il diamante grezzo da estrarre dalla massa informe che speravo di trovare proprio lì, poiché la più perfida e irresistibile bellezza nasce dalla più ignobile turpitudine, e cresce tra la feccia e la miseria. Una bellezza ingannatrice, perché si avvale del confronto con tanto orrore e alimenta nell'uomo la falsa e vanitosa convinzione di essere lui stesso, con le proprie mani sterili, a darle forma.

Una chioma riccia attrasse la mia attenzione, mi avvicinai e udii una voce dall'accento strano che mi diceva:

«Venga a godere con me la signoria vostra, che in grembo conservo per voi un dolce frutto».

La fioca luce della finestra accanto alla quale se ne stava mi permise di vedere quanto fosse magra quella prostituta, e la bocca grande e impiastricciata di rosso, gli zigomi alti e il mento sfuggente. I seni, ancora sodi e a malapena contenuti nell'attillato vestito, brillavano di belletto, e tutta la sua figura emanava una brutale volgarità. Ma i suoi occhi, grandi e limpidi, quasi non avessero nulla da spartire con quel corpo abbrutito, mi fissavano con una promessa di tenerezza che mi convinse a prenderla sottobraccio e a chiederle dove potessimo appartarci.

Mi condusse fino a un tenebroso cortile dove, sotto una tettoia, erano stati ricavati dei cubicoli separati da teloni, uno accanto all'altro, dentro i quali la paglia sparsa al suolo sembrava più il giaciglio di una stalla che un letto per degli esseri umani. La ragazza mi trascinò all'interno e, mentre trafficava con i bottoni e i nodi dei miei vestiti, potei sentire, nitidi come se stessero fornicando accanto a me, i gemiti e le parole dei miei vicini di vizio: la voce stridula di un'andalusa che imprecava contro la madre e il vocione fragoroso di un uomo che urlava «sbrigati, che ho mille diavoli nei coglioni!» E già la mia ragazza teneva tra le mani ciò che cercava, quando mossi un passo indietro, rischiando di inciampare nei calzoni, e le chiesi come si chiamasse.

«Ritenete necessario saperlo prima di farmi visita? Siete proprio strano! Va bene, quale preferite?»

«Mi basta il vostro.»

«Mia madre mi ha chiamata Antonia. E la Selvaggia, quelli che vi hanno preceduto.»

«Siete davvero così selvaggia?»

«Cosa volete che sia! Ciò che non sono è cagna o mula. Trattatemi come una donna e tutto filerà nel migliore dei modi. Su, venite qui» disse, tirandomi per il braccio mentre si sdraiava sulla paglia «e prendetevi quello che avete pagato.»

Mi inginocchiai davanti a lei e il tanfo di orina che emanava la paglia mi colpì come uno schiaffo.

«Qui c'è un puzzo infame!»

«Respirate con la bocca. Cosa vi aspettavate per quei dodici quarti che avete sborsato? Un palazzo?»

«Non sarà certo qui che vi prenderò.»

«Sappiate che io non restituisco i denari quando è l'uomo a fallire il colpo» rispose in tono minaccioso.

«Non dovete restituirmi nulla. Voglio solo che veniate con me nella locanda dove alloggio.»

La ragazza protestò perché non poteva lasciare la strada come se niente fosse e tantomeno per dodici quarti, ma mi ero ormai eccitato e non intendevo rinunciare al piacere promesso, quindi le offrii due reali d'argento. La Selvaggia volle vederli, faticando a credere che portassi con me una simile somma, e davanti all'incanto dell'argentato luccichio acconsentì a seguirmi nella locanda, anche se prima doveva parlarne con la sua padrona, una vecchia mezzana che accudiva come una madre le disonorate figlie e le controllava al pari d'una carceriera. Mi rimisi a posto i vestiti e seguii Antonia nel buio fino a una bettola nascosta dietro la curva di un vicolo. Lì dentro, seduta a un tavolo e intenta a ripulire dalla terra un mucchietto di lenticchie, c'era una vecchia minuta e rugosa come un chicco d'uva passa, con un grosso naso aquilino e gli occhietti vivaci e inquieti, con la quale Antonia scambiò alcune parole in disparte, mentre aspettavo accanto alla porta. Poi, mi fece cenno di avvicinarmi. La vecchia mi squadrò dalla testa ai piedi, come se volesse imprimersi nella memoria le mie sembianze, mi rivolse un sorriso sdentato e disse:

«In fede mia, siete un bravo giovanotto! E dimostrate buon gusto, avendo scelto la più bella delle mie bimbe. Si vede bene che siete un nobiluomo, dato che volete godere delle sue grazie tra le lenzuola e non sulla paglia. Ho già detto ad Antonia che le fate un grande onore e, a giudicare dall'aspetto, la farete sicuramente felice, poiché sembrate forte e ben dotato. E sapete come si dice di questi amorosi incontri, l'arma del maschio dev'esser lunga per arrivarci e grossa per riempirla. E con tale piacere la mia bimba potrebbe ritenersi appagata, se non fosse che deve mangiare come ogni comune mortale. Voi le offrite due reali e mi pare una buona offerta, ma io sto qui per vegliare su queste ragazze che si sono messe a far la vita più con il cuore che con la testa».

«Di cosa avete bisogno?» la interruppi, stanco delle sue chiacchiere e di tanti giri di parole.

«Io? Di nulla, non ho più l'età per desiderare alcunché. A me bastano queste poche lenticchie e un tetto per tenere al riparo le mie ossa dall'umidità. Ma loro... di cosa non hanno bisogno? Belletti, vestiti, un piatto di carne che non sia ogni morte di papa... E soprattutto la sicurezza di essere sane e salve. Perciò non le lascio mai andare via da sole con gli sconosciuti e voi, signore, lo siete per me. Certo, i vostri reali vi rendono quasi uno di famiglia, ma non bastano a tranquillizzarmi la coscienza. Portatevi un'altra ragazza, che sapendole in compagnia mi sentirò più sollevata, mentre voi avrete occasione di assaggiare carne e pesce, come s'addice a un buon banchetto.»

«È tutto?»

«Sì, a parte altri due reali, perché non è bello suscitare l'invidia delle ragazze.»

«Diamine! Volete farmi sborsare per una notte quello che non guadagnereste in un mese?»

«La signoria vostra non s'adiri, io non v'impongo nulla. Siete stato voi a venire in questa repubblica del piacere. Se avete avuto il giudizio di scegliere la perla della notte, abbiatelo anche per goderne senza limiti, poiché i quattro reali la rendono vostra fino al prossimo calar della sera.»

«E sia» accettai, mentre gli scoiattoli del desiderio correvano irrequieti nelle mie viscere, e rivolgendomi ad Antonia, rimasta in disparte per tutta la conversazione, come se nulla di ciò la riguardasse, le dissi: «Scegliete voi la ragazza di cui preferite la compagnia e andiamo via un buona volta».

Consegnai tre reali alla vecchia pattuendo che il quarto lo avrei dato alle ragazze, al termine del servizio. Antonia disse che sarebbe andata a cercare una compagna e scomparve nella notte come un fantasma. Mi ritrovai dunque solo con la ruffiana che, indifferente alla mia presenza, aveva ripreso a piluccare lenticchie, e ben presto temetti che Antonia non sarebbe tornata. Cominciavo a darmi dell'idiota irrecuperabile e a congetturare su come riprendermi i tre reali, quando Antonia rientrò nella bettola seguita da un'altra ragazza, magra come un levriere, che non doveva avere più di quindici anni. Disse di chiamarsi Marcela ed era dolce come un fico a settembre. Chiesi al taverniere, che sonnecchiava seduto in fondo alla sala, una brocca di vino, poiché l'elisir dell'uva è l'acciarino per far riavvampare il fuoco della passione, e prendendo sottobraccio le due ragazze mi avventurai nella notte, ebbro di eccessi non ancora commessi e ansioso di commetterli.

Il locandiere diede in escandescenze quando mi vide arrivare con dame di tale levatura.

«Questa è una locanda decente e non il bordello della Solera!» urlava infuriato e dovetti alleggerire nuovamente la borsa affinché non chiamasse la ronda, come minacciava di fare. Quando finalmente entrai nella stanza con le due ragazze, che non la smettevano di ridere e manifestare ammirazione per quanto vedevano, fosse il legno intagliato di porte e tavoli, la cesellatura dei candelabri o il disegno dei tappeti, trovai Cosme ancora sveglio, preoccupato per la mia assenza e ora stupefatto per simile rientro.

Gli dissi che la ragazza più giovane era per lui e che aveva a disposizione un giorno intero per goderne le grazie. Lui la guardava come si guarda una bestia rara, con timore e curiosità, e in un primo momento rifiutò il mio regalo, adducendo che non aveva mai conosciuto una donna e farlo in presenza d'altri lo inibiva e quindi non sapeva come cavarsela. Gli risposi di mettersi nelle mani della ragazza, che di sicuro lo avrebbe aiutato in ciò che lui ignorava poiché, sebbene fosse poco più di una bambina, era già avvezza alle arti amatorie, e non appena avesse sentito il tiepido contatto della sua pelle si sarebbe scordato d'ogni altra cosa al mondo. Alla fine poté più la tentazione del pudore e il paggio se ne andò nel suo giaciglio, avvinghiato alle lunghe gambe di Marcela, mentre io mi perdevo nell'ostrica della mia perla notturna. Sprofondai in quelle carni, mi sciolsi in gemiti e sudori, nell'abbandono totale, orfano di nome e di passato, e così... cosa non esplorai? Dove non arrivai? L'ansimare di Cosme mi giungeva in lontananza, come in sogno, e le parole di Antonia erano una remota eco nelle orecchie. Avevo la sensazione di diventare sordo e muto. Vivevo soltanto nei miei occhi, nel tatto della mia pelle e nell'umidità della mia bocca, tornato d'un colpo allo stato infantile dove le parole degli altri risultano incomprensibili e le nostre ci sono ancora negate, ridotto ai più elementari sensi.

Verso l'alba, cessai ogni affanno amoroso, vinto dalla fatica, e crollai nel letto accanto ad Antonia, che cominciava a sbadigliare dal sonno. Cosme e Marcela erano in silenzio già da un po'.

«Di dove sei?» domandai, tornato alla condizione adulta, mentre scrutavo le ultime ombre della notte al chiarore della luna che filtrava dalla finestra.

«Come potrei saperlo?» rispose Antonia. «Ho la pelle scura: forse son gitana o egizia o mora. Mi raccolsero in un ricovero di Napoli: magari son figlia delle terre italiane, ma lì vicino c'era un accampamento di soldati spagnoli, dunque potrei trarre origine da quelle di Spagna. Venni a Madrid, fuggendo con i soldati che ero ancora una bambina, cosa che smisi d'essere fin d'allora, e qui ho fatto la tana come una volpe: vado a caccia per mangiare e riprendo fiato quando posso. Perché non dovrei considerarmi madrilena?»

Rimasi in silenzio per qualche istante a meditare sulle sue parole. Sul soffitto cominciava a diffondersi la luce dell'alba.

«Io so dove son nato, ma come te ignoro di dove io sia, ammesso che appartenga a qualche luogo» dissi infine, e aggiunsi: «Non mi hai ancora chiesto qual è la mia patria».

«Perché mai? La tua patria per me è il tuo corpo e da quando oggi stesso ci separeremo non la rivedrò più. A che scopo sapere di più?»

Aveva ragione. Mi voltai e affondai la faccia nel ruvido cuscino su cui riposavo, vergognandomi dell'amara lacrima che mi scivolava sulla guancia, orfano dell'amore di Catalina, il cui nome tornava a ronzarmi in testa, furioso nei suoi riguardi e affamato delle sue carezze senza che quel corpo comprato, che respirava e parlava accanto a me, fosse riuscito a saziarmi. E così, struggendomi nella solitudine, finii per addormentarmi.

Non meno amare eran le lacrime divenute abituali compagne di vita per Cristóbal Mendieta, sebbene non fossero i suoi occhi a versarle. Le schermaglie galanti con la figlia di Moisés Santiago avevano relegato l'amore per Catalina in quella vaga regione brumosa dove la memoria è ormai soltanto un aroma, una sensazione, un'eco lontana. Susana gli donava baci di nascosto e concedeva carezze come piccioni viaggiatori che gli portavano notizie del suo amore benché lo sfiorassero appena. Lei voleva sapere di Cartagena delle Indie, dei timori che lo pervadevano, della vita segreta condotta fino ad allora, e Cristóbal sentiva che grazie all'amore le passate sventure si tramutavano in alimento per la presente felicità, poiché gli occhi ammirati di Susana traboccavano di tenerezza ogni qual volta il suo racconto eccedeva in crudeltà e angoscia. Ma, nel desiderio di stupire la bella ebrea, aggiungeva ai ricordi pericoli immaginari e fantasiose disgrazie, sempre più deliranti e orrende, senza che lei dubitasse di simili invenzioni, perché la sua brama di eroismi e orrori sembrava un pozzo senza fondo. In tal modo Cristóbal scivolava lungo la china della menzogna, con la disinvoltura di chi è ormai abituato a indossare la falsità come una seconda pelle, quasi senza rendersene conto poiché, per quanto favoleggiasse, la verità dei suoi veri patimenti veniva a placarne la coscienza.

Con l'arrivo della primavera, che dicono sia stagione di lussureggiante vegetazione e di non meno lussureggianti desideri, iniziarono le suppliche e i dubbi tormentosi. Cristóbal sollecitava i favori dell'amata e questa glieli rifiutava con casta determinazione, anche se concedeva una maggiore razione di languide carezze. Susana pretendeva che la chiedesse in sposa e Cristóbal rispondeva di sì, ma non trovava mai l'occasione propizia per farlo, sapendo quanto poco lo stimasse Moisés Santiago. La florida stagione sparse il profumo di zagara in tutto il patio della casa e fece sbocciare gigli e narcisi sulle gentili terrazze di Salé, ma risvegliò anche ben altre passioni, quelle che con maggior forza avevano messo radici nel cuore dei moreschi: l'istinto di vendetta e l'avidità. Il bel tempo spinse in mare le navi pirata uscite dal letargo, accudite e riparate durante l'inverno piovoso, e ben presto la squadra fu pronta a riprendere incursioni e scorrerie.

Una mattina di marzo in cui Cristóbal Mendieta si sforzava, in una stanza della Gran Porta della Casbah, di tradurre in castigliano la lettera che alcuni frati cappuccini francesi avevano da poco consegnato al caíd e nella quale si offrivano come mediatori per riscattare i figli di Francia lì prigionieri, entrò il capitano Jan Jansz, vestito alla gagliarda maniera che usava quando si avventurava in mare, e gli disse:

«È giunta l'ora, Cristóbal, di mantenere la promessa fatta».

L'olandese voleva che si imbarcasse subito sulla caravella per seguirlo lungo la rotta che gli avrebbe procurato nuove ricchezze e avventure, e a nulla servì che Mendieta parlasse del tanto lavoro da sbrigare in casa di Moisés Santiago e nella cancelleria della Casbah: per il capitano Jan Jansz, lui era già un membro dell'equipaggio della caravella Lisi.

«Comunque, l'ebreo Santiago non avrà nulla da obiettare, conosceva il mio desiderio di arruolarti quando ti ha accolto. Basta tergiversare, e pensa che a bordo della Lisi inizia il tuo viaggio verso la libertà.» E con queste parole il capitano diede per conclusa la conversazione.

Quel pomeriggio, Cristóbal cercò di incontrare Susana ma senza fortuna, perché la madre la tenne accanto a sé tutta la giornata a filare le stoffe per il corredo nuziale. Decise allora di mandarle un messaggio tramite Hicham, mettendola al corrente dell'imminente partenza. Di lì a poco, il servitore moresco tornò con la risposta: lei sarebbe uscita nel patio dopo cena e lì avrebbero potuto stare insieme per qualche istante. Tuttavia, la madre sospettò qualcosa, forse avvisata dal marito o ispirata dall'istinto materno che anche nelle donne più inacidite resta pur sempre un'arma infallibile, perché non si staccò dalla figlia finché questa non si ritirò nella sua stanza e addirittura uscì con lei nel patio inventandosi una nausea che la costringeva a prendere una boccata d'aria. Per ben due volte Cristóbal tentò di raggiungere la stanza di Susana, per vedere se riusciva almeno a scambiare qualche parola, e in entrambe dovette battere precipitosamente in ritirata per la presenza dell'anziana ebrea che quella notte sembrava in preda all'insonnia e se ne stava in agguato sotto il portico come un leone in attesa della preda.

Cristóbal lasciò la casa l'indomani mattina, portando con sé i pochi averi e il libro di rime, dove ancora una volta aveva trovato alcuni versi capaci di consolarlo:

Non mi lamenterei di sì lunga assenza
se, come tutti dicon, fosse simile alla morte;
ma poiché la patisco, ed è dolor sì forte,
lamentarmi posso senza chieder licenza.

Ma i lamenti erano soltanto affar suo, la vita pirata non concedeva spazio ai sospiri da innamorato. Sbucò in plaza de la Higuera e scese fino all'imbarcadero sotto l'attento sguardo dei guardiani che, dalla muraglia della Casbah, controllavano sia il fiume che i sobborghi. I primi raggi del sole ammantavano d'oro le pietre e strappavano riflessi di spuma alle bianche facciate delle case nel quartiere della Casbah. I gabbiani volteggiavano inquieti sotto un cielo che, a ponente, diventava nero di nubi quasi il mondo si fosse spaccato in due: la verde e luminosa terra africana baciata dal sole, e il torbido e agitato mar Oceano sovrastato dall'oscurità. Mendieta si incamminò verso la passerella che conduceva sulla caravella, attorno alla quale si accalcavano soldati, marinai e donne venute a salutare i loro uomini. Il capitano Jan Jansz gli fece un cenno con la mano dal cassero. Il livello del fiume era cresciuto per l'alta marea e alla foce li aspettavano già due sciabecchi e un brigantino a due alberi che costituivano il resto della flotta comandata dall'olandese. Mendieta si apprestava a salire a bordo, quando udì una voce alle sue spalle:

«Addio, Barabba!»

Una fila di prigionieri stava passando vicino al molo, diretta ai cantieri. Il sole gli impedì di distinguere i loro volti. Non poteva sapere chi avesse gridato, ma poco importava: quella era la voce di tutti.

Mendieta cercò nella memoria i ricordi del giorno in cui, come prigioniero, aveva messo piede per la prima volta sulla caravella dove si era appena imbarcato, ma trovò soltanto l'eco del suo respiro agitato e la rimembranza dell'oscurità nella fetida stiva dove lo avevano rinchiuso. Quei brutti ricordi non sembravano appartenere alla stessa nave che ora vedeva con nuovi occhi. Quanto diverse appaiono le cose a seconda della condizione in cui si versa! La caravella gli parve grande e vistosa con i suoi tre alberi, dei quali la maestra e il trinchetto sostenevano vele quadre, mentre quello di mezzana aveva la vela detta latina con la scotta incocciata sulla lunga asta di poppa. La Lisi misurava ventidue braccia di lunghezza, con una sola coperta, e l'equipaggio era di cinquanta uomini, più altrettanti artiglieri. Portava otto cannoni su ciascuna murata e quattro colubrine montate sul cassero. Non c'era un alloggio per il comandante né una cabina principale e tantomeno le comodità che abbondano sui galeoni spagnoli. Vi regnava un'austera uguaglianza, tutti dormivano sulla stessa coperta e si alternavano nei lavori di bordo, senza che il comandante Jan Jansz si sottraesse ad alcuna fatica né consentisse che altri lo facessero. Era una nave robusta e maneggevole, efficiente nelle lunghe traversate e temibile in combattimento: l'arma primaria di uomini che pagavano e facevano pagare con il sangue la propria temerarietà.

Abituati alle insidie dell'ingannevole Bu Regreg, i pirati moreschi non ci misero molto a superare i banchi di sabbia alla foce del fiume e sboccare in mare aperto. Mendieta vide, per la prima volta a una certa distanza, le muraglie di Salé la Nuova e il superbo profilo della Casbah, che si stagliava vigile sul promontorio roccioso e sovrastata dal minareto della moschea. Sull'altra sponda del fiume, le muraglie di Salé la Vecchia si nascondevano nella bruma del mattino, che non tardò a inghiottire l'intera costa. Via via che il vento lo spingeva in alto mare, a ogni lega che lo allontanava da Salé, gli risultava sempre più difficile credere che quel porto fosse stato sul punto di diventare la sua tomba. E la stessa brezza marina, che gonfiava le vele e arrossava le sue guance, sembrava sussurrargli all'orecchio: «Sei libero».

Ben poco ne sapeva Cristóbal Mendieta della vita marinara, non avendo conosciuto altre navi né compiuto traversate se non quella sullo sfortunato San Juan de Gaztelugache, finita con la sua cattura. Del resto, il comandante Jan Jansz non si aspettava da lui altri servigi che non fossero quelli riguardanti la conoscenza di varie lingue, però Mendieta doveva comunque imparare i compiti della vita a bordo perché, sebbene privo d'esperienza, faceva pur sempre parte dell'equipaggio della caravella.

Il pilota, Gilles van der Broeck, e il marinaio, Samir Blanco, si incaricarono del suo apprendimento. Van der Broeck era un rinnegato olandese rubicondo, piuttosto basso, occhi trasparenti, mustacchi fiammeggianti e un'enorme pancia. La voce, tuttavia, era acuta, quasi infantile, cosa che non sembrava importargli alcunché, considerando gli strilli da gabbiano che emetteva quando qualcosa non gli andava a genio. Ciò nonostante, nessuno a bordo osava burlarsi di lui, poiché più affilato ancora della voce era il pugnale che portava sempre con sé e che maneggiava con abilità e decisione. Tra gli abitanti di Salé ve n'erano alcuni che mostravano sul corpo le cicatrici a ricordo dello scontro con l'olandese e dell'inopportunità delle loro battute. Lui era il rettore della plebea università del mare presso il quale Mendieta frequentava le prime lezioni e, di conseguenza, ne esaminava e confermava i progressi. Ma l'incaricato dell'istruzione quotidiana, il maestro che gli avrebbe spiegato, incoraggiandolo e correggendolo, ogni nuovo compito da intraprendere, era il moresco Blanco, un uomo rude e schietto, un tempo pescatore nelle acque della baia di Cadice, finché il Fato non aveva deciso di illuminare la mente di Filippo III con l'infausta idea di cacciare la sua intera razza dalla Spagna. Tale affronto, che lo aveva costretto a cambiare il mestiere di pescatore con quello del pirata, ne aveva indurito i modi e il carattere come l'acqua tempra l'acciaio, ma nel fondo della sua anima continuava a battere un cuore caldo e affettuoso. Con professori così dotti ed esigenti, Mendieta non ci mise molto a trasformarsi in un autentico marinaio. Una settimana dopo la partenza, si arrampicava sulle sartie con agilità scimmiesca, stava in equilibrio sul pennone dell'albero di maestra, bordando o ammainando le vele, camminava temerariamente sul parasartie da cui penzolava l'ancora o sgattaiolava sul bompresso per dar volta al fiocco. In tutto questo avvertiva la vertiginosa attrazione del fatalismo, poiché o riusciva a compiere il lavoro così come gli era stato assegnato o sarebbe finito in quel mare agitato che, tenendo la rotta a nord, con le coste portoghesi a dritta, diventava sempre più scuro e tormentato.

Ma quel primo viaggio pirata si concluse con il bel tempo e un buon guadagno. Per sei mesi solcarono il mar Oceano da Madera alle isole Azzorre e dalle acque del golfo di Guascogna a quelle del canale della Manica, sempre a caccia delle navi mercantili che tornavano da Terranova o dalle Indie spagnole. Il comandante Jan Jansz aveva comprato l'appoggio di alcuni pescatori della costa galiziana, contrabbandieri provenienti dai porti alle foci dei fiumi tra Arosa e Muros, che ricompensava lautamente per le informazioni sullo stato e la posizione della squadra navale spagnola del Nord, incaricata di vigilare su quei mari; poteva contare anche sul loro aiuto per trovare rifugio in una delle isole che abbondano nei pressi di quelle foci, e riceveva i rifornimenti di cui aveva bisogno se l'incursione si prolungava più del previsto. L'unico rischio che sfuggiva al suo controllo era l'eventuale scontro con una delle navi corsare al servizio del Re di Spagna, che abbordavano le navi mercantili di paesi nemici, comportandosi come veri pirati, e ingaggiavano combattimenti con i pirati berberi, inglesi o olandesi incrociati durante la navigazione. Ma in quel viaggio non fecero incontri sgraditi, al contrario, avvistarono allettanti navi da carico, che inseguivano solo se erano sicuri di poterle abbordare, perché il comandante Jan Jansz non voleva che la loro presenza in quella zona fosse segnalata troppo presto alle autorità preposte a proteggerle.

Al tramonto del giorno ventisei del mese di marzo, avvistarono un'orca, grossa nave da carico a fondo piatto, che batteva bandiera olandese e la cui linea di galleggiamento, con l'acqua oltre la metà della murata, denunciava sia quanto fosse ben fornita la stiva sia l'imprudente cupidigia del proprietario poiché, con un simile sovraccarico, la minima mareggiata poteva allagarne la coperta.

«Peccato che sia olandese!» esclamò Mendieta. «Perché a bordo di quell'orca avremmo sicuramente trovato un ottimo bottino.»

«E chi ci impedisce di catturarla?» ribatté Gilles van der Broeck, che stava scrutando l'orizzonte accanto a lui.

«Ma il comandante Jansz è olandese e anche voi...» balbettò sconcertato Mendieta.

Una risataccia stridente come un'unghia sulla lavagna sfuggì dalla bocca del pilota:

«*Mijn God*! Non hai ancora capito com'è il nostro mestiere? L'unica nave amica è la nostra! Siamo pirati, non ambasciatori! Impara in fretta o ti ritroverai nei cantieri, a riparare lo scafo della Lisi assieme ai tuoi amici spagnoli».

Il comandante ordinò di spiegare tutta la velatura disponibile e di gettare in acqua da poppa due dozzine di grandi secchi legati a grosse cime, dimodoché, per quanto il vento gonfiasse le vele, i secchi avrebbero rallentato l'andatura delle navi. Di conseguenza, i marinai dell'orca ebbero tutto il tempo di verificare che le navi inseguitrici, nonostante le vele spiegate, non erano in grado di raggiungerli. Confidando su ciò, scese la notte e la squadra moresca continuò l'inseguimento della preda sempre a velocità ridotta, ma senza perdere di vista il fanale di poppa né il profilo dell'alberatura illuminata dalla luna. Poco prima dell'alba, il comandante Jan Jansz diede ordine di raccogliere i secchi e alzare la bandiera pirata di Salé, verde con al centro una scimitarra dorata a lama doppia, e le quattro navi si lanciarono all'arrembaggio dell'orca come levrieri affamati. A luci spente e approfittando delle ultime ombre e dell'ingannevole chiarore dell'alba, i pirati si avventarono sugli sprovveduti olandesi senza che questi potessero far altro che sparare qualche cannonata, con pessima precisione dato il piccolo calibro dei pochi pezzi d'artiglieria di cui erano dotati. La caravella si piazzò a sinistra dell'orca e il brigantino a dritta, mentre i due sciabecchi coprivano la poppa, pronti a manovrare dove ce ne fosse bisogno. La Lisi sparò un colpo di avvertimento e quello fu sufficiente a imporre la resa dell'orca, senza bisogno di arrecare danni.

Cristóbal Mendieta osservava la scena come se si trattasse di un sogno. Sentiva il ritmo impazzito del cuore che gli balzava in petto, ma non era la paura a eccitarlo, bensì qualcosa di simile all'euforia: per la prima volta era lui a infondere timore negli altri. Impugnò con vigore la scimitarra nella mano destra e si issò sul bordo, aggrappandosi alle sartie con la sinistra. Sentì il sibilo dei rampini d'arrembaggio che volavano intorno a lui e li vide cadere sulla coperta dell'orca che, in quel momento, si trovava a meno di otto braccia. Notò la paura negli occhi dei marinai olandesi che lo fissavano come se fosse stato il diavolo in persona e capì che il vento gli aveva sussurrato la verità: a bordo della caravella, era finalmente un uomo libero.

L'equipaggio dell'orca venne fatto prigioniero e distribuito tra gli sciabecchi e il brigantino, mentre buona parte del carico di grano, stoffe e lana finiva nella stiva della Lisi. Presero anche i quattro piccoli cannoni, una quantità di cime e strumenti di navigazione, un forziere pieno di ducati d'oro che il comandante nascondeva nel doppio fondo di un armadio nel suo alloggio, carte nautiche e alcune gabbie di galline. Poi, il comandante Jan Jansz ordinò di aprire una falla nella stiva per colare a picco l'orca, poiché preferiva la discrezione di un naufragio al fumo di un incendio che poteva essere avvistato da altre navi a notevole distanza.

Benché la sua conoscenza della lingua olandese fosse ancora limitata, Cristóbal Mendieta venne incaricato di prendere il nome e i dati dei prigionieri e verificare quali bisogni avessero e se vi fossero tra loro dei malati perché, standо a quanto gli disse Samir Blanco, sebbene la condizione di olandesi non li preservasse dal diventare vittime del comandante Jan Jansz, questi non dimenticava del tutto la sua prima patria e trattava sempre i compatrioti di un tempo con rispetto.

Concluse le verifiche richieste, Mendieta si recò dal comandante

Jan Jansz per riferire e lo trovò che riposava sulla branda sistemata sotto il cassero, accanto alla timoneria.

«Hai fatto un buon lavoro, Cristóbal» concluse il comandante una volta ascoltato il rapporto. E vedendo che Mendieta non se ne andava e non diceva una parola, chiese: «Cosa vuoi?»

«Vengo dall'ascoltare le pene di alcuni uomini che temono per la propria vita e piangono per la sorte dei familiari. Anche voi siete olandese, perché li conducete a una così crudele prigionia?»

«Credi forse che debba render conto delle mie azioni a uno come te? Chi saresti, tu? Un prigioniero come tanti che soltanto grazie alla mia volontà è stato liberato dai ceppi e dalle segrete...! Hai un bel coraggio, Cristóbal. E sei cocciuto, visto che hai fatto la stessa domanda al signor pilota. Va bene, è anche per questo che ti tengo con me.»

Mendieta tirò un sospiro di sollievo vedendo che la collera del comandante si diluiva come zucchero nell'acqua. Accennò un inchino con il capo e mosse un passo indietro intenzionato a ritirarsi prima che le nubi della tormenta tornassero sul volto dell'olandese, ma questi lo bloccò con un gesto della mano.

«Aspetta. Volevi una risposta, non è così? Dunque, eccotela: li porto con me perché lasciarli andare adesso significherebbe denunciare la nostra presenza su tutta la costa. Li porto con me perché non voglio che i signori di Salé mettano in dubbio la mia lealtà. Li porto con me perché sono il sovrano delle loro vite, come lo sono della mia. Se potessero, mi catturerebbero e mi metterebbero in catene. La scelta è semplice: la mia libertà o la loro. Ma sarò generoso, Cristóbal, e quando arriveremo a Salé farò in modo che vengano riscattati prima possibile. Un giorno, forse, anche tu godrai del privilegio della generosità e potrai alleviare le pene di qualche prigioniero come io ho alleviato le tue e altrettanto farò con questi poveri infelici. Ma se dimentichi che la forza della tua libertà risiede nella vittoria sul nemico, posso garantirti che prima o poi tornerai in catene.»

Cristóbal Mendieta ebbe occasione di ricordare le parole del comandante, poiché durante la traversata il caso volle che si imbattessero in altre navi olandesi prontamente catturate. E così, il carico di una caracca noleggiata ad Harlingen e di una polacca di Rotterdam, alla quale non risultò granché utile portare il nome di Buenaventura, rimpinguarono la stiva della Lisi che, a quel punto, era strapiena.

Nei primi giorni del mese di agosto, sotto l'implacabile sole d'estate, la squadra pirata mise la prua sulla rotta del ritorno, e al suo arrivo a Salé venne accolta dall'entusiasmo degli abitanti di entrambe le sponde del Bu Regreg. Il viaggio non avrebbe potuto risultare più proficuo. Erano partite quattro navi e ne tornavano cinque, poiché il comandante Jan Jansz aveva deciso di portare con loro una polacca nuova di cantiere, catturata ai portoghesi nei pressi del capo di São Vicente. Dei trecento uomini della flotta, ne avevano persi solo due: un moresco del brigantino, colpito da un moschetto durante l'abbordaggio dell'unica nave che aveva opposto resistenza, uno sciabecco francese che per poco non era sfuggito all'attacco, e un rinnegato inglese, certo Slaughter, morto sulla Lisi fulminato da un dolore al petto, come se d'improvviso il suo cuore si fosse stancato di battere. In cambio, portavano quasi quattrocento prigionieri tra olandesi, portoghesi, spagnoli e francesi. Il bottino era enorme e le armi sequestrate avrebbero ingrossato l'arsenale della repubblica pirata. I commercianti si fregavano le mani davanti a quelle preziose mercanzie. Al caíd della Casbah e ai membri del Consiglio che lo coadiuvavano nel governo della città di Salé la Nuova spettava un decimo del bottino, sebbene i moreschi del Consiglio fossero obbligati loro malgrado a mettere da parte il tributo per il signore di Marrakech. E Cristóbal Mendieta, al pari degli altri uomini dell'equipaggio una volta venduta la parte che spettava loro, si ritrovò tra le mani una quantità di denaro mai avuta prima.

Molti marinai, soprattutto i rinnegati che non avevano famiglia nella città e la cui solitudine erano soliti alleviare abbandonandosi agli eccessi, presero a scialacquare ciò che avevano guadagnato a rischio della vita negli svariati tuguri di Salé la Nuova poiché, sebbene gli abitanti fossero in maggioranza musulmani, lì le leggi del Corano risultavano molto più tolleranti rispetto alla città vicina, quando non venivano addirittura ignorate. Si beveva vino e aguardiente, abbondavano taverne e bordelli, si parlavano tutte le lingue dell'Islam e della Cristianità, convivevano gomito a gomito contrabbandieri e pirati, commercianti moreschi ed ebrei, soldati e artigiani. Salé era la nuova Babele che l'ardita presunzione degli uomini innalzava davanti agli occhi spaventati del mondo, e la sua mescolanza di razze e culture era una sfida costante.

Ma i passi di Cristóbal Mendieta non lo condussero in nessuna delle taverne nei pressi delle muraglie dell'imbarcadero. Si incamminò verso il luogo dov'era tornato ogni notte in sogno, mentre sulla branda a bordo della Lisi si riposava dalle fatiche della giornata: la casa di Moisés Santiago. La casa di Susana.

La porta era aperta, non essendo ancora buio e non mancava chi entrasse per acquistare stoffe o incaricare la moglie dell'ebreo di ricamare qualche pezzo di particolare valore. Giunto nel patio, uno dei servitori gli disse di seguirlo, che Adón Moisés lo stava aspettando. Mentre salivano la scala che conduceva al salone dove l'ebreo era solito bere gli infusi di erbe di suo gusto, Cristóbal si chiedeva dove fosse Susana, sentendo la mancanza delle melodie che cantava a ogni ora del giorno. Non aveva visto nemmeno Hicham.

Moisés Santiago se ne stava adagiato sullo scanno che occupava una parete del salone. Sembrava molto più vecchio rispetto a sei mesi addietro, ma negli occhi azzurri brillava la stessa fredda determinazione di sempre.

«Vi stavo aspettando» disse vedendolo entrare.

«Shalom» salutò Cristóbal.

«Vi ho fatto salire per dirvi che desidero non restiate un solo giorno di più nella mia casa.»

L'anziano aveva parlato nel tono tagliente di chi è disposto a dire soltanto l'indispensabile, la parte dolorosa, senza ulteriori spiegazioni. Ma Cristóbal non poteva limitarsi ad accettare una sentenza così scarna. Quelle parole lo cacciavano dal piccolo paradiso che aveva alleviato la sua vita di prigioniero e non riusciva a capire il motivo di un castigo tanto ingiusto.

«Che male vi ho fatto?» chiese in preda allo sconforto.

«Un male che voi scambiate per un bene, poiché spesso il peccato si presenta sotto sembianze virtuose. Da quando ve ne siete andato a vagabondare come pirata, mia figlia Susana si è sciolta in un mare di lacrime trascorrendo le giornate tra sospiri e lamenti, quasi le mancasse l'aria. Non cantava più e non svolgeva i compiti che spettano a una figlia in questa casa. Mangiava poco e ancor meno parlava, il suo stato è arrivato a un punto tale che abbiamo dovuto chiamare un medico per visitarla e trovare la maniera migliore di restituirle la salute perduta. Nonostante le insistenze mie e della madre, non c'è stato verso di sapere quale fosse la causa del suo scoramento, e il medico l'ha attribuito a una misteriosa forma di melanconia. Ma il giorno che abbiamo deciso di mandarla a Fez, a casa del fratello di mia moglie, per vedere se lontano dai malsani vapori del Bu Regreg avrebbe trovato il riposo e la cura per il suo male, si è rifiutata di farlo e ci ha implorato di lasciarla rimanere a Salé se non volevamo mettere a repentaglio la sua stessa vita. Non ho voluto cedere senza conoscere il motivo di un simile capriccio e allora lei si è decisa a confessare la causa di tanta afflizione, nientemeno che l'amore nutrito nei vostri confronti e la paura di perdervi che le tormenta l'animo. Secondo Susana, anche voi l'amate e sareste addirittura intenzionato a chiederla in sposa e, durante i mesi che vi ho accolto qui, avete approfittato della mia ospitalità per incontrarvi con lei da soli, con l'aiuto di un servitore sleale che ho già cacciato da questa casa.»

«Non ho fatto nulla che possa aver macchiato l'onore di vostra figlia, che è per me il bene più prezioso» protestò Cristóbal, ma l'anziano era deciso a non lasciarlo parlare.

«Il corteggiarla di nascosto è già un sufficiente disonore! Non sapete forse cosa sia la gratitudine? No, non siete altro che un prigioniero senza onore, un uomo senza fede che non ha esitato a servirsi della religione dei giusti per raggiungere i propri scopi e la cui appartenenza al popolo di Israele è una macchia, un affronto. Non siete altro che un pirata, un uomo senza patria né fede, capace di qualsiasi tradimento!»

L'anziano ebreo si interruppe, congestionato dall'ira. Si era alzato in piedi, spinto dalla rabbia, e ora gli stanchi polmoni reclamavano l'aria di cui il veemente discorso li aveva privati.

«Eppure vi tornano utili questi pirati che tanto disprezzate...» mormorò Cristóbal, il cui corpo tremava come se ognuno dei suoi muscoli volesse muoversi in una direzione diversa.

«Però non do in sposa mia figlia a uno di loro!» sbraitò l'anziano.

«Non potrete impedirci di amarci, anche se mi cacciate da questa casa.»

L'anziano tornò a sedersi, improvvisamente calmo, e un sorriso di commiserazione spuntò sulle sue labbra:

«Siete un giovane stolto e presuntuoso. Siete pazzo. Avete forse dimenticato che sono il segretario del caíd? Potrei farvi risbattere nelle celle della Casbah stasera stessa. Ma non desidero il vostro male. Amate mia figlia quanto vi pare. Morite per lei, se vi aggrada, tanto non la rivedrete mai più. Lei è soltanto una bambina e l'amore infantile è capriccioso, ma i capricci se ne vanno con la stessa rapidità con cui vengono. Susana non abita più in questa casa e neppure in città. Così è e così sarà finché non le passa la febbre d'amore. Per allora spero avrete imparato la lezione, ma se tentate di rivederla vi giuro che non avrò pietà. E adesso basta con i discorsi inutili. Mi stanca dover discutere con servitori ingrati. Prendete le vostre cose, se ancora ne avete in questa casa, andatevene via e non azzardatevi a importunarmi mai più».

Tutti gli sforzi, suppliche e proteste che, per mesi, seguirono a quella conversazione, sarebbero risultati vani: Cristóbal Mendieta non rivide più Susana né ebbe sue notizie, non poté riascoltarne la voce melodiosa né sentire il morbido contatto delle sue mani. Io, invece, riuscii a ritrovare Catalina, ma sarebbe stato meglio se non l'avessi mai fatto.

Avevo trascorso una settimana ubriaco fradicio al punto da non conservare ricordo alcuno, e ho ragione di temere che con il cuore a pezzi io possa aver compiuto ogni sorta di scelleratezza. Dentro di me lottavano ferocemente l'orgoglio ferito e la devozione per la sdegnosa dama che lo calpestava. La ragione imponeva l'oblio, ma tutto in me si ribellava contro tale liberazione considerandola un sacrificio. Alla fine, le insensatezze del cuore ebbero il sopravvento e un giorno mi risvegliai imbrattato dal mio vomito da ubriaco e con l'unica compagnia del premuroso Cosme, che non riusciva a frenare i miei deliri e mi seguiva come un cane fedele, prendendosi gli schizzi dei miei eccessi. Lo guardai e, per la prima volta in tutto quel tempo, mi resi conto della sua presenza: era più magro, i grandi occhi stupefatti risultavano ancor più tondi e sbigottiti di quanto ricordassi, e il vestiario sembrava recuperato da un campo di battaglia, tanto era sudicio e rattoppato.

«Cos'è successo?» domandai, e le mie parole mi risuonarono nella testa come rintocchi di campana maggiore.

«Siete sceso all'inferno, signore» rispose Cosme e nelle sue parole, che sembravano lo scampanare di una chiesa vicina, percepii, malgrado lo stordimento, una saggezza nuova.

«È stato così terribile?»

«Peggio, signor Tomás. Come vi sentite?»

«Come dev'essersi sentito Lazzaro resuscitando: uno appena tornato dal mondo dei morti. E tu?»

«Come un penitente, perché ogni peccato lascia un'impronta e io ho la verga rossa come un gambero, spurga e mi brucia tanto quando piscio che passo la giornata cercando di trattenermi dal farlo.»

«Non farne una tragedia perché, se non ci sono piaghe né bubboni, non può trattarsi del mal francese che finisce per rendere pazzo chi ne è ammorbato, bensì della nobile goccia del soldato. Accettala come il guerriero accetta le cicatrici che ricoprono il suo corpo, segno di coraggio e motivo d'orgoglio: lo scolo è una cicatrice dell'amorosa tenzone.»

«La signoria vostra è tornata dal mondo dei morti piena di senno» ribatté il paggio con un tono che tradiva la collera benché, nella sua condizione, non si azzardasse a manifestarla.

«Perdonami, Cosme. Ti ho trascinato nella mia follia facendoti subire penitenze che spetterebbero solo a me. Ma tu mi sei rimasto fedele anche quando più facile sarebbe stato abbandonarmi alla mia sorte, e saprò ricompensarti per questo.»

«Non c'è miglior ricompensa, signore, di qualcosa da mettere sotto i denti, perché il locandiere non mi fa più credito e non mangio da due giorni, senza riuscire a trovare una misera moneta con cui placare le sue insistenze.»

Presi a frugare tra le mie cose in cerca di denaro, ma non trovai nulla: la borsa era sparita.

«Solo un coglione può fidarsi di una puttana!» esclamai alla fine, infuriato con me stesso. «E neanche ricordo la faccia di quella che adesso starà festeggiando la paga guadagnata in maniera così infingarda per la sua lurida compagnia.»

Chiesi a Cosme di andare a prendere un catino d'acqua, e bagnarmi la testa fu un balsamo al dolore che l'opprimeva. La torbida superficie del catino rifletteva un'immagine deformata del mio volto, ma tra quell'ondeggiare grottesco notai con chiarezza le occhiaie nere, la barba incolta, le guance incavate e gli zigomi sporgenti che annunciavano anzitempo il teschio celato sotto la pelle. Sembravo un fantasma o un folle. Allora mi ricordai della lettera consegnatami dal capitano Contreras.

La ritrovai, sgualcita, in fondo alla bisaccia. La rilessi e pensai alle parole del capitano. Se c'era una situazione che giustificasse il ricorrere a quell'ultima risorsa, era senza dubbio quella che stavo attraversando. Mi feci la barba con l'aiuto di Cosme, cercai di rendere il più decente possibile il mio vestiario e mi apprestai a sollecitare l'aiuto del conte di Salazar.

«Sbarra la porta, Cosme, non voglio che il locandiere entri a prendersi le mie cose per saldare il conto, e prega che il signor conte conservi un buon ricordo del capitano Contreras» dissi accomiatandomi, e subito dopo sgusciai in strada dalla finestra, che non è salutare farsi vedere dai creditori quando non si sa come pagare i debiti.

Come si suol dire, chiedendo si arriva a Roma, e così feci io in plaza Mayor. Venni a sapere dove si trovava la casa del conte, fortunatamente non molto lontano da lì. L'aspetto dei miei indumenti e lo stato della lettera, che sembrava masticata da un cavallo, suscitarono i sospetti della servitù della casa che, sbattendomi la porta in faccia, mi costrinse ad aspettare in strada finché la lettera non venne letta e la risposta pronunciata. Cosa che richiese varie ore, da me trascorse seduto sulla scalinata di una chiesa vicina, quasi fossi uno dei tanti mendicanti, facendo congetture sull'incerto avvenire. Quando la porta si riaprì, lo stesso servitore che prima mi aveva trattato come un appestato mi fece entrare conducendomi in un vestibolo dove mi aspettava il signor segretario del conte, un uomo dai modi gentili e paterni che prima si interessò della salute e della sorte del capitano Contreras e, una volta soddisfatta tale curiosità, mi consegnò una lettera e un sacchetto con alcuni scudi, sufficienti, disse, per raggiungere un porto a mia scelta, tra Gijón, Ribadesella e San Sebastián.

«Giunto colà» aggiunse «consegnate questa missiva nella casa del signor conte di Altamira, che possiede delle proprietà in tutti e tre quei porti. I suoi segretari si incaricheranno di imbarcarvi su una delle navi corsare del conte, dove potrete mettere a frutto il vostro coraggio e l'esperienza acquisita.»

Scelsi il porto di Gijón perché era il più vicino a Villaviciosa dove dimorava Catalina, e tornai alla locanda più veloce di Mercurio, poiché il mio stolto amore sembrava mettermi le ali ai piedi e sollevarmi dal suolo. Con un paio di scudi mi tolsi di dosso il locandiere, che appena vistomi si era messo a urlare come un ossesso. Riferii le buone nuove a Cosme, che le accolse con l'allegria di chi può finalmente saziare la fame e con la diffidenza di chi si vede ancora una volta coinvolto nella stessa peripezia che gli ha fatto passare tanti patimenti. Uscii in cerca di un paio di stivali nuovi, poiché i miei, come per magia, avevano cambiato misura e colore e forma durante quell'infernale settimana, con le suole piene di buchi e i gambali raggrinziti come fango secco.

Riattraversando la plaza Mayor, notai una cosa che prima, dirigendomi in fretta e furia alla casa del conte di Salazar, era sfuggita alla mia attenzione: di fronte a una laterale sorgeva una pedana di legno ricoperta da lastre di ferro, sulla quale si levavano cinque alti pali circondati di fascine. Mi si rizzarono i peli delle braccia. Sapevo a quale spaventoso fine fosse destinato tutto ciò e il solo evocarne l'incombenza mi colmò il cuore d'angoscia. Chiesi a un passante chi avrebbero bruciato sul rogo e quello mi parlò di cinque sodomiti che erano stati sorpresi in sì nefando peccato. Erano due domestici del defunto conte di Villamediana, un giullare chiamato Mendocilla, un paggio del duca di Alba e uno schiavetto mulatto. La sinistra pira attirava la curiosità dei madrileni, e la notizia del rogo, previsto per il giorno seguente, costituiva l'argomento di ogni capannello di oziosi. Fui contento di partire e di evitare così la vista dell'orribile spettacolo offerto dai corpi avvolti dalle fiamme. L'indomani, in effetti, prendemmo la diligenza diretta a Oviedo prima che l'autodafé iniziasse, e sono certo che dovevamo esser gli unici in tutta la città a perderci l'atroce castigo, perché al momento di partire vidi che una folla numerosa si accalcava in piazza già a quell'ora del mattino.

Anche quel viaggio fu lungo e tedioso. Superammo passi su gole rabbrividenti e le montagne innevate che circondano la terra asturiana. Cosme aveva ripreso le abitudini taciturne e lottava contro il suo mal d'amore bevendo acqua senza sosta, il che lo faceva orinare di continuo. E come se tutto ciò non fosse bastato, la vecchia diligenza era infestata di pulci e non ci volle molto a scoprirne la fastidiosa compagnia. E sebbene cambiassimo diligenza varie volte, o quelle bestiacce avevano parenti in ciascuna o una parte di loro si spostava assieme a noi, perché i pizzichi ci perseguitarono per vari giorni dopo la fine del viaggio. Sui sedili delle diligenze si alternavano viaggiatori diretti a Valladolid, Benavente o León. Soltanto un vecchio chierico, che sonnecchiava incessantemente, del tutto immune ai sobbalzi del veicolo, fece l'intero tragitto fino a Oviedo. Lì avremmo passato la notte in una locanda nei pressi dell'università dove ci accompagnò il chierico a cui avevamo chiesto consiglio. E l'indomani, su un carro carico di fieno, al passo lento dei buoi e con le ossa doloranti, arrivammo a Gijón, una città di appena tremila abitanti situata alle falde di un monte detto di Santa Catalina, circondato dal mare a parte una lunga lingua di sabbia che lo unisce alla terraferma e che nei giorni di alta marea si riduce a uno stretto sentiero. Alla sinistra della striscia di sabbia si apre una bella baia dove si trova il porto della città, detto il Surgidero. A destra, un'altra grande baia si estende su sterminate spiagge fino alla foce di un torrente, oltre il quale vi sono soltanto alte scogliere che terminano sulla punta di San Lorenzo, dove sorge una garitta di guardia sempre all'erta, così come sulla punta Torres che chiude la baia gemella.

«E non potreste procurarvi un cavallo e cercare per me foss'anche un asino, signor Tomás? Mi fa male dappertutto a furia di fare il sacco sui carretti altrui» si lamentò Cosme scendendo dal carro di fieno, non lontano dall'entrata della città.

«Forse non saresti un cattivo Sancho Panza, Cosme, però io non mi sento un Don Chisciotte e, comunque, siamo ormai arrivati a destinazione.»

«Devo vederlo per crederci» brontolò Cosme. È così, tra una

chiacchiera e l'altra, percorremmo la lingua di sabbia raggiungendo le prime case. Avvicinandoci al porto, nella cui darsena potevano trovare posto una trentina di navi di almeno duecento tonnellate, vedemmo una grande fontana con intorno molte persone del luogo.

«Buon Natale!» ci gridarono con mia grande sorpresa dei ragazzini che giocavano a rincorrersi tra le barche in secco sulla sabbia. Era già Natale... l'anno volgeva al termine e io non sapevo neppure che giorno fosse.

Camminammo fino alla piazza principale, che si apriva sul molo e al centro della quale c'era un pozzo largo e profondo. Chiesi a un anziano pescatore dove fosse la casa del signor conte di Altamira e quello mi rispose quasi canzonandomi:

«In viaggio, visto che il conte non ha altra casa che il brigantino di sua proprietà, a bordo del quale ha preso il largo già da due giorni». Vedendo la mia espressione contrariata, l'anziano si impietosì e aggiunse: «Se avete degli affari da trattare, potete comunque parlare con il contabile del signor conte qui in città».

Il contabile si chiamava Pedro Guzmán e risultò esser anche l'amministratore del palazzo del marchese di San Esteban del Mar che sorgeva proprio sulla piazza del pozzo, ma era destino che non potessi consegnare a nessuno la missiva, poiché neppure don Pedro si trovava a Gijón, a quanto mi disse il giovane che aprì il portone del palazzo. Decisi di prestare attenzione allo sguardo supplicante di Cosme, che chiedeva in silenzio un posto dove poter riposare, e ci dirigemmo verso il molo in cerca di qualche taverna o locanda dove trovare alloggio. Non avevamo percorso più di cinquanta braccia quando, da una delle navi ormeggiate, echeggiò un vocione inconfondibile:

«Che il diavolo mi porti! Dove state andando, inglese?»

Il cuore mi si colmò di gioia scorgendo sulla coperta di una polacca il volto sorridente di Juan de Tineo. Il nostromo del San Juan de Gaztelugache saltò a terra, mi strinse la mano fino a stritolarmela e diede una pacca sulla schiena a Cosme, riportandolo con quel colpo formidabile alla sua perduta condizione di mozzo; poi, elogiò gli aspetti migliori della città di Gijón, ringraziò l'invisibile mano di Dio che ci aveva fatti incontrare nuovamente, rievocò alcuni banali ricordi della vita a bordo del San Juan de Gaztelugache e, finalmente, mi chiese il motivo della nostra presenza.

«Questa storia esige del vino che la renda più leggera» risposi e nei suoi occhi brillò un lampo di malizia.

«Andate ancora dietro a quella dama? Ma siete proprio cocciuto! Io sono sposato da dieci anni con la mia e non c'è giorno che non rimpianga la libertà del celibato. Avete voglia di complicarvi la vita...»

«Chi ha parlato di matrimonio, signor Juan?»

«Ah, pícaro! Volete solo esser l'ape di quel fiore? Non vi biasimo, ma allora... perché quello sguardo? Va bene, beviamoci sopra e parliamone, a quanto pare avete molte cose da raccontare.»

E così facemmo. In una taverna demmo fondo a due brocche di vino, un quarto di agnello e ci addolcimmo la bocca con le torte al forno della taverniera. Durante il banchetto dipanai la matassa delle mie sventure. Al termine, Juan de Tineo mi offrì alloggio a casa sua e lavoro a bordo della polacca corsara della quale era il nuovo nostromo. Accettai con grande piacere la prima offerta, ma declinai la seconda quando seppi che la destinazione della polacca era il porto biscaglino di Guernica. Non volevo in alcun modo allontanarmi da Catalina adesso che l'avevo così vicina.

«Vicina!» esclamò il marinaio. «Ma se vi sfugge come il demonio! Non ve ne rendete conto? Non vi ha detto nulla, siete voi a seguirla come un cagnolino.»

«Quando torneremo insieme tutto sarà diverso» risposi con voce vacillante, più preoccupato di convincere me stesso che di persuadere lui.

«Lo vedremo! Dite che si trova a Villaviciosa? Ho una barca che può portarvi laggiù domani stesso. Vi porterò a cercare la vostra dea e quando vi sputerà in faccia potrete imbarcarvi con me, se vi aggrada.»

«Mi vedrete sul molo a salutarvi.»

«Ve lo auguro, inglese.»

Quella notte dormii come un angelo sulla branda preparatami dalla moglie di Juan de Tineo, una donnona energica e gentile che tirava avanti la casa e l'orto, con tre bambini discoli come scoiattoli e un marito grande quanto un armadio e sempre in preda alla nostalgia del mare nel breve tempo che passava a terra, quasi non gli importasse nulla di tutto il resto.

Alle prime luci del giorno, mettemmo in acqua la barca di Juan de Tineo, issammo la piccola vela e, a forza di remi, prendemmo il largo, sul mare piatto e dai riflessi bruniti come un vassoio d'argento. Navigammo con le grandi scogliere della costa in vista, evitando i numerosi scogli disseminati intorno, e al pomeriggio entrammo nella foce di Villaviciosa. Trovata una locanda dove trascorrere la notte, Juan de Tineo e Cosme andarono in cerca di notizie della bella Catalina, lasciandomi solo con le mie inquietudini e ansie. La vicinanza del tanto desiderato incontro mi tormentava quasi quanto la precedente lontananza. E ciò mi faceva sprofondare in un inaspettato immobilismo. Non mi sentivo in grado di muovere un dito. Attendevo le eventuali notizie dal paggio e dal marinaio come un reo attende la sentenza. Non v'era alcuna allegria né entusiasmo nel mio cuore, soltanto paura e dubbi che alla fine risultarono non esser vani poiché la mia testardaggine e arroganza avrebbero ricevuto il peggiore dei castighi: il Fato era sul punto di concedermi ciò che avevo tanto anelato.

Al suo ritorno, Juan de Tineo mi riferì che Catalina dimorava in un casolare a meno di una lega dalla città, sulla riva del torrente, ed era sua abitudine recarsi ogni mattina alla chiesa di Santa María de la Oliva per la messa. Lì avrei potuto parlarle.

Le parole di Juan de Tineo mi fecero un singolare effetto. Fino a pochi istanti prima ero in preda ai timori, e ora mi sentivo freddo e calmo al punto che sprofondai nel sonno, senza sobbalzi né incubi, un sonno profondo del quale non conservo alcun ricordo.

Anche il giorno si preannunciò freddo e i campi erano coperti da una bianca coltre di brina. Arrivammo alla chiesa quando la campana chiamava i fedeli alla preghiera. Dentro c'erano poche persone.

«Lei si siede sempre nei primi banchi» mi sussurrò Cosme all'orecchio. Noi ci sistemammo negli ultimi.

Di lì a poco, la vidi entrare. Mi passò accanto, superba e coperta da una mantiglia che lasciava intravedere il profilo armonioso del viso. Guardai la sua breve schiena e lo svolazzare del vestito, che si allontanava con un fruscio di sete. E per tutta la durata della messa non potei distogliere lo sguardo dalla sua testa. Seguii ogni gesto con cupidigia, come un naufrago che lambisce le ultime gocce d'acqua dolce. La vidi chinarsi con umiltà, volgere distrattamente gli occhi al soffitto e voltarsi verso la dama di compagnia per mormorarle alcune parole che le mie orecchie si sforzarono invano di cogliere. Al termine della messa, si alzò per poi incamminarsi verso l'uscita. Il volto era sempre leggiadro come lo ricordavo, ma un'ombra di timore balenò nei suoi occhi quando mi riconobbe.

Mi alzai e la accompagnai in silenzio fino al portico della chiesa.

«Cosa ci fate qui?» mormorò senza voltarsi.

«Lo sapete bene, Catalina. Vi devo parlare.»

«No!» Aveva a malapena trattenuto il grido. «Non è possibile, Tomás. Non ho nulla da dirvi.»

«Invece sì e non riuscirete a scacciarmi come una mosca insolente. Ditemi dove e quando possiamo parlare o per Dio lo faremo seduta stante e qui.»

Si voltò e nello sguardo c'era una supplica, ma io non avevo viaggiato e sofferto tanto per andarmene ora con il silenzio come unico bottino. Lei dovette leggermi negli occhi tale determinazione, perché disse:

«Venite tra un'ora nel bosco di pioppi vicino alla foce del torrente che scende dal villaggio di Onón. Vi aspetterò lì».

I pochi abitanti del luogo venuti a messa ci guardavano incuriositi, pertanto decisi di ritirarmi per non dar loro di che spettegolare, e mi incamminai verso la locanda assieme a Cosme e a Juan de Tineo che, a prudente distanza, erano stati testimoni della nostra conversazione.

Mai un'attesa così breve mi era sembrata tanto eterna. Incapace di restare calmo passeggiavo avanti e indietro nella sala da pranzo della locanda come una belva in gabbia. Cosme sembrava contagiato dalla mia inquietudine e non smetteva di mangiarsi le unghie, al pari di un Saturno da circo equestre intento a divorare le proprie dita. Juan de Tineo mi osservava sornione:

«Fermatevi una buona volta e risparmiate le forze per andare fino a quel bosco di pioppi dove vi faranno correre come un gatto».

«Tacete, Juan, che non sono in vena di battute!»

«Ehi, inglese, se ve la prendete con me che sono il vostro barcaiolo, allora vi lascio qui, solo e bastonato!»

«Basta! Vi prego.»

«D'accordo, ma io me ne vado, non sopporto di vedere un uomo capace di affrontare la morte comportarsi come un bambino» ribatté il marinaio, e così fece.

Continuai l'andirivieni in gabbia finché non giunse il momento di partire. Uscendo, vidi Juan de Tineo che ci aspettava seduto su un tronco d'albero poco distante, mordicchiando un tozzo di pane con espressione stizzita e distratta.

«Accompagnatemi» lo pregai, e ci mettemmo in cammino.

Il bosco di pioppi levava al cielo grigio le sue braccia nude e un manto di foglie umide e gialle ricopriva il suolo. L'acqua del torrente era verde scuro, simile al fondo di un pozzo, e vi nuotavano sopra alcune anatre pigre che non avevano ancora imparato a spiccare il volo verso le calde e sconosciute terre dove tramutare l'inverno in estate. Quello sembrava il paesaggio adatto a un idillio, non a un'esecuzione, e in tale parvenza riposi assurdamente le mie speranze.

Catalina mi aspettava ai piedi di un alto pioppo e, poco più in là, la dama di compagnia passeggiava come un passero inquieto. Indossava un ampio vestito nero, chiuso fino al collo, e sul capo la stessa mantiglia che portava in chiesa. Sembrava una vedova, così giovane e bella che non osai neppure prenderle le mani quando mi parlò:

«Eccomi dunque qui, Tomás. La vostra sconsideratezza mi ha costretta a venire all'appuntamento. Dite ciò che tanto vi preme dire».

«Perché mi parlate così? Cosa vi ho fatto per giustificare un simile mutamento nel vostro modo di trattarmi? Ve ne siete andata da Siviglia senza una parola e non avete atteso il mio ritorno, non avete lasciato alcun messaggio a Madrid e ora mi evitate come se neppure mi conosceste. E vi stupisce che voglia parlarvi? Riconoscerete, se non altro, di dovermi una spiegazione.»

Il suo sguardo divenne improvvisamente più dolce e gli occhi si velarono riflettendo il colore grigio del cielo:

«Vi devo molto di più, Tomás. Vi devo la vita, e un piacere sì grande che non mi basterebbe tutta per ricambiarlo. Per questo non voglio causarvi altro dolore. Per questo vi evito e vi rispondo con il silenzio».

«Ma questo silenzio mi uccide! E la vostra assenza mi corrode come un acido letale! Non credo vi sia dolore peggiore di quello che provo da quando non vi ho più accanto.»

«Ve ne sono, credetemi.»

«Permettetemi almeno di scegliere la sofferenza.»

«Se proprio lo desiderate...» Si allontanò d'un passo e continuò: «Sono promessa in sposa al figlio del marchese di San Román e le nozze si celebreranno tra meno di un mese».

Era la notizia che temevo di dover ricevere, poiché il mio azzardo non era mai giunto all'estremo di immaginarmi sposato con Catalina, così che da tempo portavo dentro la risposta che adesso le davo d'immediato:

«Ho sempre saputo che vi sareste sposata con un altro, ma nulla ci impedisce di amarci, il mondo è pieno di matrimoni di convenienza e si dice giustamente che la donna deve conservare la passione per il suo amante se non vuole rovinare il matrimonio».

«In nome di Dio, si vede che siete passato da Madrid» disse con un sorriso sprezzante che mi ferì come un dardo. «Avete già pensato a tutto, non è così? Venite qui a dirmi come dovrà essere il mio matrimonio e ad abusare di me alle spalle di tutti comportandovi come il ladro che siete.»

«Non vi ho carpito nulla che voi non abbiate voluto concedermi con piacere.»

«E questo vi dà forse qualche diritto su di me? Nessuno! Io vi ho scelto come amante, io vi ho donato le mie carezze e vi ho aperto porte che ad altri lascio sbarrate. E io oggi vi respingo perché ciò rientra nei privilegi di una dama. Ho i miei motivi e sia che vi aggradino o che vi dispiacciano dovete rispettarli.»

«Senza neppure conoscerli?»

«Ve li ho appena detti.»

«Non vi credo!» esclamai e, avvicinandomi, presi finalmente le sue mani tra le mie e le sentii fredde come quella giornata, lunghe e ossute, diverse dal ricordo che ancora mi bruciava sulla pelle. «Non può essere un matrimonio combinato la causa del vostro disprezzo. O forse amate quel marchesuccio petulante?»

«Per Dio, Tomás! Se nemmeno lo conoscete... Ebbene sì, lo amo.»

«Mentite.»

«Va bene, non lo amo. Cosa importa? Comunque sia lo sposerò.»

«E avrete degli amanti.»

«Li avrò.»

Adesso i suoi occhi ridevano apertamente, con la crudele soddisfazione del gatto che ha catturato il topo e si diverte a vederlo agitarsi sotto le sue grinfie prima di mangiarselo.

«E allora... In nome di Dio, perché mi respingete?»

«Perché non sarà mio amante il padre del figlio di mio marito.»

«Cosa? Che razza di scioglilingua sarebbe?»

«Nessuno. È solo che aspetto un figlio.»

«Un figlio mio?»

«Un figlio di mio marito.»

«Ma se non siete ancora sposata...»

«Lo sarò presto. Siatene certo.»

«E aspettate già un figlio?»

«Vi stupisce? Credete non sappia come si fa?»

Mi allontanai un paio di passi, confuso e adirato. Lei giocava con me e io volteggiavo come un aquilone al vento, ma alla fine finivo per andare dove mi conduceva il filo che lei manovrava.

«Sono io il padre del bambino?»

«Vostro è solo il seme che lo ha generato, ma sarà figlio di mio marito.»

«Allora perché me lo dite?»

«Perché volevate sapere la verità. Eccovela» disse portandosi una mano al ventre. «Avete coraggio sufficiente ad accettarla? Vi respingo perché non vi voglio vicino a mio figlio.»

«Nostro figlio» dissi con un filo di voce.

«Vostro? Non avete alcun diritto su di lui né lo avrete mai.»

«Ma vostro marito nutrirà dei sospetti.»

«E perché? Lui è convinto che sia suo.»

Non riuscii a trattenere una risata. Mi battei la fronte con il palmo della mano e mi allontanai da lei urlando come un pazzo:

«Oh, Signore, che idiota sono! Quanta ragione avete, Catalina, nel trattarmi da stupido! Fino a questo momento non avevo capito il motivo della vostra repentina partenza da Siviglia. Ma se è chiaro come il sole! È stato lì che avete scoperto di essere incinta, non è così? E siete venuta qui per assicurarvi che il marchesino si prendesse la responsabilità del bambino. O per garantirvi le nozze? Magistrale! E avete goduto durante l'infingardo accoppiamento? Il piacere ha avuto la meglio sulla vergogna?»

«Insultatemi pure se vi aggrada, Tomás. Ho fatto ciò che andava fatto e se di qualcosa mi pento è di essere caduta tra le vostre braccia come una stupida.»

«Stupida voi? Giammai. Voi siete la dea dell'amore, la filosofia del piacere, la generalessa del matrimonio, la regina dell'inganno e della doppiezza. Ma stupida... no, per Dio, per essere stupidi occorre avere un briciolo di bontà nel cuore.»

Mi fermai, infine. Gli stivali si erano inzuppati per l'umidità delle foglie marce e avvertivo un vuoto dentro di me. Lei mi fissava dalla lontananza dei suoi armoniosi occhi menzogneri, in agguato come una lupa, fragile come un agnello. «Che grande rivale avrebbe in te l'attrice Leonor» pensai, vedendola tremare indifesa e al tempo stesso affilare i canini del suo disprezzo.

«Sta bene, signora. Mi avete ingannato come un indio caribe, lo ammetto. Ho finalmente imparato la lezione e potete stare sicura che non mi rivedrete mai più. Dio sia con voi» mi accomiatai e, con un galante volteggio di cappello, le diedi le spalle e mi incamminai verso i due amici che mi aspettavano sul limitare del bosco.

«Posso dunque contare sulla vostra discrezione e sul vostro silenzio?»

La sua voce risuonava ormai così lontana come se mi parlasse dall'altra estremità del mondo.

«Avete sempre potuto contare su entrambe le cose e non vedo ragione per non farlo adesso» risposi, senza voltarmi, e affrettai il passo per fuggire una buona volta da quell'infida gabbia di alberi.

Quella mattina stessa tornammo al porto di Gijón. Il vento, per quanto debole, soffiava in direzione contraria e dovemmo aiutarci con i remi. Io vogavo con tutte le mie forze e a ogni vogata mi pareva di gettare in mare un pezzo di anima. Rimasi sorpreso dal fatto che Juan de Tineo non aveva detto nulla su quanto era accaduto. Remavamo in silenzio, mentre Cosme stava al timone.

«Quando salpa la vostra polacca, signor Juan?»

Il marinaio mi guardò, e sorrise toccando vigorosamente l'acqua con il remo:

«Il giorno dei Re Magi. Avete tutto il tempo di raccogliere le vostre cose».

Nei giorni seguenti, ognuno si dedicò alle proprie faccende. Il nostromo cominciò i preparativi della partenza. Cosme scoprì il piacere di lavorare la terra e dava una mano alla moglie di Juan de Tineo nell'orto. E io dormii più che potei e feci lunghe passeggiate sulle spiagge che arrivavano fino al promontorio di San Lorenzo. Camminando, lasciavo vagare la fantasia rievocando il corpo di Catalina, sforzandomi di trovarvi i più orrendi difetti. I seni mi apparivano troppo piccoli e flaccidi, le mani simili a grinfie, gli occhi spenti, la bocca grande e volgare, i denti storti, le orecchie troppo piccole, il naso largo e con i peli nelle narici, le gambe ossute, i capelli radi. Imparai pazientemente a odiare fino all'ultima porzione più recondita della sua pelle. E quando mi resi conto che malgrado tutto continuavo ad amarla e che neppure la sua spregevole falsità né i più ripugnanti dettagli avrebbero mai annientato in me l'amore, decisi di imbarcarmi sulla polacca di Juan de Tineo e affidare la mia salvezza alla lontananza e all'oblio.

Anche Cristóbal Mendieta aveva cercato consolazione e oblio in mare, nella sua solitudine e nella rigorosa disciplina. Il capitano Jan Jansz lo aveva accolto in casa propria, una volta cacciato da quella di Moisés Santiago, e sebbene lo avesse coperto di insulti per la sua mancanza di giudizio non esitò a offrirgli protezione. La fama dell'olandese e il trionfale ritorno dall'ultima incursione pirata avevano spinto il caíd della Casbah a nominarlo ammiraglio dell'intera flotta di Salé, e un simile potere metteva al riparo gli uomini dei suoi equipaggi da eventuali dispute con qualche ricco commerciante, foss'anche il segretario del caíd in persona.

Ben presto, l'intensa vita marinara portò Mendieta a seppellire nel fondo del cuore il dolore per l'assenza di Susana, e al tempo stesso lo allontanava dagli ebrei della città, che lo trattavano ora come cristiano ora come musulmano e in ogni caso come pirata. Quest'ultima condizione corrispondeva al vero, poiché da pirata, in effetti, trascorreva la propria esistenza.

Agli inizi dell'anno milleseicentoventicinque, i frati trinitari vennero a Salé la Nuova per riscattare qualcuno degli spagnoli prigionieri. Dopo alcuni giorni di trattative, fissarono il riscatto in base al prezzo che i pirati avrebbero ottenuto dalla vendita all'asta dei prigionieri, più quattro decime parti del totale, e il caíd incaricò Cristóbal Mendieta di stilare l'elenco di quelli che sarebbero stati rimessi in libertà in cambio dell'oro, poiché il converso, nei periodi di tempo in cui la Lisi restava ormeggiata, riprendeva il lavoro di scrivano e interprete, mentre il vecchio Moisés Santiago, fiaccato dall'età e dalla melanconia, esercitava ormai solo sporadicamente le sue funzioni di segretario. Cristóbal si dedicò a quel compito con solerzia e gioia perché, ricevendo tale incarico, aveva deciso di aggiungere alla lista il nome di Alonso Gallo, che vedeva sempre al lavoro nei cantieri e per il quale aveva intercesso più d'una volta. Era l'occasione per ricambiarlo di tutto il bene ricevuto ma, a tale scopo, doveva prima eliminare uno dei nomi già presenti nell'elenco. Sembrava quasi che il diavolo si divertisse a giocare con le sue buone intenzioni, confondendolo, costringendolo a fare del male per poter fare del bene. Cristóbal non sapeva quale criterio seguire. Chi doveva scegliere? I più non li conosceva neppure. Non odiava nessuno. Puntò il dito a casaccio sul foglio e decise di cancellare il nome indicato: Diego Álvarez de Loyza. Ma Diego era il nome di uno zio, morto in Perú molto prima che lui nascesse, di cui suo padre rimpiangeva sempre la mancanza. Condannare qualcuno che portava quel nome gli sembrava un insulto alla memoria dello sfortunato parente. Cercò un altro nome e ancora una volta la memoria gli evocò un uomo che aveva conosciuto e il cui volto, misteriosamente, gli appariva davanti ogni volta che ne pronunciava il nome. Decise allora di cercarne un terzo che gli ricordasse una persona da lui odiata. Lo trovò quasi subito: Antón Rivera. La faccia del meschino Antón Gastaca riemerse nella sua immaginazione e, di conseguenza, riavvertì la paura e la nudità e la rabbia per lo scontro impari sostenuto nella cabina del San Juan de Gaztelugache quando stava per rimetterci la vita. Il dado era tratto.

Poche settimane dopo che i prigionieri spagnoli, e tra loro Alonso Gallo, avevano intrapreso il viaggio di ritorno in patria senza che nessuno, a parte lo sfortunato Antón Rivera i cui pianti e suppliche risultarono vani, si accorgesse della sostituzione, i moreschi di Salé si ribellarono al caíd della Casbah, accusandolo di raggirarli nella spartizione dei bottini e di imporre loro tasse ingiuste. Essendo numerosi gli hornacesi che vivevano nel quartiere all'interno della Casbah, ben poco poteva fare la guardia personale del caíd, che di conseguenza mandò a chiamare Mendieta incaricandolo di portare a Jan Jansz l'ordine di accorrere in suo aiuto con l'artiglieria della flotta pirata.

Il capitano lo ricevette nello stesso salone in cui si erano incontrati per la prima volta, quando Cristóbal Mendieta era ancora un prigioniero. Adesso vi entrava da uomo libero, poiché da un anno lui stesso si era riscattato pagando il prezzo stabilito dall'asta. Anche questa volta il capitano se ne stava sdraiato su grandi cuscini, ma il tono della sua voce non aveva più l'altezzosità del padrone bensì l'intimità del compagno di battaglie e di tempeste.

«Sia ben chiaro, Cristóbal, che tu non mi hai visto né mi hai detto alcunché» rispose, dopo aver appreso gli ordini del caíd. «Finché sono l'ammiraglio, la flotta resterà fuori dalle dispute di questa repubblica, ne puoi esser certo, perché noi ci occupiamo di pirateria e non di governo.»

«E cosa accadrà se i rivoltosi falliscono nel loro intento? Il caíd non ci perdonerà facilmente l'aver ignorato la sua richiesta.»

«In tal caso avrò sempre l'artiglieria della flotta, se mai ce ne fosse bisogno. Ma non preoccuparti. È scritto che non passerà molto tempo perché la nostra repubblica diventi uno stato libero e indipendente, come lo è Venezia. E quando lo sarà, bisognerà fare molta attenzione agli avvenimenti in atto perché questa città è un guazzabuglio umano difficile da controllare e, nell'eventuale marasma, la tua condizione di ebreo o quella precedente di cristiano potrebbero causarti qualche disgrazia. Si avvicinano tempi di grandi mutamenti, Cristóbal. È il momento di gettare l'ancora se non vuoi rischiare che la tempesta ti travolga. Cercati una donna moresca e fai in modo che non sia troppo bella da suscitare l'invidia altrui, sposala, metti al mondo dei figli, stringi rapporti con gli unici che condividono il tuo bisogno di sentirsi liberi: i moreschi perseguitati come te e la cui memoria si alimenta ancora d'odio. E dimentica.»

Così come aveva previsto il capitano Jan Jansz, i rivoltosi cacciarono dalla Casbah il caíd El-Zurari, al quale l'olandese procurò una barca per attraversare il Bu Regreg e mettersi in salvo. Gli infuriati moreschi saccheggiarono la sua casa e inviarono emissari al sultano di Marrakech con lettere nelle quali attribuivano al deposto caíd la responsabilità dell'accaduto. El-Zurari venne incarcerato a Salé la Vecchia, il sultano mandò un nuovo caíd, tale Adyib, la cui famiglia era venuta dalla Spagna anni prima della cacciata dei moreschi, e così le acque si calmarono su entrambe le sponde del fiume. Ma si trattava di una bonaccia passeggera.

Nei mesi successivi, Cristóbal Mendieta si sforzò di seguire i consigli del capitano Jan Jansz. In effetti aveva bisogno di un focolare domestico e delle attenzioni che il matrimonio può offrire. Era giovane e la compagnia delle meretrici non gli riservava altro avvenire che quello di scialacquare i guadagni ottenuti e la minaccia di contrarre una delle tante malattie che tali donne diffondono. Non era più lo spaventato ragazzo giunto in città trascinandosi le catene. Veniva arruolato in ogni spedizione pirata e aveva saputo dimostrare in mare sia il coraggio nel combattimento che l'assennatezza nell'uso delle lingue. La sua fortuna, senza esser quella di un pascià, aumentava a colpi di audacia, ed era persino riuscito a far dimenticare la sua condizione di ebreo vestendo alla maniera dei mori, cosa che molti moreschi non facevano. Con simili attributi, non gli risultò difficile trovare una ragazza da chiedere in sposa.

Era una giovane minuta e dal carattere gioviale, con una lunga chioma nera, che raccoglieva in un grazioso fazzoletto blu, e la pelle scura. Si chiamava Karima e apparteneva a un'umile famiglia di moreschi che viveva nell'estremità più appartata del sobborgo. La corteggiò secondo gli usi e costumi del luogo, con lunghe e cerimoniose visite durante le quali erano sempre presenti fratelli o zii. Cambiò il proprio nome in quello di Mohamed Al-Minar, benché tutti continuassero a chiamarlo Cristóbal, e non ebbe remore nel mormorare le preghiere del Corano come non le aveva avute nel recitare per quasi tutta la sua vita quelle cristiane. Però furono i doni che depose ai piedi del padre di Karima a vincere le ultime reticenze. Pochi giorni prima che gli ebrei di Salé festeggiassero lo Yom Kippur, il giorno del perdono, Mohamed e Karima si unirono in matrimonio.

Durante l'inverno, Cristóbal lavorò alla nuova casa. Sistemò la terrazza, per la stagione delle piogge. Preparò una stanza per il bambino che non avrebbe tardato a nascere e imbiancò la facciata alla maniera andalusa. Trovava gradevole la compagnia di Karima. Lei, da buona moglie, era prodiga di attenzioni e gli chiedeva della sua vita in alto mare, dei combattimenti e avventure, con l'innocenza di una bambina. Con lei Cristóbal riscoprì il piacere di reinventare il passato e, come già era successo con Susana, tornò a suscitare lo stupore e l'ammirazione femminile che tanto lo lusingavano. Ma tutto questo non bastava a mitigare l'ansia di imbarcarsi, di tornare nell'unica patria dove poteva davvero esser chi era: la coperta della caravella Lisi.

All'inizio del mese di marzo del milleseicentoventisette, come ogni anno, la flotta pirata riemerse dal letargo e riprese il mare. Alcuni, come il capitano Alì Campos, si dirigevano verso lo stretto di Gibilterra, dove tendevano agguati con le loro piccole galeazze. Altri, come il capitano Mohamed Al-Ratche, che fino ad allora era stato nostromo agli ordini di Jan Jansz, inauguravano una nuova nave. E i più tornavano lungo le coste del Portogallo e della Spagna, i cui porti e navi finivano vittime dei loro assalti. Ma il capitano Jan Jansz era solito condurre il flagello della sua squadra molto più lontano di chiunque altro, fino alle coste della Francia, dell'Inghilterra o dell'Irlanda. Da buon olandese, conosceva bene l'oscuro mare del Nord e le ricchezze custodite da quei litorali, anche se era poi l'immaginazione a mettere le ali al suo spirito temerario. Fin da bambino aveva sentito, nella Haarlem natale, le leggende sui temibili vichinghi che un tempo razziavano le coste di tutt'Europa.

«La forza dei vichinghi stava nei loro porti inespugnabili, dato che abitavano terre situate così a nord che nessuno si azzardava a solcare quei mari sconosciuti e ghiacciati per andare a castigarli» spiegò a Cristóbal, mentre la squadra formata da quattro navi, che per l'occasione si avvaleva di uno schiavo danese come pilota, navigava a vele spiegate verso nord.

Il comandante sapeva che al di là delle coste d'Inghilterra c'era un'isola, chiamata Islanda per i ghiacci eterni, che era stata l'ultima patria dei vichinghi. In essa sperava di trovare le ricchezze di quegli antichi guerrieri e aveva quindi messo la prua in tale direzione, senza che nessuna nave incrociata lungo il tragitto gli facesse cambiare rotta o propositi.

La traversata fu lunga e ardua, poiché il mare del Nord risultava ancor più temibile di quanto ricordasse. Alla fine, quando stava per terminare il mese di aprile, avvistarono l'isola, che parve loro una terra abitata da giganti anziché da esseri umani, piena di montagne fumanti e fiumi di ghiaccio. Navigarono lungo la costa, dove si aprivano profondissimi fiordi e abbondavano gli isolotti, e non trovarono altro che qualche misero villaggio con genti impaurite, e piccole imbarcazioni così umili da non meritare la fatica di catturarle. Seppero da un pescatore che parlava la lingua danese dell'esistenza di una città principale, chiamata Reykjavik, distante poche leghe dal luogo dove si trovavano. La raggiunsero e grande fu la loro delusione scoprendo che si trattava di appena un pugno di case di pietra e torba con il tetto di legno. Gli sprovveduti abitanti li accolsero con curiosità, ignorando cosa significasse la bandiera con la scimitarra dorata che sventolava sugli alberi delle navi pirata. In poche ore si impadronirono della città, ma non vi era alcun tesoro vichingo e, dopo tre giorni passati a mettere ogni cosa sottosopra, ottennero soltanto un mucchio di pesce affumicato e qualche pelle.

«Prendete degli schiavi» ordinò il comandante Jan Jansz. «Queste genti sembrano robuste e almeno da loro ricaveremo qualche profitto.»

I terrorizzati abitanti non poterono far altro che fuggire a gambe levate. Quattrocento persone tra uomini, donne e bambini, vennero imbarcate sulle navi, e se non ne catturarono di più fu perché le vedette, che il comandante aveva piazzato sul campanile di una chiesa, avvertirono dell'arrivo di uomini in armi, sicuramente chiamati in aiuto da quelli che erano riusciti a scappare dopo l'arrivo dei moreschi.

La flotta riprese il mare, non senza prima aver appiccato il fuoco ad alcune case del porto, più per distrarre gli inseguitori che per spirito vendicativo.

Le urla e i pianti di donne e bambini, che si disperavano della loro sorte nella strana lingua parlata sull'isola, si propagavano dalla stiva della Lisi come un salmodiare di folli. Sentendoli, la memoria di Cristóbal tornò ai giorni trascorsi in quella stessa stiva, e un nodo di angoscia gli attanagliava le viscere. Questa volta non c'erano ricchezze né eroici combattimenti che potessero alleviargli la coscienza. Quella era stata un'impresa triste e crudele, e persino il mare sembrava condannare i moreschi lungo il viaggio, poiché l'allegro coro dei gabbiani era ammutolito e le acque si mostravano scure e minacciose.

Nei pressi delle coste irlandesi incrociarono dei galeoni inglesi e soltanto la perizia e la fortuna di trovare rifugio in un banco di nebbia notturno permise loro di sfuggire al disastro imminente. Avvistarono anche un convoglio di navi mercantili, ma erano scortate da navi da guerra. E qualche giorno dopo, di fronte al capo che chiamano di Finisterre, si imbatterono in una nave corsara spagnola che, sparate alcune cannonate, cercò riparo in una vicina insenatura, ma una salva della nostra caravella centrò la santabarbara colandola a picco in men che non si dica. Uno degli sciabecchi della squadra pirata raccolse una dozzina di superstiti, che andarono a ingrossare l'affranto carico umano che costituiva l'intero bottino di quell'infausto viaggio.

Lo scoramento si era diffuso tra l'equipaggio e tutti sognavano ormai di rientrare in porto, cosa che fecero al più presto. Ma la traversata avrebbe riservato un finale inatteso: all'arrivo a Salé, i pirati moreschi si ritrovarono di fronte una città in armi che, con loro grande sconcerto, li riceveva a cannonate. Dopo aver mandato una lancia a terra, per tentare di capire cosa stesse succedendo, vennero a sapere che i moreschi di Salé la Nuova si erano sollevati per la seconda volta, in questo caso contro il nuovo caíd della Casbah, uccidendolo, e la città era stata invano assediata dalle truppe del sultano di Marrakech che, alla fine, aveva dovuto desistere e accettare l'indipendenza della repubblica pirata. Adesso i nuovi governanti di

Salé volevano sapere se la squadra del comandante Jan Jansz intendeva mettersi agli ordini del nuovo stato o se era stata inviata dal sultano.

L'olandese giurò di non aver saputo nulla dell'accaduto, ma la notizia lo colmava di gioia. E di lì a poco, le quattro navi attraccavano al molo accanto alla Casbah. Mentre i marinai portavano a termine le manovre d'ormeggio, Cristóbal si chiedeva se fossero giunti i tempi di grandi mutamenti preannunciati dal comandante Jan Jansz, e osservava inquieto il nuovo aspetto della città, dove una moltitudine di moreschi li accoglieva con salve di moschetti e una selva di spade levate. Ma la vera sorpresa per lui sarebbe venuta quando, tra i prigionieri che stavano sbarcando, avrebbe scorto il mio volto.

TERZA PARTE
LA TERRA PROMESSA

I

La fila di prigionieri malconci tra i quali mi trovavo anch'io percorse penosamente il breve tratto dal piccolo molo sul quale eravamo appena sbarcati, vicino alla foce del fiume, fino a una grande porta che immetteva nella Casbah. Gli abitanti della città si accalcavano lungo il ripido sentiero e al nostro passaggio gridavano tutto il loro disprezzo in lingua castigliana, e qualcuno in arabo. Molti erano armati di scimitarre, altri di moschetti e pistole. Vi erano anche donne e bambini e anziani, e tutti ci trattavano come cani infedeli e assassini. I più infuriati colpivano i prigionieri che passavano davanti a loro, senza distinzione tra uomini sani e forti o infermi e barcollanti. Il fetore dell'odio impregnava l'aria e, se non fosse stato per le guardie incaricate dagli stessi pirati di scortarci, sono certo che oggi non mi troverei qui, a scrivere questi ricordi.

La porta da attraversare era alta più di cinquanta piedi, e le pietre degli stipiti e l'architrave finemente lavorati. Le robuste ante di legno immettevano in un vasto locale dove avrebbe potuto comodamente camminare un elefante, al termine del quale si aprivano altri due archi. A destra, quello che incorniciava la porta d'accesso alle stradine che formavano la cittadella della Casbah. Di fronte, quello che, a quanto avrei saputo più tardi, immetteva nella sala dove si amministrava la giustizia e si riuniva il governo della repubblica pirata, che i saletini chiamavano Diván. Dietro, c'era una scalinata che conduceva alle gallerie superiori della fortezza e sulla terrazza dove avevano piazzato i pezzi d'artiglieria. Attraversammo il primo locale, e il rumore dei nostri passi si confuse all'eco delle urla che ci inseguivano, oltrepassammo la porta sulla destra e la fugace visione delle stradine di case bianche e assolate mi strinse il cuore, poiché sembrava che per uno strano sortilegio mi ritrovassi nel quartiere di Triana, a Siviglia.

A furia di urla e bastonate, perché quasi tutti i prigionieri parlavano solo una strana e incomprensibile lingua e non capivano una parola di quanto veniva detto loro, i nostri guardiani ci fecero sostare nella piccola piazza. Io stavo accanto a un muro dove gli archi di alcune colonne offrivano ombra all'acqua che cadeva nella vasca di una fontana. Per la mia bocca riarsa, quel suono era più melodioso di una dolce canzone, ma non ebbi modo neppure di fare il gesto di saziare la sete, perché al grido di «alle segrete!» i pirati presero a spingerci verso una piccola porta nel muro dove iniziava una scala che sprofondava sottoterra come una ferita. Accecati dall'oscurità e ancora storditi dal viaggio e dalla sventura vissuta, scendemmo a balzelloni i rozzi gradini di pietra che l'umidità rendeva scivolosi. Sotto, ci aspettava la nostra infelice dimora.

Vi fu chi inciampò e cadde giù e una tale baraonda di parole incomprensibili che quel cunicolo pareva la discesa agli inferi più che l'anticamera delle celle. Sulle pareti ardevano delle torce fumanti, e l'aria umida e appiccicosa del luogo diventava a tratti irrespirabile. Alle mie spalle, un bambino piangeva in modo così sconsolato da far pensare che nessuno lo tenesse in braccio, e infatti era come se fosse abbandonato, perché la donna che lo reggeva aveva l'espressione pietrificata di una statua e lo sguardo smarrito, quasi che la paura non lasciasse spazio nel suo cuore per nessun altro sentimento. Venni condotto, assieme agli altri superstiti della polacca affondata, in una cella grande e maleodorante dove già si accalcava una dozzina di schiavi spagnoli. Gli altri prigionieri arrivati con me a Salé furono rinchiusi in celle diverse, ma erano così numerosi che i carcerieri dovettero distribuirne alcuni in quelle già occupate, e nella nostra ci finì un gigante biondo dalle braccia erculee e gli occhi azzurri che scintillavano sotto le folte sopracciglia giallognole. Durante i primi giorni rimase chiuso in un cupo silenzio, sempre seduto accanto alla porta della cella, come se aspettasse che lo venissero a prendere da un momento all'altro. Solo quando capì che quel misero buco sarebbe diventato la sua dimora e noi la forzata famiglia, decise di conversare con me poiché, dovendo condividere quello spazio angusto, mi era toccato il posto accanto al suo giaciglio. Venni così a sapere che si chiamava Torval ed era nato in una città denominata Jáner, nella remota Islanda. Seppi anche che la moglie, il cui nome era Gudrid, si trovava tra i prigionieri arrivati con lui a Salé, e non ne aveva più avuto notizia da quando era stato chiuso nella nostra cella, cosa che lo faceva soffrire molto e gli impediva di dormire la notte. Più a cenni che a parole, poiché quell'indemoniata lingua era impossibile da comprendere, il gigante biondo narrò la sua storia: la distruzione della fattoria, saccheggiata dai pirati, e la perdita dei figli, fuggiti nella confusione generale senza poter sapere se fossero riusciti a mettersi in salvo. Tutto ciò Torval lo spiegava con bruschi movimenti delle mani che disegnavano nell'aria la statura dei bambini, la zappa che affondava nella terra o la lotta con i rapitori. Ma il suo volto, dagli zigomi prominenti e le lunghe rughe che si infossavano come pugnalate nella barba vermiglia, non trasmetteva la tristezza espressa dalle mani bensì una feroce determinazione, come se la sua disperazione potesse trasformarsi solo in furia violenta.

Una volta che il gigante islandese ebbe concluso il racconto delle sue sventure, toccò a me render conto delle mie. Ma come spiegargli il dolore per la morte di Juan de Tineo? Come parlargli della vedova, che lo avrebbe atteso invano circondata di bambini e oberata dal lavoro nel porto di Gijón? Che dirgli dell'inesplicabile solitudine in quei cinque anni passati a navigare da corsaro spagnolo, perseguitato dal fantasma d'un amore? Vi era una maniera per nominare il figlio che non avevo? Potevo forse parlargli delle lunghe nottate in alto mare e del felice ritorno a Gijón, dove mi aspettava sempre la premurosa compagnia di Cosme, che aveva preferito il lavoro nei campi alla vita marinara? Come trasformare le mie mani in veritiere messaggere della mia esistenza? Impossibile. Non lo sapevo fare. Gli occhi azzurri di Torval mi interrogavano in silenzio. Le orecchie degli altri prigionieri aspettavano attente un racconto che li aiutasse a far trascorrere il tempo interminabile della reclusione. Lì non mi conosceva nessuno, neppure i pochi compagni corsari sopravvissuti al naufragio della polacca, poiché erano nuovi nell'equipaggio e nemmeno uno di loro avrei potuto definire mio amico. Quindi, poco importava che le mie parole fossero veraci o frutto di pura invenzione. A quale scopo sgranare ancora una volta la spiga della mia malasorte? Chiusi dunque gli occhi, cercai nel forziere dei miei sogni, e cominciai il racconto di una vita che non avevo mai vissuto.

«Anch'io ho una moglie» dissi, disegnando nell'aria un profilo proibito, le dolci curve di un'assenza.

E mentre innalzavo edifici con le mani, creavo oggetti, indicavo distanze e tempi, mostravo rabbia o tenerezza, enumeravo, disegnavo o semplicemente chiedevo calma e attenzione, dalla bocca mi usciva il racconto più incredibile di quanti ne avessi mai pronunciati prima. Ero un marinaio basco che in gioventù la sventura aveva fatto cadere nelle mani di corsari inglesi, per cui conoscevo già i patimenti delle catene e delle segrete. Il mio nome era Tomás Mendieta, anche se negli anni trascorsi a servire gli inglesi come schiavo lo avevo mutato in Thomas Bird perché, al pari di un uccello, non sognavo che di poter fuggire dalla gabbia. La casa di mio padre era abbarbicata su una montagna vicina al porto di Guernica e lì, circondato da boschi di roveri e faggi, avevo trascorso felicemente i tempi della prima infanzia, quando il mondo era vasto e affascinante e la guerra non aveva ancora colmato di sangue ogni angolo della memoria. Mio padre, un nobiluomo impoverito dalla cattiva sorte, era dedito alle lettere e alle buone maniere, e perciò accolto, con tutta la famiglia, nella casa che il marchese di Valdehoyos possedeva nel porto di Villaviciosa. Lì doveva farsi carico dell'educazione dei figli del marchese e di una leggiadra nipote, Catalina, della quale mi ero perdutamente innamorato, preda delle focose illusioni tipiche della mia giovane età. Tra giochi e passeggiate, tra versi e segreti, l'amore per Catalina era aumentato con gli anni fino a trovare le parole adeguate per risvegliare in lei analogo sentimento. Sarebbero seguiti tempi di promesse e sacrifici, poiché troppo bassa era la mia condizione per pretendere una dama di così alto lignaggio. Avevo cercato di farmi strada nelle arti militari, che spalancano tante porte della gloria al pari delle fosse scavate, arruolandomi prima su navi corsare del signor marchese ma, sapendo che con ciò non avrei migliorato la mia posizione ai suoi occhi, mi ero deciso a tentare la sorte su quelle del conte di Altamira, uomo che sapeva apprezzare il coraggio e l'audacia. Mi trovavo a bordo di una delle sue navi l'infausto giorno in cui ero stato catturato dai corsari inglesi, dopo un cruento combattimento. Avevo visto morire gli amici e, in quella nuova condizione, piangevo sconsolato l'amore perduto stando sul duro banco della galera inglese dove contavo i giorni di prigionia, sempre con il nome di Catalina sulle labbra. E a tal punto sarebbe giunta la disperazione da esser tentato di metter fine a quell'esistenza, per quanto fosse il più orrendo dei peccati. Tuttavia, l'amore possiede forze che neppure Ercole avrebbe immaginato, e la dolce Catalina aveva mosso cielo e terra per ritrovarmi, implorando il nobile parentado e ogni altra autorità, persuadendo infine il signor zio di impiegare la sua cospicua fortuna per pagare il riscatto. E, in tal modo, un bel giorno mi ero visto liberare e restituire alla terra dove mi attendeva una tale ricompensa da far apparire ben vissuta ogni sventura patita, poiché sull'arduo campo di battaglia dell'assenza, l'amore di Catalina era diventato temerario e non c'era più fossa o muraglia in grado di separarci. Nelle sue braccia avevo ritrovato la pienezza della vita e il godimento, e frutto di quelle effusioni sarebbe stato un figlio che, come una benedizione, avrebbe spazzato via le ultime diffidenze della sua altezzosa famiglia. La chiesa di Santa María de la Oliva, dove tante volte avevamo pregato insieme da bambini, era stato lo scenario del nostro matrimonio e alla sua fonte battesimale nostro figlio aveva ricevuto il nome di Cristóbal. Tornato alla vita marinara, desideroso di culminare la mia felicità con la gloria che la sventura mi aveva fino ad allora negato, mi trovavo a bordo della polacca del comandante Juan Fernández de Labra quando il crudele destino si era accanito su di me trascinandomi nelle segrete di Salé.

«Ma se la tristezza della separazione mi opprime il cuore» conclusi «ho almeno la consolazione di sapere la mia beneamata in salvo a Villaviciosa, in compagnia dei suoi e protetta dalla loro fortuna, dove mio figlio crescerà sano e felice, per quanto gli possa mancare il padre perduto. Non voglio neppure pensare a Catalina rinchiusa in una cella, come la tua Gudrid, così vicina eppure irraggiungibile, ed esposta alla sventura.»

Il gigante biondo annuiva con convinzione, sebbene non avesse compreso una parola del mio discorso, perché il nome della moglie unito a quello della mia gli diceva che condividevamo la stessa pena.

Anch'io ero sul punto di spargere una lacrima per mio figlio Cristóbal, poiché tale era il nome che in effetti Catalina gli aveva messo, non so se per caso o per farmi affronto nella sua segreta memoria, e poco importava che non lo avessi mai visto, e non ne sapessi nulla a parte le poche notizie che ogni tanto mi portava Juan de Tineo né che tutto quanto avessi detto fossero pure menzogne: sapevo che la tristezza e la perdita erano vere, e il resto sogni vani ma non per questo meno miei né meno sentiti. E stavo per l'appunto discutendo con me stesso, chiedendo ancora una volta alle mie parole il balsamico sollievo dell'ingannevole illusione, quando uno dei prigionieri avvicinatisi per ascoltare la mia storia disse:

«In verità il vostro racconto è una sventurata storia, signor Tomás, ma se può servire a consolarvi vorrei dire che voi almeno avete tenuto in salvo la coscienza, perché la disgrazia è stata frutto dei disegni altrui e non fatale conseguenza delle vostre cattive azioni. E affinché vediate fino a che punto il pozzo dell'infelicità può esser senza fondo, voglio raccontarvi la mia storia, se non avete nulla da obiettare».

Nulla avevo da obiettare, al contrario, pensavo che il racconto altrui potesse distrarre l'immaginazione e calmare l'animo. La maggior parte dei compagni di cella stava già cercandosi una misera sistemazione sui giacigli di paglia per tentare di conciliare il sonno, ma io preferivo sognare a occhi aperti, temendo gli abissi che si spalancano nell'anima quando la ragione si abbandona al sonno. Appoggiai la schiena al muro di pietra, accanto a Torval, il cui sguardo insonne seguiva attentamente ogni gesto del nuovo narratore, e così mi apprestai ad ascoltare la storia che il prigioniero avrebbe raccontato con voce ridotta a un mormorio, come esigevano senza tanti complimenti i dormienti.

«Sappiate che, sebbene nelle mie vene scorra sangue di nobile stirpe, non vanto origini migliori delle vostre» iniziò «poiché la mia condizione è quella del bastardo e a tale livello hanno dovuto adeguarsi aspirazioni e desideri.»

Si chiamava Guzmán Montenegro e lui e suo fratello Alonso erano stati i frutti degli amori di don Rodrigo di Montenegro, signore di molte delle terre sulla costa spagnola galiziana, con una donna del porto di Muros, moglie di un pescatore che aveva trovato prematura morte nelle infide acque di quel mare. La vedova aveva trovato sollievo alla solitudine tra le braccia del nobiluomo, e questi la pace nei modi semplici e sinceri di una brava donna senza troppe ambizioni, a parte quella di esser felice, e alla quale aveva sempre promesso, senza che lei lo chiedesse, beni e terre per garantire un futuro ai loro figli illegittimi. Ma un'infausta cena avrebbe costretto il signore di Montenegro a far colazione nell'altro mondo, lasciando così cadere la promessa, senza che per questo lei conservasse un cattivo ricordo dell'amante perduto. Tuttavia, il dolore della perdita aveva risvegliato in lei il rimpianto per i beni promessi, la cui rievocazione e il quotidiano elencarli erano divenuti la prosaica preghiera in memoria del defunto e una cantilena infantile per le orecchie di Guzmán e Alonso.

«La tenuta di San Roque» recitava la madre e aggiungeva, come in una litania: «qualcuno provvederà, figli miei, qualcuno provvederà. La casa di Serres, con le porcilaie e gli orti: qualcuno provvederà, figli miei, qualcuno provvederà...»

Naturalmente, nessuno avrebbe provveduto, perché la famiglia del signore di Montenegro non voleva neppure sentir parlare della concubina e dei suoi bastardi né delle folli promesse del morto. E ben presto, privata dei denari che lui le dava di tanto in tanto, la vedova si era vista costretta a lottare contro la miseria. Messasi a cucire, aveva affidato i figli a un noto contrabbandiere, chiamato El Vaqueiro, che era solito venire nella città di Muros a vendere le mercanzie ottenute con quel vile traffico. Erano molti i contrabbandieri che traevano profitto dall'accidentata costa galiziana trattando con commercianti e corsari di paesi nemici e accumulando così infami fortune, confidando sul fatto che, in effetti, il luccichio dell'oro facesse dimenticare a tutti il fango del loro operato. Ma alcuni spingevano la propria cupidigia e crudeltà molto più lontano e, non paghi dei benefici ottenuti con quel commercio clandestino, si industriavano per provocare il naufragio di navi ignare che attiravano sulle pericolose scogliere traditrici ricorrendo a mille sotterfugi. Questa era dunque la mortale attività che El Vaqueiro svolgeva nell'oscurità della notte, suscitando l'orrore della gente onesta; però, alla luce del sole, quella stessa gente si disputava l'occasione di fare affari con lui o di supplicare un lavoro per i propri cari.

El Vaqueiro aveva visto nei figli della vedova, rispettivamente di undici e dieci anni, due attenti apprendisti del suo ripugnante mestiere, poiché in entrambi pulsava l'odio che la povertà e le umiliazioni fanno germogliare persino nei più teneri cuori. Aveva dunque deciso di iniziarli alle sue nefande arti e così, a ogni tramonto, entrambi i ragazzini uscivano dal villaggio seguendo il sentiero che conduce alla parrocchia di Louro, con l'ombra maestosa delle due cime del monte Louro stagliate all'orizzonte sull'insenatura della foce, come un solitario altare dei tempi remoti quando la terra intera era dimora di dèi pagani e di giganti. Lì, davanti allo sguardo triste e stanco della vedova, venivano raccolti dal Vaqueiro, che li portava con sé, sempre al passo leggero, per insegnar loro a muoversi nel buio, a riconoscere i luoghi attraverso le tenui ombre disegnate dalla luna o semplicemente dal profilo. Avevano imparato a scendere lungo i vertiginosi sentieri tra le scogliere con un'oscurità che avrebbe suscitato paura persino nei più esperti guerrieri, a usare le parole e i gesti utili a condurre una mandria di vacche nel buio, e abituato l'udito a distinguere, nel mormorio del vento, il fruscio furtivo dei passi, il battito d'ali d'un gufo, il rumore dell'erba, la melodia degli aghi di pino e la sorda protesta di tutte le creature della notte che vedevano il proprio territorio di tenebra invaso dalle loro attività. Queste consistevano nel contare i passi, memorizzare tronchi, annusare la brezza e scrutare il mare nero in cerca di imbarcazioni. Una volta che i loro piedi avevano imparato a riconoscere l'aspra fisionomia della costa quasi fosse il proprio viso riflesso in uno specchio, e le orecchie a calcolare il peso e il numero di qualsiasi creatura basandosi sul modo di avanzare, e gli occhi capaci di distinguere una nave senza luci, in piena notte, grazie ai riflessi della luna sull'alberatura, El Vaqueiro aveva considerato concluso l'apprendistato. Era giunto il momento di metterli al lavoro.

Partiti come ogni giorno al tramonto, dopo una lunga marcia erano arrivati in un prato sulla scogliera già raggiunto in altre occasioni. Ma questa volta tutto era diverso. Li stavano aspettando gli uomini del Vaqueiro, armati di corde, bastoni e coltelli, che a mo' di saluto si misero a strapazzarli, allungando qualche scappellotto di passaggio e ammorbandoli con il loro alito puzzolente di aguardiente. Stancatisi di importunare i due ragazzini, si erano buttati a terra in un improvviso silenzio. Nell'aria aleggiava una strana eccitazione, come nelle notti della festa di San Pedro, il patrono di Muros, quando la stessa brezza odorava di allegria; ma quella notte non era l'allegria che danzava nel vento bensì qualcosa di nuovo e tremendo, una forza che attirava e spaventava come un'orrenda maschera di carnevale. Guzmán aveva scrutato nell'oscurità, più per abitudine che per curiosità, scoprendo che, al di là dello strapiombo che dava su una piccola spiaggia ghiaiosa, qualcuno aveva innalzato una pira sulla scogliera. Accanto c'era un uomo e, ai suoi piedi, tremolava un debole fuoco. Alonso, avendo già notato ciò che il fratello osservava con tanta attenzione, si era avvicinato al Vaqueiro chiedendogli a cosa servisse quel legname accatastato e quel fuoco acceso.

«A richiamare il demonio!» aveva risposto ridendo il contrabbandiere e, alzandosi in piedi d'un balzo, si era rivolto ai suoi uomini urlando: «Forza, accendete il falò e portate le vacche!»

Ben presto avevano udito i campanacci delle bestie, che sbucavano sul prato dai cespugli dove erano state nascoste. Sei vacche grandi che si muovevano lente e circospette, pungolate dagli uomini. Un'immagine bucolica che non avrebbe avuto nulla di strano se non fosse stato per la lanterna appesa alle corna di ognuna che la trasformava in una sorta di gigantesca lucciola.

Dall'altra parte del precipizio, la pira aveva preso ad ardere, diffondendo nelle tenebre una luce ingannevole. Guzmán e Alonso avevano condotto il bestiame lungo il sentiero che scendeva nel burrone, come ordinato dal Vaqueiro. «Tenetele sulla spiaggia finché non vi chiamo», aveva detto prima di salutarli con una pacca sulla schiena che era stata una sorta di lasciapassare nel mondo degli adulti. La notte era fresca e una tenue bruma ricopriva il mare come un sottile tappeto, per cui chi si fosse trovato sulla coffa di un albero di maestra non avrebbe avuto problemi a distinguere il falò e le lanterne, prendendo di conseguenza una rotta destinata a condurlo al disastro, poiché nelle acque eternamente agitate della costa quelle luci potevano essere scambiate per un faro e per i fanali di piccole imbarcazioni a ridosso di un'insenatura. «Mare abitato» avrebbe pensato l'angustiato navigante che lottava con le onde e la nebbia. E avrebbe scoperto la verità troppo tardi.

«Cosa succederà?» aveva chiesto Alonso, con voce tremante per l'emozione e la paura.

«Affondiamo una nave e ci prendiamo la sua mercanzia, tonto. Lo sai benissimo.»

«Sì, ma come accadrà?»

«Presto lo vedrai» aveva risposto Guzmán, cominciando a pungolare le vacche con il lungo bastone. Non voleva parlarne. Neppure lui sapeva come avrebbero fatto e non era disposto a riconoscere la sua ignoranza davanti al fratello.

Sulla piccola spiaggia si udiva solo il rumore delle onde. La foschia si addensava sul mare, ma ancora si scorgeva la luce del falò che brillava in alto, in un punto della costa. Per un po', le vacche avevano vagato sulla ghiaia in cerca di qualche filo d'erba. Chinando le grosse teste, le lanterne appese alle corna illuminavano soltanto resti di alghe, e ben presto erano volute tornare sul sentiero per raggiungere i prati, così i due fratelli avevano dovuto faticare non poco a trattenerle sulla spiaggia, come era stato loro ordinato di fare. A un certo punto avevano udito la voce del Vaqueiro che urlava dall'alto della scogliera:

«Eccola, va dritta sugli scogli! Andiamo!»

Guzmán, lasciate le vacche, si era avvicinato alla riva, scrutando inutilmente l'oscurità lattiginosa in cerca del profilo della nave.

«Mi sembra che sia lì!» aveva gridato Alonso, indicando un punto nell'infinito alla sua destra. «Andiamo a vedere!»

E i due ragazzini si erano messi a correre verso i picchi rocciosi che delimitavano la spiaggia. Arrampicatisi agilmente, non avevano superato i quindici piedi quando il velo di nebbia si era dissolto davanti a loro facendo emergere la figura maestosa di un brigantino con la prua rivolta alla scogliera dove si trovavano. Pareva che la nave galleggiasse sopra una nube e lo faceva silenziosamente come un fantasma. Poi era risuonato uno scricchiolio spaventoso. Lo scafo del brigantino si era aperto come un melone cozzando contro la lunga fila di rocce acuminate che formavano la scogliera e che restava sotto la superficie dell'acqua, perpendicolarmente alla costa, simile a un pugnale traditore. All'improvviso erano echeggiate urla disperate e altri schianti del legno, mentre l'alberatura della nave affondava rapidamente nella nebbia quasi fosse stata inghiottita da un incubo.

I due ragazzini assistevano allo spettacolo paralizzati dallo stupore. Dal sentiero arrivava il rumore dei passi degli uomini del Vaqueiro che scendevano di corsa verso la spiaggia.

«Fate in fretta!» gridava il contrabbandiere. «Preparate le cime, che stanno venendo qui!»

Tre uomini del Vaqueiro si erano arrampicati sugli scogli dove già si trovavano i due fratelli urlando loro di togliersi dai piedi e di scendere sulla spiaggia.

Avevano obbedito. Nel frattempo, si udivano chiaramente le grida d'aiuto degli sventurati membri dell'equipaggio. Per qualche minuto, gli uomini del Vaqueiro avevano gettato le cime nel buio, dalle rocce, lanciando urla di incoraggiamento ai naufraghi che, in tal modo, si dirigevano a nuoto verso la spiaggia.

Il primo era stato un ragazzo che per la giovane età doveva essere un mozzo. Appariva esausto e si era lasciato cadere tra le braccia dei soccorritori mormorando in lingua portoghese parole di gratitudine.

«Quanti uomini c'erano a bordo?» gli aveva chiesto El Vaqueiro, inginocchiandosi accanto a lui.

«Trentacinque, signore, ma i più non sanno nuotare.»

«Eccellente!» aveva esclamato il contrabbandiere davanti agli occhi attoniti del mozzo e, alzatosi in piedi, glieli aveva chiusi per sempre sferrandogli una tremenda bastonata sulla testa.

Guzmán aveva visto il sangue colare sul volto del ragazzo sentendo il cuore chiuso in una morsa e un brivido percorrergli la pelle come una brezza gelida.

Gli uomini del Vaqueiro si erano sparpagliati sulla spiaggia, in attesa di altri naufraghi, attirandoli con grida amichevoli.

Uno alla volta erano arrivati i pochi superstiti del naufragio, esausti e grati, per venire immediatamente finiti a bastonate, prima ancora di aver il tempo di capire quale atroce destino riservasse loro la malasorte.

«Niente coltelli!» gridava El Vaqueiro, mentre i suoi uomini bastonavano i malcapitati.

In tal modo avevano perso la vita otto uomini su quella spiaggia della morte, mentre i loro compagni venivano inghiottiti dalle onde. Alonso guardava i corpi come stregato. Si avvicinava fino a loro, annusava nell'aria l'odore dolciastro del sangue e tastava con la mano le carni umide ma ancora tiepide dei cadaveri, come se vi cercasse la segreta apertura dalla quale gli abitanti di quei gusci vuoti erano fuggiti, lasciando sulla ghiaia l'involucro ormai inutile che era servito loro da dimora in questo mondo. Guzmán lo guardava fare quasi con invidia perché nell'atteggiamento del fratello c'era un coraggio, una curiosità che vincevano la paura della morte. Ma lui non riusciva ad avvicinarsi, non osava farlo.

«Muoviti, moccioso! Lascia in pace i morti!» aveva urlato El Vaqueiro, e Alonso si era allontanato dal corpo del mozzo con un balzo, come se la voce del contrabbandiere lo avesse risvegliato da un sogno.

Per oltre un'ora gli uomini del Vaqueiro avevano battuto le spiagge circostanti in cerca di eventuali superstiti, ma non ve n'erano altri. Nel frattempo, Guzmán e Alonso facevano pascolare le vacche portandole verso il recinto dove le custodivano, raccoglievano le lanterne e aiutavano i contrabbandieri a spegnere il falò e a spargerne le ceneri. Poi, si erano messi a guardare quelli che trascinavano i corpi su una barca e li portavano al largo, nel cuore del banco di nebbia, per gettarli in acqua e far credere che si fossero fracassati il cranio a causa delle mareggiate.

Quando El Vaqueiro era risalito fino al prato, i suoi uomini avevano cominciato a raccogliere sulla spiaggia i primi resti del naufragio, aspettando l'alba per avvicinarsi allo scafo del brigantino e impossessarsi del suo carico, sebbene fosse una manovra rischiosa; ma una piccola imbarcazione poteva compierla con la luce del giorno se chi la governava conosceva le scogliere come il palmo della propria mano.

«Il mare è sempre generoso» aveva detto El Vaqueiro vedendo che i due fratelli lo fissavano con ammirazione e timore «ciò che toglie a uno lo dona a un altro. Guardate, ho trovato questo rotolo di seta in una delle casse. Portatelo a vostra madre, e voi prendete questi due coltelli, che vi saranno utili. E ora andatevene. Non avreste dovuto vedere ciò che avete visto. Dimenticatelo e non parlatene con nessuno. Siete uomini della mia banda e qui il tradimento si paga con la vita. Intesi?»

I due ragazzini avevano annuito per poi allontanarsi di corsa verso il sentiero, inseguiti dall'eco della canzone intonata dai loro compagni di crimini e che avrebbero ascoltato in molte altre notti:

E nella notte più nera
quando infuria la bufera
persino un veliero
sugli scogli può finire.

Per qualche giorno non avevano osato parlare nemmeno tra di loro di quanto era successo. Ogni volta che vedevano El Vaqueiro passeggiare per le vie di Muros in cerca di compratori per le sue insanguinate mercanzie, fuggivano a gambe levate, un po' spaventati ma al tempo stesso contenti di essere a parte del suo segreto. Poi, quando il contrabbandiere aveva richiesto i loro servigi, erano andati all'appuntamento con più curiosità che dubbi, poiché l'accaduto sembrava ormai un sogno e si chiedevano se i prati e le spiagge delle loro innumerevoli scorrerie infantili potevano trasformarsi nuovamente nello scenario di così terribili eventi. Avrebbero ben presto comprovato che il diavolo rispondeva sempre al richiamo del Vaqueiro, e i naufragi e le morti si susseguivano con sinistra continuità.

In tal modo avevano trascorso gli ultimi anni dell'infanzia e i primi dell'adolescenza, forgiando i propri caratteri in quell'atroce scuola di vita. Avevano imparato a finire a bastonate i naufraghi che respiravano ancora dopo i colpi inferti dagli uomini del Vaqueiro, e a considerare tali crimini come effetti di una qualche forza della natura e, di conseguenza, non avevano remore nel compatire coloro che assassinavano, come se l'agire delle mani non dipendesse dalla loro volontà. Avevano imparato anche a bere aguardiente di gusto e a difendere la propria parte di bottino coltello in pugno, se ve n'era bisogno. Si sentivano ammirati dalle ragazze del villaggio, ai cui occhi apparivano circondati da un alone di feroci leggende, e osservati da tutti, perché molti compaesani malignavano sull'origine della loro inaspettata fortuna, sapendo però che la paura e l'interesse chiudevano bocche e occhi. E neppure la madre sembrava volersi rendere conto di cosa facessero, sebbene fosse stata proprio lei a metterli nelle mani del contrabbandiere.

La prosperità era durata fino a quel giorno di tempesta in cui avevano gettato in acqua un altro mucchio di cadaveri, facendo in fretta per il mare che ingrossava sotto la furia del vento. Ma compiendo un crimine, la fretta è cattiva consigliera, come del resto in tutti i mestieri. Uno dei naufraghi, dato per morto, era riuscito a sopravvivere non solo alle bastonate ma anche alla tempesta, e per sventura del Vaqueiro, aveva raggiunto un isolotto all'entrata dell'insenatura di Muros, dove lo avrebbero soccorso alcuni pescatori. Il racconto della crudele sorte subita dai suoi compagni aveva costretto le autorità del luogo a compiere delle indagini e così il contrabbandiere era finito in carcere, dopo esser stato riconosciuto dal naufrago come l'uomo che lo aveva bastonato sulla spiaggia fino a crederlo morto.

La banda del Vaqueiro si era dispersa come fumo al vento. Ognuno aveva preso la sua strada, benché il loro capo si fosse rifiutato di rivelare i nomi dei complici nonostante le dure maniere impiegate per farlo parlare. Così Guzmán e Alonso avevano salvato la pelle, cercando rifugio in casa della madre, dalla quale uscivano soltanto per lavorare nei campi, vedendosi costretti a farlo più per pagare il silenzio dei compaesani che per guadagnare qualche misero soldo. I giorni della prosperità erano svaniti quasi non fossero mai esistiti e la madre aveva ripreso con la vecchia litania ogni notte, quando accanto al fuoco rimpiangeva i beni mai ricevuti:

«La tenuta di San Roque: qualcuno provvederà, figli miei, qualcuno provvederà. La casa di Serres, con le porcilaie e gli orti: qualcuno provvederà, figli miei, qualcuno provvederà...»

Ma i due fratelli non erano più dei bambini da imbonire con false promesse di future fortune, bensì due giovanotti avvezzi alla morte e al rischio, dai cuori induriti e doppiamente umiliati dalla condizione di bastardi e assassini, poiché né il loro nobile padre né i tanti crimini commessi li avevano riscattati dalla miseria. Le litanie materne non fornivano più consolazione e ben presto avevano deciso di prendersi ciò che la disdetta e l'avarizia della bastarda parentela negava loro.

Dato che la moglie e i figli del padre vivevano nei possedimenti ereditati da questi a Corcubión e a Camariñas, avevano messo gli occhi su un fratello del signore di Montenegro che era sacerdote e parroco della vicina chiesa di Louro. A nulla sarebbero servite, allo zio suo malgrado, le proteste con cui aveva cercato di sbarazzarsi di quei due giovani pezzenti che la dissolutezza del defunto fratello aveva reso indesiderati parenti. Guzmán e Alonso si recavano continuamente nella chiesa di Louro a chiedere denaro, adirati e veementi. Il prete all'inizio era ricorso ai modi sacerdotali, pieni di buone parole, ma ben presto si sarebbe abbandonato a furiose invettive e minacce che rivelavano il fermo proposito di non offrire alcun aiuto né tantomeno i beni pretesi.

Quando i due fratelli si erano resi conto che non avrebbero ottenuto nulla dal loro signor zio, avevano dato libero sfogo al rancore e, protetti dall'oscurità della notte che ben conoscevano, erano andati ad appiccare il fuoco alla chiesa. In paese si era quindi scatenato un putiferio, e anche se molti accusavano i figli della vedova abbandonata d'esserne i responsabili nessuno aveva osato passare dalle parole ai fatti, perché li consideravano degli scellerati e non c'era uomo disposto a giocarsi la vita per castigare un delitto che, in fin dei conti, aveva avuto come vittima un sacerdote che godeva di scarse simpatie tra gli abitanti per la posizione elevata e le maniere superbe.

«Ancora una volta eravamo sfuggiti alla giustizia» ricordò Guzmán, con voce ridotta ormai a un lieve sussurro, perché i nostri carcerieri avevano spento la fioca luce che illuminava la cella e adesso ci ritrovavamo immersi nelle tenebre impenetrabili. «Ma sapevo che era solo questione di tempo e sarebbe giunto il giorno in cui avremmo pagato per le nostre malefatte. In preda a tale timore trascorrevo le giornate, sempre più solo, poiché Alonso si burlava della mia paura prodigandosi, il temerario, nel cercare tresche d'amore e fortuna al gioco, neanche gli fosse d'avanzo la vita e volesse sbarazzarsene, giocandosela contro uno o contro tutti, in un'alcova, nella pubblica piazza o nelle bische, perché comunque la dava per persa.

Io portavo a spasso la solitudine in riva al mare, la cui immensità è specchio delle umane sofferenze, e come un animale addomesticato tornavo nei luoghi dove avevo pascolato le mie speranze: le insenature e spiagge dove El Vaqueiro commerciava con le furtive imbarcazioni dei contrabbandieri e rifornivamo i corsari di acqua e viveri in cambio di sonanti monete, senza che ci importasse sotto quale bandiera solcassero i mari.»

In uno di quei vagabondaggi, dopo una settimana di temporali che lo avevano costretto a restare chiuso in casa, Guzmán era arrivato in una spiaggia solitaria che si estende al di là del monte Louro, sul mare aperto, conosciuta come Playa de la Arena Mayor. Era una delle sue mete predilette, poiché accanto alla spiaggia c'è una laguna d'acqua dolce separata dal mare dalle dune che nel mese di maggio si ricoprono di iris gialli, come se il sole vi stendesse sopra gli stanchi raggi in cerca di riposo. Le genti della zona raccontavano che in quella laguna dimorasse un orco feroce, di cui giuravano di aver visto il corpo coperto di molluschi nelle notti di plenilunio, quando usciva dalle acque per dare la caccia ai cani del luogo, il suo cibo preferito se non trovava un bambino da divorare, e proprio per questo motivo gli animali ululavano nel buio, avvisandosi l'un l'altro della sua presenza. Seduti sulle dune, con l'inquietante laguna alle spalle e il mare Oceano davanti, i due fratelli avevano imparato fin dalla prima infanzia a sognare e a dominare la paura.

Arrivato sulle dune, Guzmán aveva notato una nave dalle forme aggraziate ancorata a poche braccia dalla riva, oltre gli infidi scogli. Dall'aspetto e dalle insegne gli era parso un galeone inglese dedito alla guerra corsara già visto in una precedente occasione, in compagnia degli uomini del Vaqueiro. Di lì a poco, avvistato anche lui dall'equipaggio del galeone, era stata calata in acqua una scialuppa che aveva rapidamente guadagnato la riva. A bordo c'erano cinque uomini, uno dei quali, alto e con una divisa indosso, aveva raggiunto Guzmán chiedendogli in uno stentato castigliano se fosse lui l'inviato del Vaqueiro. Guzmán aveva risposto che lui non era l'inviato di nessuno benché, se non fosse accaduto il peggio, probabilmente lo sarebbe stato, raccontargli poi della fine fatta dalla banda del Vaqueiro. L'inglese si era rammaricato per la sorte del suo rifornitore clandestino e aveva chiesto se lungo la costa vi fossero altri contrabbandieri con i quali trattare, e in effetti Guzmán aveva sentito parlare di uno, detto El Rubio, che operava più a sud, nelle isole Cíes, vicine ai porti di Vigo e di Pontevedra. Il marinaio si era lamentato della sua cattiva stella, perché avrebbe corso un grosso rischio avvicinandosi alla costa spagnola e non voleva sfidare la sorte due volte, dato che la sua sarebbe stata una lunga traversata e non era sensato cercare ulteriori rischi oltre ai molti già da affrontare. E stava per andarsene, non senza prima chiedere al giovane Guzmán di mantenere il silenzio su quell'incontro, quando era tornato sui suoi passi per offrirgli di arruolarsi nell'equipaggio, poiché un incidente lo aveva privato di uno dei mozzi. Guzmán aveva letto nello sguardo dell'inglese la decisione di portarlo comunque con sé, lo volesse o meno, per la propria sicurezza, e in cuor suo aveva vagliato i pro e i contro della trascorsa esistenza, piena di dispiaceri e pessimi ricordi. E le sue labbra si erano affrettate a pronunciare una risposta affermativa, perché nella vita la fortuna non bussa spesso alla porta ed è stolto colui che, per fermarsi a riflettere troppo, si lascia sfuggire l'occasione propizia.

Chiesto all'inglese quando dovesse farsi trovare pronto per salire a bordo, questi aveva risposto di imbarcarsi immediatamente, poiché era sicuro che la presenza del galeone fosse già stata segnalata e voleva evitare di imbattersi nella squadra navale spagnola. Guzmán si era voltato indietro a guardare la laguna oltre il dorato tappeto di iris e, più in là, il sentiero che portava verso Muros de San Pedro. Poi, aveva voltato le spalle al passato ed era salito sulla lancia.

Il galeone del comandante Davis, così si chiamava il marinaio inglese, navigava per conto della Compagnia delle Indie Orientali e faceva rotta fino alla città di Surat, sulla costa occidentale dell'India, dove gli inglesi avevano eretto una fortezza e commerciavano con le ricche sete di quelle terre e il prezioso indaco. Per arrivare fin laggiù, doveva circumnavigare il continente africano, cercare a ponente i venti che lo portassero verso il sol levante, doppiare il capo di Buona Speranza e poi addentrarsi nel mar di Cafreria e nel mare Arabico, detto anche Indico, reso pericoloso dai tanti corsari mori che lo solcavano. Così avevano fatto e tre mesi più tardi, dopo una sosta forzata sulla costa di una grande isola che chiamano Madagascar, per riparare i danni subiti dalla nave durante una tempesta, erano giunti a Surat, città di innumerevoli attività redditizie dove gli inglesi potevano contare sulla protezione del sultano musulmano signore di quelle regioni, poiché a tali latitudini i dogmi della fede diventavano meno rigidi e le guerre tra mori e cristiani sulle sponde del Mediterraneo sembravano favole d'altri tempi. I seguaci dell'Islam in terre indiane temevano più i pirati delle isole della Sonda che l'avversione del Re d'Inghilterra. E di conseguenza, gli stessi cristiani che li combattevano nelle acque d'Europa garantivano la scorta, in cambio della tollerata presenza a Surat, alle navi dei mori che trasportavano i pellegrini di fede islamica nelle terre d'Arabia, nel devoto viaggio alla Mecca.

Guzmán aveva deciso di stabilirsi in quel mondo variegato e prolifico, dove le ricchezze sembravano alla portata di un uomo coraggioso, e non avrebbe tardato a vedere riconosciuti il proprio valore e gli sforzi compiuti. Per qualche anno, aveva navigato come marinaio sulle acque del mare Arabico e del golfo del Bengala, trattando con le genti dei regni di Malabar e di Zeylam, di Basinagar e di Malacca. E in tutto quel tempo, il ricordo della sventurata e criminosa vita nelle terre di Spagna era sprofondato nell'oblio, sebbene in due occasioni avesse fatto stilare dallo scrivano della Compagnia una lettera da inviare a Muros senza alcuna speranza di ottenere risposta. Infine, quando aveva ormai venticinque anni ed era un uomo rispettato tra gli inglesi sia per le doti marinare che per l'abilità nel commercio, Guzmán era tornato a imbarcarsi con il comandante Davis, uomo ambizioso e dalla viva immaginazione, in una spedizione che si proponeva di allungare il braccio dell'Inghilterra fino alle isole della Sonda, per contendere le mercanzie della zona a portoghesi e olandesi che vi avevano già insediato alcune colonie.

Avevano salpato con la stagione dei monsoni, quando piove in abbondanza ma le acque del golfo del Bengala non sono più flagellate dai tremendi tifoni che la precedono, raggiungendo in breve tempo l'isola che gli antichi chiamavano Taprobanna e gli abitanti odierni Sumatra. E su una delle isole minori nello stretto che la separa dal regno di Malacca, chiamata Linga, il comandante Davis aveva lasciato una guarnigione di cento uomini, alcuni dei quali accompagnati dalle mogli, affinché la popolassero e vi costruissero un forte a protezione delle navi inglesi che si fossero avventurate in quello stretto. Dai signori delle vicine città di Palimbam e di Pulobama aveva comprato il diritto per tale insediamento, lasciandovi come comandante lo stesso Guzmán, che da diversi anni lo serviva fedelmente e in modo efficiente. E così, l'apprendista contrabbandiere si era visto tramutato in governatore di Port Elizabeth, che era il nome dato alla piazzaforte.

La vita a Port Elizabeth era dura, il lavoro arduo e i pericoli non pochi, perché ai pirati cinesi e giavanesi si aggiungevano gli ostili portoghesi, che nella loro presenza vedevano una minaccia ai propri commerci. Non erano mancate le discordie nella guarnigione della fortezza né i dissapori e le dispute con i signori di Palimbam e di Pulobama, che vedendo prosperare gli inglesi avevano ben presto avvertito il richiamo dell'avidità pretendendo ulteriori pagamenti per l'insediamento. Ma Guzmán aveva saputo superare nel migliore dei modi tutte le prove, usando alternativamente la persuasione e l'inganno, o anche la forza, poiché non gli mancava la determinazione né gli tremava la mano se c'era da castigare affronti o tradimenti.

«Però quando ormai confidavo nel vento che gonfiava le vele della mia felicità, arrivò un'inattesa tempesta a ricordarmi quanto sia effimera la condizione umana» disse Guzmán, e nel buio della cella potei udire come gli si spezzasse la voce e si colmassero di dolore le sue parole. «Il comandante Davis giunse in porto nei primi giorni di primavera, con viveri e armi, nonché un nutrito gruppo di prigionieri, tutti pirati che da alcuni mesi insidiavano le navi inglesi, con l'appoggio dei portoghesi. Per la maggior parte erano nativi delle isole della Sonda, ma non mancavano gli avventurieri olandesi e portoghesi. La punizione per le loro malefatte, che fosse di monito a tutti, era la forca e, a tale scopo, sul galeone vennero calate delle cime dal pennone dell'albero di maestra. Essendo il governatore della piazzaforte toccava a me emettere le sentenze, e mi predisposi a tale compito quando mi portarono davanti i prigionieri. I pirati cominciarono a pronunciare i propri nomi senza che il mio cuore vacillasse di fronte a quegli sguardi supplicanti o alle voci rotte, finché non mi trovai faccia a faccia con mio fratello che mi fissava incredulo chiamandomi per nome. 'Cosa ci fai tu qui?' chiesi a bassa voce, mentre avvertivo su di me lo sguardo del comandante Davis e quelli dell'intera guarnigione, che aspettava impaziente di assistere alle esecuzioni. Lui rispose che sapendomi nelle terre d'India si era imbarcato su una nave portoghese per venirmi a cercare, senza riuscire a trovare le mie tracce in così vasti regni, mentre dandosi alla pirateria aveva fatto numerosi e ottimi affari sebbene fosse poi finito nelle mani degli inglesi.

'Davo per persa la mia vita' mi disse, 'finché non ti ho visto.'

'Io non posso fare nulla' risposi, mentre sentivo che le viscere mi si squarciavano.

'Ma tu sei il governatore...'

'È proprio per questo che non posso fare nulla.'»

Alonso lo aveva fissato con stupore, ma senza poter aggiungere altro perché il fratello aveva già chiamato il prigioniero successivo e lui era stato portato via dai soldati. Concluso il procedimento, Guzmán aveva emesso la sentenza di morte per i pirati allontanandosi poi dal molo in fretta, mentre dentro di lui si scatenava una lotta così feroce da credere di dover morire cento volte prima che finisse il giorno. Aveva trascorso l'intera notte lamentandosi incessantemente, incapace di dormire e neppure di restare seduto. Andava avanti e indietro, sotto lo sguardo incuriosito delle sentinelle, e la crocetta dell'albero di maestra gli pareva quella da piantare sulla tomba di Alonso, grande quanto i suoi peccati e la sua codardia. Almeno cento volte aveva deciso di raggiungere le segrete per tirare fuori il fratello con l'unico pretesto dei poteri conferitigli dal suo incarico. E cento volte si era convinto che fosse tutto inutile, perché così facendo avrebbe soltanto decretato la propria condanna. All'alba, i primi raggi del sole avevano illuminato sull'albero del galeone i condannati che penzolavano come frutti macabri.

«Non volli vedere il corpo di mio fratello né sapere cosa ne avessero fatto» concluse Guzmán «perché il suo volto colmo di stupore mi perseguitava e non mi lasciava dormire. Il comandante Davis mi chiese il motivo di tanto cruccio e gli dissi quanto fosse stato difficile mandare a morte uno spagnolo come me e, con ciò, credevo di aver dato prova della mia lealtà al di là di qualsiasi dubbio. Trovai mille altre ragioni e alla fine riuscii a convincerlo a riportarmi con lui in Inghilterra, poiché l'incarico di governatore mi risultava più penoso che grato ed ero stanco di dover trattare con dei pagani. Tre mesi dopo mi sono imbarcato per Surat e da lì a Londra, dove stava scritto che non sarei mai arrivato; infatti davanti al capo di Bojador ci hanno sorpreso le navi dei pirati moreschi, e una volta catturato, sono stato condotto in queste segrete di Salé dove pago infine i miei debiti e non mi lamento, perché questa penitenza acquieta almeno la mia nera coscienza.»

Quando tacque la voce di Guzmán, le tenebre parvero infittirsi intorno a me. Balbettai qualche frase di compassione, ma l'infelice non disse altro, sembrava avesse consumato nel suo lungo racconto tutte le parole che si portava dentro. Di fianco, il gigante islandese dormiva già da tempo, stando allo sporadico russare, incapace di seguire al buio l'intera storia di Guzmán Montenegro, vinto dalla propria sventura. Pensai al saggio modo in cui il sonno viene a mettere ordine nelle più disordinate vite, quando è libero dagli incubi, e mi chiesi perché non facesse altrettanto con la mia, dato che il dolore stanca più di qualsiasi sforzo immane e io sentivo di aver esaurito ogni energia. Non tardai a comprendere che era la mia vanità umiliata, e non il dolore, la causa dell'insonnia.

Per cinque anni avevo trascinato di porto in porto la ferita aperta da Catalina, ma i mali dell'orgoglio son difficili da curare e ancora mi bruciava. Il ridicolo racconto della mia vita falsa mi appariva adesso come una suppurazione di quella vecchia pugnalata e mi rimproveravo per aver vagato tanto e sostenuto tanti scontri e conquistato e perso tanti amici per, alla fine, ritrovarmi rinchiuso nella stessa gabbia di desideri insoddisfatti. «Quanto sei stupido!» gridavo in silenzio, e nel vano sforzo di fuggire da me stesso, tornavo continuamente sulla storia di Guzmán Montenegro. C'era qualcosa che mi inquietava, che mi risultava familiare, al di là del ricordo della costa galiziana, nelle cui acque ero finito tra le mani dei pirati moreschi.

Mi sforzai di ripercorrere con l'immaginazione la fosca ed eccessiva vita di quell'uomo, sempre all'insegna della violenza, ed elencando i numerosi luoghi che avevano fatto da scenario mi soffermai sulla parola Zeylam e scoprii che era proprio quello il sasso in cui inciampavano i pensieri. Ma non era la voce di Guzmán Montenegro a ripeterla ora nella mia memoria bensì il vocione di un marinaio della polacca di mio padre, Peter Johnson, che tutti chiamavamo «Tortuga» per esser stato lui ad averci convinti a lasciare l'isola Bermuda, dove eravamo andati a parare dopo aver abbandonato la turbolenta colonia di Roanoke nella quale ero nato, spronandoci a raggiungere quella della Tortuga che, a quanto diceva, era libera dagli spagnoli e un buon porto per i nostri commerci clandestini.

Fu Peter Tortuga Johnson l'unico uomo in grado di dirmi qualcosa sulla vita di Jamaica prima che questi entrasse nella mia, poiché il servitore, oltre che muto, era analfabeta e la silenziosa eloquenza riguardava solo il regno del presente. Il suo passato era una pagina in bianco e le poche righe che, grazie a Tortuga Johnson, sarebbero state scritte cominciavano con quella parola: Zeylam.

Tortuga Johnson aveva conosciuto Jamaica il giorno in cui, da nostromo di un galeone inglese dedito alla guerra corsara, aveva abbordato, di fronte all'isola Mauritius, una galera portoghese dove questi era galeotto. Ben pochi prigionieri sarebbero sopravvissuti al violento combattimento, perché la galera aveva cominciato subito a imbarcare acqua e la maggior parte non era riuscita a liberarsi dalle catene. Da uno dei superstiti, a sua volta catturato dai portoghesi sulla costa dell'India e che conosceva qualche parola di inglese, Tortuga Johnson aveva saputo che quel prigioniero muto, dalla lucida testa calva, la forza straordinaria e lo sguardo attento, capace con le sole mani di scardinare dall'infisso l'anello della sua catena, era nato nell'isola di Zeylam, in una città costiera chiamata Jafnarú, dove aveva fatto il pescatore negli anni della giovinezza, ma lo spirito inquieto lo avrebbe ben presto portato a viaggiare per il mondo. Dopo aver fatto i più svariati e insoliti mestieri, dal venditore d'acqua al tintore e persino l'accompagnatore di un santone cieco, la fame lo aveva spinto a cercare una vita più agevole nel prospero regno di Malabar, sulla costa occidentale dell'India, e lì era rimasto per qualche anno facendo il servitore di un eminente nobile della città di Calicut, dove aveva goduto di un buon trattamento e molta stima, finché non era stato accusato dalla moglie del suo signore di aver tentato di rubare dei gioielli per poi ingiuriarla e tempestarla di colpi al momento di esser scoperto.

Tortuga Johnson mi raccontava come l'adirata dama fosse riuscita a far tagliare la lingua a Jamaica pretendendo anche l'amputazione delle mani, secondo un'antica e crudele legge, cosa che indubbiamente avrebbe ottenuto se l'offeso marito non avesse preferito trarre profitto da quell'ingrato servitore, vendendolo come schiavo ai marinai portoghesi che commerciavano con la città.

«Quando lo conobbi sulla galera, portava il nome di Babir, che a me sembrava più adatto a un cavallo che a una persona» mi aveva spiegato Tortuga Johnson «e così decisi di chiamarlo Jamaica.»

Tortuga Johnson aveva i suoi buoni motivi per mettere il nome di un'isola del mar dei Caraibi a uno schiavo trovato su un'isola del mare Indico poiché, poco prima di iniziare la traversata che lo avrebbe portato nelle vicinanze dell'isola Mauritius, era stato sul punto di perdere la vita proprio davanti alla costa della Jamaica, dall'altra parte del mondo, quando un'ondata lo aveva scaraventato fuori bordo dal brigantino corsaro su cui era imbarcato e solo l'aiuto di uno sconosciuto pescatore l'aveva salvato dal finire all'inferno. «Lì è ricominciata la mia vita» mi aveva ripetuto raccontandomi chissà quante volte quella storia. Anche la vita di Babir ricominciava da capo, dopo essersi miracolosamente salvato dall'affondamento della galera, e secondo il marinaio inglese non c'era nessun altro uomo più adatto di Jamaica per ricominciare a viverla.

Quando il capitano del galeone corsaro era morto, in un altro scontro con i portoghesi davanti alle coste del Madagascar, Tortuga Johnson aveva preso il comando della nave portando con sé Jamaica fino in Inghilterra. Lì, consegnato il galeone all'armatore, si era imbarcato, sempre con il forzato servitore al seguito, su una nave diretta alla colonia dell'isola Bermuda, nelle terre d'America, dove sarebbero arrivati nell'estate dell'anno milleseicentodiciassette, e dove li avremmo conosciuti, mio padre e io, al momento di arruolare un equipaggio per la polacca vinta in una folle partita a carte finita con tre uomini morti e un gran putiferio in tutta la colonia. E proprio in una partita a carte, una notte di insonnia e rum a bordo della polacca, Jamaica sarebbe divenuto mio schiavo, dopo che lo vinsi a

Tortuga Johnson in una combattuta mano a *quínola* nella quale avevo quattro bastoni contro le sue quattro coppe.

Nel buio della cella, la testa mi ribolliva di immagini. Rivedevo il verde dell'isola della Tortuga, i libri con cui mio padre cercava faticosamente d'istruirmi, i viaggi sulla nostra polacca dove Jamaica mi onorava della sua lealtà, perché mio padre gli aveva restituito la libertà, persuaso che per un uomo non vi fosse male peggiore della schiavitù... E mi tornavano in mente le parole di Tortuga Johnson, a raccontarmi come Jamaica avesse proclamato la propria innocenza persino nel momento in cui la lama del carnefice gli mozzava la lingua condannandolo per sempre al silenzio. Tortuga Johnson aveva anche saputo che l'unico peccato di Jamaica era stato il rifiuto di continuare a soddisfare le perverse passioni della moglie del suo signore, donna che provava piacere nel martirizzare l'amante e facendosi da questi torturare. Temendo che Jamaica potesse rivelare quei vizi depravati, aveva ordito la menzogna del furto dei gioielli che, in un colpo solo, le garantivano il silenzio dell'amante e il godimento del suo tormento.

Al suono di quelle parole nella memoria, che evocavano i ricordi di altri, cedetti finalmente al sonno. Il fantasmagorico volto della padrona di Jamaica, che non avevo mai visto, si trasformò, nella mia mente frastornata, in quello di Catalina, che passeggiava in coperta nel pieno della tempesta, sotto un cielo nero e squarciato dai lampi, mentre Jamaica volteggiava sopra di lei, legato all'albero spezzato del San Juan de Gaztelugache, come un gigantesco albatro.

La mia vita da schiavo nel porto di Salé seguiva la stessa fatalità che perseguita ovunque nel mondo chi si veda gettato in prigione o nelle segrete, tramutato nel giocattolo della volontà altrui. Ci alzavamo all'alba, trangugiavamo il ripugnante intruglio distribuito dal carceriere e, con le poche forze che potevamo ricavarne, dovevamo lavorare come bestie da soma fino al tramonto, quando rientravamo in cella, più morti che vivi. Tuttavia, alla sventura della schiavitù si aggiungeva il singolare malanimo manifestato dai moreschi nei confronti degli spagnoli, e per mia sfortuna mi consideravano come tale, sia per la bandiera della nave sulla quale ero stato catturato che per il ridicolo racconto della mia falsa vita. Nel cuore di quei moreschi ardeva ancora il rancore per la cacciata dalla Spagna e, di conseguenza, il giubilo per la conquistata indipendenza della loro repubblica pirata, festeggiata proprio il giorno del mio arrivo nella città di Salé, non faceva che inasprire l'odio nei confronti dei cristiani provenienti dalla patria perduta. Così erano gli schiavi spagnoli a esser costretti a lavorare più duramente e per maggior tempo degli altri, sia nei cantieri sul fiume, sia alla costruzione di una grande muraglia che stavano innalzando per proteggere da attacchi terrestri l'Arrabal, il sobborgo dove viveva la maggioranza dei moreschi. Mentre gli schiavi francesi e inglesi conservavano ancora la speranza di essere riscattati, gli spagnoli disperavano di poter rivedere i propri cari, poiché erano i primi a venire offerti in vendita nelle aste di schiavi che si tenevano sulla riva del fiume, e il cibo scarso e il lavoro eccessivo ne minavano le forze fino a ridurli a scheletri che si reggevano a malapena in piedi.

Furono mesi duri e terribili, nei quali a nulla valsero le mie proteste nel dichiararmi inglese, se non a farmi guadagnare qualche bastonata e la diffidenza degli stessi schiavi spagnoli, che non sapevano come considerarmi. Torval e Guzmán Montenegro divennero i miei unici amici, come se quella notte di dolore in comune avesse siglato tra noi un patto non scritto. Ma la nostra unione di sventurati non era che una misera consolazione e ben poco poteva alleviare l'animo, come avrei comprovato il giorno in cui venni a sapere, da uno schiavo inglese con il quale ero riuscito a scambiare qualche parola nei cantieri, che era arrivato in città un emissario del Re d'Inghilterra, il gentiluomo John Harrison, con il proposito di stabilire un'alleanza commerciale e militare con la repubblica pirata di Salé e ottenere, al contempo, la liberazione dei sudditi di Re Carlo tenuti prigionieri. Caddi in una profonda disperazione. Il gigante Torval, che aveva ormai imparato qualche parola della lingua castigliana, tentava di consolarmi ripetendo quelle che per lui erano un balsamo nelle notti solitarie, quando lo tormentava il ricordo di Gudrid, vista soltanto due volte, e da lontano, dal giorno del suo arrivo: «Pace nella tua testa, Tomás, pace». Ma non c'era pace dentro di me e ogni notte mi ribellavo contro la mia lingua traditrice e le mie menzogne, che mi avevano cacciato in quell'assurda situazione.

Il giorno in cui vidi il gentiluomo John Harrison, a soli venti passi da me eppure lontano come se si trovasse sulla luna, credetti di impazzire. Fui tentato di gridargli qualche frase in lingua inglese, ma il capo delle guardie di turno quel giorno nel cantiere era un moresco brutale, di nome Parrado, capace di strappare la pelle a un uomo per molto meno, come ben sapeva la mia schiena dolorante. Dovetti dunque rassegnarmi a veder passare da una certa distanza l'emissario della mia libertà, che ignorava persino la mia esistenza. Al suo fianco c'era un moresco dalla barba folta, vestito alla maniera turca, al quale udii pronunciare alcune frasi in inglese. Domandai a Guzmán Montenegro, che stava accanto a me, chi fosse, e rispose che era lo scrivano e interprete dell'ammiraglio della flotta pirata, si chiamava Mohamed Al-Minar, conosciuto tra gli schiavi spagnoli con il soprannome di Barabba, ma non sapeva il motivo di ciò perché non restava nessuno che ne conservasse memoria.

L'arrivo dell'emissario inglese ebbe, se non altro, l'inaspettata virtù di attenuare il rigore della prigionia al gruppo di schiavi con i quali condividevo la cella. Nei giorni seguenti ci assegnarono compiti meno gravosi, e la vigilanza dei guardiani divenne più benevola da quando Parrado era stato sostituito da un altro moresco, tale Narváez, che apparteneva a un'influente famiglia di commercianti e il cui zio, a quanto si diceva, era un membro del Diván della città. Ero quasi tentato di attribuire alla dea Fortuna maniere più generose di quelle finora dimostrate nei miei riguardi, quando un fatale incidente avrebbe posto fine all'effimero periodo di bonaccia.

Una mattina, recandoci al cantiere come tante altre volte, passammo vicino all'imbarcadero sul fiume, dove si teneva l'asta degli schiavi. Ricordavo con un certo sarcasmo quelle lontane mattine che, affacciato alla finestra della locanda dell'India, nel quartiere sivigliano di Triana, ingannavo il tempo guardando l'arrivo degli schiavi sul molo di Las Muelas. E stavo per darmi ancora una volta dell'idiota e arrogante quando sentii alle mie spalle un ruggito formidabile e un colpo secco. Accanto a me crollò uno dei guardiani che ci sorvegliavano, quasi lo avesse fulminato una saetta e voltandomi per cercare di capire cosa stesse succedendo vidi il gigante Torval che, trascinandosi dietro lo schiavo legato alla stessa corda che gli stringeva i polsi, correva verso il gruppo di curiosi che assisteva all'asta degli schiavi.

«È impazzito!» esclamai, ma Guzmán Montenegro, con cui ero legato io, disse:

«Per forza, stanno vendendo sua moglie!»

Sul palco dove venivano mostrati gli schiavi all'asta c'era una donna alta, dai capelli vermigli e il corpo robusto da contadina, che guardava spaventata il gigante correrle incontro.

«Si farà ammazzare» mormorai, desolato, e quando incrociai nuovamente lo sguardo di Guzmán Montenegro capii cosa dovevamo fare.

«Andiamo!» gridò Guzmán e lasciammo entrambi la fila dei prigionieri mettendoci a correre dietro l'infuriato Torval. Alcuni schiavi ci seguirono e, in pochi istanti, nell'imbarcadero si scatenò un tale putiferio che dovevano sicuramente sentirlo oltre la muraglia, dentro la cittadella della Casbah.

Torval si faceva largo a manate tra curiosi, commercianti e soldati, scaraventandoli come palle di cannone in tutte le direzioni, mentre il suo compagno di prigionia veniva sballottato quasi fosse un fantoccio inanimato. Intanto, Guzmán e io lottavamo per ostacolare la reazione dei guardiani moreschi, spintonando chiunque ci sbarrasse il passo, in una baraonda di ruzzoloni e imprecazioni.

Torval stava per raggiungere la pedana dalla quale Gudrid urlava nella sua lingua islandese, trattenuta da due uomini, quando uno dei guardiani riuscì a sferrare un tremendo fendente di scimitarra sulla schiena del gigante, che cadde bocconi sul tavolato con uno sbuffare da toro ferito, trascinando nella caduta l'atterrito compagno mentre il sangue inzuppava la giubba malconcia. Il guardiano aveva rialzato la spada per tornare a colpire quando Guzmán e io gli piombammo addosso, facendogli perdere l'equilibrio e cadendo tutti e tre a terra. La mia mano tastò, sotto la tunica del soldato, l'impugnatura di un pugnale e, sfilatolo, affondai la lama nel petto, mentre Guzmán cercava di impedire a furia di calci che ci colpisse con la scimitarra. Il moresco mi fissò sorpreso, quasi non riuscisse a capire da dove avessi tirato fuori l'arma che gli strappava la vita, e il suo sguardo si smarrì subito su quell'invisibile orizzonte dove i moribondi cercano una risposta all'ultima domanda. Guzmán, inginocchiatosi accanto, mi tolse il pugnale e tagliò la corda che ci univa. Mi trascinai verso il gigante islandese che agonizzava nella polvere, con il capo rivolto alla pedana dalla quale era ormai scomparsa la moglie. Guardai Guzmán, che ora se ne stava in piedi vicino al cadavere del guardiano, per dirgli che Torval sarebbe morto e lessi nei suoi occhi una determinazione che mi raggelò.

«Getta via quel pugnale!» riuscii a dire, prima che uno dei commercianti, impegnato a trattenere gli altri schiavi coinvolti nella baruffa, prendesse a dargli dell'assassino a squarciagola.

«Devo pagare per i miei peccati» mi rispose e, voltandosi verso quello che lo additava, urlò: «E voi pagherete per i vostri!»

E si aprì il passo a colpi di pugnale nella folla. Lo vidi correre verso il labirinto di strade dell'Arrabal, inseguito dagli abitanti e dai soldati che strillavano: «Morte allo spagnolo!» Poi ricevetti un colpo alla testa e una luce mi esplose negli occhi mentre perdevo conoscenza.

Un dolore acuto al costato mi fece tornare in me. Non sapevo dove mi trovavo. Forse nelle segrete. Il pavimento era di pietra e c'erano torce accese. Mi stavano urlando qualcosa che non capivo. Soltanto parole monche nel ronzio che mi tormentava le orecchie. Qualcuno mi frustava con un nerbo. Altri mi prendevano a calci. Mi sentii pungere alla gamba e poi un colpo tremendo nella pianta del piede, che mi fece urlare di dolore e mi attraversò il corpo come una sferzata. Tentai di alzarmi e un'altra scarica di colpi mi rispedì a terra facendomi perdere nuovamente i sensi.

Quando mi risvegliai ero immerso nella penombra, e non c'era anima viva. Nessuno mi picchiava. Nessuno urlava. Respiravo a fatica. Un chiarore lattiginoso entrava da qualche parte del muro, in quella stanza che mi parve lunga e stretta. Non mi trovavo più nelle segrete. Provai a guardare verso il punto da cui proveniva la luce, ma il collo mi doleva in modo lancinante. Ogni minimo movimento era un supplizio. Chiusi gli occhi. Avevo bisogno di riposo.

Poco a poco mi ripresi dal brutale pestaggio propinatomi dai guardiani della Casbah. Scoprii di essere stato rinchiuso in una delle gallerie sovrastanti la Grande Porta della fortezza. Un moresco di nome Hicham veniva varie volte al giorno a portarmi da mangiare e a curarmi le ferite con degli impiastri. Il resto del tempo lo trascorrevo da solo, e l'unica compagnia erano le imprecazioni che, di tanto in tanto, mi lanciavano contro i soldati di guardia nel lungo corridoio su cui dava la porta a sbarre della mia cella.

Da Hicham venni a sapere che Guzmán aveva corso per le strade dell'Arrabal, sferrando pugnalate a chiunque incrociasse sul cammino, compresi vecchi, donne e bambini. L'ira della folla che lo inseguiva aumentava a ogni ritrovamento di un corpo insanguinato e la caccia aveva avuto termine quando, trovandosi circondato sulla terrazza di una casa, era saltato nel patio interno fratturandosi una gamba. Lì, tra aranci e mirti, lo avevano ammazzato come un cane.

Ma la sete di vendetta dei moreschi non si sarebbe placata con quell'esiguo trofeo e molti si erano diretti alla Casbah, in cerca degli altri schiavi spagnoli visti all'imbarcadero. Ne avevano sorpresi alcuni non ancora rinchiusi nelle segrete. Quegli schiavi non avevano partecipato alla mischia, ma ciò nonostante erano stati linciati senza pietà, a sassate e coltellate.

Noi arrestati avevamo subito una feroce bastonatura da parte dei furiosi guardiani della Casbah, decisi a consegnarci alla folla che ruggiva davanti alla Grande Porta, quando il governatore della repubblica, un alto signore moresco di nome Brahim ben Suaib Vargas, aveva fatto chiamare Morat Raís, l'ammiraglio della flotta di Salé, che, arrivato alla testa dei suoi marinai, aveva disperso la moltitudine, salvandoci così la vita. Su ordine del governatore, i prigionieri coinvolti nel tumulto erano stati rinchiusi in celle separate, per impedire di tramare altre sollevazioni, mentre io, per motivi a me sconosciuti, mi ritrovavo isolato da tutti.

Quando chiesi della sorte toccata a Torval, il moresco Hicham mi disse che era morto all'imbarcadero, senza poter vedere che sua moglie, venduta come schiava, salpava a bordo di una nave turca in rotta per Algeri.

Tutte quelle notizie mi afflissero il cuore, facendomi sprofondare in una melanconia che mi avrebbe quasi portato alla morte, perché non volevo più mangiare, essendo certo che tante cure avessero l'unico fine di rimettermi in sesto per poi giustiziarmi pubblicamente. Ero solo in quella cella, ma le sbarre mi separavano da un mondo estraneo dove ormai nessuno mi aspettava più. La falce insaziabile della Parca mi aveva strappato i migliori amici, uno dopo l'altro, e la capricciosa Venere mi torturava con l'indifferenza della mia amata. Neppure il sapere che nelle vene d'un bimbo scorreva il mio sangue riusciva a consolarmi, perché lui avrebbe creduto d'esser figlio d'un altro e nulla, nemmeno l'odio o il disprezzo, potevo aspettarmi giacché ignorava la mia stessa esistenza.

La tristezza e la debolezza mi fecero scivolare in uno stato di torpore che sembrava durare giornate intere. Vivevo con un piede nella fossa e l'altro nella follia, estraneo a tutto, indifferente agli insulti dei guardiani e incapace di apprezzare le cure che con inspiegabile zelo mi prodigava Hicham.

In uno di quei dormiveglia, a un tratto sobbalzai per il colpo di un oggetto caduto sul mio petto. Mi sollevai e vidi che era un libro dalle pagine consunte, non molto grosso. Alzai lo sguardo e riuscii a distinguere, oltre le sbarre, la figura di un moro stagliato nel controluce della feritoia che dal corridoio lasciava filtrare il chiarore del sole.

«Lì troverai motivo di consolazione» disse il moresco, e nella sua voce avvertii qualcosa che già mi era di sollievo. Poi, se ne andò senza darmi il tempo di proferir parola, lasciando nelle mie mani quell'inatteso regalo, un libro di versi sulla cui prima pagina lessi: «*La hermosura de Angélica con otras diversas rimas*, di Lope Félix de Vega Carpio».

Con mia grande sorpresa, quel moresco che, a quanto mi disse Hicham, era lo scrivano visto in compagnia del gentiluomo John Harrison, aveva ragione. All'inizio fu la curiosità a farmi leggere alcuni versi del poeta del quale si presumeva fosse amico il capitano Contreras, ricordando ancora il racconto con cui il coraggioso soldato ci aveva intrattenuti a bordo del San Juan de Gaztelugache. Ma ben presto venni catturato dai sentimenti che emanavano da quelle poesie, sentimenti che non mi erano certo estranei, perché l'amore, con i suoi piaceri e i suoi dolori, è patria comune di tutti gli esseri umani. E in quella accogliente prigione fatta di parole non avvertivo la mancanza della libertà, come non la sente il marinaio tra le assi della sua nave, al contrario, le sue mura, costruite con esaltanti aggettivi e appassionati verbi, mi trasmettevano una sensazione di forza e protezione. Anch'io amavo Lucinda, anch'io lavavo i suoi piedi nelle acque del Manzanares ardendo di passione per lei, ero io a cantare alla luna e a invocare Apollo, Ercole, Paride, Bacco, Andromeda e quant'altre divinità e astri abbiano venerato gli uomini, eroi perduti e città conquistate, leggende e prodezze, mari e guerre, per vedere se in tutto ciò potevo trovare ragione alcuna alle mie sventure. E se non la trovai, perché nessuno riesce a scorgere il destino che governa la propria vita, potei almeno osservarla nello specchio dell'esperienza altrui, fonte di non poca saggezza. Non solo, ma fu allora che per la prima volta cercai nelle parole, che fino a quel momento erano sempre state traditrici, una menzogna nuova, una piacevole finzione che le trasformasse in rifugio, dimora e strumento per mettere ordine nel mio cuore. Leggevo e rileggevo i versi del geniale poeta e cercavo dentro di me le rime che imitassero la sua arte e rendessero conto così dei miei tormenti. In tal modo, sebbene carente del talento necessario a scrivere, composi nella mia testa un sonetto, a prezzo di notevoli sforzi perché sembrava che le parole mi sfuggissero o mi si aggrovigliassero sulla lingua come fili ingarbugliati, senza riuscire a sistemarle e tantomeno a dominarle. Ma il tempo era l'unica cosa di cui abbondavo nella mia misera prigione, e giorno dopo giorno alla fine misi insieme quei versi recalcitranti. E lo feci con tale fermezza e costanza che ancor oggi, ventisette anni dopo, ormai vecchio e senza averli mai scritti, sono in grado di ripeterli di seguito. Eccoli:

A un sonetto affido la vendetta mia
che l'amor da solo non trova cura
e mi lamento e maledico la follia
d'amar non corrisposto e senza speranza alcuna.

La dama che copre d'oblio la mia virtù
offre senza remore la sua anima oscura,
si concede, si divide, si procura
da altre labbra il piacere e le lusinghe.

E io, che non ho saputo esserle infedele
non so riconquistarla con spada o pugnale.
Versi che stillano così amaro miele

s'intingono per forza nel veleno,
che al momento di scrivere conta il fiele
quanto o più del sangue guasto.

Quartine e terzine del libro di rime si trasformarono in compagni di prigionia. La scarna realtà della mia condizione e delle mie passioni si innalzò, nell'immaginazione, fino agli altari dell'arte. Catalina si tramutò in Lucinda, io in Lope, Salé in Madrid e il Bu Regreg nel Manzanares. E così, nelle braccia della grandezza altrui, volai in sogno tra quelle di Antonia la Selvaggia e alle labbra dell'attrice Leonor, raggiunsi la chiesa di Santa María de la Oliva e il bosco di pioppi a Villaviciosa, navigai sulla coperta della polacca di Juan de Tineo e nella stiva dello sciabecco pirata che mi aveva portato a Salé... e in tutto questo scoprii un piacere nuovo: la pace che il buon Torval mi raccomandava e che io avevo cercato invano. Una pace che, ne avevo la certezza, era l'anticamera dell'eterno riposo.

Rassegnato dunque al mio destino, con tale predisposizione d'animo accolsi, una mattina del mese d'aprile dell'anno milleseicentoventisette, l'arrivo dello scrivano del caíd della Casbah, un rinnegato italiano grasso come una botte. Lo scrivano ordinò alle guardie di aprire la porta della cella e mi si piantò di fronte, enorme e solenne. Chiese se mi chiamavo Tomás Mendieta e quando cominciai a spiegargli che quello non era il mio vero nome, fece un gesto imperativo con la mano e disse:

«Non sto cercando la verità. Voglio solo sapere se vi chiamano con questo nome».

Annuii con rinnovata rassegnazione.

«Bravo, allora seguitemi.»

Presi il libro di versi, poiché per il viaggio da compiere non avevo bisogno d'altro che di quel confortante contatto. Mi accomiatai con un rapido sguardo da quella che senza dubbio era stata la mia ultima dimora in questo mondo, e uscii nel corridoio dietro l'imponente figura dell'italiano, che passava a malapena negli stretti cunicoli da attraversare. Alle mie spalle, due soldati mi seguivano da vicino. Dopo una svolta scendemmo per una scala e sbucammo in una vasta sala, coperta di bei tappeti, dove c'era un lungo triclinio di legno con ricchi cuscini. Sul fondo, un arco con una porta chiusa. Attraversammo la stanza e lo scrivano bussò alla porta con le nocche della mano destra. Qualcuno la aprì dall'esterno e mi ritrovai nella stessa sala della Grande Porta della Casbah che avevo attraversato, in senso contrario, l'infausto giorno del mio arrivo a Salé. Il vano della Grande Porta, le cui ante erano spalancate, lasciava entrare l'abbacinante luce del mattino e, al di là, si intravedevano la plaza de la Higuera e l'Arrabal. Cercai con lo sguardo il palco dove mi aspettava il boia, ma non vidi che commercianti indaffarati e soldati che sorvegliavano la discesa fino al fiume. Uscimmo nella piazza e ci incamminammo verso l'imbarcadero, sotto lo sguardo delle sentinelle che vigilavano dai merli della fortezza. Era lo stesso percorso compiuto qualche settimana addietro in compagnia di Torval e di Guzmán Montenegro e, come allora, scorsi accanto al molo un gran numero di schiavi e di soldati, ma questa volta niente asta perché non c'era nessuno sulla pedana. Forse la vendita era già terminata, dato che gli schiavi venivano condotti, a bordo di alcuni petacci, fino a una nave ancorata alla foce del fiume, oltre il banco di sabbia. Mi chiedevo se avessero intenzione di vendermi o magari di regalarmi a qualche commerciante o pirata di Algeri, quando scorsi l'insegna della nave e scoprii con mia sorpresa che era quella del Re d'Inghilterra. Davanti a me, il grasso italiano camminava ignaro del turbine che si era scatenato nel mio cuore.

Giunti all'imbarcadero, lo scrivano si avvicinò al capitano della guardia, che riconobbi come il moresco Narváez al comando della colonna di schiavi il giorno in cui Torval era corso incontro alla morte a pochi passi da dove mi trovavo in quel momento. Maledissi la mia malasorte e pregai Dio che non mi vedesse. Allora lo scrivano disse ciò che mai mi sarei aspettato di udire dalle sue labbra:

«Questo è l'inglese che mancava, il suo nome è Thomas Bird».

Narváez piantò i suoi occhi neri nei miei e annuì. Poi disse:

«Fatelo salire a bordo».

Sul molo si accalcavano i prigionieri inglesi, in una confusione indescrivibile. Alcuni ridevano, piangevano, parlavano ad alta voce; altri rimanevano in silenzio, come se tutta la tristezza accumulata in quegli anni di patimenti avesse sedimentato sull'anima, se le botte ricevute fossero state così frequenti e forti da averli resi incapaci di tutto, persino di gioire per la libertà imminente. E tutti si accalcavano sui petacci come se temessero che i carcerieri potessero cambiare idea e riportarli nelle segrete. Volevo domandare allo scrivano cosa fosse accaduto, ma quello si stava già allontanando, grasso e placido, verso la Casbah. Lo sconcerto ebbe la meglio sui timori e implorai con lo sguardo una spiegazione al moresco Narváez, che per tutta risposta fece un cenno brusco con il capo invitandomi a salire sul petaccio e a lasciarmi alle spalle quell'esperienza di prigionia e di morte. Cosa importa quale sia il motivo?, mi dissi dunque, e facendomi largo a gomitate, saltai a bordo della piccola imbarcazione. Presi a urlare a più non posso nella mia bella lingua inglese, strillai di allegria, ululai di tristezza, proclamai la mia libertà e tutto questo più per bisogno di sentire il suono della mia voce, libera e forte sulle acque del Bu Regreg, che per manifestare sentimenti ritrovati che ero a malapena in grado di riconoscere, poiché sulla bilancia delle passioni umane ancor oggi non saprei dire se pesasse più in me la felicità o la desolazione.

Il gentiluomo John Harrison ci ricevette a bordo della nave inglese pronunciando accorate parole e ci offrì l'umile alloggio delle sue stive, dove ci ammucchiammo soddisfatti, perché la libertà ha il raro dono di rendere comode le ristrettezze e più leggere le miserie. Su quella nave ebbra di libertà venni a sapere che la missione diplomatica del gentiluomo inglese aveva incontrato la migliore disponibilità da parte dei governanti della repubblica pirata, desiderosi di stabilire alleanze che li aiutassero a mantenere la propria indipendenza. Così, i moreschi di Salé avevano liberato più di centonovanta cristiani prigionieri, sudditi del Re d'Inghilterra, verso la cui Maestà si sentivano obbligati e riconoscenti per il favore reso. Favore consistente nella disponibilità inglese a fornire armi e munizioni alla repubblica e a firmare un trattato. A tal fine, due ambasciatori moreschi viaggiavano con noi, diretti a Londra, con i patti provvisori stipulati tra il gentiluomo John Harrison e il Diván di Salé. Uno di loro era lo zio del moresco Narváez.

La prudenza e il senno indussero gli ambasciatori moreschi a comparire raramente sopracoperta durante i giorni di traversata, poiché facendolo in modo ostentato avrebbero potuto attirare la vendetta di quanti erano stati loro prigionieri. Da parte mia, vissi quella settimana in uno stato d'animo simile all'ubriacatura, sebbene bevessimo soltanto acqua. Da buon ubriaco, mi mostravo a volte gioviale e chiassoso, oppure sprofondavo in cupi silenzi o mi smarrivo in fantasticherie che assumevano i contorni degli incubi. L'arrivo nel porto di Plymouth mise fine a quell'umore instabile, e posando finalmente i piedi sul suolo inglese, cinque anni dopo aver iniziato sul San Juan de Gaztelugache il travagliato viaggio di ritorno alla terra di mio padre, ebbi la sensazione di risvegliarmi da un lungo sonno.

II

Oggi, che son vecchio e sento la vita sfuggirmi come il profumo da un fiore secco, mi chiedo se l'uomo riesca mai a godere della vera felicità, se quella terra promessa che tutti cerchiamo non sia come la linea dell'orizzonte, che si allontana di pari passo al nostro avvicinarci. Forse Mosè non morì dopo esser salito sul monte Nebo, come il Signore gli aveva ordinato, ma arrivò fino alla terra di Canaan per scoprire che neppure quella era la terra promessa, dove l'ingiustizia, il dolore, l'insoddisfazione, la brevità della gioia e la volontà capricciosa del destino continuavano a essere i fili con i quali venivano tessute le vite degli uomini. Forse è per questo che ancor oggi nessuno sa in che punto della pianura di Moab si trovi la tomba del profeta: sono certo che se la cercassero nella terra di Canaan finirebbero per rintracciarla. Forse la storia di Mosè non è che una consolante bugia. In ogni caso, molti e ben gravi devono esser stati i miei peccati, poiché nemmeno l'Inghilterra si è rivelata per me la terra promessa che sognavo da ragazzo a bordo della polacca di mio padre. Non avrei dovuto aspettare granché, dopo lo sbarco a Plymouth, per rendermene conto, sebbene la prima sensazione all'arrivo fosse di gioia e stupore.

Sul molo di Plymouth stavano allineate diverse navi ben custodite, grandi e piccole, da guerra e da carico, e i vicoli del porto pullulavano di persone che parlavano la mia stessa lingua. C'erano taverne e un'infinità di botteghe dove si vendeva e comprava di tutto, e le genti d'Inghilterra mi parvero, fin da quel primo giorno, abili e intraprendenti nel commercio. Le case ostentavano una solidità che era inusuale nelle terre d'America e le facciate non avevano nulla dell'austerità delle dimore moresche, con tutti quei grandi finestroni in legno. Per me era davvero un Nuovo Mondo, nonostante le appassionate descrizioni di mio padre. Il verde dei suoi campi era ben diverso dall'esuberanza della Tortuga. Non si trattava di una fertilità lussureggiante bensì di coltivazioni fresche e ordinate, opera della mano dell'uomo e non dei prodigi di Madre Natura. L'ambiente emanava una calma e una sobrietà da farmi sognare una vita di onesto e pacifico zelo nel lavoro, protetto dalla terra dei miei avi e in compagnia della famiglia che mio padre aveva lasciato partendo alla volta delle Indie Occidentali. Persino il gelido vento notturno e la pioggia ostinata mi apparivano ravvivanti e benefici per una mente sveglia, benché la mia non doveva esserlo più di tanto visto che non riuscii a percepire, neppure lontanamente, i profondi sconvolgimenti in agguato dietro quel finto ordine naturale.

La folla sul molo ci accolse come eroi. Il gentiluomo John Harrison, che nei pochi contatti avuti m'era parso uomo discreto e intelligente, fece perdere le sue tracce nella confusione, mentre il comandante si complimentava con lo sceriffo della contea e con le autorità ecclesiastiche per aver sollecitato la benevolenza del Re d'Inghilterra e la preoccupazione che Sua Maestà nutriva per ciascuno dei suoi sudditi. A quelle buone parole seguì la concretezza dei fatti e noi tutti prigionieri riscattati fummo condotti in un'antica abbazia nelle vicinanze dove trovammo cibo caldo e vestiti puliti, che ci restituirono un aspetto dignitoso. Venne celebrata una messa solenne dal vescovo di Exeter, venuto in città appositamente e le cui ricche vesti, l'opulenza del corpo e il numeroso seguito contrastavano con le nostre smagrite figure.

Alla sera, quando le forze cominciavano a venire meno, stanchi per l'eccesso di felicità e il tanto affetto ricevuto, ricomparve il gentiluomo Harrison in compagnia di un ufficiale della marina reale e di alcuni funzionari che cominciarono a chiamare, uno per uno, i prigionieri riuniti nell'abbazia con lo scopo di organizzare subito il ritorno alle proprie dimore. Io avevo già pensato dove volevo andare e così lo resi noto quando giunse il mio turno: tornare nella patria di mio padre, nel villaggio di Brighton.

Mi consegnarono tre scellini e sei penny, perché non fossi costretto a vagare nella più assoluta miseria, e mi procurarono un posto sul carro di un drappello di soldati diretti nella città di Portsmouth.

Una volta lì, potevo raggiungere Brighton in tre o quattro giorni di cammino a passo spedito, se non avessi trovato qualche mulattiere disposto a darmi un passaggio. Ma siccome non vi è luce senz'ombra, dovetti anche firmare un foglio nel quale mi impegnavo a restituire la somma ricevuta entro tre mesi o, in caso contrario, ad arruolarmi nell'esercito di Sua Maestà. Io davo per certo l'aiuto dei miei sconosciuti parenti, poiché spesso mio padre aveva elogiato la forza dei legami di sangue e la generosità della sua famiglia che, sebbene di condizioni modeste, era ricca di virtù; firmai dunque senza esitazioni e l'indomani mattina mi misi in cammino.

Durante il viaggio, prolungatosi per cinque giorni, ebbi occasione di parlare con i soldati del convoglio e, in particolare, con quello che viaggiava sul mio stesso carro, un tipo scontroso e brontolone dalla voce impastata dal bere che rispondeva al nome di William Bunyan, a suo dire nato a Ludlow, nella contea dello Shropshire e che non sembrava trovare di suo gusto nessuna circostanza della vita poiché tutto lo irritava e di tutto diffidava. «Sono un vecchio cane randagio», ripeteva ogni tanto, per poi lanciarmi un'occhiata che gelava il sangue, come se intendesse dirmi che sapeva leggere nel fondo del mio cuore e se non denunciava la mia impostura era più per pigrizia che per ignoranza o compassione. Cercavo allora rifugio nella contemplazione delle campagne circostanti, mentre mi chiedevo fino a che punto dovessi temere quell'uomo ingrugnito.

Le terre tra Plymouth ed Exeter non erano le verdi coste che avevo visto all'arrivo ma pianure desolate che, a quanto diceva Bunyan, sarebbero state infestate di briganti, per cui dovevo ringraziare Iddio se viaggiavo con una così ben armata compagnia. A Exeter ammirai la bellezza della cattedrale, il cui porticato era adorno di splendide statue di santi, e sopportai lo sfogo di Bunyan che si mise a maledire vescovi e sacerdoti della Chiesa d'Inghilterra, chiamandoli ladroni e farisei, le cui ricchezze ed esistenze dissolute gli apparivano come la prova vivente della loro occulta intesa con il demonio. Da lui venni a sapere del diffuso malcontento della plebe e delle proteste di coloro che si definivano puritani e desideravano restituire alla Chiesa la perduta umiltà e purezza. A Southampton mi raccontò che alcuni di questi puritani erano salpati, a bordo di una nave battezzata Mayflower, alla volta delle terre d'America sette anni addietro, in cerca della libertà di cui non godevano sul suolo inglese. Mi parlò anche della guerra ingaggiata dall'esercito inglese contro i francesi, che aveva trasformato il canale della Manica in una trappola nella quale ben poche navi osavano transitare. E di fronte a tutte quelle notizie mi mostravo stupefatto e meravigliato, a tal punto che Bunyan finì per domandare dove diamine fossi stato rintanato negli ultimi dieci anni della mia vita, per non sapere nulla di quanto stava avvenendo nel mondo. Risposi che avevo tirato a campare nei mari delle Antille e, poi, nelle segrete dei moreschi di Salé, e lui tornò a fissarmi con inferocita diffidenza e disse:

«Non vi invidio, signor Bird, perché si vede fin troppo bene che siete uno di quegli uomini che, ovunque si trovino, si portano l'inferno dentro di loro».

Non seppi cosa rispondere, poiché le parole del soldato non erano lontane dal vero, mentre il suo pessimo umore e i modi sospettosi mi facevano pensare che fosse dottore in peccati e cartografo di inferni. Io ardevo nelle fiamme del mio, in un rogo inestinguibile che mi perseguitava anche in sogno e si ravvivava nei momenti più inaspettati della veglia, poiché la legna dei peccati fornisce braci durature e io non avevo cessato di alimentare il fuoco con nuove fascine nei miei trent'anni di vita. Dunque mi limitai ad annuire e offrii il silenzio come risposta.

Mi chiese allora da dove pensavo di tirare fuori i denari per restituire il prestito, e io risposi che avevo dei familiari a Brighton.

«Li avete mai visti?»

Feci segno di no.

«Sanno almeno della vostra esistenza?» insistette Bunyan.

Lo sapevano? Non ricordavo di aver visto mio padre scrivere una sola lettera in tutta la sua vita. Conservo l'immagine di lui intento a leggere i pochi libri che formavano la sua biblioteca e che si trascinava dietro come la lumaca il proprio guscio. Si rifugiava in essi quando la vita gli distruggeva i sogni, cosa che purtroppo avveniva un giorno sì e l'altro pure, perché mio padre fu uomo di grandi ambizioni e ben poca fortuna. Mi raccontava di quando era stato precettore nella casa di un gentiluomo di Brighton, del buon trattamento ricevuto, del capriccioso comportamento dei figli di quel nobile facoltoso, e della tristezza provata alla sua morte improvvisa, che d'un colpo lo aveva privato del piacere d'insegnare e del sostentamento, costringendolo infine a cercar fortuna nelle terre d'America dove avrebbe conosciuto mia madre che, come lui, era arrivata nell'isola di Roanoke spinta dal bisogno e animata dal futuro di prosperità e abbondanza dipintole dal promotore di quella colonia, un nobile dallo spirito avventuriero ma alquanto sventato, il cui nome era sir Walter Raleigh, che a quanto avrei saputo anni dopo aveva fatto il corsaro e l'esploratore finendo giustiziato per aver disobbedito agli ordini reali, poiché era tornato a compiere imprese piratesche nelle Indie spagnole, malgrado il divieto di Re Giacomo, ossessionato dal voler scoprire un chimerico regno dell'Eldorado che tutti i chiacchieroni del Nuovo Mondo descrivevano come l'autentica cornucopia dell'abbondanza. Ricordavo mio padre che mi parlava di mia madre, dei suoi capelli neri e lunghi, degli occhi azzurri, dolci e timidi come quelli d'un cerbiatto, e dell'ultimo respiro speso per allattarmi, quando ormai la morte, venuta tenendomi per mano alla mia nascita, la trascinava con sé. Mi parlava anche dei nostri parenti in Inghilterra, del fratello Arthur, della zia Charlotte e del nonno Peter, ma non ricordavo di averlo mai visto scrivere una sola riga.

Guardai Bunyan e scossi nuovamente la testa. Lui scoppiò a ridere ed esclamò:

«Spero vi aggradi fare il soldato! Perché se credete che quei parenti vostri vi daranno un solo penny allora siete più ingenuo che imbroglione».

Ero stanco delle sue battute, così ribattei seccamente di chiudere quella boccaccia, perché di me non sapeva nulla né tantomeno dei miei familiari, e promisi di strappargli la lingua se continuava a burlarsi di me. E sono certo che il soldato lesse la collera nei miei occhi poiché smise di ridere e si scusò con falsi modi cerimoniosi, ma non disse più una sola parola finché non arrivammo a Portsmouth.

Lì salutai i compagni di viaggio e cercai alloggio nella zona del porto finendo in una misera locanda, sudicia e maleodorante, dove trascorsi la notte. L'indomani non trovai nessuno disposto a portarmi fino a Brighton; comprai quindi dieci once di pane e un bel pezzo di formaggio, rassegnandomi a una lunga camminata. Il sentiero costeggiava a tratti le scogliere e ogni tanto si addentrava nella regione, tra campi di grano. La contea del Sussex era percorsa da dolci colline sulle quali sorgevano boschi di roveri e faggi, alternati a campi coltivati e piccoli orti dove, con sotterfugi più consoni a un pícaro che a un pellegrino, mi procurai da mangiare nei tre giorni di cammino. La notte dormivo in qualche granaio a volte con il beneplacito dei proprietari e altre ricorrendo ai modi furtivi di un fuggiasco. In effetti era questa la condizione che più si adattava al mio spirito, poiché una sconosciuta volontà dentro di me faceva sì che rifuggissi qualsiasi compagnia spingendomi a cercare la solitudine proprio come se davvero avessi dei problemi con la giustizia. Attraversando i boschi, mi sentivo pervadere dalla quiete dell'animale predatore che finalmente torna nella propria tana. I rami contorti delle querce formavano un'accogliente tettoia sul mondo e l'erba alta invitava al riposo e all'ozio. Gli uccelli cantavano senza sosta, e il mormorio inquieto delle creature nascoste nel fitto del fogliame mi accompagnava come una preghiera. Fuori dal bosco c'erano i sentieri degli uomini, i loro villaggi e le loro leggi, le brutali passioni e il giudizio spietato, le menzogne e i desideri che abitano l'altro bosco oscuro che è il cuore umano, nato anch'esso dall'argilla come quello che stavo attraversando, arcaico, selvaggio e sublime, intravisto sempre dai più estremi confini, dal deserto o dalla selva, sempre con la parola «sempre» sulla bocca, sempre con la parola «mai» sulle labbra, diviso tra la violenza e l'amore, il perdono e l'odio, la luce e le tenebre. Ero stanco di vivere tra continue traversie, stanco di tutti i nomi che mi portavo dentro. Nel bosco mi sentivo in pace, lì non ero che un animale tra gli altri, uno strano lupo su due zampe, un curioso uccello senz'ali, una talpa che amava la luce del giorno, un coniglio armato di pugnale, un serpente che si copriva con la pelle di altre bestie... Ma ogni bosco ha il suo limitare e così anche quello. Ben presto arrivò lo specchio del mare a restituirmi alla mia condizione umana, poiché è nella sua vastità, che appartiene al sogno, che l'uomo può immaginarsi diverso, reinventare la gioia e la speranza e ricominciare da capo, lasciando nel bosco le spoglie della passata esistenza.

Finalmente, al tramonto del terzo giorno, avvistai Brighton dietro una svolta del sentiero. Sembrava un villaggio di pescatori e nelle vicinanze si stendeva una grande spiaggia battuta dalle agitate acque del canale della Manica. Era molto più piccolo di quanto avessi immaginato. Non vidi nessuna grande dimora come quella descritta da mio padre, nessuna di cui si potesse pensare che i proprietari un tempo avessero avuto bisogno di un precettore. Tutto era umile e rozzo. Vite di duro lavoro senz'altra aspettativa che lo stretto passaggio del canale, sul cui falso orizzonte sembrava si percepisse sempre la presenza delle coste continentali.

Mi addentrai nel labirinto di vicoli cercando qualcuno in grado di darmi notizie sui miei parenti. Una piccola taverna che si chiamava Il Pescatore mi parve il luogo migliore per iniziare le ricerche. La sua penombra, contro la quale ben poco potevano le anguste e sudicie finestrelle che filtravano malamente la luce della strada, accoglieva una mezza dozzina di clienti, in maggioranza vecchi, le cui mani avvizzite e callose denunciavano il mestiere di marinaio. Vi regnava un silenzio sepolcrale, ognuno badava ai fatti suoi, standosene seduto davanti a una pinta di birra o un bicchiere di assenzio, lo sguardo perso sul muro dove c'era la porta. Soltanto il taverniere, un uomo di media statura dal corpo grassoccio su cui spiccava un'enorme testa che sembrava appartenere a qualcuno ben più grande e grosso, stava svolgendo una qualche attività, consistente nel cercare di lucidare uno strano bancone di latta consunto e pieno di scrostature e ruggine. Il realtà, il suo era un gesto da automa, privo di propositi e probabilmente compiuto senza pensarci neppure. Un modo come un altro di passare il tempo circondato da quei cadaveri non ancora sepolti.

Il mio ingresso non parve suscitare maggior interesse delle mosche che ronzavano nel vano della porta. Tuttavia, fu sufficiente chiedere al taverniere dove vivesse Arthur Bird per attirare gli sguardi di tutti.

«Perché lo cercate?» domandò a sua volta il taverniere.

«È mio zio» risposi seccamente.

Lo sguardo del taverniere divenne inquisitorio. Adesso mi stava studiando come un marinaio che scruta le nubi, provando a indovinare quale vento mi avesse portato fin lì e quali fossero le mie intenzioni.

«Di chi siete figlio?» chiese infine, dandosi per vinto.

«Di Jonathan Bird.»

«Di Jonathan *l'Americano*?»

L'Americano. Dunque era quello il soprannome di mio padre. Tentai di immaginarlo in quella taverna, magari a parlare con lo stesso taverniere, anni addietro, entrambi giovani e pieni di fantasia. La testa di mio padre era sempre stata piena di chimere anche se quella di far fortuna in America sarebbe risultata la più duratura. Difficile, però, credere che nel testone del taverniere potesse albergare qualcos'altro a parte i conti di bottega e i pidocchi.

«Ma non era morto nella colonia della Virginia?» aggiunse il taverniere.

Gli dissi di no, mio padre non era morto sull'isola di Roanoke ma molto dopo, nei pressi di Cuba. E io avevo attraversato il mare Oceano, affrontando travagli e pericoli, per portare la notizia della sua morte ai familiari e condividerne il dolore.

«Avete portato anche l'eredità?» chiese a un tratto, con un bagliore di astuzia e avidità negli occhi.

«Cosa volete che portassi, mio padre non ha lasciato dietro di sé nient'altro che la sua memoria» risposi con un velo di tristezza sul cuore, perché sapevo bene fino a che punto la penuria avesse avvelenato la vita a mio padre. Il Fato era stato crudele con lui fino all'ultimo istante, e proprio il giorno della sua morte aveva messo nelle nostre mani i denari che poi a me sarebbero serviti per il viaggio di ritorno in Europa. Mio padre non era neppure riuscito a vederli perché, impossessatici del forziere del brigantino spagnolo abbordato, una cannonata aveva aperto una falla nella nostra polacca condannandola all'affondamento e lui si era buscato un colpo di moschetto alla testa. Una volta spartito il bottino con l'equipaggio, Jamaica e io ci eravamo diretti all'Avana su una barca di pescatori e con ogni reale speso da allora in poi avevo dato sepoltura ai sogni ereditati da mio padre, per finire nelle segrete di Salé. Quale fortuna potevo portare a Brighton se non un salvadanaio di ricordi?

Udendo le mie parole, lo sguardo del taverniere mutò d'improvviso: aveva perso ogni interesse per me. Tornò a lustrare il bancone come se me ne fossi già andato via. Ma io ero ancora lì e la mia domanda non aveva ottenuto risposta.

«Volete dirmi dove posso trovare mio zio?» insistetti, mettendo una mano sul bancone, davanti al suo straccio. Il taverniere tornò a fissarmi, ma nei suoi occhi non c'era che freddezza e distanza. Finalmente, si decise a dire di malavoglia:

«Suppongo stia nella sua bottega d'asta, in fondo alla strada».

La bottega di vendite all'asta era angusta e buia e neppure la vicinanza di una piazzetta con fontana, dove probabilmente si riunivano gli abitanti del posto, sembrava aver fatto prosperare gli affari. Aveva la stessa aria povera e desolata di tutto il villaggio, il cui maggior tesoro era costituito dal mucchio di sabbia della sua lunga spiaggia. Entrando, vidi un uomo seduto su una sedia. Aveva i capelli lunghi e canuti, indossava un pastrano nero e portava gli occhiali in punta di naso. In mano teneva un libro e sembrava assorto nella lettura. Alzò lo sguardo, sentendomi entrare, e dietro le lenti vidi gli occhi azzurri di mio padre, benché a questi mancasse lo scintillio del sognatore.

«Cosa desiderate?» domandò, alzandosi in piedi e adottando i modi servili del commerciante.

«Sto cercando Arthur Bird, signore.»

«Sono io. Perché mi cercate?»

Gli dissi chi ero e perché avevo viaggiato fino a Brighton, e sul suo volto potei scorgere le diverse emozioni suscitate dal mio racconto nel suo animo. All'inizio manifestò stupore, poi incredulità e infine diffidenza. Quando terminai la mia storia, dalla quale ovviamente avevo omesso le scorrerie piratesche, il signor zio era convinto della mia identità e al tempo stesso fermamente deciso a negarla. Per questo non mi stupì sentirlo chiedere:

«Chi siete voi in realtà? Perché non penserete che creda a una simile storia».

«Ve l'ho detto, sono vostro nipote Thomas.»

«Macché nipote! Non ho mai ricevuto notizia che mio fratello avesse avuto un figlio! Non ho più saputo nulla di Jonathan da quando partì quarant'anni fa e ora mi comparite davanti voi reclamando una parentela che vi tornerebbe utile. Chi vi ha parlato della morte di mia sorella? Pensate che intenda dividere con voi i beni di famiglia?»

«Io non voglio niente» protestai. «Per di più, nessuno mi ha detto di questa morte. Si tratta di zia Charlotte?»

«Smettetela di fingere! E non osate pronunciare il nome di mia sorella! Non rispettate la memoria dei defunti né il dolore dei vivi, ma non aspettatevi di ottenere nulla con questi artifizi da avventuriero. Forse avrete conosciuto mio fratello Jonathan, forse vi ha raccontato alcuni particolari della nostra famiglia, ma non mi ingannerete con questi fumi delle Indie come hanno ingannato lui. Non può venire nulla di buono da quel mondo di selvaggi e briganti. E tantomeno un falso nipote che si porta l'avidità dipinta in faccia. Ve lo darò io ciò di cui avete bisogno: una bella permanenza in carcere. Se osate rivolgermi ancora la parola vi giuro che finirete davanti al giudice con l'accusa di truffa.»

Spesi altro tempo nel tentativo di far ragionare mio zio. Non mi ero ancora reso conto che aveva invece assunto un atteggiamento ben ragionato: non era assolutamente disposto ad ammettere una parentela che poteva ridurre le sue proprietà, le quali non si limitavano, come avrei saputo più tardi, alla fatiscente bottega dove esercitava da usuraio, ma comprendevano anche alcuni terreni agricoli, con relative case e rendite d'affitto, ereditati dalla defunta sorella Charlotte.

Lasciai la bottega in preda all'indignazione e allo sconforto. Zia Charlotte era morta. E anche nonno Peter. Mi restava soltanto quello zio avaro e intrattabile, come dire che non avevo nessuno. Trascorsi una settimana nel villaggio, incapace di decidere quale piega dare alla mia vita. Feci indagini sullo zio e sui suoi beni e tramai le più disparate vendette. Chiesi in giro di mio padre, ma il suo ricordo era appena un filo di fumo nella memoria degli abitanti di Brighton. Alcuni lo ricordavano come un ragazzino inquieto e sognatore. Mi parlarono dei suoi studi religiosi, poiché all'inizio pareva avesse la vocazione al sacerdozio. Così aveva acquisito conoscenze e forgiato l'amore per le letture. Più d'uno imputava ai libri con cui alimentava la sua immaginazione la colpa del folle viaggio in America. «Non si è mai voluto rassegnare alle sue umili condizioni» mi disse l'anziano padre Richard, che era stato suo maestro e ora, vinto dall'età e dalla malattia, aveva stemperato il temibile carattere, che gli abitanti ricordavano ancora con un certo timore, nell'ingannevole paciosità della vecchiaia: «Tuo padre era ambizioso, ma anche codardo. Non ho mai capito dove abbia trovato il coraggio per intraprendere il viaggio verso l'America». Neanch'io lo capivo. Come non avevo capito la sua strana conversione in pirata, dato che non era uomo d'azione né tantomeno un guerriero. Nei combattimenti restava sempre in seconda linea, il più lontano possibile dal fuoco, e solo l'energico appoggio di Jamaica aveva evitato che gli uomini dell'equipaggio ci togliessero la vita, perché la codardia è un peccato imperdonabile tra i pirati. Ma Jamaica li teneva a bada e la testa mozzata dell'unico che aveva osato passare dalle parole ai fatti, un marinaio norvegese di nome Olsen, appesa al bompresso della polacca fino a diventare un osso spolpato, ricordava a tutti il destino che li attendeva se avessero dimenticato che Jonathan Bird era il capitano.

Furono tante le mie domande e così numerosi gli interpellati che ben presto nel villaggio si sparse la notizia che il figlio di Jonathan Bird *l'Americano* era tornato. Sicuramente a causa di tali chiacchiere il signor zio si vide costretto a cercarmi nella misera locanda dove alloggiavo senza sapere come pagarla, poiché ormai non mi restava nulla dei pochi denari ricevuti al mio arrivo in Inghilterra. Le sue prime parole furono dure e minacciose, ma negli occhi brillava anche la paura. Era chiaro che temeva una possibile causa civile in grado di stabilire la proprietà dei beni. Incoraggiato dalla sua paura, mi decisi a chiedergli i denari necessari a restituire il prestito reale e poter iniziare una nuova vita nel villaggio. Fu un errore, perché la sola idea di avermi come vicino lo spaventò più della stessa ipotetica disputa sulle proprietà. Non mi voleva a Brighton, non mi voleva nella sua vita. Desiderava solo perdermi di vista e l'ingenua confessione del prestito che mi legava all'esercito fu per lui la porta spalancata ai suoi desideri e, per me, quella che sbarrava il passo alle speranze di una vita calma e ordinata.

«Non avete neppure di che pagare questo porcile» blaterò con riacquistata sicurezza «e osate chiedermi di saldare debiti che non mi riguardano in alcun modo. Ora vi dirò cosa intendo fare e cosa dovrete fare voi. Sono un buon cristiano e il senso di carità mi spinge ad aiutarvi malgrado i vostri peccati e vaneggiamenti. Vi darò il denaro per pagare questa locanda. Anzi, la pagherò io stesso, perché preferisco sincerarmi che i miei penny vengano destinati allo scopo per il quale li sborso. E vi darò anche qualche moneta per poter raggiungere Londra. Non è un favore di poco conto considerando che nulla mi obbliga a farlo, però non vi darò i tre scellini e sei penny che dovete alla Corona. Voi ve ne andrete da Brighton e non ci tornerete più. Arruolatevi nell'esercito e girate il mondo. Non è male come sistemazione. La paga non è granché, d'accordo, e nel vostro caso sarà ancora più scarsa, però avrete la pancia sempre piena. Questo è ciò che vi offro. Se rifiutate, andrete prima in carcere per debiti e poi comunque finireste nell'esercito di Sua Maestà. La conclusione sarebbe la stessa, sta a voi scegliere la strada meno dolorosa.»

La scelsi. Accettai i suoi miseri penny, feci fagotto e lasciai Brighton con l'orgoglio calpestato e il salvadanaio dei sogni infantili infranto in mille pezzi. Salutai solo padre Richard, la cui mente ormai svampita per l'età impose alle poche forze rimastegli di accompagnarmi fino al sentiero. Una volta lì, mi chiamò Jonathan e mi augurò buonafortuna nella mia avventura in terra d'America.

«Metti la testa a posto, figlio mio!» gridò quando mi stavo già allontanando a piedi lungo il viottolo che conduce a Crawley. «Non puoi volere tutto, è un grandissimo peccato di superbia!»

Risposi di sì e, dopo averlo salutato agitando la mano, voltai le spalle al mare e mi addentrai nell'isola, tornando nell'arcaico cuore dei boschi e dirigendomi verso la più feroce delle selve, la città di Londra, dove arrivai sei giorni dopo e, come stava scritto nel mio destino, mi arruolai diventando un soldato di Sua Maestà Carlo I d'Inghilterra.

Non ero mai stato in una città grande quanto Londra. Vi si accalcavano oltre duecentomila persone e tutto mi appariva di dimensioni ciclopiche: la sinistra torre cittadina, le muraglie, le innumerevoli navi che navigavano sul Tamigi e la folla chiassosa del porto, dove persino le anime si compravano e vendevano perché il crimine stava alla città come il fulmine alla tempesta. Vi era tanta ricchezza quanta non sarei mai riuscito a immaginare e una miseria mai vista prima, infatti è il singolare prodigio della grande città portare l'esistenza all'estremo, e se in essa le fortune crescono in un vortice che sembra inghiottire tutto, d'altra parte la povertà trascina gli esseri umani in pozzi senza fondo. Molti di questi pozzi di miseria si trovavano sulla sponda destra del fiume, nel cosiddetto quartiere del Sud, un intrico di strade sporche e maleodoranti dove proliferavano bettole e rivendite di birra e bordelli, e laggiù non arrivava l'autorità dello sceriffo di Londra. Era quella una strana e caotica repubblica di commercianti, operai, malviventi e meretrici, molti dei quali protestanti esiliati dall'Olanda; e anche attori di teatro poiché in una delle sue strade, quella della Riva, sorgevano le più rinomate arene per commedie della città: Il Globo, La Rosa e Il Cigno. E nel Globo, pochi giorni dopo il mio arrivo, ebbi modo di assistere alla rappresentazione del *Gioco degli scacchi*, un'opera nella quale gli attori, camuffati da pedine di tale gioco, facevano la parodia della rivalità tra i regni di Spagna e Inghilterra. Le figure bianche erano inglesi e spagnole quelle nere, e il pubblico prorompeva in urla e risate ogni volta che cadeva una di quest'ultime. Al termine della partita, come c'era da aspettarsi, le pedine bianche davano scacco matto al re nero e quando l'opera si concludeva con l'intera nazione spagnola condannata alle fiamme eterne dell'Inferno, gli spettatori si scatenarono in un fragoroso applauso e la sala echeggiò di urla d'odio, mentre io me ne restavo in silenzio. I volti di Cristóbal Mendieta, Cosme, Guzmán Montenegro, Juan de Tineo e del capitano Contreras mi tornavano in mente e il cuore mi diceva che quelle urla ostili non riguardavano me. Tuttavia, il quartiere del Sud aveva molti altri aspetti che si addicevano perfettamente al mio carattere, come avrei ben presto scoperto. Nelle bische ritrovai il gusto e la mano per le partite a carte e ai dadi, grazie alle quali la mia borsa tornò florida. E nei numerosi bordelli mi procurai la compagnia femminile con cui saziare i castigati appetiti, quando non godevo dei favori di una delle tante dame che cercavano svaghi ed emozioni nelle braccia altrui dimenticando, almeno per poche ore, gli indaffarati e indifferenti mariti. In effetti, i costumi della città di Londra, in quegli anni, erano degni rivali di quelli che avevo avuto modo di conoscere a Madrid, e l'adulterio era diventato il piatto forte che veniva servito quotidianamente anche nelle dimore più altolocate.

Ma quella vita di disordine e abbandono durò ben poco perché, nella mia nuova condizione di soldato, dovetti marciare verso le terre delle Fiandre. Iniziarono così le mie vicissitudini nella guerra contro la Francia, che sarebbe durata quasi tre anni. Non partecipai a grandi battaglie né ad assedi memorabili, la mia esperienza bellica si ridusse a un'interminabile serie di imboscate e scaramucce, più prossime al brigantaggio che al combattimento, mietendo un numero maggiore di vittime tra i terrorizzati contadini rispetto alla truppa. Comunque, l'Europa intera, divisa dal feroce scontro fra gli eserciti papisti dell'Imperatore spagnolo e quelli dei difensori della riforma protestante, ardeva in una guerra dopo l'altra, che fosse sul suolo olandese, in Sassonia, in Boemia, nel Magdeburgo o nel Basso Palatinato, e gli echi di tale disputa si facevano sentire dall'altra parte del mondo, nei mari americani dove guerra e saccheggio andavano di pari passo e, un anno dopo, la flotta spagnola dell'argento sarebbe finita nelle mani degli olandesi. Le notizie sui disastri della guerra giungevano per bocca di messaggeri e mercanti, spie e ambasciatori, e si trasformavano in leggendari racconti nelle chiacchiere tra soldati dove davamo briglia sciolta ai timori e alle fantasie. Udii così per la prima volta levarsi le voci dei puritani, ora per chiedere una guerra più decisa contro i papisti spagnoli, ora per invocare il rientro in Inghilterra, dove a loro parere c'era bisogno delle nostre armi per ricondurre alla ragione il Re Carlo e i suoi vescovi, che dissanguavano la nazione a forza di tasse mentre lesinavano all'esercito i rifornimenti necessari a far fronte al nemico.

Ma il ritorno sul suolo inglese, in seguito alla firma del trattato di pace con i francesi e, poco dopo, con gli spagnoli, non significò per me il riposo nel crogiuolo di dissolutezze londinese perché venni destinato a una guarnigione nel Nord del paese, sulle colline che separano i territori inglesi da quelli scozzesi, da dove assistetti, a distanza, al crescendo di convulsioni che agitavano il regno. Il Re aveva risposto alle richieste del Parlamento, che lottava per limitarne l'arbitrario potere, ordinando lo scioglimento della Camera dei Comuni, alcuni membri della quale vennero perseguiti dalla giustizia, portando all'esasperazione quanti erano convinti che la monarchia stesse conducendo il paese alla rovina; opinione condivisa dalla maggioranza dei soldati del mio distaccamento. «Chi è timorato di Dio è immune da ogni altro timore», ripeteva spesso il nostro capitano, un robusto e ardimentoso contadino di nome Robert Marten, e aggiungeva: «Noi dobbiamo far sì che sia Dio onnipotente il nostro unico re e protettore». Ma in attesa che quel giorno arrivasse, era Re Carlo d'Inghilterra a cui dovevamo obbedienza e lealtà, per quanto ci risultasse ingrato.

A parte i nostri sussulti d'indignazione, la vita nella guarnigione sulle colline di Cheviot non dispensava emozioni forti, sebbene per mia sfortuna vi fosse stato assegnato anche il soldato Bunyan, con cui avevo viaggiato fino a Portsmouth quattro anni prima. In quel lasso di tempo, che a me era parso un'eternità, il suo carattere non aveva fatto che peggiorare, tramutandolo nell'immagine stessa dell'amarezza e del risentimento. A tal punto che, per quanto fossimo d'accordo sul maledire i flagelli che tormentavano il regno, la comunanza di giudizio non bastava a far nascere l'amicizia, poiché Bunyan era uno di quegli uomini che combattono i demoni del mondo soltanto per evitare di affrontare quelli che si portano dentro, e sulla sua bocca le più nobili parole e i più altruisti sentimenti suonavano immancabilmente falsi e interessati.

Fin dal primo momento che mi vide, Bunyan mi scelse come bersaglio dei suoi scherzi pesanti e dei suoi sospetti, essendo persuaso che la storia della mia vita fosse solo un cumulo di menzogne. Sapevo bene quante bugie avessi dovuto inventare a suo tempo per tenere nascosti i miei anni di servizio alla corona spagnola e, pur cosciente del fatto che nessuna forma di lealtà mi legava a questa, temevo le errate conclusioni che potevano scaturire dalla conoscenza di tali inganni. E il timore di ciò mi costringeva a sopportare l'impertinenza di Bunyan fino al limite estremo della mia pazienza, una frontiera che mi vedevo obbligato a sorvegliare almeno quanto quella che ci separava dalla Scozia, i cui turbolenti abitanti rappresentavano un continuo rompicapo per l'autorità reale.

Tutti questi timori si sarebbero rivelati più che giustificati quando l'arcivescovo Laud e il conte di Strafford, uomini forti del Re, tentarono di applicare ai loro sudditi scozzesi le norme che rinforzavano il potere dei vescovi e ne aumentavano i fasti. Correva l'anno milleseicentotrentotto, e io avevo ormai raggiunto la quarantina senza che la quieta esistenza da guardia di frontiera mi fosse servita a metter la testa a posto, poiché quella vita militare, che alla fine mi aveva procurato l'ordine esterno tanto desiderato, mi esasperava e la disperazione che sentivo crescere in me rendeva sempre più disordinata la mia vita privata. Dall'intrico di amoreggiamenti in quella sperduta regione si poteva trarne un romanzo, perché non c'era magione che non visitassi né capanna dove non mi intrufolassi dal retro, finendo per dover affrontare svariati mariti adirati che riconducevo a più miti consigli in punta di spada.

La notizia secondo la quale i nobili scozzesi avevano riunito un formidabile esercito che si apprestava a invadere l'Inghilterra pose termine alle mie scorribande e alla tranquillità della guarnigione. Il Re disponeva a malapena del denaro necessario a organizzare un nuovo esercito, poiché quello già costituito era per la maggior parte impantanato nelle eterne dispute con gli irlandesi, e noi pochi soldati che sorvegliavamo le colline di Cheviot non potevamo far nulla contro le schiere ben equipaggiate degli scozzesi. Ricevemmo l'ordine di formare milizie popolari nelle contee di frontiera e ci mettemmo all'opera, più per cercare qualcuno che ci aiutasse a salvare la pelle che per difendere la causa di qualche vescovo da noi disprezzato. Ma non tardammo a renderci conto che erano ben pochi i sudditi inglesi disposti a dare la vita per il proprio Re in cambio di nulla. Per cui, quando alcuni mesi dopo gli scozzesi varcarono la frontiera e presero la città di Newcastle, il nostro distaccamento non poté fare altro che abbandonare la guarnigione senza sparare un colpo e dirigersi verso il porto di Whitehaven, in attesa di nuovi ordini. Difficilmente avrei potuto immaginare allora che quell'umiliante ritirata avrebbe cambiato la mia vita.

Erano trascorsi tredici anni dal mio ritorno nella patria paterna, e in tutto quel tempo il passato mi aveva perseguitato con la tenacia di un mastino. La ferita aperta da Catalina non si era mai rimarginata e il mio cuore ignorava i piaceri del corpo. Ogni tanto, grazie a un mercante ambulante di Carlisle che era solito battere le colline di

Cheviot fino a Newcastle, ricevevo lettere dal fedele Cosme, il cui buon senno lo aveva convinto a restare nella città di Gijón, finendo per sposare la vedova di Juan de Tineo, al cui servizio aveva lavorato mentre il marito e io navigavamo da corsari sotto la bandiera del Re di Spagna. A quanto mi raccontava, barattare il mare con l'orto era stata la più felice delle decisioni, e ogni giorno ringraziava il Signore per averlo illuminato. Ma le lettere di Cosme comunicavano anche notizie che mettevano in stato d'assedio il baluardo del mio cuore. Tramite queste venivo a sapere ciò che il servitore d'un tempo riusciva ad appurare sulla vita di Catalina e di mio figlio, divenuto ormai un ragazzo di bell'aspetto e dal carattere allegro e attaccabrighe, a quanto si diceva a Villaviciosa, e lo si vedeva spesso nella zona andare a caccia e cavalcare. La marchesa di San Román, la mia Catalina distante e crudele, trascorreva la maggior parte dell'anno nel palazzo madrileno mentre il marito preferiva ritirarsi nella pace della dimora asturiana. Ma le lettere di Cosme erano sempre parche di parole su di lei, non so se perché la lontananza della capitale dell'impero e l'abisso che separava un povero ortolano da un'aristocratica limitassero alquanto le possibilità di seguirne la vita, o forse perché il buon Cosme cercava nel silenzio lo scudo con cui proteggermi dai miei stessi desideri, dato che lui era stato testimone di come l'amore non corrisposto mi avesse trascinato fino alle porte dell'Inferno. In ogni caso, non gli chiedevo mai di lei nelle mie lettere e le poche nuove che ricevevo riguardo la sua vita erano la giusta dose di veleno utile a rendermi immune ai suoi terribili effetti: una dose maggiore mi avrebbe senz'altro condotto a perdere ogni decenza, ma il silenzio totale rischiava di farmi diventare pazzo. Cosme sapeva somministrare la pozione delle sue notizie con l'assennatezza d'un medico provetto.

Nell'ultima lettera, ricevuta poche settimane prima che ci vedessimo costretti ad abbandonare la guarnigione sulle colline di Cheviot, Cosme mi raccontava dell'ingresso di mio figlio nella vita castrense, alla quale risultava portato per condizione e carattere. «È partito alla volta di Madrid, con la benedizione del suo signor padre» mi raccontava con la calligrafia accurata e impersonale dello scrivano al quale chiedeva solitamente di porre per iscritto le sue parole, «e si dice a Villaviciosa che ostentasse una fine casacca e maniere già da guerriero, e con ciò ci si aspetta da lui grandi opere e imprese, come spetta a un rampollo di così nobile stirpe.» E leggendo queste frasi, nelle quali non sapevo se intravedere un'inattesa ironia, mi sentii pervadere il cuore da un sentimento nuovo e penoso, una paura che non aveva nulla a che vedere con la mia vita e i miei aneliti, qualcosa di così estraneo alle meschine passioni mie che non potei fare a meno di restare sorpreso: la paura di quello che poteva accadere a mio figlio in un'Europa insanguinata dalle guerre. Mi succedeva, nei momenti meno opportuni, di pensare a Cristóbal, tentando di immaginarne il volto che non avevo mai visto; e nel mentre, la faccia di mio figlio assumeva, per un perverso capriccio dell'immaginazione, le sembianze dell'uomo di cui portava il nome, Cristóbal Mendieta, l'amico morto il cui ricordo aleggiava intorno a me come un fantasma. Le notizie di battaglie e disastri avvenuti nelle terre delle Fiandre o di Boemia suscitavano ora in me più inquietudine che curiosità, e rileggevo varie volte le poche lettere spedite da Cosme in tutti quegli anni, in cerca d'un segno, d'un indizio che lasciasse intuire che mio figlio sapesse almeno della mia esistenza. Ma non c'era nulla.

Tale ignoranza mi disperava e faceva apparire i miei timori ridicoli e vacui. Che senso aveva vivere nell'angosciosa preoccupazione per qualcuno che neanche sapeva che esistevo? All'inizio mi diedi del pazzo e imputai alla solitudine quei sentimenti così assurdi. Ma poi presi ad accarezzare l'idea di porre termine a tanti anni di silenzio. Cristóbal era ormai un uomo al quale la vita militare avrebbe ben presto insegnato fino a che punto gli esseri umani son capaci di ogni grandezza e ogni abominio. Non poteva arrecargli alcun male la mia irruzione nella sua vita, sebbene scartai l'ipotesi di farlo rivendicandone la paternità, poiché non intendevo metterlo contro la madre né allontanarlo dalla famiglia che gli aveva offerto i beni e l'assennatezza che io non sarei mai stato in grado di fornirgli. Lui era il figlio del marchese di San Román e questo non andava messo in discussione. A quale titolo avrei dunque potuto rivolgermi a lui? Magari inventando una vaga parentela con sua madre che probabilmente lei non avrebbe smentito, poiché Catalina sapeva bene che una simile bugia pietosa era preferibile alla verità. Decisi di spacciarmi per un cugino di secondo grado, lo zio Tomás viaggiatore venuto da lontano. La sola idea di quella nuova vita fittizia tornò a scatenare in me il gusto per l'affabulazione e scrissi subito a Cosme la lettera che questi avrebbe dovuto far arrivare al giovane Cristóbal, con discrezione ma non senza insistenza, perché fin da quel momento aspettavo con grande ansia una sua risposta.

L'invasione dell'esercito scozzese avrebbe vanificato i miei propositi, e la lettera incompiuta finì nella stessa bisaccia dove conservavo quelle scritte da Cosme e che portai con me nel penoso viaggio attraverso i monti e i laghi della Cumbria fino alla fattoria, situata sull'altra sponda della piccola insenatura di Whitehaven, dove andò a piazzarsi il nostro scoordinato distaccamento. Lì ci colsero di sorpresa le notizie della guerra civile scatenatasi tra il Parlamento e il Re dopo che questi, vistosi costretto a convocare la Camera dei Comuni per cercare di racimolare altre tasse, aveva tentato di scioglierlo, e il nostro sconcerto divenne ancor più grande perché ci sembrava di essere rimasti relegati ai confini del mondo. Il capitano Marten simpatizzava apertamente per la causa del Parlamento, però le milizie del nuovo esercito organizzato dai puritani si trovavano al di là delle paludi sabbiose di Morecambe, troppo lontane da noi. Per raggiungerle avremmo dovuto attraversare le posizioni dell'esercito del Re, cosa impossibile dato che facevamo parte di quello stesso esercito e quindi saremmo stati costretti a metterci ai suoi ordini, per cui il nostro capitano decise di approfittare della confusione regnante mantenendo quella strana posizione, acquartierati nella fattoria comunitaria e senza prendere contatti con il comando realista, finché non fossimo riusciti a unirci alle forze parlamentiste.

Durante le prime settimane, la vita quotidiana avrebbe seguito le solite abitudini militari. Montavamo turni di guardia, ci esercitavamo nelle radure del vicino boschetto di aceri che si estendeva fino alla costa rocciosa, e mandavamo ogni tanto un soldato in abiti civili a Whitehaven dove, con l'aiuto dei contadini che ci avevano accolto nella fattoria comunitaria e che detestavano il Re quasi quanto noi, si faceva passare per un mezzadro come gli altri e raccoglieva le ultime nuove sulla guerra. Più d'una volta sarebbe toccata a me tale missione; la portai a termine come meglio potevo e, grazie a essa, allacciai rapporti amichevoli con alcuni abitanti del luogo, pescatori e commercianti. Ma con il passare del tempo la disciplina del nostro distaccamento fantasma andò allentandosi e ognuno si prese le sue ore al giorno per le proprie faccende. Alcuni si misero a lavorare le terre della fattoria come autentici contadini, altri cominciarono a trattare la vendita dei nostri prodotti e a offrire i propri servigi come carpentieri o maniscalchi nelle fattorie vicine. Lo stesso capitano Marten dirigeva tali iniziative con mentalità più da proprietario terriero che da militare. E io tornai ai miei scritti, nei quali mi immergevo ogni volta che potevo senza neppure badare a chi avessi intorno.

La lettera a mio figlio si era tramutata in un'ossessione. Ogni giorno mi dedicavo a scrivere e scrivere, finendo per gettare via tutto perché qualsiasi parola mi suonava vacua. Ero come un cieco che tentava di avanzare su un territorio sconosciuto. Fu allora che presi ad annotare ricordi della mia vita scellerata e delle vite di quanti l'avevano attraversata, nel tentativo di gettare luce sulle tenebre che mi circondavano, e sebbene non arrivassi mai a concludere la lettera, quei ricordi avrebbero finito per diventare la fonte alla quale si abbeverano le pagine che ora sto scrivendo. Ebbi tutto il tempo di esercitare la memoria, come il guerriero allena il corpo prima della battaglia. E anche l'occasione di cercare nelle pagine del libro di versi che tenevo sempre con me le parole in lingua castigliana che mi aiutassero a spiegare a mio figlio l'inspiegabile: che lo amavo senza conoscerlo, lo preferivo lontano da me proprio perché lo amavo, desideravo che mi conoscesse anche se lui non mi amava. Ma non fui prudente.

Al calar della notte, ci riunivamo tutti davanti al camino dove preparavamo la cena, non saprei dire se come soldati o ormai come contadini, e lasciavamo briglia sciolta alle nostre opinioni che risultavano delle più svariate, poiché c'era chi affidava a Dio la nostra sorte come se a forza di preghiere si potesse vincere la guerra, e chi attribuiva all'avidità la perversione degli uomini e, pertanto, invocava un nuovo ordine senza padroni dove i beni appartenessero alla comunità e fosse questa a distribuirli secondo i bisogni di ciascuno.

Questo era solitamente il punto sul quale il capitano Marten si adirava perché, sebbene fosse disposto a sacrificare la vita per la libertà del popolo, non intendeva assolutamente permettere che tale libertà gli impedisse di impossessarsi di alcune terre, il sogno della sua vita. L'unica cosa su cui tutti si trovavano d'accordo era attribuire la colpa della corruzione del nostro monarca e della tragica divisione della nazione inglese alla moglie cattolica del Re e agli agenti papisti dell'Imperatore di Spagna. Mi sentivo partecipe dello spirito ribelle e giustiziere dei miei compagni d'arme, e tale comunione d'intenti mi rese sempre più imprevidente.

Una sera, verso il crepuscolo, dopo una lunga giornata di lavoro nei campi, mi apprestavo a riprendere l'arduo compito di scrivere la mia lettera quando mi accorsi che la bisaccia dove la custodivo era scomparsa. Non la vidi appesa al solito gancio, e neppure sul pavimento accanto alla branda. Mi chiedevo chi potesse essere interessato a rubare un così misero tesoro, un pugno di lettere che parlavano soltanto di dettagli insulsi e sentimenti che avevano senso solo per me, quando mi resi conto che quelle lettere erano scritte in lingua castigliana. Capii immediatamente che l'autore del furto doveva essere il rancoroso William Bunyan e non fu difficile immaginare con quale proposito l'avesse fatto.

Bunyan aveva lavorato accanto a me tutto il pomeriggio, quindi si era impossessato della bisaccia poco prima che entrassi in casa. Non poteva essere andato molto lontano né aver avuto il tempo di leggere ciò che conteneva. Uscii di corsa. La maggior parte degli uomini si trovava nello stanzone del camino, ma non vidi Bunyan. Forse aveva cercato rifugio in soffitta, per poter studiare il bottino. Mi stavo dirigendo lì quando, passando davanti a una delle finestre, lo vidi allontanarsi nell'orto, diretto al boschetto di aceri.

Uscii dalla porta sul retro con il cuore in subbuglio e un nodo in gola per la paura. Mi misi a correre tra le piante dell'orto, cercando di non far rumore, ma l'intuito o forse la semplice prudenza fece sì che Bunyan si voltasse. Appena mi scorse cominciò a chiamare aiuto come un invasato. Anch'io mi guardai indietro, temendo che le sue urla richiamassero l'attenzione degli altri, ma non c'era nessuno di guardia e nel chiasso delle discussioni davanti al camino non avrebbero udito le voci provenienti dall'orto, situato dalla parte opposta della casa. Alla stessa conclusione dovette giungere Bunyan poiché smise di gridare e si lanciò in una corsa a perdifiato. All'inizio rimasi sorpreso per l'agilità con cui fuggiva, ma ben presto si fecero sentire gli anni e il suo passo divenne più lento e vacillante. Correva sul limitare del bosco, quasi temesse di addentrarsi e scomparire per sempre dalla vista degli abitanti della fattoria. In ogni caso, il terreno si presentava ondulato e di lì a poco il tetto della casa scomparve oltre un piccolo avvallamento. Quando lo raggiunsi, eravamo quasi arrivati sulla scogliera che si innalzava sulla riva del mare. Il vecchio Bunyan boccheggiava come un pesce fuor d'acqua e teneva le mani appoggiate alle ginocchia, nel tentativo di riprendere fiato. In una stringeva dei fogli manoscritti e in spalla aveva la mia bisaccia. Era strano vederla lì, a penzolare dalla spalla di quell'uomo vinto, accanto al suo viso sconvolto da fatica, paura e odio. Per qualche assurdo motivo, pensavo alla bisaccia non come all'oggetto inanimato che era, bensì come a un animale domestico che mi aveva abbandonato, venendo meno alla dovuta lealtà. Subito dopo una collera feroce mi annebbiò i sensi pensando che le luride mani di quel miserabile stavano profanando i miei scritti.

«Non ti servirà a nulla accanirti contro di me!» urlò Bunyan quando vide che mi avvicinavo. «Non sei riuscito a ingannare me e non potrai ingannare gli altri! Maledetta spia!» Il respiro affannoso gli permetteva a malapena di parlare. Tacque un istante mentre io mi sentivo immobilizzato per la rabbia. Poi, levò in alto i fogli e disse: «Questa lettera è scritta in spagnolo! L'hai scritta tu! Cosa racconti ai tuoi padroni? Quanto ti pagano? Dovrai rispondere del tuo tradimento».

Avanzai d'un passo e lui, recuperate in parte le forze, ricominciò a correre, ma poté soltanto muovere cinque passi perché era arrivato sul bordo della scogliera. Si voltò verso di me con lo sguardo folle del topo in trappola. Gli ero già di fianco.

«Non hai scampo, traditore!» urlò ancora. Tremava in tutto il corpo, ma si aggrappava al rancore e all'odio come se fossero pugnali o divinità terribili il cui castigo mi avrebbe tenuto a distanza. Lo afferrai per il bavero della lisa casacca e lo sollevai d'un palmo dal suolo, mentre lui lanciava un acuto strillo di terrore. Sentivo che le mie mani stavano sollevando il fardello pesante e fetido della mia vita passata, di tutti gli errori commessi e delle sue miserie. Il furore era scomparso dal mio cuore, a quel punto provavo soltanto disprezzo. Disprezzo per quel miserabile che voleva la mia perdizione con l'accanimento di un cane rabbioso. Disprezzo per la mia codardia e per le tante menzogne.

«No, sei tu che non hai scampo» ribattei.

Nei suoi occhi brillò un bagliore di disperazione. Aveva letto il proprio destino nel mio sguardo e l'arroganza si frantumò in un balbettio:

«Ti scongiuro, non uccidermi».

Non ebbe il tempo di dire altro perché le mie braccia avevano deciso che quelle sarebbero state le sue ultime parole. Le mie braccia, rinvigorite da una forza a me sconosciuta, sollevavano il corpo minuto e sfinito del vecchio soldato e chiudevano per sempre la sua bocca spietata e velenosa scaraventandolo nel vuoto. Lo vidi scalciare in aria per un istante mentre lanciava un urlo terrificante, ma nelle orecchie udivo soltanto i battiti del mio cuore che sembrava sul punto di balzare fuori dal petto.

Il corpo di Bunyan si schiantò sulle rocce e rimase in balia dei flutti, come un pupazzo di paglia, inerte e patetico. Con lui se n'era andata per sempre la bisaccia e i fogli di carta, che ora galleggiavano tra la spuma delle onde.

Dovettero trascorrere alcuni istanti prima che fossi in grado di capire cos'avevo fatto. Il disprezzo era ancora presente, ribadito da ogni battito del cuore, ma una tenaglia di ferro mi mordeva le viscere e nella testa urlavano l'ira e la coscienza, quasi si trattasse di un dialogo teatrale. La prima ripeteva che il mondo non aveva perso nulla con la fine di quell'infame individuo. La seconda mi dava del pazzo e dell'assassino, e sciorinava alla ragione tutti gli altri sentieri che la volontà avrebbe potuto prendere se io non l'avessi messa a tacere dando sfogo ai peggiori istinti. E in questo la mia coscienza non aveva tutti i torti, poiché il crimine commesso mi costringeva a fuggire, cosa che avrei comunque potuto fare senza dover uccidere quel vecchio scellerato. Non mi era nemmeno possibile far apparire la sua morte come un malaugurato incidente, perché lì stavano la mia bisaccia e gli scritti, che indubbiamente avrebbero attirato su di me tutti i sospetti. Tantomeno avevo il tempo per tentare di recuperare la bisaccia, la scogliera era ripida e la notte incombeva, e gli altri si sarebbero ben presto accorti della nostra assenza. La mia unica speranza era il mare, come sempre.

Tornai alla fattoria e, muovendomi furtivamente, entrai dalla porta sul retro, cercando di evitare i miei ignari compagni d'arme. Vana precauzione poiché nessuno aveva ancora motivo alcuno per sospettare di me, ma la coscienza sporca ci porta sempre a immaginare che gli altri conoscano i nostri peccati occulti. Presi i pochi averi e i denari messi da parte in quegli anni, e uscii in un baleno, perché la mia vita ormai dipendeva solo dalla prestanza delle gambe.

Il breve percorso fino a Whitehaven mi parve interminabile. Arrivai nel villaggio alle ultime luci del giorno e mi misi in cerca di Samuel, uno dei pescatori conosciuti durante le mie interessate visite. Lo trovai ancora a bordo della sua barca, che smontava il piccolo albero installato per aiutarsi nella navigazione. Era appena rientrato in porto e aveva la stanchezza dipinta sul volto. Ciò nonostante, riuscii a convincerlo ad aiutarmi. Samuel aveva dovuto sopportare il brutto carattere di Bunyan quelle poche volte che questi era stato mandato in paese, incarico da cui lo avevamo sollevato perché in luogo di raccogliere informazioni finiva sempre per guadagnarsi l'avversione degli abitanti e rendeva così un pessimo servizio ai nostri interessi. Quando gli raccontai che il vecchio aveva tentato di derubarmi e nella disputa ero stato costretto a ucciderlo, decise di condurmi fuori dal porto quella stessa notte. «Saggio è colui che evita la giustizia anche quando ha la ragione dalla sua, ché giudici e avvocati son peggio degli avvoltoi e ne traggono vantaggio comunque» sentenziò, per poi proporre di portarmi sulla vicina isola di Man, dove l'indomani avrei potuto cercare una nave in rotta per il Sud. Prendemmo il largo poco prima della mezzanotte e rimanemmo con la vela in cappa, vicino alla costa dell'isola, finché non albeggiò e fu possibile raggiungere la riva senza rischi. Volevo ripagare il favore con qualche moneta ma lui le rifiutò fermamente, e più tardi gliene sarei stato grato perché il capitano della piccola galeotta che mi avrebbe portato fino al porto di Bristol accettò di prendermi a bordo solo in cambio di tutti i denari che avevo con me.

La traversata del mare d'Irlanda fu lunga e ardua. L'autunno era al culmine e i venti soffiavano forti e mutevoli. L'avido capitano mi passava solo gli avanzi dei suoi pasti, alquanto scarsi, e non mi lasciava salire in coperta se non per aiutarlo in qualche manovra. Mi trattava con tale scontrosità che arrivai a temere per la mia vita e così cercai riparo in un'altra menzogna. Inventai un passato illustre e un'aspra contesa per l'eredità di mio padre, che per poco non mi era costata la vita poiché mio zio aveva pagato un sicario per uccidermi. Di conseguenza mi ero visto costretto a fuggire in fretta e furia. Tuttavia, il ritorno a Bristol mi avrebbe consentito di reclamare ciò che legalmente m'apparteneva, e non era poco. «Lì potrò ricompensarvi come meritate per il vostro aiuto» dissi al capitano che, a partire da quel momento, mutò atteggiamento nei miei confronti e arrivò addirittura a permettermi di sedere alla sua tavola. Attraversai dunque il canale di Saint George trasformato in un gentiluomo, titolo che sarebbe durato finché non avessi messo piede a terra, sul molo di Bristol, dando appuntamento al capitano per il giorno dopo. Dovetti inventare un'altra menzogna poiché questi, forse temendo che non mantenessi la promessa, insistette nel voler sapere dove fosse la dimora della mia famiglia. Risposi con il primo nome che mi passò per la testa, Saint George, il nome della via dove si trovava la locanda in cui avevo alloggiato durante la breve permanenza a Londra. La prontezza e il tono sicuro della mia risposta convinsero il malfidato marinaio e restammo d'accordo per rivederci l'indomani. E ancor oggi, quattordici anni dopo, mi starà aspettando.

Vagabondai nel porto per qualche giorno. Dormivo dove potevo, tra le reti ammucchiate nei ricoveri o nei cortili dei magazzini, e durante il giorno tentavo di rubare qualcosa da mangiare e cercavo una nave che salpasse per l'America, poiché l'affannato cuore mi diceva che dovevo tornare nella terra dov'ero nato, visto che l'Inghilterra mi aveva negato la felicità tanto anelata. Appurai che un austero galeone, il Victory, il cui scafo era privo degli intarsi e ornamenti in rilievo solitamente impiegati per abbellire altri simili, sarebbe partito per le Antille quella stessa settimana e stava reintegrando l'equipaggio, poiché molti dei suoi marinai avevano disertato e ora combattevano nelle fila dell'esercito del Parlamento. Poco m'importava che quella nave solcasse i mari battendo la bandiera di Re Carlo. Non era il momento per certe sottigliezze perché ormai non si trattava più di lottare per la libertà del regno bensì per la mia, e in tale battaglia non faceva distinzione che la mano salvatrice fosse realista o puritana. Comunque, non potevo presentarmi a bordo conciato come un mendicante. I miei vestiti erano sporchi e laceri per la troppa permanenza in strada, gli stivali sembravano rosicchiati dai topi e non ricordavo quando mi fossi lavato l'ultima volta.

Impiegai la giornata a rinnovare il vestiario usufruendo del bucato steso in giro per la città. Riuscii a procurarmi una camicia di lino e un paio di pantaloni neri. Lavai la fascia in una fontana e la misi ad asciugare su un biancospino, pur rischiando di strapparla, in modo che soltanto con un lungo bastone la si potesse cogliere, e verso sera mi misi a caccia di una casacca e di un paio di stivali nuovi. Mi sarebbero passati sotto il naso di lì a poco, momentaneamente indosso a un maturo borghese dall'aria pavida che seguii di nascosto fino a un tranquillo vicolo; qui gli balzai alle spalle, ma la sfortuna volle che lo mancassi al primo colpo e, sebbene rovinato a terra, costui riuscì a strillare come un maiale sgozzato. Una seconda botta lo spedì tra le braccia di Morfeo per qualche tempo, consentendomi di sfilargli quanto mi occorreva, mentre alcuni vicini si affacciavano alle finestre mettendosi a chiedere aiuto a squarciagola. Mi allontanai con le ali ai piedi, chiedendomi fin dove avrebbe potuto condurmi la sorte avversa, poiché dopo aver commesso un crimine spaventoso mi ero dato al furto e alla rapina con sorprendente naturalezza. Non ero più un ragazzo e le forze concesse dai miei quarantacinque anni furono appena sufficienti a raggiungere il dedalo del porto, dove mi persi tra la folla con grande sollievo, mentre mi ripetevo mentalmente che quella sarebbe stata l'ultima volta, che non potevo andare avanti così.

L'indomani, dopo essermi rinfrescato di primo mattino in una fontana e con indosso il nuovo vestiario, mi presentai sul Victory e raccontai al nostromo la storiella che avevo preparato, nella quale risultavo fuggito dalla città natale di Brighton quando questa era caduta sotto il controllo dei puritani, e ardevo dal desiderio di porre al servizio del nostro Re la mia esperienza di marinaio.

«Siete venuto nel posto più adatto per farlo» rispose il nostromo «perché dopodomani salpiamo facendo rotta per le colonie americane di Sua Maestà dove assicurarci la lealtà degli abitanti verso la Corona. Avete mai navigato sul mar dei Caraibi?»

Riflettei qualche istante prima di rispondere. Una risposta affermativa mi avrebbe costretto a inventare altre bugie, ma era anche un punto a mio favore. Alla fine, dissi che ero stato sull'isola Bahama e in quella della Tortuga, cosa che parve risultare di suo gradimento poiché mi mandò subito dallo scrivano per arruolarmi come marinaio.

Dunque la capricciosa dea Fortuna aveva mosso i fili della mia vita fino a restituirmi al mondo dal quale ero fuggito più di vent'anni prima, quando le mie ansie giovanili aspettavano dal giro della sua ruota le imprese ardite e la gloria che poi m'avrebbe sottratto. Ritornavo più povero di quanto fossi quando ero partito, poiché l'unica borsa che non avevo cessato di rimpinguare in tutto quel tempo era quella dei miei peccati. E nel lungo vagabondare avevo perduto anche quasi tutte le mie illusioni, svanite in un turbine di ricordi dove il volto di Catalina, le lugubri segrete di Salé, lo sguardo terrorizzato del vecchio Bunyan, la voce ferma e amica di Juan de Tineo, il petto squarciato di Cristóbal Mendieta, i tediosi turni di guardia sulle colline di Cheviot, il rumore delle catene degli schiavi sul molo di Las Muelas e la figura magnifica e valorosa del gigante Torval, che cadeva a terra come un toro colpito a morte, si confondevano tra loro e mi trascinavano in un malessere senza nome dal quale riuscivo a riemergere solo contemplando l'infinito orizzonte marino.

Cercavo di compiere i miei doveri a bordo nel migliore dei modi, perché lavorare diligentemente mi forniva l'unica ricompensa alla quale ormai aspiravo: la silenziosa gratitudine delle cose ben fatte. E non mancarono le occasioni di mettere alla prova la mia esperienza, poiché il mare rimase agitato per l'intera traversata, come c'era da aspettarsi dalla stagione a fine d'anno.

Quando approdammo all'isola di San Cristoforo non potemmo far altro che rimanere al riparo del porto per la maggior parte del tempo, flagellato dai forti venti fino a inverno inoltrato. Il clima temperato, malgrado le costanti piogge, mi riportava ai ricordi d'infanzia e della giovinezza quando, dal rifugio delle umili capanne della Bahama o della Tortuga, guardavo le nubi galoppare in cielo a cavallo delle raffiche di vento, che ululavano come lupe in calore.

In quei mesi d'inattività strinsi una certa amicizia con il nostromo del Victory, Ian Dawson, un gallese sornione e buon bevitore. Aveva un umore instabile, passando con repentinità da picchi d'entusiasmo a lunghi silenzi cupi. Stessa cosa per le sue opinioni, in certi casi fedeli al Re e in altri all'esatto opposto, arrivando ad auspicare che a tutti i monarchi del mondo si applicasse «la medicina del boia». E in fede mia, fra tante teste coronate e tante altre mozzate, pensavo che lui stesso rischiasse di perdere la sua, se non fosse stato che il resto dell'equipaggio provava un identico sconcerto. Brutto avvenire spettava a un re i cui più leali servitori, incaricati di vigilare sull'altrui slealtà, passavano le giornate cercando di decidere cosa fosse meglio: se elogiarlo o decapitarlo. Quando non discutevamo delle traversie della lontana Inghilterra o non cercavamo rifugio tra le braccia delle poche meretrici presenti sull'isola, ammazzavamo il tempo con lunghe partite a carte, finché il comandante del galeone, sir Richard Grant, uomo devoto e di rigide convinzioni morali, decise di proibire all'equipaggio le carte, i dadi e ogni altro gioco d'azzardo, suscitando il malcontento generale.

«Non vi è nulla di maggiormente pericoloso che un uomo retto quando rimane ozioso» sentenziava Dawson «perché gli viene subito voglia di raddrizzare le vite altrui. Un giorno di questi ci proibirà persino di andare a puttane.»

Fu lo stesso Dawson a escogitare un'alternativa ai nostri giochi vietati. Per farlo ricorse all'unica proprietà che tutti condividevamo in abbondanza: i pidocchi. Tracciava un cerchio sul pavimento, al cui interno gettavamo i pidocchi come gladiatori nell'arena di un circo romano. Il primo che usciva dal cerchio era il vincitore. Non ricordo di aver mai visto uomini più dediti alla cattura dei pidocchi di noi in quei mesi. Frugavamo tra i capelli, che molti lavavano solo saltuariamente affinché i nostri «ragazzi», come li chiamavamo, crescessero grossi e forti, e sceglievamo i pidocchi più gagliardi e difficili da catturare. A volte la caccia durava oltre il consentito e chi non riusciva a procurarsi il suo pidocchio entro il tempo concesso dal giudice di gara, veniva escluso. La cosa più difficile era riconoscere il proprio pidocchio una volta gettato nel cerchio, e Dawson decretò che potevano partecipare solo quattro contendenti per volta. Ma anche così non mancavano le discussioni accese. Le scommesse fioccavano e le grida d'incoraggiamento non avevano nulla da invidiare alla folla che ruggiva nei recinti di Londra dove avevo visto i combattimenti di cani contro tori e orsi. E se, per caso o perché attirato dalle nostre urla, compariva il capitano, un semplice pestone sul pavimento eliminava la prova della disobbedienza. In tal guisa, intenti a incitare insetti quasi fossero levrieri, ci colse di sorpresa l'ordine di prepararci a salpare per l'isola della Tortuga.

III

Il tempo cambiò bruscamente e volli considerare il bel tempo come un buon augurio. Sembrava che non appena avessimo spiegato le vele del Victory il cielo decidesse di gonfiarle con una brezza che ne esaltava l'aspetto aggraziato. La primavera giunse all'improvviso, precoce e dolce, e il cielo divenne sempre più azzurro e benevolo mano a mano che ci avvicinavamo alla Tortuga. Avvistammo la bianca corona di nubi che sovrastano le sue montagne molto prima che le vette comparissero all'orizzonte e, poco a poco, il profilo frastagliato dell'isola emerse dal mare come una Venere dalla sua conchiglia. Riconobbi i picchi scoscesi e il breve altopiano delimitato da scogliere, che si estende sulla costa orientale. Dalla murata di sinistra si scorgeva la muraglia verde delle mangrovie che ricopriva in lontananza la costa della vicina isola d'Hispaniola, e ben presto imboccammo il canale che le separa, poiché soltanto percorrendolo si giunge a un punto accessibile del temibile litorale della Tortuga. Le acque si calmarono una volta doppiato il capo dell'altopiano, da lì in avanti gli unici pericoli, per la navigazione, erano alcune barriere coralline e, per gli uomini, gli affamati squali eternamente in agguato nel canale. Le spiagge si susseguivano a dritta, fra manghi e palme, e c'erano delle piccole insenature dove poter gettare l'ancora. In una di queste sorge il porto di Basse Terre, un'accozzaglia di capanne e baracche di legno sparpagliate lungo le falde della montagna e tra le quali avevo trascorso gli anni della giovinezza quando, a bordo della nostra polacca, imparavo a conoscere il volto mutevole dei Caraibi e scoprivo le frontiere dei miei desideri fra le braccia delle prostitute, le sole donne di cui si tollerasse la presenza sulla Tortuga.

Il signor Dawson mi ordinò di piazzarmi accanto al pilota, poiché ero io a conoscere meglio lo stretto passaggio tra le barriere coralline che conduceva fino al piccolo molo di Basse Terre, raggiungibile soltanto con le lance per i bassi fondali che costringevano le navi a gettare l'ancora ad almeno cento braccia dalla riva. Avvicinandoci, potei verificare che non ero cambiato solo io, in quei vent'anni. Dove prima c'era un pugno di misere casupole, ora sorgeva un agglomerato di case dalle facciate dipinte con colori accesi, che arrivavano addirittura alla spiaggia, sulla quale si affacciavano i portoni di numerose taverne e già brillavano le prime lanterne, dato che il giorno volgeva ormai al termine arrossando l'orizzonte. Ma ciò che più mi stupì fu la fortezza che si innalzava sul centro abitato, letteralmente abbarbicata alle falde della montagna con una serie di terrazze sovrapposte, dai cui baluardi spuntavano minacciose le bocche dei cannoni. Su entrambe le estremità dell'insenatura, un paio di piccole torri merlate completavano la difesa del porto.

Una cannonata d'avvertimento accolse la nostra comparsa e il comandante Grant fece calare la lancia, per prendere contatto con chi governava l'isola, un francese chiamato Le Vasseur, di cui occorreva sondare le intenzioni poiché, sebbene un trattato di pace unisse al momento Inghilterra e Francia, l'isola restava pur sempre una repubblica di pirati dove la vera autorità era quella del governatore, e questi da tempo aveva lasciato cadere nell'oblio l'obbedienza verso il Re di Francia.

Mentre aspettavamo il ritorno del comandante, tenni a freno l'impazienza di rimettere piede su quella terra osservando le altre navi all'ancora nell'insenatura. C'erano alcuni petacci che grazie allo scarso pescaggio potevano essere ormeggiati al molo, due flibotti e una piccola quanto bella fregata a tre alberi, con dieci cannoni sul ponte e in testa all'albero di maestra una vistosa bandiera nera con al centro la bianca figura di uno scheletro intero che sosteneva in mano una clessidra. La polena sulla prua era una rubiconda sirena e sulla fiancata si leggeva un nome che, per quanto celebre, risultava eccentrico su una nave pirata: Don Giovanni. Sembrava più la nave galante di un nobile ozioso che il temibile strumento di un uomo senza patria.

Erano già calate su di noi le ombre della sera quando il comandante Grant tornò a bordo. Il governatore ci autorizzava a sbarcare, cosa che avremmo fatto all'alba. Avevamo davanti una lunga notte e io non riuscivo a conciliare il sonno e neanche a restare sdraiato sulla branda, così decisi di andare a fare compagnia all'uomo di guardia e salii sul ponte. Le luci di Basse Terre erano ormai spente e brillavano soltanto le poche lanterne del corpo di guardia della fortezza e le finestre di una casa sul molo che, ne ero certo, doveva essere un bordello o una bettola. Tuttavia, un chiarore lattiginoso illuminava ogni cosa e i neri profili delle montagne della Tortuga si stagliavano contro il cielo stellato. Sulle nostre teste, la macchia bianca della Via Lattea spargeva la sua tenue luce e solcava gli spazi siderali come un fantasmagorico ponte che unisse le vette della Tortuga con le remote terre all'interno di Hispaniola. Un sentiero di angeli che sorvolava questa terra di demoni.

L'uomo di guardia si chiamava Billy Flea, era nato a Cardiff, ed era un giovane dal colorito giallastro e il carattere volenteroso, sempre intento ad arrampicarsi sulle sartie con movimenti scimmieschi e dotato di un'agilità stupefacente. Aveva mosso i primi passi sul barcone di suo padre e c'era da credere che avesse succhiato acqua marina anziché latte materno, poiché nuotava come un pesce e in alto mare raggiungeva la piena felicità. Qualcosa in lui mi ricordava il Cosme giovane e spaventato che avevo conosciuto sul San Juan de Gaztelugache, così diverso dall'uomo cauto e avveduto che era diventato con il passare degli anni, sebbene in Billy vi fosse una maggiore determinazione; e quel ricordo, che mi colmava di malinconia, faceva sì che nutrissi per lui una viva simpatia. Lo trovai sul cassetto del cassero, appostato accanto all'albero di mezzana. Stava seduto su un barile d'acqua e ostentava con orgoglio il voluminoso pistolone infilato nella fascia sul ventre. Non sembrò stupito di vedermi.

«Vi aspettavo, signor Thomas» disse a mo' di saluto.

«Siete per caso un indovino, Billy?»

Scosse il capo, sorridendo:

«Se questa fosse la mia patria, l'impazienza non avrebbe lasciato dormire neanche me, signore».

«Siete un buon osservatore.»

«Durante una traversata c'è tempo per tutto, signore, e mi piace ascoltare le storie altrui. È il miglior modo d'imparare.»

Mi sedetti sul pavimento, appoggiai la schiena al passamani del casseretto e guardai il giovane con curiosità. Quella era la prima volta che potevamo parlare di qualcosa che non fossero i doveri di bordo.

«E cosa sperate di imparare da tanto osservare?» chiesi dopo un po'.

«A scegliere, signore.»

«Scegliere?»

«Ecco dove sta il segreto, non è così? Per come la vedo io, la cosa più difficile nella vita è saper scegliere.»

«No, Billy. La cosa più difficile nella vita è poter scegliere, perché la maggior parte delle volte gli eventi si verificano in un modo tale che non ci resta che farcene carico.»

«È vero, signor Thomas. Guardate me. Sono un marinaio perché lo era mio padre, e mio padre perché lo era mio nonno. E non mi lamento, il mare non è un cattivo compagno. Ma non è di questo genere di scelte che vi sto parlando.»

«Di quali, dunque?»

«Della vita che vorrei vivere.»

«Ah, allora parlate di sogni e speranze.»

«Non ridetene, signore, noi tutti ne abbiamo.»

«E li perdiamo, ragazzo mio. O peggio ancora: accade di realizzarli, che è un modo diverso di perderli.»

Le mie parole dovettero contrariare il giovane guardiano, perché non rispose nulla e si chiuse in un cupo silenzio. Aveva voltato la testa verso il molo e il chiarore delle stelle disegnava il profilo del suo viso: l'ostinata immagine della giovinezza, tenace, superba, irritata e sfidante, la stessa che avevo visto sul volto di Cristóbal Mendieta quella lontana notte in cui uccidevamo topi e combattevamo i demoni dei nostri cuori a furia di coraggio, spinti dall'impeto dei nostri sogni di libertà.

«Come sarebbe questa vita che sognate?»

Billy Flea tornò a guardarmi, con il fulgore dell'impossibile che brillava nei suoi occhi.

«Una vita senza lussi, signor Thomas, ché io non ne voglio. Solo una barca per lavorare e una donna che mi cerchi la notte. Ma lontano dall'Inghilterra, lontano da chiunque pretenda di governarmi. Forse qui... Sembra un buon posto. Lo è?»

Non lo era stato per me, poiché la felicità aveva sempre confinato con la miseria e con la violenza, e quanto ero riuscito a possedere, subito lo avevo perduto. La Tortuga risultava bella soltanto nei ricordi, anche se forse per Billy Flea era ben diverso.

«Chissà» risposi. «Qui il clima è benevolo e la terra dà frutti con il minimo della fatica. Il mare è gagliardo e la pesca buona. In primavera i monti si ricoprono di fiori come non si è mai visto altrove, e i vantaggi dell'estate si prolungano dolcemente per tutto l'anno, tanto che le quattro stagioni risultano in definitiva una sola. Ma non esiste terra buona se ad abitarla sono i diavoli, perché gli uomini sanno esser più temibili degli uragani e ancor più accaniti nel fare danni.»

Il ragazzo annuì con convinzione e io considerai conclusa la conversazione tornando alla solitaria insonnia sulla branda, poiché i sogni di Billy Flea non meritavano la mia disillusione.

La lancia del galeone mi portò sul molo di Basse Terre, dove mi misi a osservare attentamente quanto mi circondava. Provavo a ricordare come fosse il porto e cercavo, nella profusione di case nuove e volti sconosciuti, le facciate e i visi dei tempi andati. Ma era rimasto ben poco, appena un paio di capanne vicino al molo e il singolare ficus del Bengala che aveva portato e piantato un medico olandese, giunto a Basse Terre qualche anno prima di me, accanto al quale mio padre avrebbe costruito la nostra casa. Adesso, il ficus stendeva il suo enorme ombrello sulla casa del governatore dell'isola, poiché questi aveva fatto costruire la sua fortezza nello stesso punto dove sorgeva la mia dimora. Quell'albero magnifico, già grande quando avevo lasciato la Tortuga, aveva raggiunto dimensioni gigantesche, e le radici che nascevano direttamente dai rami e affondavano nella terra, come se quelle braccia vegetali stessero appoggiate su una selva di bastoni, gli conferivano un aspetto da vecchio venerabile.

Mi apprestavo a entrare in una caotica bottega di cordami, ormai sul punto di darmi per vinto nella ricerca del passato, quando una voce rotta ma ancora stentorea urlò alle mie spalle un'imprecazione in lingua olandese che non sentivo da almeno vent'anni:

«*Stinkend rif*!»

Mi voltai e vidi un uomo anziano con indosso una lunga casacca rossa, il naso aquilino e gli occhi piccoli e vivaci, che ostentava dei vistosi riccioli a cavatappi nella barba bianca e si avvicinava a falcate energiche:

«Continui ancora a imprecare in olandese, vecchio idiota!» gridai a mo' di saluto, mentre l'anziano mi stringeva in un vigoroso abbraccio.

«Dovrò scontare meno peccati perché non so che diavolo dico!» rispose esplodendo in una risataccia e, afferratomi per le spalle, mi squadrò dall'alto in basso e disse: «Thomas, non è stato facile riconoscerti».

«Eppure, tu sei cambiato ben poco.»

E, in effetti, Peter Tortuga Johnson era rimasto uguale a vent'anni prima, anche se appariva più piccolo. Era come se il tempo lo avesse consumato dall'interno e tutto il corpo si fosse rimpicciolito. Aveva già una certa età quando ero andato via dalla Tortuga, dunque non osavo immaginare quanti anni avesse adesso, comunque era lì, quasi si fosse conservato in salamoia. Agile e chiacchierone, come sempre.

«Quando hai finito con le tue commissioni, vieni alla taverna del Granchio, ti aspetto lì, ché dobbiamo ammazzare gli anni con del buon rum e voglio vedere se sei sempre abile carte alla mano» disse, mentre osservava sornione la mia uniforme della marina reale inglese, poi si allontanò sul molo con passo sicuro, quasi avesse davvero un posto dove andare.

Nel pomeriggio mi recai nella taverna, poco più che una baracca, con il pavimento di sabbia, costruita fra due case decrepite. All'interno aleggiava un polverone soffocante e, sul fondo, delle rozze tende separavano la sala dove si beveva dalle stanzette in cui i clienti in fregola potevano sfogarsi in compagnia di una delle pigre prostitute che aspettavano sedute su una piccola pedana, quando non stavano sulle ginocchia di qualcuno. C'era un chiasso assordante e molta luce, dovuta alle due grandi ruote di carro trasformate in portalanterne che penzolavano dal soffitto. Tortuga Johnson mi aspettava seduto su uno sgabello, accanto a un barile che fungeva da tavolo e sul quale riposava una brocca di rum. Mi accolse con un altro abbraccio e affettuose parole, più da padre che da amico, poiché se la vecchiaia non lo aveva privato delle forze, in cambio lo aveva reso prigioniero della memoria e sembrava che vedesse in me il ragazzo d'un tempo e non l'uomo che ero diventato. Dovetti raccontargli la storia di quei vent'anni della mia vita, cosa che feci in fretta e con scarsa voglia, e alla fine cominciò a raccontare lui, descrivendo i cambiamenti avvenuti nella Tortuga durante la mia lunga assenza.

Dopo che Jamaica e io eravamo partiti per l'Avana, la comunità pirata della Tortuga aveva vissuto un periodo di prosperità e di gloria, da cui aveva tratto beneficio anche Tortuga Johnson, che era rimasto sull'isola sperando in una sorte migliore. Prima si era imbarcato con il capitano Hendrijks, venuto dall'Olanda al comando di una piccola flotta per compiere incursioni nei porti spagnoli di Puerto Rico, Jamaica, Cuba e Hispaniola. Alla morte di questi, consumato dalle febbri contratte sulla costa cubana, Johnson aveva fatto ritorno alla Tortuga, dove si sarebbe nuovamente imbarcato, stavolta con il mulatto Diego Grillo, un rinnegato spagnolo nato all'Avana che da giovane aveva battuto i mari nientemeno che con il capitano Drake e il cui odio per i padroni d'un tempo lo aveva trasformato in un temibile flagello delle flotte spagnole. Quando Johnson si era messo al suo servizio, Diego il Mulatto era ormai un uomo anziano che soffriva di tanto in tanto di malaria, rimanendo per qualche ora sfinito sul letto in preda a forti febbri. Nonostante ciò, il suo male, che non lo abbandonava mai senza però condurlo alla morte, lungi dal calmarne lo spirito lo aveva reso sempre più sanguinario e vendicativo. Dall'oscurità della sua casa, standosene nascosto sotto la zanzariera, Diego il Mulatto mandava i suoi bucanieri ad assaltare i porti spagnoli e, al loro rientro, ricostruiva gli avvenimenti dell'incursione su una mappa dei Caraibi che occupava per intero un grande tavolo rotondo. Le mani tremanti piazzavano sulla carta piccole navi di legno che lui stesso intagliava pazientemente nelle lunghe ore di solitaria attesa, usando soltanto un coltello. E si diceva che, a seconda dell'abilità oratoria di chi raccontava le avventure della spedizione, a volte gli scorrevano sulle guance grosse lacrime che non si capiva se fossero di pena, gioia o rabbia.

Per conto di Diego il Mulatto, Tortuga Johnson aveva attaccato numerose navi spagnole nell'arco di sette anni, e nel milleseicentotrentatré aveva preso parte all'assalto al porto di Campeche, compiuto dalla nave del suo capo assieme a quella di un altro pirata olandese, Cornelius Goll, soprannominato Gambadilegno per la mancanza dell'arto sinistro perduto in combattimento quando era ancora un ragazzo. Quell'alleanza aveva fruttato il saccheggio e l'incendio della città spagnola, donando l'ultima gioia al rinnegato avanero dato che, pochi giorni dopo il rientro della flotta nell'isola della Tortuga, Diego il Mulatto si era infine arreso alle febbri che con tanta tenacia lo perseguitavano e aveva lasciato questo mondo senza che nessuno versasse una lacrima per lui. Quella sarebbe stata anche l'ultima incursione a cui avrebbe partecipato Tortuga Johnson. Il bottino ottenuto a Campeche gli consentiva di ritirarsi dal mare e l'età avanzata consigliava una certa prudenza che non aveva mai avuto prima. Qualche anno dopo era venuto a sapere, per sentito dire, del fallito attacco dell'olandese Gambadilegno a Santiago de Cuba, e del fatto che un uragano aveva dato il colpo di grazia alla sua flotta, costringendolo a tornare nell'Olanda natia.

«Perché quest'isola è un posto di passaggio per molti ma residenza di pochi» concluse Tortuga Johnson «eppure è stata una buona terra per me, Thomas. Qui sono stato libero e non mi è mancato nulla. Ciò che catturavamo in mare veniva diviso fra tutti ed eravamo noi stessi a redigere le nostre leggi. Quando qualcuno voleva unirsi a noi, un fratello della confraternita filibustiera si incaricava della sua tutela nei due anni di apprendistato. Se qualcuno commetteva un omicidio a bordo, finiva in mare con la vittima. Se qualcuno nascondeva una parte del bottino per non doverlo dividere con gli altri, veniva abbandonato su un'isola deserta o su uno scoglio, affinché la fame o le mareggiate si incaricassero di saldare i conti. Ubriacarsi durante un combattimento o abusare di una prigioniera prevedeva come punizione la perdita di una parte del bottino o un giro di chiglia o la permanenza sulla coffa dell'albero di maestra in piena tempesta. Comandante lo si diventava per coraggio e fierezza, senza che vi fossero governatori né altri titoli di potere tra di noi. Furono gli anni migliori, Thomas. Certo, scoppiava qualche rissa e succedeva di imbattersi nei galeoni imperiali, ma tutto filava con il vento in poppa finché cinque anni fa non sono arrivati gli spagnoli e hanno distrutto ogni cosa. Da allora niente è rimasto come prima. Basse Terre è stata ricostruita, ma i francesi e gli inglesi si sono contesi l'isola neanche fosse una fidanzata, resta ben poco dell'eguaglianza che un tempo regnava tra noi perché hanno già cominciato a frazionare i terreni e c'è persino chi è arrivato qui con moglie e figli, e adesso abbiamo questo governatore che governa con metodi da tiranno e si è portato dietro tutto l'inferno europeo, e dobbiamo nuovamente chinare il capo davanti all'autorità e si riprende a uccidere in nome della fede.»

Secondo Tortuga Johnson, Le Vasseur era un fanatico ugonotto che nutriva un odio mortale contro la Chiesa di Roma e, pertanto, aveva ordinato l'espulsione dall'isola di tutti i cattolici, proibendo l'ingresso di sacerdoti e facendo demolire la piccola cappella dove andavano a pregare quei pochi che, ogni tanto, si ricordavano di saldare i conti con il loro Dio.

«Io conservo la mia fede ben nascosta in fondo alla bisaccia, anche se comunque sono certo che al momento di morire sarà Satana in persona a venirmi a prendere» disse in tono gradasso il vecchio pirata, al quale i tre boccali di rum che si era tracannato dal mio arrivo sembravano aver sciolto la lingua e imbrigliato le paure «però questo Le Vasseur non farà una bella fine, anche se vive lassù, isolato nella sua fortezza. Sai che l'unico modo per salire fino a casa sua è una scaletta che le guardie gettano dal baluardo più alto? Te lo dico io, i tiranni sono tutti codardi. No, no e no! Non gli serviranno a nulla i lussi e l'argenteria e le arie da nobile che si dà, perché è un uomo senza fegato, Thomas. Uno di quelli che non solo perseguitano gli avversari ma si accaniscono anche sui propri fratelli.»

La conversazione con il mio vecchio compagno di scorribande stava assumendo i toni esagerati di una sbronza e nemmeno in questo era cambiato. Le invettive contro il governatore aumentavano d'intensità di pari passo alla confusione delle sue parole, e mi stava spiegando quali orrendi supplizi si nascondevano dietro il nome di «Inferno», che il capitano Le Vasseur aveva dato a un marchingegno di tortura da lui stesso inventato e che storpiava per sempre gli infelici sottoposti al crudele trattamento, quando vidi entrare nella taverna un uomo con uno stravagante berretto e che, per i modi ostentati e l'ossequioso rispetto mostrato dai presenti, doveva essere un capitano pirata. Al suo fianco, in pantaloni e camicia di tela grezza, vestita alla maniera marinara, c'era una donna di una tale bellezza da rendermi sordo alle parole di Tortuga Johnson.

I nuovi arrivati si sedettero a uno dei pochi tavoli che meritassero questo nome, in compagnia di alcuni uomini entrati con loro e delle prostitute, finalmente riemerse dal letargo. Il vecchio Johnson continuava con le sue elucubrazioni e imprecazioni, ma io non potevo distogliere lo sguardo da quella donna. Era alta e bruna, aveva capelli ondulati e grandi occhi color miele che guardavano in modo dolce, fermo e sorridente chi le rivolgeva la parola. Il vestiario da uomo non ne celava la femminilità, al contrario, faceva risaltare ancor più le sue forme voluttuose e la grazia dei suoi movimenti. La sua espressione tradiva determinazione e forza d'animo, ma anche un'invitante tenerezza, un'armonia che prometteva piaceri che non sarebbero scaturiti dalla debolezza e dalla sottomissione ma dall'esaltazione e dall'orgoglio. «Dove nascondi la trappola?» le chiesi mentalmente, guardando come batteva la mano sulla spalla dei suoi compagni di baldoria da pari a pari.

«Chi è quella donna?» interruppi Tortuga Johnson, incapace di trattenere oltre la curiosità.

«*Hoere jong*!» ruggì il vecchio. «Hai sentito niente di quello che ho detto? Diavolo, Thomas, come si vede che ti si rizza ancora!»

«Avanti, vecchio pazzo, non credo proprio che tu abbia deciso di ammainare la bandiera» risposi, con una gomitata complice.

«E cosa dovrei fare! In questo genere di guerra posso ancora vincere qualche battaglia.»

«Non stupirti allora se ardo dal desiderio di entrare in lizza. Forza, dimmi chi è.»

Tortuga Johnson mi lanciò un'occhiata di commiserazione e disse: «Una preda difficile, Thomas. Si chiama Alison ed è bella come un diamante e altrettanto dura. Sa maneggiare la spada e il coltello, anche se non dispone di una grande destrezza, comunque non indietreggia nel combattimento e ciò che la rende temibile è la rabbia con cui si batte. Bisogna essere un vero uomo per affrontarla, sia in amore che in battaglia, perché se il suo pugnale taglia, peggio ancora la sua lingua».

«Da dove viene?»

«Non lo sa nessuno, perché rinnega qualsiasi patria come la peste. A quanto pare si trovava su una nave olandese abbordata dal capitano Jean Le Chien, quello seduto accanto a lei, e anziché venderla come schiava l'ha presa nel proprio equipaggio dopo averla vista mozzare un orecchio a un marinaio che tentava di violentarla. Da allora li si vede sempre insieme.»

Secondo Tortuga Johnson, Jean Le Chien, comandante della fregata Don Giovanni che avevo visto all'ancora nella rada, era un trovatore per diletto e aveva una voce dolce e intonata con cui cantava le melodie da lui composte nelle ore morte in alto mare. Vantava nobili natali francesi ma l'indole malandrina, che si diceva avesse ereditato dalla madre, lo aveva portato alla pirateria, diventando un cane di mare, come gli piaceva definirsi, e proprio per questo si era scelto il cognome di Le Chien. Tagliava a zero i capelli biondi fino a lasciarsi in testa appena una peluria, coprendola con quel berretto che gli conferiva un aspetto da chierico. Era basso e tarchiato, sebbene i suoi modi fossero armoniosi e gracili, ed era una meraviglia ascoltarlo suonare il mandolino, dal quale otteneva suoni così melodiosi che era davvero difficile immaginarlo nei panni di un pirata. Ciò nonostante, in combattimento diventava un feroce e brutale macellaio e annoverava nelle proprie carni le cicatrici che ne testimoniavano l'ardimento e facevano impazzire le puttane di Basse Terre, le cui mani esperte in uomini accarezzavano quelle vecchie ferite con profondo rispetto. O almeno così si diceva in giro.

«Ma non ha già la bella Alison per amante?» lo interruppi.

«*Stinkend rif*! Quella belva ti è entrata nel sangue! Sono stufo delle tue domande, Thomas. Forza, vieni a conoscerla.»

E, lasciandomi annichilito, si alzò in piedi e si diresse a passi barcollanti verso l'animato tavolo del capitano Jean Le Chien. Io tentai di fermarlo, ma fu inutile e così gli andai dietro come una pecora al macello, sicuro che la sua impertinenza e i modi da ubriaco ci avrebbero cacciati in un grosso guaio. Il suo arrivo venne accolto con risate e battute, ma Tortuga Johnson era deciso a compiere il proprio dovere di cerimoniere e, assumendo un'aria sostenuta che lo rendeva ancor più ridicolo, si piantò di fronte a Le Chien e alla bella Alison, e, indicandomi, disse in francese:

«Magnifico capitano e graziosa dama, questo è il signor Thomas Bird, il pirata più valoroso e sempre pronto a innamorarsi che sia vissuto sulla nostra isola, dalla quale manca da almeno mille anni. Però ora è tornato dopo aver fatto di tutto e niente!» Provai a farlo tacere, mettendogli una mano sulla spalla, temendo cos'altro potesse dire, poiché gli avevo parlato anche di Catalina e degli anni da corsaro spagnolo, ma lui continuò il suo discorso e io compresi che soltanto a forza di bastonate gli avrei chiuso la bocca. «Questo giovanotto ha viaggiato in tutto il mondo, è stato prigioniero dei mori di Salé e ha combattuto con coraggio a... a...»

Mi sentivo perduto, quando un lampo d'intelligenza dovette solcare l'oscurata mente del vecchio pirata, o forse fu soltanto il culmine della sua sbronza, fatto sta che lasciò in sospeso le ultime parole e finì per sedersi sul pavimento, di spalle al muro, come se avesse dimenticato dove andasse a parare il suo discorso. Echeggiarono altre risate e facezie, e quando infine si placarono le urla, il capitano Jean Le Chien mi disse in un corretto inglese:

«Benvenuto nella Tortuga, signor Bird. Avete un grande estimatore nel vecchio Johnson, sebbene trovi che le sue maniere siano leggermente brusche e i suoi elogi pecchino d'esagerazione. Che non siete un pirata si vede dall'uniforme che indossate, senza dubbio con più baldanza che eleganza. Che non siete poi tanto giovane lo dicono i vostri primi capelli bianchi e quel piglio diffidente che non cessate di ostentare neppure udendo queste impertinenti parole. Che siete coraggioso è un fatto certo, perché in caso contrario vi sareste astenuto dal venire al mio tavolo a molestarmi in compagnia di un vecchio ubriacone senza cervello. E che siete facile all'innamoramento, lo do per scontato, poiché non avete tolto gli occhi di dosso alla mia amica da quando siamo entrati in questa bettola, e persino adesso conservate quell'espressione estasiata che soltanto gli innamorati o gli stupidi sanno esibire. Dunque, probabilmente siete ancora giovane, in fin dei conti».

«Signore, mi mancate di rispetto senza che abbia neppure aperto bocca» attaccai. «Mi insultate come se fossi responsabile delle azioni di questo povero vecchio che, nel pozzo della sua peggiore sbornia, conserva nel cuore più coraggio e più ardimento di quanto possiate averne dimostrato voi in tutte le vostre battaglie. Mi date il benvenuto nella terra che è mia e dove non ho bisogno del vostro permesso per restare, perché questo lo devo solo alla mia spada. E mi riservate infine tanta petulanza e modi così falsi. E siccome vedo che entrate menando fendenti nella mia vita, se devo perderla intendo farlo senza nascondermi. Sappiate dunque che non meritate la compagnia di una dama sì bella e che se i miei occhi non si distolgono da lei è perché vogliono renderle l'omaggio che i vostri le negano, giacché preferite sprecare sguardi con le meretrici.»

«Sant'Iddio, Johnson, quant'è impetuoso il vostro amico!» esclamò Le Chien, senza smettere di fissarmi negli occhi. «Siete dunque così violento... e un vero gentiluomo. Vi vedo addirittura sul punto di sfidarmi a duello. Mi sbaglio?»

«No, signore!» ribattei e, fatto un passo indietro, sfoderai la spada.

Il mio gesto attirò l'attenzione di tutti i presenti, che tacquero di colpo e si scostarono da me, più incuriositi che spaventati. Sentivo che stavo per gettarmi in braccio alla morte e non me ne importava nulla. Ero stanco di giocare a rimpiattino con il mio destino e se doveva accadere lì e in quel modo stupido, che così fosse. Ma in quell'occasione il Fato si limitò a scherzare ancora una volta con me.

«Non siate così impulsivo, per Dio» disse Le Chien e sul suo volto scomparve ogni traccia di collera. «Si vede che siete un uomo alquanto forbito e di buon gusto in fatto di donne. Sedete al mio tavolo e ascoltate l'ultima canzone che ho composto. È scritta in lingua francese, spero che ciò non vi impedisca di apprezzarla. E qualunque cosa vogliate sapere della mia amica, chiedetela a lei, perché, come potrete constatare, la sua conversazione è senz'altro gradevole.»

«Non vi importa che parli con lei?» domandai, sorpreso per l'inaspettata piega presa dagli eventi.

«Sappiate che io non ho padroni» intervenne la bella Alison e la sua voce, roca e vellutata, finì di disarmarmi. «E parlo soltanto con chi mi aggrada. Mettete via la spada, ché avete già mostrato il vostro coraggio, e sedetevi con noi. E lasciatemi ascoltare la canzone.»

Feci come voleva e il capitano Le Chien si alzò in piedi e intonò, senza alcun accompagnamento, dei versi marinari che dicevano:

Balliam la notte intera
e bruciamo la bandiera
di questa malconcia barca.
Il mio cuore sempre fedele
ha preso una rotta infausta.
Ho appeso all'albero
le fauci dello squalo.
E occulto nella prigione
del mio cuore porto un lutto
di cui fu testimone l'azzurro cielo
del mar dei Caraibi.
Ma la sventura vuole
che alla fine i peccati
di santi e malfattori
finiscan nella stessa botte.
Dunque, fedele timoniere
metti la prua alla costa,
balliam la notte intera
e bruciamo la bandiera
di questa malconcia barca.

Tutti i presenti ripeterono ad alta voce il ritornello e sembravano voler bruciare seduta stante la chimerica bandiera della canzone. Poi, cominciò a scorrere il rum e ben presto si unirono altre voci per cantare nuove ballate. Era un'allegria che cercava l'oblio per i lutti della malconcia barca delle nostre vite. Un'impresa nella quale pirati, soldati e prostitute erano membri dello stesso equipaggio, e io uno dei tanti coinvolti nella baraonda. Non c'erano domande, non c'erano spiegazioni. Esistevano soltanto le parole che la bella Alison mi rivolgeva con noncuranza, accennando un commento banale o un'indicazione per la quale pronunciava il mio nome, e udirlo dalle sue labbra mi pareva uno strano miracolo. Lei mi concedeva la sua attenzione come un dono e, con sottile alchimia, mescolava nei gesti e nelle parole pudore e promesse. Ma non si intuiva in questo nessuna intenzione fallace, il suo interesse nei miei confronti era franco, come se, rinunciando ai vestiti femminili, Alison si fosse spogliata anche degli artifizi ammaliatori che Catalina aveva sempre saputo usare con la maestria di una Diana cacciatrice. La guardavo fare con inspiegabile fiducia, la stessa che avrebbe mostrato lei quando, a notte inoltrata e mentre tutti si erano messi a ballare accompagnati da mandolino e chitarra contribuendo a rendere ancor più irrespirabile l'aria della taverna, si avvicinò, mi prese la mano e disse:

«Venite con me, Thomas, è ora di cercare la calma della notte affinché possiate raccontarmi la vostra storia».

Il cielo aveva ripreso a stendere la sua luce lattiginosa sulla Tortuga e sul molo c'erano solo alcuni pellicani che frugavano con il becco tra le barche e i mucchi di cime in cerca di qualche avanzo di pesce, e che vedendoci si allontanavano frettolosi agitando goffamente le ali. All'orizzonte fluttuava ancora un ultimo barlume violaceo e la serenità della notte contrastava con la veemenza del mio cuore, che batteva all'impazzata per l'eccitazione mentre tutto il mio essere si concentrava in quella mano decisa e soave che stava nella mia come un naufrago finalmente tornato a casa. E naufrago mi sentivo io, ché la barca delle mie speranze era da tempo colata a picco, e perciò lasciai fluire il racconto della mia vita sulla spiaggia della sua comprensione, con sollievo e senza reticenze, dato che nulla mi legava ad Alison né m'aspettavo alcun giudizio da lei. Tirai il filo delle mie sventure e anche quello delle mie menzogne, a tal punto aggrovigliato al primo che persino a me risultava arduo separarli. E mentre parlavamo, i nostri passi ci allontanarono dal porto conducendoci a una piccola spiaggia al di là della torre di guardia che, a levante, delimitava la baia.

Alison mi aiutava nel racconto con domande che, pur senza esser pressanti, mi facevano sprofondare nei ricordi. Di conseguenza, recuperavo dai recessi più reconditi della memoria persino i dettagli di minor conto riguardo il mio primo incontro con Cristóbal Mendieta, la morte di Jamaica o quella del gigante Torval, e intanto che parlavo, prendevo coscienza di come il cerchio della morte si fosse stretto intorno a me con il trascorrere degli anni. La storia della mia vita cominciava a prendere i contorni di una storia più di morti che di vivi e, nel prolisso sforzo di strapparla all'oblio, mi tornavano le emozioni provate a suo tempo, e al di sopra di tutte il dolore e la cecità dell'amore per Catalina, la cui evocazione anziché far diminuire la stima di Alison nei miei confronti sembrava rendermene ancor più degno.

Ci eravamo fermati davanti agli arbusti che crescevano in riva al mare, in quel momento calmo e con le onde che mormoravano sommessamente sulla spiaggia senza azzardarsi a lambire i nostri piedi nudi. Alison lasciò cadere al suolo i suoi stivaletti e prese nella sua anche l'altra mia mano. Da un po' di tempo non diceva nulla e i suoi grandi occhi di miele mi invitavano a proseguire nel racconto. Ma io non sapevo come continuare. In che modo potevo spiegarle gli anni perduti sulle colline di Cheviot? E la morte del vecchio Bunyan? La sua generosità sarebbe arrivata a comprendere quel crimine? Poteva forse perdonare ciò che io non mi ero mai perdonato? Non ebbi bisogno di spiegarle nulla perché, approfittando di quel momento di incertezza, ruppe il silenzio per dirmi:

«Siete un pazzo, Thomas... Un affascinante pazzo che insegue l'impossibile e, nella sua ricerca, disdegna il possibile. Sospirate per una dama ingrata per la quale non siete stato che un capriccio, e ignorate colei che può capire bene i tormenti della vostra anima perché li ha provati sulla propria...»

Nei suoi occhi c'era una dolcezza mai vista e tanto coraggio da colmare la parte che a me mancava. Sapevo cosa si aspettava da me e in lei stessa trovai la forza per superare la mia codardia da amante furtivo e corteggiatore di meretrici e osare dirle:

«Io non vi ignoro, Alison».

Lei sorrise e ribatté:

«Datemene prova».

E la mia bocca incontrò la sua e le mie mani lasciarono le sue per cercare la dolce collina dei suoi fianchi, per cingerle la vita, per scivolare temerarie verso la valle dei suoi seni e poi risalire le cime dove la dea Venere fa ardere le pire che ne celebrano il culto. Mi aprii il passo nell'abbottonatura della camicia e subito dopo la mia bocca assaporò il gusto salato della sua pelle, fatta di seta damascata e conciata dalla vita marinara, l'aroma di brezza e di sudori ambrati. Sul costato sinistro, la lunga scia di una cicatrice a ricordo d'una ferita di guerra, ma ai miei occhi quella era la prova che il suo cuore era ferito quanto il mio. Ne lambii la sinuosa linea con la lingua e a quel punto mi sovvenne ciò che Tortuga Johnson aveva detto del capitano Le Chien.

«E il vostro capitano?» chiesi, sollevandomi e ben sapendo che quelle erano parole invero stupide.

Lei aprì gli occhi e mi fissò sorpresa, come se le costasse fatica tornare dal luogo dove le mie carezze l'avevano condotta e non riuscisse a capire perché la stessi trascinando nuovamente verso la realtà di quella spiaggia.

«Perché mi parlate di lui?»

«Perché è il vostro amante» risposi. M'ero ormai arreso ai demoni della mia stupidità e non riuscivo a tenere a freno la lingua.

«Lui è un libertino, Thomas, capace d'amare non più della vostra Catalina. Se non fosse perché il suo equipaggio lo scuoierebbe di sicuro, vi garantisco che godrebbe maggiormente dell'intimità dei suoi mozzi che non della mia. Ma adora tenermi vicino quando è tra i suoi pari. Per lui sono una sorta di strano animale esotico, temibile e bello. Mi esibisce e gli piace farsi vedere con me. Comunque sia, mi ha insegnato a combattere e mi lascia la libertà di essere chi voglio essere. E le volte che abbiamo placato insieme i richiami della carne son state più per volontà mia che sua.»

«Giuratemi che non lo farete ancora» supplicai.

I suoi seni nudi palpitavano contro la mia casacca e le mani erano sempre strette alle mie braccia. Lottavo per riuscire a leggere nel fondo dei suoi occhi, per indovinare i pensieri che si nascondevano dietro il suo silenzio.

«Domani salperà la mia nave» disse infine. «Perché mi chiedete qualcosa di cui non potrò rendervi conto, considerando che al mio ritorno non sarete più qui? Prendete ciò che vi offro e siatene felice, che in tal modo renderete felice anche me.»

«Partite?» chiesi, sobbalzando.

«Basta con le domande, Thomas. Chiedete forse all'aria, prima di respirare, perché fluisce nei vostri polmoni? Lasciatemi esser l'aria dei vostri desideri.»

E le sue mani abbandonarono le mie braccia e scesero lungo il corpo fino a raggiungere il porto delle mie ansie. Lì, gettarono gli ormeggi con delicata destrezza. Ci sdraiammo a terra, dove l'umidità della sabbia mi baciò la schiena nuda e potei sentire che era vero, che il suo alito si stava trasformando nell'aria dei miei desideri e il caldo contatto mi restituiva la vita che fino a poco prima avevo dato per persa.

Ma la mia idiozia trovò ancora le forze per chiederle nuovamente di tenere il capitano Le Chien lontano dal suo letto.

«Ve lo giuro, Thomas» rispose senza guardarmi, smarrita nel delizioso viluppo del piacere, e aggiunse: «Però voi giuratemi che aspetterete il mio ritorno».

«Come potrei? Sapete bene che entro breve tempo la mia nave dovrà tornare in Inghilterra» risposi, mentre con la fantasia mi immaginavo nascosto nella boscaglia aspettando che il galeone salpasse senza di me.

«E allora mentitemi.»

Alison aveva sollevato il viso e i suoi occhi mi fissavano con passione e assennatezza. Le parole mi sorsero alle labbra senza rimorsi.

«Ve lo giuro.»

All'alba, lasciammo la spiaggia. Alison si riparava dalle prime brezze del giorno con la mia casacca. Avevamo passato la notte perduti tra abbracci e parole, e ora camminavamo in silenzio e le nostre mani unite erano l'ultimo ponte del piacere condiviso. Alison aveva ascoltato la mia storia come un affamato che riceve il pane, con la voracità e la gratitudine di chi infine ottiene ciò che da tempo anelava, ma io continuavo a non sapere nulla di lei. Una voce prudente mi sussurrava dal cuore che era meglio così, che l'ignoranza costituiva il prezzo della felicità e ne prolungava la durata.

Ogni passo ci avvicinava alla sua partenza, eppure, i miei piedi sembravano avere le ali: desideravo correre, portarla di peso fino al Don Giovanni e metterla a bordo. Volevo che se n'andasse, che se ne fosse già andata. Immaginavo la sua mano levata in segno di saluto, quella mano affusolata e ferma, tenera e mortale, che mi donava un addio da lontano. E più si prolungava il silenzio, camminando, più temevo le parole che l'avrebbero interrotto. Poggiavo i piedi con cautela, respiravo piano, osavo appena stringere la mano che riscaldava la mia. Temevo che qualsiasi suono, qualsiasi gesto, qualsiasi voce potesse frantumare il fragile miracolo di quella notte. E, soprattutto, temevo il ritorno in me stesso, la confusione della mia testa e la legione di follie e scelleratezze che avrebbero finito per distruggere ogni cosa.

Il guardiano della torre ci intimò l'alt e attendemmo che scendesse il caporale e ci autorizzasse a passare. Quando arrivammo al molo, alle nostre spalle si udivano ancora le battute volgari delle sentinelle. Il Don Giovanni era pronto a salpare e sul volto del comandante, che ci osservava dal castello di poppa, c'era più soddisfazione che collera.

«Vi vedo ridotta a mal partito, signora Alison!» gridò, e poi aggiunse: «Vi rimangono forze sufficienti per salire a bordo o volete che vi mandi un paio di mozzi a prendervi in braccio?»

«Andate all'inferno, francese!» ribatté Alison, mentre mi restituiva la casacca per poi salire sulla lancia che l'avrebbe condotta alla fregata.

«Abbiate cura di voi, Alison» dissi, incapace di pensare a null'altro che non fosse cercare rifugio nella solitudine della stiva del Victory.

Alison sollevò il viso verso di me, mi baciò sulla bocca e la mia mano scivolò tra i suoi capelli reggendole la nuca come se fosse una coppa di vino. Sulla coperta del Don Giovanni echeggiarono fischi e risate.

«Addio, mio bel Thomas» disse sciogliendosi dal mio abbraccio. «Non fatevi altro male e non permettiate che ve ne facciano.»

E, portandosi la mano alla cintura, mi diede questo pugnale che da allora tengo sempre con me e che ora riposa sul tavolo su cui scrivo queste pagine.

Quella stessa mattina, la fregata Don Giovanni spiegò le vele e prese il largo. Quando giunsi sul Victory, dovetti dare alcune spiegazioni riguardo la mia scomparsa, ma il signor Dawson aveva già fatto i suoi accertamenti e non ricevetti altra punizione che quella di aiutare i mozzi a lavare la coperta, compito che in fondo al cuore ringraziavo come un dono poiché così avevo a malapena il tempo di scorgere le vele che si allontanavano all'orizzonte.

Su quello stesso orizzonte comparve, tre giorni dopo, l'alberatura di un'altra nave che ben presto fece rotta sul porto di Basse Terre e il cui arrivo pose fine all'agrodolce senso di nostalgia che pervadeva il mio spirito dalla partenza di Alison. Avevamo finito di rifornire le stive per salpare, e il comandante Grant riteneva concluse le conversazioni con Le Vasseur, che gli aveva assicurato la disponibilità a non concedere l'attracco in porto a nessuna nave al servizio del Parlamento d'Inghilterra e a facilitare, invece, i rifornimenti alle navi del Re che ne avessero bisogno. In cambio, il comandante Grant si era impegnato a fargli arrivare la somma di diecimila corone che avrebbero contribuito senza dubbio a rimpinguare il suo già cospicuo patrimonio.

Di lì a poco le vedette avvisarono dell'imminente arrivo della nave sconosciuta che, stando alla sagoma e alle vele latine, sembrava uno sciabecco. C'era ben poco da temere, poiché né l'artiglieria né tantomeno le dimensioni potevano costituire una minaccia per i cannoni della fortezza sulla rupe o per quelli del nostro galeone, ma la sua mera presenza era motivo di inquietudine perché mostrava seri danni allo scafo che testimoniavano di un recente combattimento. Quando giunse alle barriere coralline, notammo che nessuna insegna sventolava sull'albero di maestra, mentre sulla fiancata si leggeva un nome scritto in lingua castigliana: La Tierra Prometida. L'equipaggio calò in mare una piccola barca su cui salirono quattro uomini che agitavano un panno bianco per sancire le loro intenzioni pacifiche. Il capitano della guardia della fortezza scese fino al molo, al comando di un nutrito drappello di uomini armati, e accompagnò i nuovi arrivati all'entrata del forte.

Le voci sulle condizioni e le sventure dei marinai dello sciabecco si propagarono per tutta Basse Terre come polvere da sparo accesa. A mezzogiorno, lo stesso signor Dawson, sceso a terra per concludere alcuni affari privati dei quali era restio a parlare ma che il suo alito tradiva, tornò a bordo con la notizia che la nave in questione era uno sciabecco berbero di quelli che, da qualche tempo, si avventuravano fino alle coste dei Caraibi, attraversando il mare Oceano. Però, in quest'occasione, gli schiavi cristiani trasportati a bordo erano insorti contro i carcerieri riuscendo a prendere il comando, dopo aver gettato in mare l'equipaggio di mori. Il loro coraggio, tuttavia, non aveva incontrato i favori del Fato capriccioso perché, non appena riacquistata la libertà, si erano imbattuti, all'altezza del Monte Cristi che si innalza sulla costa della vicina isola di Hispaniola, in una squadra di dodici galeoni imperiali. Dato che nella confusione dell'insurrezione nessuno si era ricordato di ammainare la bandiera dei pirati berberi, una volta avvistati dagli spagnoli avevano ricevuto un fuoco così intenso da esser costretti a fuggire a vele spiegate, confidando sulla velocità della loro nave leggera, cosa che non era però servita a evitare di incassare cinque colpi d'artiglieria che avevano ferito gravemente alcuni uomini e causato seri danni alla nave.

«E dice quello che adesso è il comandante» spiegò il signor Dawson, «uno schiavo francese di nome Pierre Latour, che hanno cercato rifugio nel nostro porto per chiedere assistenza ai feriti e avvisarci che la flotta spagnola sta venendo qui.»

Si diceva che il governatore Le Vasseur diffidasse del suddetto Pierre Latour, perché parlava francese con uno strano accento da lui attribuito alle origini corse e ai tanti anni trascorsi nelle segrete berbere, ma, comunque fosse, la brutta notizia della presenza dei galeoni del Re di Spagna nelle acque di Hispaniola non poteva essere presa sottogamba; il governatore aveva quindi ordinato di prepararsi all'assedio, cosa che eccitò gli animi dei pirati e scatenò una frenetica attività a Basse Terre. La maggior parte della flotta pirata aveva preso il largo da settimane e c'era soltanto da pregare che nessuna nave tornasse in porto adesso, poiché ben poco avrebbero potuto fare le leggere navi filibustiere contro i poderosi galeoni imperiali in uno scontro in mare aperto. Agli abitanti di Basse Terre non restava che difendere l'isola dall'attacco spagnolo e confidare sull'aspra conformazione della Tortuga come valido aiuto.

A bordo del Victory si respirava più preoccupazione che entusiasmo, poiché il comandante Grant era nel dubbio tra rimanere sotto la protezione dei cannoni della fortezza o salpare con la speranza di eludere gli spagnoli prima che bloccassero il canale.

La comparsa a dritta della nutrita velatura della squadra imperiale risolse il dilemma. Non c'era più tempo per tentare la fuga e la prudenza consigliava di restare in porto. Il comandante Grant ordinò di cercare una posizione favorevole per fronteggiare l'attacco e, a tale scopo, avvicinammo il Victory il più possibile al molo, mettendoci all'ombra della torre merlata che copriva il fianco sinistro dell'insenatura. Così facendo, la nostra nave sarebbe rimasta esposta soltanto al fuoco dei galeoni spagnoli che fossero riusciti a piazzarsi proprio davanti al molo di Basse Terre, dove avrebbero a loro volta ricevuto il fuoco incrociato delle due torri merlate e dei cannoni della fortezza.

La flotta imperiale si avvicinava, come avevano avvertito gli uomini della Tierra Prometida, ma questo non bastava a dissipare i sospetti sulle loro reali intenzioni. Sospetti che il comandante Grant condivideva e, quando seppe dal signor Dawson che Pierre Latour affermava di essere stato tenuto prigioniero nelle segrete della città pirata di Salé e a conoscenza anche del fatto che io ero stato riscattato da lì, mi ordinò di andare a cercarlo per tentare di carpirgli la verità, appurando se la storia fosse vera o se si trattasse in realtà di un gruppo di spagnoli che, fingendo di essere prigionieri in fuga, tentavano di infiltrarsi nelle difese di Basse Terre per aiutare la flotta di galeoni alle nostre spalle.

Scesi a terra con il mozzo Billy Flea e ci incamminammo verso la taverna del Granchio, dove alcuni uomini dell'equipaggio della Tierra Prometida si rimettevano in sesto, sorvegliati dal picchetto mandato dal capitano della fortezza. Chiesi al caporale di guardia chi fosse questo tale Pierre Latour e lui mi indicò un uomo sulla quarantina, statura media, occhi neri e capelli e barba scuri dove si notavano i primi fili bianchi. Stava parlando sottovoce con un altro del suo equipaggio, alto e robusto, capelli lunghi e pizzo corto, seduti entrambi a uno dei tavoli più appartati della taverna, lontani dalle prostitute che consolavano i loro compagni di sventura con moine e carezze volte sia a risvegliare gli attributi virili sia a soppesare il contenuto di ciascuna borsa.

I neri occhi di Pierre Latour si piantarono nei miei quando mi avvicinai al suo tavolo, seguito da Billy Flea. C'era qualcosa in essi che m'inquietava, ma non ebbi il tempo di chiedermi cosa fosse perché sulla faccia del francese spuntò un gran sorriso e dalla bocca uscì, in lingua inglese, il più inaspettato dei saluti:

«Non sapete quanto mi rende felice rivedervi, Tomás!»

Il mio sconcerto non fece che allargare il suo sorriso e, prima che potessi aprir bocca, aggiunse:

«Avete ancora con voi il libro che vi ho donato? Vi è stato di qualche aiuto?»

Non credo fosse stata maggiore la sorpresa di Paolo quando sulla via di Damasco cadde al tempo stesso dal cavallo e dalla sua idolatria, perché io, in quell'istante, scoprii nel volto del capitano Pierre Latour e in quello dello scrivano Mohamed Al-Minar, che mi aveva consegnato il prezioso libro di rime di Lope de Vega nella mia cella a Salé, il viso dell'amico che avevo dato per morto da vent'anni e che, per una sorta di incantesimo, tornava dall'aldilà, dalla triste terra della perdita e del ricordo, per parlarmi nuovamente, per guardarmi da un volto che era lo stesso seppur cambiato e nei cui tratti si leggeva il peso e il passo dei tanti anni trascorsi. Davanti a me stavano gli occhi e la voce di Cristóbal Mendieta e io non sapevo cosa fare, con il cuore in tumulto e una grande gioia, sorpreso e incredulo di fronte a quel fantasma del passato che veniva a trovarmi nella stessa terra dalla quale ero partito per l'Avana dove lo avrei conosciuto, tanto tempo addietro.

«Cristóbal?» chiesi, pur conoscendo già la risposta.

«Era ora che riconoscessi un amico» rispose. Con un cenno mi indicò lo sgabello libero e disse: «Ma adesso siediti e smettila con quell'espressione sconvolta, neanche avessi visto un morto».

«E infatti l'ho visto» ribattei «perché ti avevo dato per morto fino a oggi. Dove sei stato? Come hai fatto a salvarti? Cosa ci fai qui?»

Cristóbal Mendieta si portò l'indice alle labbra invitandomi al silenzio e disse:

«Avremo occasione di parlarne, Tomás, ma ricorda che sei un marinaio inglese e che questi guardiani intenti a osservarci non hanno un'ottima opinione di me. Sii prudente e dimmi innanzitutto perché sei venuto a cercarmi».

La gioia non aveva fatto scomparire la prudenza dal carattere di

Cristóbal Mendieta. Aveva ragione. Per prima cosa bisognava tirarlo fuori dalla complicata situazione in cui era finito.

«Il governatore Le Vasseur non si fida di te e il comandante del mio galeone nemmeno, così mi hanno mandato qui per appurare quanto vi sia di vero nella tua storia.»

«Ben poco, come puoi vedere.»

«E cosa possiamo fare?»

«Qualcosa nella quale un tempo eri maestro, Tomás, e spero che tu lo sia ancora: inventiamo di comune accordo una storia che ci torni utile.»

Il compagno di tavolo di Cristóbal Mendieta non mi toglieva gli occhi di dosso mentre parlavamo e, sebbene non avesse detto nulla fino a quel momento, non sembrava sorpreso dalla conversazione in lingua inglese. Non mi piaceva. E se non intendevo abbandonare l'amico appena tornato dal mondo dei morti, neppure potevo aiutarlo alla cieca.

«Prima di prendere qualsiasi decisione, mi devi raccontare come hai fatto a diventare comandante di quello sciabecco e cosa diavolo ci fai qui.»

«In questo hai ragione, Tomás. Cominciamo dal principio, ma sarò breve. Innanzitutto devi sapere che il capitano della Tierra Prometida non sono io bensì questo amico qui presente e che si chiamava Francisco Rodríguez finché non ha assunto il nome di Ahmed Al-Cortobi, quando è dovuto andare in esilio a Salé assieme ai suoi fratelli moreschi cacciati dalla Spagna. E se fingo di essere il comandante è solo perché sono l'unico dell'equipaggio a parlare la lingua francese, e dobbiamo restare in questo porto finché non ripareremo i danni causati dalle cannonate degli spagnoli.»

«È un pirata moresco di Salé?» domandai piantando gli occhi sul volto impassibile di Al-Cortobi.

«È un amico, Tomás.»

«Lo sarà per te, perché io da questi moreschi non ho ricevuto altro che catene e bastonate.»

«Pensi che non lo sappia? Ma devi sapere che moresco era il giovane Hicham, da me mandato a proteggerti dopo che ti abbiamo tolto dalle mani dei guardiani della Casbah. E moresco era anche Rachid Narváez, che ti ha permesso di imbarcarti come prigioniero inglese e così facendo ti ha restituito la libertà. Dimmelo tu dove potrei trovare una terra in cui imperi la giustizia e la bontà. L'hai trovata forse tu tra gli inglesi? È per caso la Tortuga questo paradiso libero da avidità, violenza e ogni altro male? Ti sei comportato in modo migliore nei riguardi degli infelici che hai combattuto come corsaro spagnolo? Lo saresti nei miei confronti se il destino non avesse voluto che le nostre vite si fossero incrociate prima, allacciandosi con i legami dell'amicizia?»

Non potevo contestare in alcun modo le sue parole poiché era vero che le mie mani erano lorde di sangue quanto quelle di qualsiasi pirata moresco. Ma l'odio è un sentimento ostinato e così mi rifugiai in un cupo silenzio.

«Senti, Tomás, un uomo va giudicato soltanto per le sue opere. Nulla di male ti ha fatto Al-Cortobi e quindi poco importa quale sia la sua patria, in fin dei conti non ve n'è altra che quella che conquista il cuore, un paese senza frontiere e senza padroni le cui città sono i cuori di coloro che amiamo e il territorio è quello che calpestano i nostri piedi. Al-Cortobi ha perduto la sua patria per colpa di un re spietato. La mia è sempre stata quella dell'inganno e della menzogna, però a bordo dello sciabecco ho capito che, in verità, la terra promessa non si trova alla fine di chissà quale viaggio perché sta nel viaggio stesso. È l'artifizio su cui solchiamo i mari della vita, la barca dei sogni che ci tiene a galla tra le crudeltà del mondo. Durante questa lotta è nata la nostra amicizia cameratesca, Tomás, non spezzarla ora per via d'un rancore del quale né Al-Cortobi né io siamo responsabili.»

Infatti non lo erano e la mia caparbietà aveva più a che spartire con la viltà che con un legittimo desiderio di vendetta. Un debito d'amicizia mi legava a Cristóbal Mendieta e, a quanto intuivo dalle sue parole, la mia liberazione la dovevo a lui. Annuii dunque rassegnato. Avrebbero potuto contare sul mio aiuto, ma prima volevo sapere. Cristóbal mi spiegò tutto seduta stante, ché il tempo stringeva, e così seppi della sua prigionia presso i moreschi di Salé che lo avevano raccolto gravemente ferito in mare, dopo l'abbordaggio del San Juan de Gaztelugache. Mi parlò del capitano Jan Jansz e della decisione di unirsi a quegli uomini senza patria. Mi raccontò del suo lavoro di scrivano e interprete e dei tanti viaggi pirateschi in acque di Spagna, Portogallo, Inghilterra e addirittura della lontana Islanda, e di come al rientro da quest'ultima incursione si fossero imbattuti nella polacca corsara spagnola a bordo della quale stavamo Juan de Tineo e io. Seppi che Cristóbal mi aveva riconosciuto tra i prigionieri arrivati a Salé e che, da allora, si era sforzato di rendermi la vita meno dura nonostante la prigionia, ma senza rivelarsi perché essendo considerato uno spagnolo non era prudente, in quei giorni di folle entusiasmo per la conquistata indipendenza della repubblica pirata di Salé, dar prova di mantenere un qualsiasi vincolo con la Spagna. Era stato Cristóbal Mendieta a metter sull'avviso il capitano Jan Jansz del pericolo corso da noi prigionieri che avevamo partecipato alla ribellione sul molo conclusasi con la morte di Torval e di Guzmán Montenegro. E sempre lui aveva persuaso il nuovo scrivano del caíd, un rinnegato italiano chiamato Gatò al quale era unito da vecchia amicizia, a farmi incarcerare separatamente, nella cella della Grande Porta della Casbah, finché non mi fossi ristabilito dalle ferite. Un altro amico suo, il moresco Hicham, si era fatto carico delle mie cure e lo stesso Gatò aveva incluso il mio vero nome nella lista di sudditi inglesi da liberare e consegnare al gentiluomo John Harrison.

Al pari di una mano invisibile, l'amicizia di Cristóbal Mendieta aveva guidato la mia vita dalla prigionia all'Inghilterra, senz'altra ricompensa che le brevi parole rivoltemi il giorno in cui mi aveva dato il suo libro di versi.

«Mi sarebbe tanto piaciuto dirti chi ero» ricordò Cristóbal, «ma così avrei messo entrambi in pericolo. La tua libertà veniva prima d'ogni altra cosa, ché a parlare c'è sempre tempo, benché sia il poco che abbiamo a disposizione in questa taverna.»

Cosa potevo dire? Quali parole sarebbero state adatte a esprimere l'enorme gratitudine che albergava nel mio cuore? Alle labbra sorse soltanto una frase che sorvolava tutti quegli anni e mi poneva di fronte ai miei obblighi:

«Tu hai compiuto la tua promessa, Cristóbal. Mi hai portato in Inghilterra. Cosa posso fare io per compiere la mia?»

«Aiutarmi a tornare a Salé, poiché da molti anni ormai l'Olanda ha cessato d'essere la terra delle mie speranze. Di' al tuo comandante che mi hai conosciuto nelle segrete di Salé e che la nostra storia sulla presunta rivolta a bordo della Tierra Prometida è vera, e fa' in modo che riferisca al governatore Le Vasseur il risultato delle tue indagini.»

Un formicolio alla nuca mi ricordò che alle mie spalle, seduto al suolo e per quanto appartato, c'era Billy Flea e la lingua inglese nella quale avevamo parlato poteva avergli permesso di capire il sotterfugio ordito, se le sue orecchie sempre curiose fossero arrivate a cogliere le nostre parole. Mi voltai e incrociai lo sguardo attento del mozzo, che dovette leggere la preoccupazione nei miei occhi perché abbozzò un sorriso e si portò le mani alle orecchie, in un gesto che prometteva l'assoluta sordità.

«Forse potrei convincere il comandante Grant» ammisi, tornando a rivolgermi all'ebreo converso, «ma non credo che Le Vasseur si accontenti della parola di un inglese per dissipare i suoi sospetti.»

«Allora, aiutaci a fuggire» ribatté Cristóbal con veemenza, «forse con l'oscurità della notte e la confusione della battaglia che sta per scoppiare potremmo prendere il mare prima che gli uomini di Le Vasseur abbiano il tempo di fare alcunché per evitarlo.»

«Il vostro sciabecco è ancora gravemente danneggiato» obiettai, ma Cristóbal spazzò via con decisione la mia titubanza.

«Preferisco la morte in mare piuttosto che ricadere in prigionia, Tomás. Vedremo come porre rimedio a quei danni, la libertà resta comunque al primo posto.»

«Farò il possibile» promisi prima di rialzarmi in piedi e lasciare la taverna del Granchio senza stringere la mano del mio amico e con Billy Flea sempre alle calcagna.

Una volta fuori, chiesi al mozzo:

«Cosa avete imparato questa volta, Billy?»

Lui mi fissò negli occhi e rispose con fermezza:

«A tacere».

«Così sia.»

Il comandante Grant ascoltò con attenzione l'intera storia, nella quale impiegai tutto il mio talento di mentitore indefesso, ma non volle saperne di riferire al governatore quanto da me appurato.

«Ora sappiamo che quegli uomini non sono spie degli spagnoli e la loro presenza qui non rappresenta alcun pericolo» concluse, «lasciamo che Le Vasseur continui a pensare il contrario, che si distragga pure con loro, perché è un uomo malfidato e preferirei non ci dedicasse eccessive attenzioni.» Tentai di convincerlo che l'equipaggio della Tierra Prometida non meritava un così ingrato destino, ma fu tutto vano, e il poco tempo rimasto prima che la squadra spagnola aprisse il fuoco, avendo già preso posizione a levante, lo impiegai nell'escogitare un modo per tirare fuori Cristóbal Mendieta e i suoi da quella trappola. Quando la prima salva di bombarda dei galeoni imperiali rintronò nell'aria del meriggio e le palle presero a sollevare colonne d'acqua nella baia, non avevo ancora finito di ordire il piano e dovetti rimandarlo a più tardi, poiché la prima cosa da fare era salvare la pelle se volevo attuarlo.

Le batterie della fortezza, dopo aver lasciato avvicinare i primi galeoni alla costa, concentrarono su questi il fuoco dei poderosi cannoni e gli spagnoli dovettero ben presto ripiegare verso il centro del canale, non senza incassare una buona razione di ferro che tranciò l'albero di maestra del galeone più vicino e fece volare in pezzi il cassero. La gittata dei cannoni dei pirati, vere e proprie opere d'arte delle fonderie olandesi, era notevolmente superiore a quella degli spagnoli, di conseguenza in breve tempo l'insenatura di Basse Terre fu fuori tiro e così, grazie all'ingegno del governatore Le Vasseur, che aveva ideato le difese dell'isola, i temuti galeoni spagnoli si tramutarono in legni inoffensivi che cannoneggiavano vanamente in lontananza.

L'entusiasmo a bordo del Victory era pari a quello che regnava sul molo del porto e sulle terrazze della fortezza. I pirati ridevano e cantavano, mentre i loro artiglieri spazzavano implacabilmente il canale. Tuttavia, il signor Dawson scuoteva la testa e scrutava continuamente con il cannocchiale i movimenti a bordo dei galeoni. I suoi brontolii e l'espressione accigliata non sfuggirono al comandante Grant, che si avvicinò al nostromo, proprio di fianco a dove mi trovavo io, e gli chiese il motivo della sua contrarietà.

«Tutto questo non ha senso» rispose Dawson. «Perché ci attaccano al tramonto? Perché si sono avvicinati in quel modo così temerario per poi doversi subito ritirare? È assurdo, signore, a meno che non abbiano in mente qualcos'altro e ci stiano regalando una vittoria apparente con cui ubriacarci.»

Il comandante Grant prese il cannocchiale e osservò a lungo i galeoni. Infine si voltò verso il nostromo e disse:

«Non vedo nulla di strano. Avete idea di quali potrebbero essere i loro piani?»

«Signore, ci scommetterei la testa che si lasceranno cannoneggiare ancora per un po' e, con le ultime luci, andranno a cercare ridosso dall'altra parte del canale, sulla costa di Hispaniola. A quel punto l'euforia a Basse Terre sarà giunta a tale livello da non esserci un solo uomo sobrio quando arriverà la mezzanotte. Se fossi in loro, quello sarebbe il momento di cui approfitterei per calare le lance e attraversare silenziosamente il canale fino a un qualche punto della costa della Tortuga. Avranno certamente le stive piene di soldati. Dispiegherei i miei uomini approfittando del buio, in questa notte di luna nuova, e attaccherei via terra la città alle prime luci del giorno.»

Il comandante Grant fissò per qualche istante negli occhi il suo nostromo come se volesse leggervi la verità delle sue parole. Poi, ordinò di preparare la lancia del galeone per scendere a terra.

«Devo mettere a punto una linea di difesa con il governatore» concluse.

Dieci uomini, tra i quali Billy Flea e io, si imbarcarono con il comandante raggiungendo il molo a forza di remi. Osservavo con la coda dell'occhio il mozzo che vogava accanto a me, ma sul suo volto non scorgevo alcuna emozione. Da quando eravamo tornati dalla taverna del Granchio, Billy Flea era rimasto al mio fianco, svolgendo i suoi doveri, ma seguendo sempre i miei movimenti. All'inizio, quell'atteggiamento mi aveva preoccupato perché sembrava che il mozzo mi spiasse, però, vedendo che non cercava di comunicare in alcun modo con il comandante, poco a poco mi ero convinto che la sua vicinanza non fosse dovuta alle intenzioni infide di un delatore bensì al cameratismo di un complice.

Mentre il comandante Grant discuteva con il governatore nella fortezza, io mi misi in cerca di Tortuga Johnson e lo trovai, com'era prevedibile, nella taverna del Granchio, dove stava già festeggiando la vittoria sulla flotta spagnola. Per fortuna, non aveva ancora avuto il tempo di tracannare tanto rum quanto l'impresa giustificasse: potevo dunque contare su di lui per i miei piani. Chiesi a Billy Flea di restare sulla porta per controllare l'eventuale arrivo del comandante Grant e tirai in disparte il vecchio marinaio dai suoi compagni di baldoria.

«Mantieniti sobrio, vecchio pazzo, perché il ballo è appena cominciato e puoi star certo che ce la dovremo vedere con i soldati spagnoli stanotte stessa» lo apostrofai non appena fummo lontani da orecchie indiscrete.

Tortuga Johnson mi guardò incuriosito, e un sorriso astuto spuntò tra i riccioli della barba:

«Tu stai tramando qualcosa, Thomas. Conosco quello sguardo e quella frenesia».

«Qualcosa che non potrei fare senza il tuo aiuto. Posso contarci?»

«Ti ho mai abbandonato al tuo destino?» sbraitò incollerito. «Ho servito fedelmente tuo padre finché non se l'è preso la morte in quello stupito combattimento. E avrei servito ugualmente te, se non te ne fossi andato dalla Tortuga.»

«Lo so, Peter, è per questo che adesso sono qui. Rimanda a più tardi i tuoi rimproveri, che non c'è tempo da perdere, e ascolta.»

Gli raccontai in poche parole l'inatteso incontro con Cristóbal Mendieta e il triste destino che lo aspettava se fosse rimasto sull'isola.

«Gli devo la libertà e la vita stessa, vecchio amico mio, e non posso rimanere a braccia conserte guardando la ruota della Fortuna che gli passa sopra» conclusi.

«Cosa vuoi da me?»

«Che mi aiuti a farlo fuggire stanotte.»

«Ma come potremmo riuscirci se siamo soltanto in due?» ribatté Tortuga Johnson, sebbene fosse chiaro dal suo sguardo che quella sfida, lungi dall'intimorirlo, lo eccitava.

«Tre, signor Peter» intervenne Billy Flea, avvicinatosi al nostro tavolo.

«Grazie, Billy» risposi, chiedendogli poi perché avesse lasciato il posto di vedetta.

«Il comandante è appena uscito dalla fortezza.»

Bisognava muoversi in fretta.

«Va bene» ribattei, e mi rivolsi quindi a Tortuga Johnson: «Ascolta, vecchio, dovresti farti trovare a mezzanotte sul molo con una barca e due uomini fidati che siano sordi, ciechi e muti riguardo la nostra impresa. Posso contarci?»

«Spunterà il sole domani?» rispose, mostrandosi offeso.

«D'accordo, amico. Se non dovessi arrivare all'appuntamento, fai ciò che ti dice il capitano Pierre Latour. Le sue parole valgono quanto le mie. A parte questo, dove sono gli uomini della Tierra Prometida?» chiesi, rendendomi conto che nessuno di loro era venuto nella taverna.

«Li hanno condotti nella fortezza.»

Il frangente poteva mandare all'aria tutti i miei piani, ma non c'era tempo per approntarne di nuovi. Mi congedai da Tortuga Johnson con una pacca sulla spalla e uscii di corsa dalla taverna, assieme al mozzo. Arrivammo sul molo insieme al comandante Grant. Mi spremevo le meningi in cerca di uno stratagemma che mi permettesse di raggiungere il luogo dov'erano rinchiusi Cristóbal Mendieta e i suoi, ma non dovetti sforzarmi a lungo. Billy Flea si era sbagliato, i congiurati non sarebbero stati tre ma quattro, perché quella notte la dea Fortuna stava dalla nostra.

Il comandante Grant ci ordinò di restare a terra, allo scopo di aiutare Le Vasseur nella difesa dell'isola, poiché la maggior parte dei pirati era in mare e in quel momento a Basse Terre non c'erano più di duecento uomini in grado di impugnare le armi. Per tale motivo, il governatore aveva deciso di contare sull'equipaggio della Tierra Prometida, i cui uomini erano stati liberati dalle segrete e condotti sul molo per lavorare alla costruzione di trincee e barricate, sebbene disarmati, perché non si fidava comunque di loro. Il comandante Grant mi affidò il comando dei dieci uomini destinati a rimanere nel porto e si fece portare a bordo del Victory per organizzare quanto accordato con Le Vasseur, cioè far pagare a caro prezzo l'ardire di chiunque tentasse di raggiungere la costa a bordo di lance. Il compito assegnatomi consisteva nel contribuire a realizzare le difese e sottostare agli ordini del capitano della fortezza, un francese dai capelli lunghi e crespi, i baffi folti e uno strano modo di guardare, poiché aveva un occhio strabico che sembrava contemplare il mondo per conto suo. Si faceva chiamare Jean Claude il Marsigliese e un tempo era stato marinaio a Saint Malo, benché fosse nato a Marsiglia, finché le traversie della vita non lo avevano spinto dall'altra parte dell'oceano in cerca di miglior fortuna. Aveva fama di uomo coraggioso e di buon marinaio, sebbene fosse poco avvezzo alla disciplina, e il suo debole per le donne fosse ormai divenuto leggenda su tutta l'isola, dove si diceva non esistesse dama, senza distinguere tra nubili, sposate, vedove o prostitute, insensibile al suo sguardo inquietante.

Ci mettemmo all'opera e io ordinai ai miei uomini di scavare fossati dove già lo stavano facendo Cristóbal Mendieta e i suoi. Con l'aiuto di Billy Flea, che si incaricava di distrarre l'attenzione di quanti si trovavano nelle vicinanze, riuscii a nascondere poco più in là della trincea, sotto alcuni cespugli, due barilotti di polvere sui quali ammucchiai dei rami. Poi, stesi una striscia di polvere fino all'estremità più appartata della trincea, coprendola con ciuffi d'erba. Nel frattempo era calata la sera e, quasi avessero sentito le parole del signor Dawson, gli spagnoli si ritirarono verso la vicina costa di Hispaniola. Il Marsigliese ordinò allora di accendere lumi in ogni casa e che gli uomini intonassero tutte le canzoni possibili, allo scopo di far sembrare che nell'intera città di Basse Terre si stesse svolgendo una gigantesca festa. Vennero piazzati altri uomini sulle torri merlate i cui cannoni, al pari di quelli della fortezza, erano stati puntati sulle spiagge e sulle rupi ricche di vegetazione che circondavano l'abitato. Un plotone di moschettieri si diresse verso la cima della montagna che domina l'insenatura del porto, in cerca di migliori posizioni per sbarrare il passo ai nemici. Altri si disposero sugli scogli e noi ci infilammo nella lunga e umida trincea che avevamo scavato vicino alla spiaggia, sotto la torre orientale.

Riparato dall'ombra della trincea e distraendo i curiosi con una baraonda di canzonacce urlate a squarciagola, mandai Billy Flea da Cristóbal Mendieta con la scusa di richiederne l'aiuto per ripulire il terreno davanti a noi dagli arbusti, informandolo così del da farsi. Una volta iniziati i combattimenti e approfittando del fatto che il Marsigliese sarebbe rientrato nella fortezza, avrei ordinato agli uomini della Tierra Prometida di spostarsi nella trincea scavata all'altra estremità dell'insenatura. In tal modo avrebbero dovuto attraversare il molo, dove li aspettava la barca di Tortuga Johnson e con quella raggiungere lo sciabecco, lì ormeggiato. Ma dovevano aspettare che facessi esplodere i barilotti di polvere, il cui fragore avrebbe attirato l'attenzione di tutti, comprese le sentinelle. Quindi, lo sciabecco sarebbe stato rimorchiato dalla barca di Tortuga Johnson fino al canale, attraverso una piccola barriera corallina che, con un po' di fortuna, avrebbero superato grazie allo scarso pescaggio della nave berbera e al fatto che a quell'ora sarebbe montata l'alta marea. Giunti al di là della barriera, dovevano restare immobili finché la barca del vecchio pirata non fosse tornata al molo. Solo allora La Tierra Prometida avrebbe potuto spiegare le vele al vento di ponente, guadagnando il mare aperto.

Cristóbal era d'accordo ma, tramite Billy Flea, mi fece sapere che due dei suoi uomini, feriti, erano rimasti nelle segrete della fortezza. Mi chiedeva di fare il possibile per loro. Gli risposi con un dissimulato cenno di assenso, anche se ero rassegnato al fatto che quei poveri sventurati avrebbero conosciuto l'efferata efficacia dell'Inferno, il marchingegno del governatore Le Vasseur, una volta che questi avesse scoperto la fuga dei loro compagni. E non ero affatto certo di non doverne condividere l'orribile fine.

Poco dopo la mezzanotte, notai che il Victory prendeva silenziosamente il largo, addentrandosi nel canale senza una sola luce accesa, e le sentinelle, mandate sulla spiaggia dove soltanto quattro giorni prima Alison e io avevamo consumato il nostro amore, non tardarono a tornare con la notizia dell'imminente arrivo di numerose lance, almeno una ventina, a bordo delle quali c'erano più di quattrocento uomini armati. Le previsioni del signor Dawson si compivano come una profezia.

Scrutavo tra gli alberi che le alte luci degli astri ammantavano di ombre azzurrine, cercando di individuare i profili dei nemici. L'aria tiepida della notte sembrava colma di oscuri presagi e le voci dei pirati, che intonavano canzonacce volgari e gradasse, presero a tacere una dopo l'altra finché il silenzio non cadde su Basse Terre lasciando il posto agli innumerevoli brusii notturni, come se la terra stessa recitasse un'orazione funebre.

Il fragore di un colpo di moschetto si propagò nel buio, ripetuto dall'eco della vicina montagna, seguito da altri spari al di là delle grandi palme che si innalzavano a duecento piedi da dove ci trovavamo noi. Udimmo grida d'aiuto e tra gli alberi spuntarono quattro uomini atterriti che correvano con le mani in alto urlandoci di non aprire il fuoco perché erano dei nostri. Alle loro spalle, le vampate dei moschetti annunciarono l'arrivo della morte prima che il rumore e le palle raggiungessero i fuggiaschi, due dei quali si abbatterono fulminati. L'ordine era di non sparare finché non aprissero il fuoco i cannoni della torre merlata, e così fummo muti testimoni della brutta fine di quei disgraziati, poiché una seconda scarica degli inseguitori colpì i due ancora in piedi. Dai contorni scuri degli alberi sorse una legione di ombre che avanzavano di corsa verso la città, costrette dagli spari imprevisti ad attaccare senza attendere l'alba, ma pur sempre con la certezza di cogliere di sorpresa gli abitanti.

Quando la voce possente dei cannoni della torre sovrastò le urla degli attaccanti, si scatenò su di loro un inferno di fuoco. Appostati nelle trincee, scaricavamo contro le ombre nemiche i moschetti e le colubrine, e i soldati imperiali frenarono subito l'avanzata, colti alla sprovvista dalla nostra accoglienza. Molti indietreggiarono cercando riparo dietro gli alberi e altri si gettarono a terra, strisciando verso una buca o un cespuglio.

Non tardò a farsi sentire il secco tuonare delle colubrine che gli spagnoli avevano trasportato fino al palmeto, e i morsi del loro ferro cominciarono a strappare schegge di legno dalle facciate delle case più vicine e scintille dalle pietre della torre merlata. Era il momento di agire. Mandai a chiamare il capitano Pierre Latour e di lì a poco ebbi di fronte a me Cristóbal Mendieta che, nella parte del marinaio francese, si apprestava a obbedire ai miei ordini. Gli dissi ad alta voce, in modo da farmi sentire dagli altri, di riunire i suoi uomini e, dato che erano senz'armi, li conducesse nella trincea dall'altra parte dell'insenatura, per dare manforte a rafforzarne le difese dove ce ne fosse bisogno, perché laggiù i difensori erano meno numerosi e temevo che gli spagnoli attaccassero in quel punto. Mandai con loro anche Billy Flea, per dare spiegazioni al caporale di quella trincea, e il gruppo, composto da una trentina di uomini, si mise a correre verso il molo, con le palle che sibilavano sopra le loro teste. Li guardavo allontanarsi e pregavo Dio che per almeno una volta la buona sorte fosse dalla nostra. Quando arrivarono nel punto dove mi sembrava che si trovasse la barca di Tortuga Johnson, sparai sulla striscia di polvere e, pochi istanti dopo, l'esplosione dei barilotti lanciò nella notte una fiammata tremenda che fece sobbalzare tutti. A partire da quel momento non volli volgere lo sguardo indietro. Avevo fatto la mia parte, ora il destino di Cristóbal Mendieta era nelle sue stesse mani.

La battaglia durò per oltre un'ora, ma gli spagnoli non avevano speranza alcuna di superare le nostre difese. Il fuoco delle batterie decimava le loro fila e a ben poco serviva il riparo degli alberi quando le salve provenivano dall'alto della fortezza. I drappelli inviati sulle rocce e sulla cima della montagna poco a poco strinsero il cerchio sugli spagnoli che, in tal modo, esposti al tiro dell'artiglieria e attaccati sul fianco e alle spalle, si videro costretti a indietreggiare verso la spiaggia su cui erano sbarcati.

Il Marsigliese diede allora l'ordine di uscire dalle trincee e raggiungere il vicino palmeto, cosa che facemmo con la temerarietà di chi sente prossima la vittoria. Gli uomini balzarono fuori e corsero verso gli alberi urlando come indemoniati, mentre i soldati imperiali battevano in ritirata. Alcuni rimasti indietro, isolati nella parte alta del palmeto, gettarono a terra le armi e si arresero con le mani in alto, ma il governatore Le Vasseur aveva fatto issare sulle torri merlate la bandiera rossa del combattimento senza tregua, e seduta stante, tra suppliche e pianti, furono tutti sgozzati. Io comandavo il gruppo che inseguiva il resto della truppa verso la spiaggia, e mi chiedevo cosa ne fosse stato di Billy Flea, mentre ricaricavo pistola e moschetto in fretta e furia. Sulla spiaggia, gli spagnoli avevano formato una doppia fila di moschettieri che sparavano scariche alternate, e una pioggia di palle bloccò la nostra avanzata quando sbucammo fuori dal palmeto. Schierati sulla sabbia, i soldati imperiali si difendevano valorosamente, proteggendo l'imbarco sulle lance per sfuggire alla nostra furia. C'erano rimaste solo tre lance da riempire, quelle che avrebbero dovuto portare via gli uomini che ci tenevano a bada, quando dal canale giunsero il fragore e le vampate dei cannoni del Victory che battevano le lance già salpate, tagliando loro la ritirata. Lo scoramento si diffuse tra quanti si trovavano ancora sulla spiaggia, vedendo naufragare ogni speranza. Alcuni tentarono di salire a bordo, gettando i moschetti a terra, mentre altri combattevano per impedirci di avanzare. Comunque, il loro fuoco non era più disciplinato ed efficace. Ognuno di noi lo sapeva. Sapevamo che sarebbero bastati pochi passi veloci per balzare addosso agli ultimi difensori, perché i loro spari non erano più messaggi di morte ma strilli di paura e i loro polsi tremavano come l'alto fogliame delle palme scosso dal vento. Per cui, quando il Marsigliese urlò a pieni polmoni «all'attacco!», uscimmo dal palmeto come lupi famelici, con le fauci affamate di vendetta e la mente ottenebrata, folli d'ira per la nostra stessa paura e per la paura degli spagnoli, che ci attirava come l'odore del sangue attira le belve feroci.

Il combattimento corpo a corpo tinse di rosso la sabbia: gli uomini cadevano avvinghiati in un abbraccio mortale e assestavano colpi alla cieca, tra grugniti e lamenti. Alcuni spagnoli vennero finiti mentre stavano per issarsi sulle lance, altri caddero sulla battigia, lottando forsennatamente fino all'ultimo respiro. Solamente una delle tante imbarcazioni, con appena una dozzina di uomini a bordo, riuscì a prendere il largo scomparendo nell'oscurità del canale.

Quando i galeoni giunsero a tiro, il disastro delle truppe spagnole era irreversibile. Il Victory rientrò in porto e i cannoni della fortezza tennero a bada le navi imperiali, che sprecarono munizioni fino a mezzogiorno. A quel punto, il numero delle perdite subite, che secondo le nostre stime ammontavano ad almeno cento morti più i feriti imbarcati sulle lance, senza contare quanti erano stati centrati dalle salve del Victory durante la traversata del canale, avevano sicuramente convinto l'ammiraglio spagnolo che la sua impresa era sfociata in un fallimento totale. Finalmente, al tramonto, i galeoni misero la prua a ponente e si allontanarono lungo il canale con nostra grande gioia, forse in rotta per il porto di Santiago de Cuba o dell'Avana.

Le Vasseur diede l'ordine di mandare altri drappelli di moschettieri sulla punta più occidentale della Tortuga, dove già si trovava una nutrita guarnigione, per assicurarsi che gli spagnoli non tentassero un nuovo sbarco in quella zona, sebbene dovessero averne ben poca voglia, e raddoppiò la guardia nella fortezza. Il resto degli uomini poté finalmente abbandonarsi all'euforia dei festeggiamenti, che sarebbero durati due giorni causando più perdite della stessa battaglia, ma io avrei aspettato ancora qualche tempo prima di unirmi alla baldoria.

Il giorno era sorto sotto un cielo coperto e, al tramonto, si scatenò un breve acquazzone, come se l'isola volesse ripulire dal sangue il suo verde volto. Mentre raccoglievamo tra le palme e sulla spiaggia i cadaveri degli spagnoli e dei pirati, per poi seppellirli nel piccolo cimitero ai piedi della montagna, mi tornarono in mente i versi di una canzone che il capitano Jean Le Chien aveva intonato soltanto quattro notti addietro:

Dal cielo nero cade la pioggia,
inondano i nostri occhi
lacrime di felicità.
Esalando il profumo delle loro anime
i nostri morti
riposano in pace.

Tra quei resti umani, non c'era posto per l'allegria. Lavoravamo in fretta, brontolando e imprecando per il peso dei corpi che ammucchiavamo su una carretta. Le facce dei morti mi attiravano morbosamente. La mia sfrenata immaginazione fantasticava sulle loro esistenze, sulle ultime ore vissute. Cos'avevano mangiato prima di cominciare il combattimento? Quali incubi avevano tormentato l'ultimo sonno? Su quale immagine si era fermato l'ultimo sguardo, prima che l'oscurità li inghiottisse per sempre? A ogni nuovo cadavere, avvertivo in corpo una sorta di febbre malsana. I pensieri vagavano errabondi e nel cuore vorticavano sensazioni così contrastanti che non trovo le parole per descriverli. Ma tutto ciò, in fin dei conti, non era che un'inconscia scappatoia per eludere l'unica domanda che mi spaventava: cosa ne era stato di Cristóbal e dei suoi compagni?

Quando finii il lugubre compito di becchino, tornai sul molo con un peso nel petto. Temevo che da un momento all'altro mi piombassero addosso gli uomini di Le Vasseur, per accusarmi di tradimento e rinchiudermi nelle segrete dove il suo Inferno macinava vite insaziabilmente. Forse lo sciabecco era stato affondato dai cannoni della fortezza. Forse gli uomini dell'equipaggio non erano riusciti a salire a bordo e ora si ritrovavano in prigione. I dubbi si accavallavano nella mia mente e la persona che avrebbe potuto tirarmi fuori dal labirinto di preoccupazioni era proprio quella che contribuiva a farmici sprofondare ancor più, perché Billy Flea non era tornato dalla missione e quell'assenza mi faceva temere per la mia sorte oltre che per la sua.

Scorgere il vecchio Tortuga Johnson, che festeggiava la vittoria accovacciato accanto a una damigiana di rum vicino all'entrata della taverna del Granchio, risvegliò in me la speranza, e ciò che disse finì per tranquillizzarmi. Con poche e farfuglianti parole, pronunciate ad alta voce, tanto che dovetti portarlo in un vicolo appartato per evitare di rendere pubblica la nostra tresca, mi raccontò che, udita l'esplosione dei barilotti, si erano diretti tutti alla barca ormeggiata al molo. Prima di salire a bordo, il capitano Pierre Latour aveva sferrato un colpo alla testa di Billy Flea con il calcio della pistola consegnatagli da quest'ultimo, così come erano d'accordo, perché nessuno pensasse che il mozzo fosse in combutta con i fuggiaschi. Forse a causa della fretta, dell'impazienza, della paura o per un eccessivo intento di realismo, questo Tortuga Johnson non lo sapeva, di fatto il francese aveva inferto un colpo così forte sul povero Billy da aprirgli una larga ferita nella testa, facendolo sanguinare come un maiale sgozzato e crollare a terra privo di sensi. Dato che non c'era tempo per fermarsi a soccorrerlo, avevano abbandonato il mozzo svenuto sul molo e si erano accostati alla Tierra Prometida, imbarcandosi senza che nessuno se ne accorgesse. Poi, gli uomini di Tortuga Johnson avevano rimorchiato lo sciabecco, con lentezza e sforzo notevole, fino al canale, superando la piccola barriera corallina. Lì si erano gettati in acqua e, tenendosi aggrappati ai bordi della barca, che nel buio sembrava aver mollato gli ormeggi e andare alla deriva, si erano riavvicinati al molo. Stavano ormai per raggiungerlo quando avevano udito le grida d'allarme delle sentinelle sulla torre più vicina, che avvisavano che lo sciabecco si allontanava, ma senza poter fare granché: il capitano Pierre Latour aveva già messo la prua verso il centro del canale e quando i cannoni della torre, piazzati in modo da difendere un attacco da terra, erano stati puntati contro di loro, il buio e la distanza avevano reso vani i colpi d'artiglieria.

«Noi siamo rimasti nascosti ancora per qualche tempo sotto i piloni del molo e poi abbiamo guadagnato la terraferma» concluse.

«E Billy Flea?»

«È là, su una branda nella taverna del Granchio, con la testa fasciata e la felicità dipinta sul volto, visto che le donne di vita lo colmano di attenzioni e moine, neanche fosse loro figlio. E in fede mia c'è da provare invidia, per come si stanno svezzando il pargolo.»

Scoppiammo entrambi a ridere, e sentii che il petto si alleggeriva della morsa dell'angoscia. Cristóbal era in salvo e la mia libertà garantita. Era arrivato il momento di dimenticare tutto e di perdermi in una notte senza memoria, così cinsi le spalle del mio vecchio amico ed entrammo nella taverna del Granchio decisi a offrire i nostri corpi in sacrificio agli antichi dèi degli eccessi.

Restammo sull'isola della Tortuga ancora una settimana, aspettando che i feriti si rimettessero in sesto e le spie mandate da Le Vasseur, su piccole e veloci imbarcazioni, oltre le due estremità del canale, rientrassero annunciando la definitiva ritirata della flotta spagnola. Il giorno prima della partenza, Billy Flea lasciò la taverna del Granchio e scomparve come se lo avesse inghiottito la terra. Il comandante Grant lo fece cercare per tutta la città e nei dintorni e, quando gli riferirono di non averlo trovato, si mise a inveire imprecando e minacciando, e la collera gli sarebbe durata vari giorni. Billy aveva fatto la sua scelta e anch'io la mia. Infine, al mattino del giorno quattro del mese di aprile dell'anno milleseicentoquarantatré, il galeone Victory riprese il mare, con me a bordo come marinaio e una sonora imprecazione in lingua olandese a mo' di saluto. In quei sette giorni, avevo atteso il ritorno del Don Giovanni, pur sapendo che sarebbe stato vano. Mi ero messo a fantasticare la fuga, l'abbraccio con Alison, le carezze delle sue mani esperte e la serenità del suo sguardo franco. Imbarcandomi, sapevo di dare per persa l'ultima speranza. In tutti quegli anni avevo desiderato tornare in Inghilterra, la terra di mio padre, il luogo dove viaggiavano i miei sogni d'infanzia e ogni fantasia. Ora l'avrei fatto definitivamente, benché fossi cosciente che quella era una terra priva di promesse. Alison faceva parte del passato, come Cristóbal Mendieta. I loro nomi erano destinati a darmi sollievo nella solitudine, poiché quei ricordi rappresentavano la vera terra promessa che, per un crudele destino, non apparteneva più al domani ma ai giorni andati.

IV

La voce di Cristóbal Mendieta interruppe la rievocazione del nostro ultimo incontro alla Tortuga e nel suo tono avvertii il rimprovero dell'incredulità:

«Pensavi davvero che il passato appartiene ai giorni andati e non al domani? Guardami qui, di ritorno dal passato e di nuovo seduto con te al tavolo di una taverna, come tante altre volte: sembra che siamo condannati a ritrovarci in tuguri sparsi per il mondo».

Mi guardai intorno e dovetti fare uno sforzo per ricordare che stavamo nella taverna del Diavolo e non in quella del Granchio o quella di Román il Rosso, e che fuori ci aspettavano gli umidi e nebbiosi vicoli di Londra e non quelli di Basse Terre o dell'Avana. Le nostre parole avevano lacerato il velo del tempo e le varie epoche si confondevano e mescolavano nella mia testa con l'aiuto dell'abbondante birra trangugiata.

«Siamo figli della nostra memoria, Tomás» continuò Cristóbal «poiché è su questa che si fondano le amicizie, la lealtà e i rancori. Lei ci dice chi eravamo, che equivale a dire chi siamo, e rievocandola possiamo trarne gli insegnamenti utili a rimetterci sulla retta via quando le asperità del carattere non aiutano a farlo. Sono i legami con cui il passato ci ha uniti, a far sì che stanotte presti attenzione alle mie storie e io alle tue, e grazie a loro so di potermi rivolgere ancora una volta a te e affidare la mia vita futura nelle tue mani.»

L'alba si avvicinava e nella taverna del Diavolo erano rimasti soltanto due ubriachi solitari, a ruminare i propri incubi sui pozzi senza fondo dei loro bicchieri, e noi, ebbri di ricordi come può esserlo solo chi sa che la sabbia della clessidra della vita ben presto lascerà cadere l'ultimo granello. C'era voluta un'intera notte e la rievocazione del fortunoso incrociarsi dei nostri destini perché Cristóbal Mendieta si decidesse infine a dire ciò che era venuto a chiedermi, il motivo per cui mi aveva cercato con tanta ostinazione nel formicaio di Londra. Ora non mi restava che seguire il corso delle sue parole:

«Puoi starne certo, amico mio, che dobbiamo aspettarci il ritorno del passato quanto l'avvento del futuro. È proprio ciò che è accaduto a me qualche giorno fa e per tale motivo sono qui. Tu mi parlavi della bella Alison e del fatto che l'avevi data per persa dieci anni fa, quando hai salpato dall'isola della Tortuga. Non sai quanto ti capisco, Tomás, perché altrettanto avevo fatto io tre anni prima che il caso ci desse appuntamento a Basse Terre. Ed è per quella donna che allora diedi per perduta se oggi torno a chiedere il tuo aiuto, ma prima devo parlarti di come a volte la felicità si serva della sventura per entrare nella nostra vita. Così è successo a me negli anni seguenti la tua partenza da Salé quando, tra violenze e guerre, mi giunse l'amore nella forma più inaspettata».

La prosperità della vita da pirata di Cristóbal Mendieta, in costante crescita da quando Salé era divenuta una repubblica indipendente, venne scossa dalle stesse tormente che presero ad agitare la città. Tormente che, secondo lui, erano dovute al modo in cui i moreschi hornacesi che governavano la Casbah di Salé la Nuova avevano cominciato a gravare di tasse il commercio dei moreschi andalusi dell'Arrabal, trattenendo per giunta una gran parte dei bottini catturati dalla flotta pirata. Quelle maniere tiranniche esacerbarono gli abitanti della città e gli screzi sorgevano ovunque, cosa di cui ben presto approfittarono i malfidati vicini di Salé la Vecchia per tentare di prendere il governo della fiorente repubblica pirata.

Erano trascorsi due anni dalla partenza della nave del gentiluomo John Harrison e il mese di luglio si accaniva sulle assolate terre del Bu Regreg, quando la comparsa di fronte alla foce di sette navi maestose che innalzavano gli stendardi del Re di Francia, e di due petacci leggeri armati per l'occasione dai francesi suscitò l'inquietudine e la curiosità dei saletini. Uno dei petacci si avventurò fino alle scogliere dove si innalza la muraglia della Casbah e, da lì, un uomo impugnò arco e freccia lanciando a terra un messaggio che venne raccolto dalla guardia del bastione e consegnato al rinnegato Gatò che, nella sua condizione di scrivano di Arabi García, il nuovo segretario del Diván, doveva tradurlo in lingua castigliana. Cristóbal avrebbe saputo più tardi dal veneziano quale fosse il contenuto della missiva, nella quale si avvisavano i signori di Salé che l'ammiraglio della flotta, il gentiluomo Isaac de Razilly, veniva da parte dell'invincibile Re Cristianissimo, protettore d'Europa e monarca dei francesi, con il fine di trattare alcune questioni importanti con il Re del Marocco e imperatore d'Africa. Il segretario e lo scrivano, assieme ad alcuni dei pochi capitani pirata che non avevano ancora salpato per la campagna estiva e due membri del Diván della città, si recarono su una lancia fino alla nave più vicina, un galeone denominato La Licorne, ben armato e abbellito da gagliardetti e stendardi di damasco che suscitarono la loro ammirazione. Furono ricevuti a bordo dal comandante in seconda della nave, il capitano Delormel, colui che aveva lanciato la freccia con il messaggio e al quale consegnarono, in segno di accoglienza da parte dei signori della Casbah, dodici montoni, dodici ceste d'uva moscatella e molti polli ben pasciuti. L'ufficiale francese contraccambiò con otto tessuti in filo d'oro che valevano sei volte il dono dei moreschi. Parlarono per primi gli emissari del Diván per spiegare all'ammiraglio Razilly che non dovevano alcuna obbedienza al Re del Marocco. L'ammiraglio li ascoltò con attenzione e, finito il discorso, fece venire lo scrivano e dettò sottovoce una seconda lettera, da consegnare ai membri del Diván lì presenti. Poi disse con voce stentorea, in modo da farsi sentire bene da tutti:

«Avevo l'ordine di rivolgermi al Re del Marocco affinché mi consegnasse gli schiavi in suo possesso, ma avendo appreso dalle signorie vostre della rivolta degli andalusi di Salé contro il suddetto Re del Marocco e che questo porto ora viene chiamato La Rochelle dell'Africa, poiché vi si è costituita la repubblica, ritengo sia una perdita di tempo recarmi dal Re per ottenere la libertà degli schiavi presenti a Salé. Dite dunque al vostro governatore che se non mi consegna nel giro di pochi giorni tutti gli schiavi francesi ingiustamente trattenuti, gli dichiarerò guerra in nome del Re di Francia, mio signore, e con ciò vi avverto che non uscirà né entrerà nessuna nave da questo porto di Salé senza che sia catturata o colata a picco. Se intende consegnare gli schiavi di buon grado riceverà un'adeguata ricompensa, prossima al loro valore sul pubblico mercato».

I moreschi lasciarono La Licorne ammirati per la sfrontatezza e l'impertinenza del marinaio francese che li aveva chiamati a bordo per minacciarli in faccia, e tornarono nella Casbah per riferire l'accaduto. La bravata del francese divenne ben presto motivo di lazzi e facezie nei capannelli del porto, mentre Gatò era incaricato di tradurre la lettera di risposta del Diván, nella quale si chiedevano senza preamboli cento cannoni e un milione di sterline in cambio dei prigionieri. Però, come più tardi si sarebbe venuto a sapere da uno dei commercianti francesi che facevano affari a Salé senza curarsi troppo della nazionalità delle mercanzie trattate, l'ammiraglio Razilly aveva altri motivi per parlare in cotal guisa ai pirati saletini, poiché nelle loro segrete aveva penato per mesi suo nipote finché le febbri, che da almeno un anno si erano diffuse tra gli sventurati schiavi, lo avevano portato alla morte. E così, mentre il Diván redigeva la sua altera risposta, il marinaio francese riceveva a bordo della Licorne e per bocca del commerciante suo conterraneo la notizia della triste fine del parente.

I francesi non tardarono a dimostrare che le loro parole non erano fanfaronate e schierarono le navi in modo da non permettere a nessuno l'entrata o l'uscita per mare da Salé senza essere catturato o finire in fondo alle acque oceaniche. Due navi francesi presero posizione di fronte alla rada della piazzaforte spagnola di La Mamora, situata a poche leghe a nordest di Salé. Un'altra si piazzò a sudovest, tra Salé e il porto di Fedala. E l'ammiraglia e la nave del viceammiraglio rimasero davanti alla foce del Bu Regreg, mentre i due galeoni rimanenti si dirigevano al porto di Safi e i petacci pattugliavano la costa veleggiando il più vicino possibile alla terraferma.

In quella trappola finì la caravella Lisi con a bordo il capitano Jan Jansz e Cristóbal Mendieta, rientrando in porto assieme allo sciabecco ora comandato da colui che era stato il pilota della Lisi, l'olandese Gilles van der Broeck, che aveva cambiato il proprio nome in Mamí Raís. Una volta oltrepassata la rada di La Mamora per raggiungere il porto di Salé, vennero sorpresi a prua e a poppa dalle navi francesi appostate in quel punto, che li accolsero con un nutrito fuoco di artiglieria. Lo sciabecco ricorse alla sua velocità per sfuggire all'accerchiamento, ma la caravella rimase bloccata contro la costa, dove dovette gettare l'ancora per evitare di finire sugli scogli. Lì venne cannoneggiata senza requie dai tre galeoni e dai due petacci che partecipavano all'agguato, e a poco servirono i venti cannoni e l'equipaggio numeroso perché in breve la velatura andò a fuoco e, spezzata la catena dell'ancora, la nave incagliò su un banco di ghiaia.

«A bordo regnava il caos totale» ricordava Cristóbal e sul volto tornavano ad affiorare le emozioni provate allora. «Ogni tavola dello scafo era una trappola mortale perché le palle attraversavano il legno come fosse paglia e mille schegge si piantavano in corpo a quanti non avevano trovato un riparo. Vidi con orrore una di quelle enormi sfere di ferro schiantare il tavolato della coperta e staccare di netto la testa al marinaio Samir Blanco, il cui corpo mosse ancora un paio di passi per conto suo prima di abbattersi al suolo. Non c'era difesa possibile e il comandante Jan Jansz ordinò di abbandonare la nave e guadagnare la riva a nuoto, cosa che ognuno fece come poté sotto una pioggia di fuoco.

Dalla spiaggia, l'ammiraglio pirata vide la caravella Lisi in preda alle fiamme e in quella colonna di fumo nero svaniva l'ultimo ricordo della sua quasi dimenticata famiglia olandese, di cui non sapeva nulla da anni. Ma non c'era tempo per i tardivi rimpianti, poiché la guarnigione spagnola di La Mamora, sapendo che la nave incagliata vicino alla rada era quella di Morat Raís, non avrebbe tardato a mandare degli uomini nel tentativo di catturare il leggendario capitano pirata. I superstiti fuggirono dunque attraverso i canneti e il fitto bosco di sugheri che confina con La Mamora, e al tramonto giunsero esausti e umiliati a Salé la Vecchia, dove vennero a sapere dell'assedio posto al porto e, con l'aiuto di un pescatore, attraversarono in barca il Bu Regreg ed entrarono nell'Arrabal dalla porta che dà sull'imbarcadero, circondati da curiosi e dai disperati abitanti che avevano visto colare a picco la nave migliore della loro flotta, proprio come era stato minacciato dall'ammiraglio francese.

Trascorse il mese d'agosto senza che alcuna nave potesse entrare o uscire dal porto e con l'arrivo di settembre lo scoramento si impossessò della maggior parte degli abitanti di Salé. Soltanto gli hornacesi che vivevano nella cittadella della Casbah sembravano disposti a non cedere d'un passo, per quanto la squadra francese persistesse nel blocco. Il motivo di tanta ostinazione riguardava più l'esser stati previdenti che temerari perché, da quando il malcontento si era diffuso nell'Arrabal, il caíd della Casbah aveva immagazzinato nella fortezza alimenti sufficienti a oltre due mesi di sopravvivenza e, in tal modo, i suoi difensori erano in salvo dalla fame che stava patendo il resto dei saletini a causa della mancanza di grano.

Cristóbal Mendieta doveva ricorrere ai più ingegnosi sotterfugi per procurarsi nella Casbah il pane ogni volta che vi entrava per svolgere il suo lavoro di interprete e scrivano. Non meno arduo era portarlo fino a casa, per poter nutrire la moglie e i tre figli, senza che se ne avvedessero i vicini affamati, che non gli avrebbero perdonato un simile privilegio. L'odio nei confronti degli hornacesi aumentava con il passare dei giorni e con lo svuotarsi degli stomaci e tale intransigenza veniva interpretata non come l'atteggiamento orgoglioso dei governanti di un libero stato bensì come la manifestazione della loro indifferenza verso le sofferenze dei cittadini. Ma i signori della Casbah non vollero cedere, confidando nel fatto che il sopraggiungere dell'inverno avrebbe costretto la flotta francese a togliere il blocco poiché in quel periodo le acque costiere diventavano alquanto pericolose. Tuttavia, la pazienza degli abitanti dell'Arrabal si esaurì molto prima che arrivasse il cattivo tempo e, verso la fine di settembre, insorsero in armi contro gli hornacesi e strinsero d'assedio la fortezza. La Casbah, da mesi bloccata dal mare per mano di nemici stranieri, era adesso assediata anche da terra e da parte degli stessi abitanti di Salé la Nuova. Quattro giorni durò l'attacco dei moreschi dell'Arrabal e per quattro giorni tuonarono i cannoni della fortezza, spazzando la piazza della Higuera e minacciando di distruggere le case più vicine. Dato che gli assalitori disponevano soltanto di un cannone di medio calibro, ben presto risultò chiaro che con la forza non avrebbero mai espugnato la piazzaforte. Esistevano altri mezzi e il più efficace era senza dubbio la fame; così tennero costantemente circondata la Casbah, nella speranza che si esaurissero le riserve accumulate, e attaccarono qualsiasi nave si avvicinasse alla porta della scalinata coperta che scendeva fino alla base di una delle torri difensive, dalla quale i signori di Salé la Vecchia facevano entrare gli approvvigionamenti poiché, agli occhi di questi, pur essendo gli hornacesi moreschi dalle discutibili abitudini, erano musulmani più fedeli rispetto agli screditati abitanti dell'Arrabal. Tale accanimento finì per far cedere i governanti della Casbah che, agli inizi di ottobre, siglarono una tregua con i francesi e consegnarono il centinaio di prigionieri del loro paese rinchiusi nelle segrete, in cambio della somma che avrebbero ottenuto sul pubblico mercato. Quando la flotta dell'ammiraglio Razilly levò le ancore pochi giorni dopo, si lasciò alle spalle una città sprofondata nella guerra civile.

«In quei giorni tenni ben presente ciò che una volta mi aveva detto il capitano Jan Jansz, all'avvento dell'indipendenza della repubblica» mi spiegò Cristóbal: «che la flotta pirata doveva restare a margine delle dispute di potere cittadine. Così feci anch'io, evitando di coinvolgermi negli scontri che si scatenarono attorno alla Casbah. La porta della mia casa rimase sbarrata per due settimane e soltanto io la oltrepassavo per andare in cerca d'acqua e della poca semola e qualche vivanda che potevo comprare, sempre a un prezzo smisurato, dai commercianti che avevano accaparrato alimenti e li rivendevano in gran segreto, temendo le ire della plebe. Ogni giorno, scendevo fino ai moli e lì mi incontravo con il capitano Jan Jansz, che osservava lo spettacolo della nostra disgregazione con dissimulato disprezzo. 'Guardali, Cristóbal' mi diceva, 'potresti decapitarli tutti e neppure se ne accorgerebbero perché la testa la usano soltanto per portare il turbante o il cappello. Mi ribolle il sangue pensando alle risate che si staranno facendo i nostri nemici in Spagna e in Francia festeggiando questo fratricidio'».

L'indignazione, per forte che fosse, non era l'unico assillo del capitano Jan Jansz e di Cristóbal Mendieta. Mentre i moreschi dell'Arrabal, capeggiati da un commerciante nato a Cáceres, in Extremadura, chiamato Abdallah ben El-Caceri, uomo ambizioso e senza scrupoli, ammazzavano il tempo restando costantemente in agguato davanti alle muraglie della Casbah, i marinai della flotta pirata erano rientrati in porto e il loro comandante ordinò la costruzione di una nuova nave ammiraglia. Vennero reclutati con la forza alcuni lavoranti tra gli stessi assedianti della Casbah, cosa che per poco non scatenò altre violenze, evitate grazie a un colloquio tra il capitano Jan Jansz ed El-Caceri, nel quale il primo garantì la neutralità della flotta in cambio dei suddetti lavoranti.

Nei sei mesi che durò il blocco, i cantieri di Salé non fermarono i lavori neppure per un giorno e dopo il trattato di pace tra hornacesi e andalusi dell'Arrabal, nel quale si stipulava che El-Caceri entrasse a far parte del Diván che governava la città, i saletini si ritrovarono con la flotta al completo e pronta al combattimento, nuovamente capitanata da una caravella appena varata, gemella di quella perduta davanti a La Mamora, che Jan Jansz aveva avuto la pessima idea di chiamare Fortuna, nome che soltanto un pazzo o un arrogante può mettere a una nave, perché la capricciosa dea suole prenderla come una sfida garantendosi così la sua avversione.

«Non so se fu a causa di quel temerario battesimo o se forse stava scritto nel libro delle nostre vite» disse Cristóbal, «ma la cosa certa è che le traversie e i danni provocati in quei mesi furono solo l'anticipo di anni terribili nei quali il tarlo della discordia continuò a minare quella che un tempo era stata una prospera repubblica, mentre aumentavano i nemici da ogni parte. Prima furono i mori di Salé la Vecchia, che un morabito fanatico e bellicoso, tale Al-Ayachi, istigò a cingere d'assedio Salé la Nuova, con il fine di cacciarne quanti considerava più cristiani che musulmani. Si susseguirono anche gli assedi delle flotte francese e inglese e, infine, esplose un'altra guerra civile tra gli hornacesi della fortezza e gli andalusi dell'Arrabal, conclusasi con l'espulsione dalla città dei tremila abitanti la cittadella della Casbah. Credi che tutto questo avesse finalmente portato la pace a Salé? Ebbene no, Tomás, perché il demone della violenza ha un appetito insaziabile e, una volta sedutosi a tavola, esige sempre altri cadaveri per alimentarsi. Come spesso accade, l'uomo che aveva chiamato a raccolta gli andalusi dell'Arrabal in nome della libertà, Abdullah ben El-Caceri, ottenne l'incarico di governatore della Casbah e assunse i modi di un tiranno. E il suo operato provocò altri lutti, finché un giorno, mentre si aggirava tra gli operai che scavavano una nuova trincea difensiva nei pressi del molo, qualcuno gli piantò una palla in corpo. Nella confusione, non fu possibile stabilire chi avesse sparato, ma io sono sicuro che, chiunque fosse stato, il capitano Jan Jansz era il mandante. Quando mi recai a casa sua, per avvisarlo dell'accaduto, lo trovai abbattuto e taciturno, seduto su uno sgabello, alla luce abbacinante del sole che a mezzogiorno cadeva a piombo sul patio. Aveva la fronte imperlata di sudore e i capelli, un tempo folti e rossi, ricadevano radi intorno al cranio ormai calvo. Sembrava più vecchio dei suoi anni, un uomo stanco e solo che levava il viso al castigo del sole tenendo gli occhi chiusi, cieco verso tutto ciò che lo circondava e, sicuramente, anche per quanto riguardava la sua responsabilità. Non riaprì gli occhi quando udì il mio saluto, limitandosi a rispondere con un gesto lieve della mano. Una volta riferitogli dell'assassinio di El-Caceri, spostò il viso dal sole, aprì gli occhi e mi piantò lo sguardo addosso. Era duro e sfinito. 'Ora vi sarà pace per un breve periodo' disse, e aggiunse: 'È giunto il momento di andarmene'. Le sue parole mi fecero sobbalzare e, di fronte alla mia insistenza, si decise a dire che aveva pensato di porre la nuova caravella, la cui costruzione era stata pagata da lui, al servizio del sultano di Algeri cercandosi un altro porto non lontano da Salé, magari Safi o Ualidia, per trascorrere gli ultimi anni della sua vita in pace. 'Il carro della libertà è finito in mano a dei folli' disse il capitano pirata, 'e sono certo che lo condurranno nel burrone della loro stupidità e meschinità. Quante volte nella vita si ha l'opportunità di vedere trasformati i sogni in realtà? Noi l'abbiamo avuta, Cristóbal, e l'abbiamo anche sprecata. Non ho più le forze per ricominciare da capo. Ammaino la bandiera della mia indipendenza e vado a cercarne un'altra da servire traendone beneficio e senza sforzo.'»

Ripetute dalla bocca di Cristóbal Mendieta, quelle parole di sconfitta avevano un'eco d'amarezza che mi ricordava la mia resa personale.

«Quando uscii dalla casa di Jan Jansz» continuò Cristóbal, «sapevo che non l'avrei seguito nella sua nuova avventura. Quella fu l'ultima estate che passai come scrivano e interprete sulla caravella Fortuna. La maggior parte dell'equipaggio, formato da rinnegati olandesi e inglesi e qualche moresco, decise di assecondare l'intenzione del comandante di compiere incursioni nelle acque del Mediterraneo, ma io nutrivo ancora la speranza che la pace ristabilita a

Salé restituisse alla città la libertà e la prosperità di un tempo. In settembre, mi accomiatai dal capitano Jan Jansz con il cuore colmo di tristezza e al tempo stesso gonfio di collera, perché la sua partenza mi appariva come un tradimento imperdonabile. E di lì a poco mi imbarcai sullo sciabecco La Tierra Prometida, il cui comandante avresti poi conosciuto a Basse Terre.»

La Fortuna, proprio come temeva Cristóbal Mendieta, subì anche troppo il tragico destino che il nome lasciava presagire. Salpò diretta allo stretto di Gibilterra agli inizi di marzo e, a quanto si sarebbe venuto a sapere da una delle galeotte che erano solite appostarsi in quel punto, dopo che il capitano Jan Jansz aveva lasciato la famiglia nel porto di Algeri, si imbatté in due galere dei Cavalieri dell'Ordine di Malta che la attaccarono con determinazione vicino alle coste della Sicilia e l'abbordarono con tale accanimento da uccidere la maggior parte dell'equipaggio e catturare il comandante pirata che, di conseguenza, scambiò la remunerata attività mediterranea con una cella sull'isola di Malta. Lì rimase per oltre un anno finché, irretendo con promesse di ricchezza due guardiani, riuscì a darsi alla fuga non senza prima aver pagato quanto promesso, cioè sgozzandoli come agnelli e mandandoli direttamente nel cielo degli incauti, dove li aspettava il tesoro della felicità eterna.

Quando il terzo giorno del mese di maggio dell'anno milleseicentoquaranta giunse nel porto di Salé uno sciabecco di Algeri venuto a comprare schiavi, i marinai che a quell'ora bighellonavano sul molo videro scendere a terra un vecchio accudito dalla moglie premurosa e dalle quattro figlie, e riconobbero queste ultime per poi, con stupore, rendersi conto che quell'uomo era stato un tempo l'ammiraglio della flotta saletina. Jan Jansz si era tramutato, a causa della terribile prigionia maltese, in un relitto, il fantasma di se stesso che suscitava pena in tutti.

«Rimase nel porto soltanto tre giorni» ricordò Cristóbal, «rinchiuso in casa di Moisés Santiago, dove la vedova di questi gli offrì ospitalità in cambio dei tanti favori ricevuti dal pirata nei duri anni della guerra civile. Proprio durante la guerra si era riaffacciata nella mente di molti, delusi dal corso preso dalla vita nella repubblica pirata, una vecchia e mai del tutto dimenticata idea: il ritorno nella patria perduta, il rientro in Spagna. In quegli anni, il Diván della città aveva invano intrattenuto una corrispondenza segreta con il duca di Medina-Sidonia, alla quale noi scrivani del caíd e dell'ammiraglio della flotta avevamo accesso per via del nostro mestiere, dove veniva offerta al Re di Spagna la consegna della Casbah di Salé e delle fortune dei commercianti stranieri presenti in città, che erano in maggioranza ebrei olandesi e di altre terre del Marocco, discendenti dagli espulsi dalla Spagna per editto dei Sovrani Cattolici. Ricordo ancora le accese parole con cui il capitano Jan Jansz si era opposto a tali trame e il dolore da me provato vedendo che le vittime di ieri non avevano alcuna remora nel trasformarsi nei carnefici di chi aveva sofferto quanto o più di loro. Comunque, l'intransigenza degli spagnoli, che non volevano neppure sentir parlare del ritorno dei moreschi, e la mediazione degli ambasciatori inglesi e olandesi, spalleggiati dall'ammiraglio della flotta pirata di Salé, avrebbero fatto fallire i negoziati riportando la tranquillità nelle case degli ebrei dove, grazie all'amicizia tra il capitano Jan Jansz e Moisés Santiago, da tempo si aveva notizia del rischio che stavano correndo. Il vecchio ebreo era morto, sconfitto dall'età e dalla melanconia, poco prima che l'olandese lasciasse Salé, ma la vedova non aveva dimenticato il debito di gratitudine che li univa.

Al termine di quei tre giorni, nei quali Cristóbal Mendieta aveva avuto soltanto l'occasione di un fugace e desolante incontro con un uomo distrutto e senza speranze, il capitano Jan Jansz e la sua famiglia si imbarcarono su una piccola saettia che li portò fino al porto di Ualidia dove, con la cospicua somma messa da parte, si mise a fare l'armatore e il commerciante di pelli.

L'anno trascorse in una calma sconosciuta, poiché la repubblica di Salé, una volta cessata la sanguinosa guerra civile, aveva ripreso la disciplinata quanto feroce attività pirata per mano dei nuovi signori della Casbah, la guardia berbera inviata dal potente Mohamed El Hadj El Dilai, signore delle tribù dei monti dell'Atlante, che rivaleggiava con lo stesso Re del Marocco e il cui intervento era stato decisivo per la definitiva pacificazione della città. Ma il prezzo della pace era stato l'inizio della fine per l'indipendenza della repubblica.

Cristóbal Mendieta si imbarcò verso la fine di maggio sulla Tierra Prometida e partecipò alla prima delle spedizioni effettuate da El-Cortobi verso i territori imperiali al di là del mare Oceano, nelle isole delle Antille e sulle coste spagnole del mar dei Caraibi. Laggiù il rischio era doppio, perché alla minaccia delle poderose squadre di galeoni si univa la disputa con i pirati filibustieri dell'isola della Tortuga, per i quali i moreschi erano concorrenti indesiderati che contendevano il diritto di saccheggiare là dove fino allora nessuno si era spinto a farlo oltre a loro. Ma se i pericoli erano tanti, i benefici non erano da meno. E così, al ritorno in porto nel mese di ottobre, lo sciabecco di El-Cortobi scaricò sul molo di Salé un grosso bottino di sete e argento, catturato nell'attacco di sorpresa al porto di Santa Marta dove, grazie ai servigi come spia di Cristóbal Mendieta, che conosceva bene gli usi e i costumi della regione essendo questa vicina alla sua patria natale, Cartagena delle Indie, avevano ottenuto il massimo profitto con il minimo rischio abbordando soltanto una delle navi presenti nella rada e sapendo in anticipo cosa cercare nelle sue stive.

Arrivò l'autunno a Salé e, come ogni anno, una dopo l'altra tornarono le navi pirata per cercare nel grembo ostile del Bu Regreg un riparo per l'inverno turbolento. Erano poche le navi che osavano solcare il mare Oceano in quei mesi di venti impetuosi e piovaschi, e suscitò quindi curiosità e stupore l'arrivo, il giorno antecedente il Natale dei cristiani, di una nave olandese con a bordo l'ambasciatore Antoine de Liederkerke, incaricato di intavolare trattative commerciali con altri porti corsari come quelli di Safi e Ualidia, ora che il rinnegato olandese Jan Jansz faceva affari con loro. Quella notte la nave rimase all'ancora a poche braccia dalla barriera di sabbia alla foce del Bu Regreg, con lo scopo di rifornirsi d'acqua in città, e salpò alla volta di Safi alle prime luci del giorno, pur lasciandosi alle spalle una notizia che prese a correre di bocca in bocca per tutta Salé: a bordo della nave c'era anche una bellissima giovane olandese, dai capelli neri e lo sguardo conturbante, che doveva avere una ventina d'anni e si chiamava Lisbeth Janssen. La figlia di Morat Raís, il cui soprannome infantile era stato per tanti anni il nome dell'ammiraglia della flotta pirata.

A questo punto Cristóbal Mendieta fece un gesto con la mano, passandosela davanti al viso come se rappresentasse la nave che salpava da Salé. Poi sorrise e disse:

«Mi sarebbe proprio piaciuto vederla, perché in tutti gli anni che avevo passato navigando a bordo della Lisi, non mi ero mai soffermato a pensare come fosse la bambina a cui la caravella doveva quel nome. Ma non ebbi modo di soddisfare la curiosità e nel giro di qualche giorno avevo già dimenticato la figlia del capitano Jan Jansz. Le giornate si susseguivano tra il lavoro di scrivano e interprete e la serenità del focolare domestico, dove mia moglie Karima sapeva mantenere quell'ordine capace di calmarmi l'animo dopo gli agitati mesi di navigazione, e mi godevo la compagnia dei figli. I due maschi, Alì e Yusuf, avevano quindici e otto anni, e la piccola Kenza solo quattro. Il più grande era un ragazzo coraggioso e deciso che anelava imbarcarsi su una delle navi pirata per emulare le imprese dei capitani della flotta saletina, i cui nomi pronunciava con rispetto e dei quali mi chiedeva di raccontargli innumerevoli volte le storie, con grande disperazione della madre, che vedeva nel mare il suo principale nemico. Non sono mai stato un uomo audace, Tomás, lo sai bene, benché non abbia mai rifiutato il combattimento e mi sia battuto come chiunque altro; forse anche per questo, l'impeto di Alì mi rallegrava e inorgogliva a tal punto da non rifiutare di alimentare i suoi sogni di gloria con le storie che mi chiedeva di raccontare, tra le quali nessuna suscitava in lui altrettanta ammirazione ed entusiasmo quanto quella di Morat Raís, il capitano Jan Jansz di cui tutti parlavano in città. Dunque la mia vita, durante l'inverno, era serena e ordinata, ammesso che tali termini possano essere usati parlando di un pirata, e tuttavia scappavo da casa ogni volta che ne avevo l'occasione. Qualsiasi pretesto era buono e, se nessuno richiedeva i miei servigi, io stesso cercavo nei cantieri o sui moli lavori con cui tenermi occupato, perché il mio spirito si ribellava a quella falsa armonia. Ogni notte, i demoni che popolavano i miei sogni mi ricordavano l'inferno di menzogne sul quale avevo costruito l'esistenza e, all'alba, il riscontro quotidiano di tanta falsità, che iniziava dallo stesso nome di Mohamed Al-Minar, si levava di fronte a me come un'alta muraglia che mi separava da quanto mi stava intorno. Avevo sperato che il tempo potesse abbatterla, ma mi sbagliavo e, a ogni nuovo giorno, la muraglia delle mie imposture mi appariva sempre più alta e invalicabile. Una di quelle mattine, mentre aiutavo il veneziano Gatò a stilare l'inventario delle mercanzie da imbarcare su una galeotta per Algeri, vidi arrivare alla foce del Bu Regreg uno sciabecco che, dai colori delle insegne, navigava per conto del Gran Turco e venne a gettare gli ormeggi sul piccolo molo situato ai piedi della Casbah. Come sempre quando arrivava una nave, si formò un capannello di curiosi tra i quali si rincorrevano i bambini, giocando ai pirati. Mi avvicinai anch'io, e lo scalandrone venne calato proprio accanto a dove mi trovavo. Presero a scendere uomini carichi di pesanti fardelli e marinai ansiosi di affollare le taverne del porto di Salé, che godevano di una meritata fama per la liberalità delle ostesse e l'abbondanza delle razioni. Infine scese a terra il comandante, un moro alto e robusto dai grandi baffi arricciati e il portamento austero. E, dietro di lui, una giovane vestita alla maniera cristiana, con una semplice veste nera e il colletto di pizzo abbottonato, la cui modestia esaltava ancor più la bellezza del viso dalla fronte ampia, le sopracciglia scure, gli zigomi alti e gli occhi inquietanti. Emanava un tale fascino, Tomás, da farmi comportare come se vedessi una donna per la prima volta in vita mia. Accompagnava ogni gesto con un sorriso fugace e vi era anche un'ombra di tristezza nel suo sguardo, e così, lasciando intuire promesse di piacere e di viva intelligenza, il suo atteggiamento costituiva una tentazione irresistibile. Nessuno aveva ancora pronunciato il suo nome, ma sapevo già che, per quanto fossero scuri i suoi capelli anziché vermigli e le fattezze e la grazia del corpo nulla avessero da spartire con la rozza robustezza del padre, quell'aria decisa, quel modo orgoglioso di stare al centro di un molo affollato e straniero, potevano soltanto appartenere alla figlia del capitano Jan Jansz».

La bella Lisbeth venne accompagnata dal capitano dello sciabecco fino alla Casbah, e Cristóbal Mendieta si mise in cerca di notizie della passeggera parlando con i marinai della nave. Uno di loro, che si era da poco imbarcato sullo sciabecco e proveniva dalla città di Safi, gli riferì quanto si diceva sull'incontro fra padre e figlia:

«Quando Morat Raís era venuto a sapere che sua figlia si trovava a bordo della nave appena giunta a Safi, non aveva voluto aspettare che arrivasse fino al vicino porto di Ualidia, dove lui risiedeva, salendo subito su una delle sue saettie dove si era seduto su uno scranno sistemato sopra un tappeto dai colori sgargianti e circondandosi di servitori con indosso i migliori vestiti di gala. E così, in pompa magna, si era fatto portare fino alla nave olandese, dove l'ambasciatore lo attendeva nel suo alloggio in compagnia della leggiadra Lisbeth, pallida come la luna e dagli occhi colmi di lacrime che brillavano al pari di due monete d'oro zecchino. Lì si erano incontrati e abbracciati, e raccontavano i testimoni di quel momento che entrambi piangevano per la grande emozione e Morat Raís ringraziava Allah, il Misericordioso, che gli aveva riportato la figlia vista per l'ultima e unica volta quando era ancora una bambina così piccola che neppure sapeva parlare».

Nelle sei settimane di permanenza a Safi, in qualità di ospite dell'ambasciatore Antoine de Liedekerke, Lisbeth Janssen si era recata varie volte a Ualidia per visitare la casa del padre. E ogni volta, la moglie musulmana di Jan Jansz aveva addotto a pretesto un improvviso malessere per non doverla incontrare. Le quattro figlie non si erano certo mostrate più ospitali, salutandola in modo alquanto freddo per poi ritirarsi precipitosamente.

Di cosa avessero parlato padre e figlia nessuno lo sapeva, sebbene le loro parole dovevano suscitare più dolore che gioia, poiché le visite di Lisbeth a Ualidia erano andate diradando finché un giorno aveva annunciato il desiderio di tornare in patria. La nave dell'ambasciatore avrebbe aspettato diversi mesi prima di volgere la prua verso l'Olanda e l'impazienza della donzella era tale da arrivare a pregare il padre di imbarcarla sulla prima nave per Salé, dove avrebbe atteso l'occasione di trovare un posto a bordo di uno dei numerosi legni olandesi che commerciavano con quella repubblica. E così era stato. Niente tappeto sontuoso e servitori eleganti, al momento del commiato, ma le lacrime avevano nuovamente rigato il volto della figlia del capitano Jan Jansz quando lo sciabecco si era allontanato dal padre. I suoi occhi avevano riacquistato il fulgore delle monete, ma nel loro dorato splendore vi era adesso l'ombra color ocra dell'oro vecchio.

«Quelle notizie suscitarono in me una compassione che mascherava i miei veri sentimenti» disse Cristóbal. «Mi rimproveravo di non fare nulla per la figlia di un uomo a cui dovevo la libertà, mio maestro e amico da quando il destino mi aveva portato a Salé. Tutti i giorni mi lamentavo davanti a mia moglie per i rimorsi di coscienza e le parlavo delle mie preghiere ad Allah affinché non dovessi vedere il giorno in cui a qualcuno dei nostri figli il capitano Jan Jansz negasse il proprio conforto e appoggio. Karima annuiva e non diceva nulla, e in ciò vedevo un'acquiescenza che rafforzava nel mio cuore il dovere di offrire a Lisbeth Janssen l'aiuto di cui poteva aver bisogno durante la permanenza a Salé. Spinto da così nobili e disinteressati motivi, mi decisi infine a parlare con la giovane olandese mettendole a disposizione i miei servigi. E in tal modo imboccai il sentiero della mia ultima scelleratezza, cieco alle mie stesse passioni, sordo ai palpiti del cuore esaltato e incapace di nominare il sentimento che in realtà animava i miei propositi, cioè il folle desiderio che si era impossessato della mia volontà. In quello stato mi recai dove lei dimorava, una delle case che formano l'intrico della Casbah, le cui terrazze sembravano sospese sulla muraglia della fortezza e rifulgevano, bianche e piene di fiori, davanti al mare Oceano. Era stato Gatò a chiedere da parte mia alla padrona di casa, moglie del segretario del Diván, Arabi García, il permesso di far visita alla sua ospite, e fu lui ad accompagnarmi, sempre grasso e meditabondo. Arrivati lì, mise la sua mano grande e delicata sulla mia spalla e disse: 'Caro Amico,* non aspettarti oggi la tormenta di ieri. Non sei più un ragazzo, non comportarti come se lo fossi ancora'. E prima che potessi rispondere, bussò alla porta con il battente. Quel primo incontro, in presenza della padrona, fu breve e cerimonioso. Lisbeth indossava una tunica bianca e la sua chioma scura risplendeva come ambra nera. Mi ringraziò per l'offerta e disse che suo padre gli aveva parlato molto di me, raccontandole che durante un viaggio, nel quale sarei dovuto arrivare infine in Olanda, ero caduto nelle mani dei suoi pirati per poi diventare uno di loro. La pregai di parlarmi della sua terra e lei promise di farlo nella visita successiva, poiché si sentiva stanca. Quando uscii dalla casa conservavo nella memoria il suo ultimo sguardo, un invito a tornare, ma sol-

* In italiano nel testo. (*N.d.T.*)

tanto dopo gli eventi che avrebbero rivelato la vera indole dei miei sentimenti sarei stato capace di ammettere ciò che avevo letto in lei: il più acceso desiderio.»

I fatti di cui mi parlava Cristóbal Mendieta quella notte, nella taverna del Diavolo, si erano verificati con la forza dell'inesorabile. Né il pensiero di sua moglie né i tanti anni che li separavano né il rispetto per chi la ospitava né le inevitabili chiacchiere né la differenza di religione né i pericoli né le menzogne, nulla poté evitare che il desiderio espresso in quello sguardo venisse esaudito una notte di marzo e su una delle terrazze della stessa casa di Arabi García, dove erano riusciti a sbarazzarsi di eventuali testimoni e dove i loro corpi si cercarono con la disperazione di due anime sole. Prima erano state le parole, le confessioni, lo sfiorarsi furtivo, le reciproche storie che li avvicinavano al di là dell'età e li avvolgevano come crisalidi. Lei conobbe le paure e gli inganni della vita di Cristóbal che, simile al riflesso della scimitarra a doppio filo che ondeggiava sulla bandiera pirata da lui servita per tanto tempo, si divideva anch'essa in due: quella da offrire come facciata agli sguardi altrui, e l'altra, quella che era sempre stata, fin dove giungeva la sua memoria, il proprio rifugio o prigione. E lui conobbe l'irrealizzato sogno di una bambina che aveva sostituito in cuor suo la fede in Dio con la devozione a un padre di cui non conservava ricordo alcuno, ma che tutti temevano quasi fosse il demonio in persona. Il bisogno di rivederlo si era tramutato nel segreto anelito che palpitava sotto la tediosa vita nel porto di Veere, dove viveva con la madre, i fratelli e l'uomo che aveva preso il posto del padre assente. E ora che finalmente lo aveva trovato, l'amaro sapore della perdita le sembrava insopportabile.

A quel primo momento di piacere furtivo, fugace, affrettato, tra i gerani della terrazza, ne seguirono molti altri. Lisbeth inventava ogni sorta di scusa per assentarsi da casa e, con la complicità lautamente ricompensata della domestica che l'accompagnava nelle passeggiate per la Casbah e nell'Arrabal, si dava appuntamento con Cristóbal in una delle case di tolleranza vicino al molo, dove entrava sempre dalla porta sul retro senza però riuscire a evitare i triviali commenti della mezzana e delle sue pupille che, nei loro trafficati letti, raccontavano a chiunque volesse ascoltarle degli incontri amorosi tra la cristiana e l'ebreo converso.

Quando le voci sulla relazione adultera di suo marito giunsero alle orecchie di Karima, lei lo sapeva da tempo con il solo aiuto dell'intuito. In verità, la discrezione con cui Cristóbal Mendieta si era messo a ordire i primi incontri d'amore aveva via via lasciato il passo a menzogne spudorate, creando contraddizioni delle quali lui stesso sembrava non rendersi conto. Ma al di sopra di tutto c'era il profumo d'ambra del corpo della giovane cristiana che restava sulle vesti dell'amante come l'edera s'attacca ai muri, penetrava i tessuti spargendone la fragranza e impregnava la pelle come fosse il suo stesso sudore. Karima lo sentiva aleggiare sul letto coniugale ogni notte, intenso, inebriante e tenace, e sapeva di non poter fare nulla contro una simile forza. Cristóbal poteva evitare qualsiasi accenno alla figlia del capitano Jan Jansz, poteva far lavare i panni per ripulirli dai capelli e ogni altro segno che lo tradisse, ma poteva forse impedirle di sudare? Ed era quel sudore che lo seguiva come un'aura che Karima percepiva non appena rientrava in casa.

«Con la primavera arrivò il momento della partenza per la flotta pirata, ma io convinsi Gatò a richiedere il mio aiuto nella Casbah e, per la prima volta in diciotto anni, non mi avventurai in mare. Ahmed El-Cortobi non volle sentire le mie spiegazioni e mi ordinò di tacere con i modi bruschi di un capitano. 'Non mentire' disse rabbiosamente, 'stavolta faremo una visita alla costa portoghese e galiziana e, con un po' di fortuna, saremo di ritorno a metà estate. Se per allora avrai recuperato il senno, potrai imbarcarti per il viaggio che intendo compiere verso la costa della Guinea, dove contenderemo il carico ai negrieri.' La Tierra Prometida salpò senza di me e mi vergogno di dire che sentii una grande gioia gonfiarmi il petto, perché sapevo che nella Casbah c'era ben poco lavoro da svolgere e ogni giorno diventava così un vasto lasso di tempo da dividere con Lisbeth. Quello strano atteggiamento fu senza dubbio la goccia che fece traboccare il vaso della pazienza di mia moglie, e non erano trascorse più di due settimane dalla partenza di El-Cortobi quando una sera, dopo una cena frugale e silenziosa, Karima si sedette sul pavimento, ai miei piedi, e si mise a intonare una canzone come faceva nei primi anni del nostro matrimonio, quando la pregavo di deliziarmi con la sua voce dolce e melodiosa, sebbene non fosse lei che volevo ascoltare ma l'eco che il suo canto risvegliava nella mia memoria e mitigava segretamente la nostalgia di Susana. Da anni Karima non cantava più, ma non riuscivo a capire se era stato il mio disinteresse a farla tacere o, perspicace fino a tal punto, l'aver intuito il vero motivo delle mie richieste. In quel momento l'avevo nuovamente ai miei piedi, la sua voce risuonava intonata e melodiosa, come sempre, ma in lei non c'era la compiacente dolcezza di quegli anni ormai lontani bensì un'aria di sfida sprezzante.»

Quella che cantava la moglie di Cristóbal Mendieta era una vecchia canzone moresca, risalente ai tempi della Spagna, che diceva:

Quando i calunniatori hanno tentato di separarci
non avevano motivo di vendicarsi, con te o con me, per danno alcuno.
Hanno ferito le nostre orecchie con ogni sorta di nefandezze,
e i miei familiari e difensori ci hanno voltato le spalle.
Io li ho attaccati con le tue pupille, il mio sospiro e il mio pianto
come fossero torrenti, fuoco e spade.

E quando l'ultima nota, trattenuta in gola fino a farla sfumare in un suono di sorgente, si estinse nell'aria, la voce di Karima riacquistò l'abituale fermezza per chiedere a Cristóbal, senza distogliere lo sguardo dal suo:

«Posso dire ai calunniatori che non c'è danno di cui vendicarsi? Posso dire a tutti che le vostre pupille sono le spade che difendono il mio onore e che non è per voi che piango?»

Cristóbal volse lo sguardo altrove senza dire nulla. Quelle domande, in realtà, non cercavano una risposta. Sentì la mano della moglie che si posava lieve e tremante sul suo ginocchio.

«Voi siete il mio signore e a voi mi unisce il legame del matrimonio, che è saldo e notorio, ma anche i fili di seta dell'affetto e dell'amicizia. Che male vi ho fatto? In quale modo vi ho arrecato affronto per essere pubblicamente disprezzata? Voi siete libero come un uccello e ogni anno volate al di là dell'orizzonte senza che vi abbia mai chiesto se foste rimasto fedele al vostro impegno. Poi, tornate a casa come un piccione al suo nido e portate sulla pelle le brezze di altri mari e negli occhi l'immensità di un mondo al quale rimarrò sempre estranea. E per tutto questo vi amo, perché la vita in voi è più vasta e più bella. Perché ora la restringete intorno a me? Perché state cercando qui a Salé quell'orizzonte lontano che vi rende più grande, per convertirlo in un sordido lupanare di tradimenti e inganni? Perché non vi allontanate da lei e tornate a esser libero?»

«Perché non posso» mormorò Cristóbal, con il cuore colmo di tristezza per il sereno dolore della moglie. E nel silenzio della sua mente disse a se stesso ciò che non poteva dire a lei: non voleva rinunciare alla felicità, ora che finalmente l'aveva trovata.

Karima non avrebbe più accennato alla passione che il marito nutriva per la figlia del capitano Jan Jansz, ma in ogni suo sguardo, in ogni espressione del viso, in ogni parola metteva una sfumatura di consapevolezza e di dolore perché Cristóbal sapesse che il suo silenzio non era oblio. E questa certezza ben presto lo avrebbe accompagnato anche fuori di casa, persino nel letto per amanti del bordello sul molo dove, quando i piaceri della carne erano ampiamente soddisfatti, l'ebreo converso condivideva il peso sulla coscienza con la giovane cristiana.

Così trascorsero i primi mesi d'estate e con essi il groviglio di desideri, promesse e tradimenti avvolse il cuore di Cristóbal Mendieta fino a diventare inestricabile. Le parole di Lisbeth non gli spalancavano più le porte a nuove speranze di vita ma al contrario lo spingevano in labirinti opprimenti. Cristóbal si rifiutava di parlare del futuro e non trovava altro appiglio, in mezzo alla tormenta che gli agitava l'anima, che l'impeto dei suoi appetiti. Furono mesi di carezze disperate e abbandoni che giorno dopo giorno assomigliavano sempre più alla morte, poiché in tutto questo cercava solo un oblio senza ritorno. Infine, verso la metà d'agosto, Lisbeth accolse l'amante dandogli la notizia di volersi imbarcare su un vascello olandese giunto a Salé da una settimana e prossimo a tornare all'Aia. Si amarono come se fosse l'ultimo giorno in cui potevano condividere piacere e gioia, e al momento di separarsi, Cristóbal giurò che si sarebbe imbarcato con lei.

Dopo tanti anni, l'interrotto viaggio per l'Olanda stava per essere portato a termine. Cristóbal se lo ripeté per quattro giorni di seguito. Immaginò la sua vita futura accanto a Lisbeth, le passeggiate lungo i canali di Amsterdam e la confortante libertà di entrare nelle sue accoglienti sinagoghe. A Salé aveva conosciuto molti commercianti ebrei di quella città olandese e forse avrebbe trovato presso di loro comprensione e appoggio. Si disse così tante volte come sarebbe stato il suo futuro che finì per crederci. Cominciò a scrivere una lunga lettera d'addio alla moglie, pensando di lasciargliela assieme a tutto il denaro che possedeva, poiché nella sua nuova vita non avrebbe voluto alcuna eredità del passato da pirata. Raccomandò a Gatò di prendersi cura dei suoi ricorrendo a vaghi discorsi sulla possibilità di morire o scomparire in qualche viaggio, ma l'astuto veneziano ne comprese subito il senso pur astenendosi dal contraddirlo, perché sapeva che le parole son sempre ingannevoli e alcune arrivano addirittura a raggirare chi le pronuncia. E le stesse parole con cui Cristóbal Mendieta mi raccontava quella vecchia storia, nella taverna del Diavolo, sembravano essere coscienti:

«Mi ripetevo che nulla mi legava più a Salé, che tutti quegli anni erano stati un lungo purgatorio, il deserto che dovevo attraversare per arrivare alla terra promessa, ma stavo ingannando me stesso perché c'era Karima, mia moglie, che mi aveva amato quanto potrebbe amare chi si sposa spinta più dalla convenienza e dalla volontà altrui che dal proprio desiderio. Da lei avevo ricevuto affetto e tenerezza nei momenti difficili, ed era stata una buona madre e una sposa premurosa capace di preservare il mio onore e la mia casa durante i miei tanti viaggi. Era stata fedele e leale, silenziosa e obbediente. E il non averla mai amata era la prova della follia del mio cuore e del modo crudele in cui si intrecciano gli affetti in questo mondo, dove tanti offrono tutto a chi non può ricevere nulla e altri aspettano invano ciò che non otterranno mai. Karima è stata leale con me fino alla morte, avvenuta due anni fa, e io ho ripagato il suo amore con l'unica moneta che sono stato in grado di coniare: restandole accanto. E comunque, Tomás, non saprei dire se l'ho fatto per vera gratitudine o per la paura di ricominciare una nuova vita».

La mattina del giorno ventiquattro del mese di agosto, quando la nave olandese avrebbe salpato, Cristóbal Mendieta si rinchiuse nella più recondita stanza della propria casa e diede ordine di non aprire la porta a nessuno per nessun motivo. Karima non fece domande e neppure gli disse che, poco prima di mezzogiorno, era venuto un ragazzo a dire che lo stavano aspettando al molo. La moglie diede una moneta al messo e lo rimandò indietro con un piccolo pugnale per tutta risposta, da consegnare alla persona che lo aveva mandato lì.

«Lisbeth si imbarcò sulla nave olandese» concluse Cristóbal «e scomparve dalla mia vita, e in questi dodici anni non c'è stato un giorno in cui non mi sia pentito per la mia viltà. Tornai sul mare, ma non per molto perché poco tempo dopo esser tornato dalla Tortuga, grazie al tuo aiuto, La Tierra Prometida si imbatté in una caracca spagnola che, malgrado fosse una nave mercantile, disponeva di quattro cannoni con i quali si difese come poté. Al momento dell'abbordaggio incontrammo un'accanita resistenza e il combattimento si estese a ogni angolo della nave. Ma noi eravamo più numerosi e meglio armati e, alla fine, la vittoria fu nostra. Tu sai bene quanto la furia sia un'ottima alleata in battaglia e ti resti a malapena il tempo di pensare quando si devono schivare stoccate ed evitare palle. Avevo appena dato la morte a uno degli ultimi marinai che si battevano ancora, trafiggendolo alle spalle mentre incalzava contro il bordo uno dei nostri uomini, ed estraendo la spada dalle sue carni lo sventurato mi rivolse quello sguardo estremo, e l'orrore si impossessò della mia anima. Lo sguardo attonito, che annunciava l'arrivo della morte, era quello di Alonso Gallo, mio compagno di stenti nelle segrete di Salé a cui avevo restituito la libertà anni addietro, il carpentiere del San Juan de Gaztelugache, l'amico che mi aveva salvato la vita, e io lo ripagavo strappandogli la sua. Il mio braccio sembrava appartenere a un Dio meschino che dava e rubava la vita agli altri a seconda dei suoi capricci. Quando rientrammo a Salé con il carico della caracca, annunciai a El-Cortobi la decisione di non imbarcarmi più, per dedicarmi unicamente ai compiti di scrivano e interprete del caíd della Casbah. Presi a pretesto il fatto che navigavo da troppo tempo, ma in realtà era il ricordo di Alonso Gallo a tormentarmi. Il capitano Jan Jansz aveva ragione dicendo che la mia libertà era in mare, a bordo di una nave pirata, ma la libertà non può prosperare sulla paura e la sventura altrui. E, malgrado tutto, mi ripugnava l'idea di raggiungere la felicità a costo di azioni che aborrivo. Io non sono stato felice, Tomás, sebbene la mia non sia stata certo una vita disgraziata. Mi sono limitato a viverla, come può farlo un cane o un topo o un uccello. All'inizio sentivo la mancanza del mare, ma vivere diventa facile quando non si hanno più aspettative. Le passioni si assopiscono e i ricordi si trasformano nella nostra seconda casa. Sono l'alimento dell'anima, un'aria più preziosa e necessaria di quella che respiriamo. Mi sono sistemato nella casa della memoria e ho vissuto in tutti questi anni senza pensare, finché la settimana scorsa, mentre stavo per imbarcarmi nel porto di Amsterdam, dove ero rimasto dieci giorni con gli ambasciatori di Salé per negoziare un trattato con gli Stati Generali d'Olanda, me la sono vista passare accanto. Te lo giuro, Tomás, non è stato un sogno o una visione ingannevole dei miei sensi. Certo, il mio animo era turbato, avevo posato per la prima volta i piedi sulla terra olandese e la sua bellezza e le sue virtù risultavano ancor più grandi e abbaglianti di quanto avessi immaginato, ma sono sicuro che la donna passatami accanto e il cui vestito ha sfiorato il mio braccio era lei, Tomás, era Lisbeth. L'ho riconosciuta all'istante. Il passo fermo, il portamento altero, e la sua bellezza con l'età sembrava aver addirittura raggiunto la perfezione, trasformandola in una donna florida e fiera, bastava vederla camminare da sola, con i capelli raccolti sulla nuca, indifferente agli sguardi di riprovazione delle altre donne che si coprivano la testa con fazzoletti o cappelli. Lei non mi ha visto e io non sono stato capace di fare o dire nulla. Ero circondato di moreschi, sul punto di imbarcarmi sulla caravella che ci aveva portato in Olanda e non ho potuto fare altro che salire a bordo. Tuttavia, il mare agitato ci avrebbe costretto a cercare ridosso nel porto di Londra, perché il canale della Manica era battuto da una tremenda burrasca, e appena messo piede a terra ho lasciato i miei compagni di viaggio e mi sono perso per la città, deciso a ritrovarti.»

E l'aveva fatto. Percorrendo la città in lungo e in largo per sei giorni alla fine mi aveva incontrato e facendolo si era portato dietro tutto il mio passato, tutto quanto ricordavo, tutto ciò che ignoravo o che avevo voluto dimenticare. Mi aveva restituito la mia vita, più grande, più dolorosa. La domanda mi salì inevitabilmente alle labbra:

«Cosa vuoi da me, Cristóbal?»

«Che mi aiuti a tornare in Olanda. So bene che è in guerra con l'Inghilterra, ma devo tornarci. Non posso lasciarmela sfuggire una seconda volta. Devo incontrarla.»

La passione sembrava riportare la giovinezza sul volto invecchiato di Cristóbal Mendieta. I capelli bianchi, le rughe e l'espressione stanca mi dicevano che davanti a me c'era un uomo di oltre cinquant'anni che si avviava alla vecchiaia con le forze minate dalle tante vicissitudini, ma i suoi occhi febbrili mi stavano guardando dall'età dei vent'anni, dal ricordo di quella notte a bordo del San Juan de Gaztelugache in cui mi aveva confessato il suo amore per Catalina.

«Per Dio, Cristóbal! Ma sei pazzo? La sventatezza che ti fa palpitare il cuore sarebbe comprensibile negli anni della giovinezza, non certo alla tua età! Sei ormai un vecchio e vorresti imbarcarti in quest'avventura come se fossi un ragazzo con tutta la vita davanti?»

«E tu, sai forse quando giungerà il tuo ultimo giorno? Cosa vuoi che faccia, Tomás? Che ritorni in quella repubblica che non è più neppure l'ombra di ciò che è stata? Che ritorni laggiù per vedere i miei figli, ormai avviati sulla propria strada, vivere la vita che io non ho voluto vivere? No, Tomás, non mi rassegnerò un'altra volta, non nasconderò la testa sotto la sabbia pensando come fai tu che la nostra terra promessa si trova solo nei bei tempi andati. La mia terra promessa sta fra le braccia di Lisbeth e se non dovessi raggiungerla sarà perché così ha voluto la sua volontà o il destino, ma non per colpa della mia viltà.»

«E sia, amico mio.»

La notte era trascorsa tra mille parole e fuori dalla taverna del Diavolo cominciava a sgranchirsi un nuovo giorno, che nasceva avvolto dalla nebbia. Cristóbal non mi permise di pagare quanto avevamo mangiato e bevuto, e apprestandoci a uscire nelle strade del quartiere di Wapping, notai l'espressione soddisfatta del padrone mentre contava i denari con cui era stata pagata la nostra lunga conversazione.

Il sole non era ancora spuntato, ma nel cielo si stava già diffondendo il chiarore dell'alba. La nebbia, che si addensava sul molo, mi riportò alla memoria il ricordo del nostro primo incontro e, camminando, i discorsi tornarono al San Juan de Gaztelugache. Chiesi a Cristóbal se avesse più avuto notizie di Catalina e lui mi rivolse uno sguardo sornione, disse di no e aggiunse: «Vedo che non sono l'unico a non dimenticare». Risi di gusto, perché era vero, ma sapevo anche che quel nome risvegliava in me la curiosità della nostalgia e non certo il turbamento della passione. Poi Cristóbal mi chiese del capitano Contreras e gli dissi che non lo avevo mai più rivisto da quando ci eravamo salutati a Cadice ma, la notte in cui avevo conosciuto la pirata Alison, il capitano Jean Le Chien si era messo a raccontare una storia che mi aveva fatto pensare a lui.

Poco prima che Le Chien mutasse la sua vita di militare aristocratico in quella del pirata, aveva partecipato all'assedio della città di Arras contro gli spagnoli. Lì era stato testimone una notte del duello tra un ufficiale della fanteria spagnola e un moschettiere guascone dal naso enorme che godeva fama di poeta. Entrambi i gruppi di soldati avevano deciso di approfittare di una breve tregua per procurarsi da mangiare, ma la sorte avversa li avrebbe portati nella stessa fattoria e la disputa per le galline, che il contadino cercava di proteggere con pianti e suppliche, sarebbe stata risolta a fil di spada. I due capitani erano abili spadaccini e la danza del duello aveva suscitato ben presto l'ammirazione di tutti i presenti. Si attaccavano con determinazione ma senza rinunciare all'eleganza dei gesti, e ognuno ricorreva alle stoccate più elaborate e mai viste prima, ottenendo dall'avversario un'adeguata risposta. Alla fine si erano dovuti rassegnare, perché nessuno dei due riusciva a sopraffare l'altro, per quanto il francese avesse inferto una lunga ferita nel braccio sinistro dello spagnolo ricevendo da questi un fendente che gli aveva spaccato il già mostruoso naso, lasciandolo sfigurato. Quando lo spagnolo aveva proposto di mangiare insieme seduta stante un bel paio di polli e spartirsi il resto da bravi cristiani, tutti si erano detti d'accordo, a parte il contadino che non sarebbe comunque riuscito a evitare le perdite. E così i nemici si erano seduti allo stesso tavolo, dove la pettorina del moschettiere francese stava di fianco al cappello a tesa larga dello spagnolo, che ostentava una vistosa piuma di pappagallo.

«Sono sicuro che quello spadaccino fosse proprio il capitano Contreras» conclusi «ma Le Chien non ricordava il suo nome, dunque non ho potuto averne conferma.»

Ridemmo per un po' al ricordo del feroce soldato, il cui ardimento poteva essere comparato solo alla sfrontatezza dei modi e all'imprevedibilità del carattere burbero. E giunti sul molo delle esecuzioni, dove erano soliti impiccare criminali e pirati, i cui cadaveri restavano a penzolare dai pali finché l'alta marea non li sommergeva tre volte, mi misi a chiedere ai pochi marinai che cominciavano i lavori della giornata dove potevo trovare il capitano Dawson, poiché l'allora nostromo del Victory, con il quale avevo vissuto i tempi della guerra civile al nostro ritorno dalla Tortuga, adesso disponeva di una nave tutta sua.

Quando il Victory era arrivato a Bristol, dopo quasi due anni di navigazione nelle acque americane, avevamo scoperto che la città era nelle mani dell'esercito del Parlamento e molti uomini dell'equipaggio, tra i quali anch'io, avevano deciso di unirsi ai puritani. Ma non il capitano Grant, che si era rifiutato di impugnare la spada contro il Re finendo immediatamente in carcere. La rivoluzione che aveva infiammato il paese non esaudiva certo le mie aspettative e mi restituiva alla vita militare senza alcun entusiasmo e senza denaro, conservando soltanto la mia inveterata arroganza. Quelli che invece, come il signor Dawson, si erano piegati ai venti mutevoli, avevano ingrassato la borsa entrando nel privilegiato mondo dei possidenti. Per fortuna, il cameratismo non era del tutto scomparso e, sebbene non lo frequentassi da tempo, confidavo ancora nel suo aiuto.

Trovammo Dawson a bordo della sua polacca, pronta a salpare quella stessa mattina. Ci abbracciammo in un saluto affettuoso, ma il vecchio marinaio non ne voleva sapere di spingersi in acque olandesi. Comunque mi fornì il nome di un ufficiale che aveva servito ai suoi ordini, attualmente rovinato dai debiti di gioco. Un pugno di corone lo avrebbe probabilmente convinto ad avventurarsi verso la costa nemica. Ci avvicinammo alla sua imbarcazione, una lunga fusta dall'aspetto alquanto trasandato. L'ufficiale, che si chiamava Tobias Dexter, risultò avere non più di trent'anni, volto macilento e gesti prematuramente stanchi; e nei suoi occhi brillò la cupidigia quando sentì parlare di denaro. Non mi piaceva e lo dissi a Cristóbal tirandolo in disparte, ma nulla poteva ormai dissuaderlo dall'imbarcarsi prima possibile, foss'anche con il demonio in persona. Insistetti con il capitano Dexter sull'amicizia che mi legava a Dawson e gli affidai la sorte del mio amico ricorrendo a parole cortesi nella forma quanto minacciose nella sostanza. Dopo essermi assicurato che il marinaio avrebbe rispettato il patto rinunciando all'idea di scaraventare Mendieta fuoribordo una volta persa di vista la costa inglese, convenni con lui che l'ora migliore per salpare fosse mezzogiorno, in modo da raggiungere le coste olandesi di notte. Cristóbal aveva ancora con sé il salvacondotto che, come membro della diplomazia moresca di Salé, gli era stato concesso dalle autorità olandesi, e la conoscenza della lingua lo avrebbe pur sempre aiutato a uscire indenne da ogni complicazione.

Durante le nostre ricerche la nebbia si era diradata e si potevano già scorgere, sul fiume, le mura della città di Londra, e la pleiade di imbarcazioni che risalivano la corrente. All'interno di quelle pietre millenarie si accalcavano case di legno ed esseri umani come in un formicaio che, di pari passo alla potenza del regno che aumentava, sarebbe divenuto ancor più affollato a meno che un incendio o la peste non lo avesse impedito.

Cristóbal e io ci trovavamo per l'ennesima volta su un molo in attesa che le nostre vite tornassero a separarsi dopo un fugace incontro. Era quello il nostro destino, dunque, e andava bene così perché nell'assenza l'amicizia si era rafforzata. Per tre volte avevo conosciuto il mio amico sotto altrettante spoglie, ma quello era l'unico commiato in cui avevamo il tempo per le parole; eppure, per quanto avessero abbondato nella mia vita, ora non ne trovavo alcuna da pronunciare.

Non sapevo cosa dire e lui non diceva nulla. Restammo così per un po', in piedi sul molo accanto alla fusta del capitano Dexter. Sul volto di Cristóbal si leggevano ansia e tristezza, e le continue occhiate agli uomini che stavano ultimando i preparativi per salpare rivelavano la sua impazienza.

«I miei sogni si sono consumati con il passare degli anni, Cristóbal» dissi infine. «Si sono via via rimpiccioliti. Sognavo la patria di mio padre e la libertà di possedere una fortuna guadagnata onestamente, e tutto questo si sarebbe ridotto, sei anni fa, a una collina nei dintorni di Londra, vicino alla foresta di Windsor, detta di Saint George, dove con duemila uomini stanchi di promesse e inganni ci mettemmo a scavare con le mani una terra che pretendevamo fosse di tutti e abolire così tante ingiustizie e tanti privilegi. Eravamo soldati del New Model Army del generale Cromwell, soldati del Parlamento, profeti della nuova era, della nuova Umanità, dei nuovi tempi. Ci credevamo con la fede degli illuminati. Avevamo versato il nostro sangue, sofferto per la fame e le ferite, marciato e combattuto senza sosta. Era il momento di raggiungere la terra promessa, sebbene si trattasse soltanto della misera terra di Saint George. Ma non riuscimmo a ottenere neppure quello, Cristóbal. Ci cacciarono via a colpi di moschetto e bastonate, imprigionarono i più turbolenti e intimidirono chiunque credesse ancora che la libertà e l'eguaglianza fossero a portata di mano. Tu ora stai partendo alla volta della tua collina di Saint George, che si trova tra le braccia di Lisbeth, e ti auguro di riuscire a godertela.»

«Non resterai senza notizie al riguardo, amico mio» rispose Cristóbal, «perché sebbene ci siamo sempre visti costretti a separarci senza sapere quando il destino ci avrebbe riuniti, questa volta saremo noi a fissare la data del prossimo incontro. Tra un anno tornerò a Londra con Lisbeth, è bene che un amico conosca la moglie dell'amico, perché non voglio neppure pensare che lei possa respingermi, ma nel caso ciò avvenga o se la guerra dovesse ostacolare il mio ritorno, comunque ti anticiperò per lettera quel che mi sarà successo, saziando la tua curiosità nell'attesa di raccontartelo di persona.»

«All'anno prossimo, dunque» dissi io, e ci stringemmo in un lungo abbraccio. Poi, Cristóbal Mendieta salì a bordo della fusta e io aspettai sul molo che l'equipaggio completasse le varie manovre finché l'imbarcazione scivolò nella corrente del Tamigi, che la trascinò nel suo corso inesorabile e si portò via ancora una volta il mio amico verso i mari di questo mondo, repubblica del vento che ha per monarca la disgrazia. Non lo avrei mai più rivisto.

EPILOGO
UNA CONFESSIONE

Per sei mesi aspettai la lettera promessami da Cristóbal. In realtà, l'attesa divenne la mia principale occupazione, visto che in quel periodo mi toccò assistere allo spettacolo del naufragio dei miei già rovinosi sogni, e non mi restavano le energie per fare nulla che non fosse guardar passare i giorni e godere di tanto in tanto dei favori di qualche dama, poiché soddisfare i desideri della carne era ormai l'unica libertà che l'Inghilterra concedeva. Governare dev'essere un veleno davvero forte, ne sono certo, perché arrivando al potere anche il più virtuoso diventa potente e finisce per considerare ragionevole qualsiasi scelleratezza, per il solo motivo che è lui a commetterla. Così, il generale Cromwell si è tramutato in Lord Protector della patria e la nascente repubblica è caduta sotto una nuova tirannia che temo mi sopravviverà. Noi soldati del Parlamento abbiamo combattuto per la libertà ottenendo alla fine soltanto uno scambio di signori; e se non mi pento d'aver lottato contro quelli, mi sembrano altrettanto meritevoli d'essere combattuti questi. Ma ormai non ho più le forze né il fegato per imbarcarmi in una simile impresa, e dalle rovine dei miei sogni e del mio intelletto guardo passare le vanità e scorrazzare le menzogne quasi fossi in uno di quei teatri del quartiere del Sud che i nuovi padroni dell'Inghilterra hanno fatto chiudere.

Con gli anni, la solitudine ha finito per far sorgere anche in me certe strane manie. Non sono diventato stizzoso o asociale, il fatto è che le vecchie amicizie sono morte e in quelle nuove non ritrovo il sapore d'una volta e mi sento sempre più prigioniero del passato, come lo era Tortuga Johnson, perché anch'io sono diventato vecchio. E la vecchiaia rende pavidi. Così, ho pensato chissà quante volte che potesse essere proprio mio figlio Cristóbal, del quale non ho più saputo nulla, uno dei tanti soldati spagnoli che il destino mi avrebbe fatto affrontare. Tali timori, che potrebbero sembrare frutto della follia, si nutrivano del ricordo di Alonso Gallo, la cui morte dimostrava quanto siano crudeli e traditori i disegni del Fato, e ogni giorno mi ripetevo che il peggiore degli incubi sarebbe stato concludere i miei giorni facendomi ammazzare da mio figlio o dandogli io la morte. Per evitare una beffa così atroce, ho deciso quasi un anno fa di lasciare il mestiere di soldato. Oggi sopravvivo con una misera pensione e un lavoro preso a prestito, quello di scrivano dei poveri nel quartiere del Sud, dove saper leggere e scrivere è diventato ormai un privilegio raro.

Quando finalmente, quattro mesi fa, è arrivata una lettera dall'Olanda, dopo la stipula del trattato di pace tra i due regni, avevo smesso da tempo di aspettarla. Era trascorso un anno dalla partenza di Cristóbal e il suo silenzio poteva significare soltanto oblio o morte, e in entrambi i casi il mio amico era divenuto irraggiungibile. Ma anche in questo, come in tante altre cose, mi sono sbagliato.

La lettera era intestata a me ma all'indirizzo della taverna del Diavolo, dove l'ha consegnata il comandante di una pinaccia olandese e nella quale mi sono subito messo a leggerla non appena me l'ha data il taverniere.

Non avevo mai visto la calligrafia di Cristóbal Mendieta, ma quella in cui era scritto il mio nome sembrava elegante e rifinita, impropria per uno che ha fatto della scrittura il suo mestiere quotidiano. Ho aperto la lettera rendendomi subito conto che non era Cristóbal a rivolgersi a me:

«Mio bel Tomás, perdonatemi se scrivendovi la mia mano tremante non riesce a esprimere con chiarezza i miei sentimenti, ma sono tanti gli anni trascorsi senza sapere nulla di voi e molto gravi i motivi che mi inducono a turbare la vostra vita in questo modo. La presente è messaggera di una confessione, e costituisce una confessione in sé, e spero solo che conserverete nei miei riguardi non il dolore che vi procurerà il leggerla bensì l'affetto che mi muove a scriverla. Permettetemi di cominciare dall'inizio, perché sebbene voi mi conosciate, tale conoscenza è stata un mero inganno ed è ora che la verità venga alla luce per quanto sia affidata a un semplice pezzo di carta».

Una strana inquietudine si era impossessata di me leggendo quelle prime righe, il cui tono non mi era sconosciuto, e anche senza aver letto il nome in calce, lo intuivo ma mi rifiutavo di accettarlo come un burattino rifiuta di riconoscere che è una mano estranea a dare vita a ogni suo gesto.

«Voi mi avete conosciuta come Alison sull'isola della Tortuga» continuava la lettera, «ma il mio vero nome è Lisbeth Janssen, anche se probabilmente lo avevate già capito, dato che il cuore ha una sapienza tutta sua. In ogni caso perdonatemi, Tomás, e non distruggete questa lettera a causa di quella menzogna. Voi sapete cosa sia amare senza speranza, voi sapete cosa significhi sentirsi respingere e quanto si aggrappi il cuore ai ricordi. Voi mi parlavate di Catalina, in quella stupenda notte, e non sapevate fino a che punto capivo la vostra infelicità, perché anch'io sentivo la mancanza dell'amato mio. So che Cristóbal vi ha raccontato del nostro incontro a Salé e di come lo avessi atteso invano. Ma ci sono cose che so soltanto io e che lui non potrà mai sapere. Cristóbal è morto, Tomás. Non sono riuscita a dirvelo in altro modo. La felicità che avevo riacquistato è stata di breve durata. È morto due mesi fa di queste strane febbri che stanno cominciando a seminare il panico ad Amsterdam, e io non so come descrivervi il dolore che mi spezza e la gratitudine che mi dà sollievo, la stessa che anche lui ha provato perché, sebbene per poco tempo, il destino ci ha concesso d'essere felici e questo è più di quanto sperassimo. Non ho mai detto a Cristóbal che la Alison dei vostri ricordi ero io, perché la gelosia non va d'accordo con l'amicizia e quello che vi ha uniti mi sembrava il più bello dei sentimenti, encomiabile e degno di perdurare. È vero che Cristóbal mi aveva respinta, ma se vi ho concesso i miei favori non è stato per spirito di vendetta né per dispetto bensì per quello stesso amore di cui lui mi privava e che, malgrado tutto, continuava a palpitare nel mio cuore. Non immaginate quanto si sia messo a galoppare in petto quando quel vecchio vi ha presentato al capitano Le Chien e io ho riconosciuto il nome dell'amico dell'amato mio. Cristóbal mi aveva parlato di voi a Salé, raccontandomi di come si era impegnato per farvi andar via e della tristezza provata nell'avervi così vicino senza potervi rivelare chi fosse. E ora ero io a starvi di fronte, e voi non potevate riconoscermi. Sono stata vile, Tomás, temevo che la verità vi avrebbe allontanato da me, e io desideravo il contatto della vostra pelle, avevo bisogno del suono della vostra voce, la vostra presenza in qualche modo mi riavvicinava al mio amato. Il vostro atteggiamento, le maniere dolci, le storie narrate, sono state il balsamo necessario a far sì che la mia anima volasse lontano da quell'isola, tornasse a Salé e sentisse nelle vostre mani le mani che avevano stretto l'amico, e nel vostro alito l'aria che lui aveva respirato. Vi ho rubato l'amore come una ladra e al pari d'una ladra sono fuggita l'indomani, giurando di non rimettere piede sulla Tortuga. E quando ho saputo da Cristóbal della profonda stima che nutrivate per la pirata Alison che ero stata per qualche tempo, ho sentito crescere in me il senso di colpa e la vergogna, che adesso guidano la mia mano nell'implorare perdono e nell'assicurarvi che ho sempre conservato di voi il più dolce e gradevole dei ricordi. Ma non merito il vostro affetto, sebbene io ne provi molto per voi, perché se quella notte incarnavate un ricordo d'amore, un anno fa mi avete restituito l'amore stesso e non saprò mai come ricompensarvi.

«Quando ho lasciato Salé, mi sono sentita la più infelice delle creature. Avevo trovato mio padre per poi perderlo e perduto l'amato mio dopo averlo trovato. Sono tornata a Veere, da mia madre, e ben presto ho scoperto di essere incinta. Non intendo appellarmi alla vostra compassione per ottenere perdono per le mie menzogne, quindi consentitemi d'esser breve e dirvi solamente che il figlio avuto da Cristóbal è stato motivo di grande gioia ma al tempo stesso causa di mille afflizioni per la cattiva fama di cui godevo in città, cosa che mi ha costretto a lasciare la casa di famiglia e a guadagnarmi la vita come potevo. Gli ho messo il nome del padre assente e nei suoi occhi scuri alleviavo le mie pene, fino allo sventurato giorno in cui la morte ha voluto castigare i miei peccati portandomelo via prima che compisse un anno. È stato allora che ho deciso di imbarcarmi per l'America e sono finita nelle mani del capitano Jean Le Chien, la cui feroce compagnia mi ha permesso di alleviare il male che m'affliggeva l'anima.

«Dopo l'esperienza pirata, sono tornata in Olanda grazie al denaro guadagnato, sufficiente anche a mantenermi sola e libera fino al giorno in cui Cristóbal ha bussato alla porta della mia casa ad Amsterdam, e tutta l'esistenza vissuta, compresi i momenti più tristi, mi è sembrata un dono, come se tante sofferenze e traversie fossero state il prezzo necessario per riaverlo accanto.

«Fin qui, la mia storia, Tomás. Avervela raccontata mi alleggerisce la coscienza, ma non è il principale proposito di questa lettera. Se alla fine ho trovato il coraggio di scrivervi è perché me lo ha chiesto Cristóbal sul letto di morte. Avrebbe voluto farlo lui stesso, ma ormai non aveva le forze nemmeno per respirare, così sono stata il suo scrivano e ho preso nota di queste parole che hanno soltanto voi per destinatario. Mi ha detto: 'Tomás mi ha conosciuto con diversi nomi lungo tutti questi anni, però non gli ho mai rivelato quale fosse quello vero e non voglio morire senza che lo sappia. Scrivigli che mi chiamo Shlomo Hamigdal, che questo è il nome ebreo che ho custodito come un tesoro. Mio padre fu Jacob e mio nonno Abraham, sebbene indossassero nomi da cristiani. Ma i vestiti si indossano e si tolgono. Mio nonno usò per primo quello di Torres, con il quale attraversò le terre americane nei primi anni della conquista, fuggendo da inquisitori e governatori per nascondere la sua condizione di converso, e cercò rifugio tra gli indios finché un giorno trovò nella selva un uomo agonizzante che era stato un colono sopravvissuto al disastro del paese di Santa María del Darién. Si prese cura di lui per qualche tempo e quello gli rivelò il suo nome, Juan Mendieta, e gli raccontò i suoi ricordi. Quando l'infelice morì, mio nonno ne assunse il nome e il passato e con tale cognome visse mio padre e ho vissuto io fino ad ora. Digli che mi va bene così. È stato un buon vestito e sebbene sia falso, è pur sempre una menzogna veritiera'.

«Quando ho sentito queste parole di Cristóbal ho capito che anch'io dovevo togliermi di dosso il vestito di Alison se volevo essere la messaggera della sua confessione. Vi prego di perdonare il mio ardire, perché spogliandosi resta sempre più nuda l'anima che il corpo e i miei sentimenti minacciano di travalicare il limite che la prudenza e il riserbo impongono.

«Addio, amico mio. Concedetemi questo titolo e non punitemi con il vostro oblio, perché se vi ho offeso è stato per amore e ho già ricevuto il mio castigo.»

Quando posai la lettera sul tavolo, il burattino che ero stato in tutti quegli anni cadde ai miei piedi, con i fili recisi. L'implacabile cesoia della verità non mi lasciava neppure la consolazione di quella notte sull'isola della Tortuga dove ero stato, per una volta, totalmente e solennemente felice.

Non so quante volte l'avrò riletta. Intorno a questa lettera, che ora tengo nuovamente tra le mani, ha girato il mio cuore negli ultimi mesi. Mi sono seduto spesso a questo stesso tavolo, intenzionato a scrivere la risposta. In certi casi ero mosso dallo spirito di vendetta, dal desiderio di sbattere in faccia ad Alison o a Lisbeth, non so nemmeno come chiamarla, la mia solitudine e il mio disprezzo. Altre volte, era la tentazione di provare a riavvicinarla, di trasformare in verità la menzogna di quella notte di amore vicario. Avrei voluto chiederle della sua vita e dell'altra vita segreta di Cristóbal di cui non conosco che un nome, Shlomo Hamigdal, una chiave ormai inutile, adesso che si è portato con sé lo scrigno della sua memoria. Ma ogni volta che mi accingevo a scrivere, le parole mi si ribellavano contro come quando tentavo di iniziare, nella guarnigione sulle colline di Cheviot, la lettera al figlio che non ho mai visto.

Ho rimuginato tante volte le nostre due vite parallele, quella di Cristóbal e la mia, che alla fine ho preferito scrivere questo libro che potrebbe sembrare un romanzo e nel quale infine mi sento libero, perché chi può forse impedirmi di dire d'aver scritto quella lettera a Lisbeth o ad Alison, fa lo stesso, mettendoci tanto sentimento, tanta verità e un tale ardore da trasformarla nell'ariete che ha abbattuto le muraglie innalzate dal tempo e dalle menzogne per separarci? Potevo scrivere, per esempio, di essermi imbarcato una mattina a Londra arrivando la notte ad Amsterdam, di averla cercata per le strade riuscendo infine a riconoscerla, dallo sguardo, tra la folla di un mercato di fiori, di averle parlato rievocando insieme il ricordo di Cristóbal o di Shlomo, poco importa, e all'alba nel suo letto ho capito che l'amore da lei finalmente concessomi avrebbe ottenuto il perdono di Cristóbal, ovunque si trovasse. Se avesse potuto, forse il mio vecchio amico ci avrebbe citato i versi del poeta:

Amorosi colpevoli, in tal modo vi voglio scusare:
tu ami lei, perché tu sai che io l'amo,
ed è per amor mio che ella m'inganna,
lasciando che il mio amico l'ami per amor mio.

Potrei raccontare questa storia o qualunque altra, inventare, affabulare, piegare la vita laddove non mi piace dritta o raddrizzarla nelle curve impreviste. Raccontare, per esempio, che il giorno in cui morì mio padre a bordo della nostra polacca, a ucciderlo fu la palla che lo raggiunse perché io non lo impedii, per il terrore che mi aveva paralizzato vedendo uscire dalla stiva della nave abbordata un bambino avvolto dalle fiamme dell'incendio da me stesso appiccato. Raccontare che lo vidi correre e lo udii strillare con una voce che non aveva più nulla di umano e i miei occhi, chiusisi per non vedere quella piccola torcia saltare oltre il bordo, neppure avevano visto l'uomo sbucato dietro di lui puntare il moschetto su mio padre. O raccontare che, in realtà, mio padre rimase ucciso dalla sua vigliaccheria, perché quando l'equipaggio della nave si riversò sul ponte per difendersi con ardimento, lui decise di tornare sulla nostra polacca per mettersi in salvo e, voltando le spalle, non vide l'uomo che lo prendeva di mira con il moschetto né udì il mio grido d'avvertimento, poiché la paura rende cieco e sordo chi ne è attanagliato... Benedetta libertà delle parole, che descrivono e ricostruiscono il mondo a proprio capriccio, e così ammucchiate alla rinfusa, con più rabbia che arte, servono sia per rendere conto della vita straordinaria del converso sia per convertirsi nel mio ultimo travestimento. Non a caso sono nato in un giorno di carnevale e i carri di streghe e diavoli hanno accompagnato con i loro canti i miei primi vagiti, come se nella mia venuta al mondo fosse già scritta la condanna all'oscurità che ha perseguitato l'anima mia. Da allora porto questa maschera che gli altri chiamano volto, e la passione per l'impostura ha confuso ognuna delle mie azioni. Compresa quest'ultima, mentre mi accingo a porre fine alla nostra storia senza che io stesso riesca più a distinguere la verità dalle tante menzogne che alberga.

RINGRAZIAMENTI

Questo romanzo, come ogni altro libro, ha più progenitori dell'autore che lo firma. Senza di loro, *Al di là dei mari* non sarebbe quello che è. Grazie dunque a Enrique de Hériz, per aver scommesso sul romanzo addirittura prima che arrivassi a delinearlo nella mia testa. A mia moglie, la prima destinataria di tutto ciò che scrivo, i cui commenti critici sono sempre stimolanti e illuminanti. A Luis Sepúlveda, per l'accoglienza ricevuta nella sua casa di Parigi, dove ha finalmente preso forma questo romanzo, e per la sua impagabile generosità letteraria. A Daniel Mordzinski, che mi ha offerto la sua compagnia, la sua intelligenza e il suo sguardo, indispensabili per addentrarmi nel labirinto storico e umano di Rabat, e che, assieme a Viviana Azar, mi ha aiutato a penetrare nell'intimità della condizione ebraica. A Bernardo Axtaga che, ancora una volta, ha risposto generosamente alla mia richiesta di aiuto nell'uso dei termini baschi. Ad Antonio Sarabia e a Santiago Gamboa, per le indimenticabili conversazioni sulla letteratura, piene di vita e di amicizia, e per le loro letture. A Francisco Torres Oliver, per le correzioni e i suggerimenti. A Michael Harris, per la sua ospitalità londinese, le riflessioni storiche e l'analisi della Rivoluzione inglese. A John Jairo Junieles, per le informazioni su Cartagena delle Indie. A Kristinn R. Olafsson, per le notizie sulla Reykjavik del XVII secolo e i suggerimenti sui personaggi di Torval e Gudrid. A Chema López Álvarez, della libreria Ojanguren di Oviedo, per l'aiuto nelle ricerche bibliografiche. All'equipaggio del peschereccio Rainbow (Mongo, Andrés e Heinz) e a Larry Mangino, per l'indimenticabile viaggio fino all'isola della Tortuga. Ad Abderramàn El-Fekhar, ispettore dei Monumenti Storici della città di Rabat; a suo padre, Tahib El-

Fekhar, e al professor Ahmed Amin Bel-Gnaoui, guardiani della memoria di Rabat. A Houssein Bouzineb, che mi ha messo a parte di alcune tra le sue innumerevoli conoscenze sui moreschi di Rabat. Al colonnello Mohamed V. Vargas, discendente del primo governatore della repubblica pirata andalusa di Salé e appassionato difensore dell'orgoglio e della memoria dei moreschi di Rabat. A Chaara Widad, direttrice della Biblioteca di Ricerche del Museo degli Oudeia a Rabat. Alle famiglie Piro e Tredano, andalusi di Rabat, per l'ospitalità. Alla piccola comunità ebraica della splendida sinagoga Rabí Shalom Zaoui, situata in piena Medina a Rabat, per avermi permesso di condividere con loro un indimenticabile Sabbat. Ad Alì Aït Rami, che mi ha aiutato a entrare nel cuore della Medina. A Hicham, Karima, Mustafà, Mohamed, Abdeslam, Nouaman, Mounia e Nahraouane, che probabilmente non leggeranno mai questi ringraziamenti e non sapranno, pertanto, fino a che punto mi hanno aiutato, con le loro storie e la loro gentilezza, a dare forma ad alcuni dei miei personaggi. A Natalie Weimber, per le imprecazioni dei pirati olandesi. Ai membri della società di degustatori di vini Recatados de Egoki, per il contributo al gergo dei bassifondi. A Paloma Esteban Ciriza, per avermi dato l'immagine del San Juan de Gaztelugache. A Elena Dallorso, per l'aiuto nell'uso della lingua italiana.

A Francisco Carantoña che, nel poco tempo concesso dal destino all'incrocio delle nostre vite, mi ha onorato del suo affetto e mi ha fatto il dono più prezioso che possa offrire uno scrittore a un altro: mi ha regalato una storia, quella del prigioniero. Alla sua generosità. Alla sua memoria.

E a mio figlio Alejandro, che mi ha riportato al bambino che sono stato e al padre che ho perduto.

PRESTITI

Ogni scrittore prende in prestito da altri scrittori immagini, metafore, aneddoti, frammenti, idee... In realtà, la letteratura di uno si alimenta in buona misura della letteratura degli altri. Anche in *Al di là dei mari* c'è questa presenza che, al tempo stesso, costituisce un omaggio. Dato che non desidero appropriarmi di meriti altrui, e nonostante la superiore qualità letteraria degli autori citati risulti manifesta alla semplice lettura del testo, voglio rendere conto dei principali prestiti contenuti nel libro.

Il frammento di poesia a pagina 32 fa parte delle *Cantigas de Santa María*, di Alfonso X Il Saggio.

Le due terzine citate alle pagine 54-55 appartengono a un sonetto di Bartolomé Leandro de Argensola, che fu amico di Lope de Vega. Infatti, il sonetto di Lope che compare all'inizio del libro è quello che dedicò al fratello di Bartolomé, Lupercio.

La terzina citata a pagina 144 appartiene alla più bella poesia d'amore che conosca: il sonetto 126 delle *Rime* di Lope de Vega. Non resisto alla tentazione di riprodurlo per intero:

Perdere i sensi, osare, sentirsi furioso,
brusco, tenero, generoso, schivo,
energico, mortale, defunto, vivo,
leale, traditore, codardo e coraggioso;

non trovar al di fuori del bene equilibrio e sollievo,
mostrarsi allegro, triste, umile, sprezzante,
adirato, prode, sfuggente,
soddisfatto, offeso, diffidente;

nascondere il viso davanti all'evidente delusione,
bere veleno come fosse una dolce essenza,
dimenticare il piacere, amar la sofferenza;

creder che un paradiso possa esser contenuto da un inferno,

dar la vita e l'anima a una delusione;
questo è amore: chi l'ha provato lo sa.

Insomma, cosa si può scrivere dopo aver letto una cosa simile? Invece di lasciarmi schiacciare dal genio di Lope, ho deciso di tirarlo dalla mia parte e tentare di utilizzare le sue parole come trampolino per la mia immaginazione. Spero che il risultato non sfiguri troppo.

La quartina citata a pagina 161 è presa dall'opera di Francisco de Quevedo *Arreglando están el mundo.*

La quartina citata a pagina 170 è la prima del sonetto 75 delle *Rime* di Lope de Vega.

Lo stornello marinaro di pagina 215 è una ballata popolare che si cantava nei carnevali della zona del Vilán, sulla costa galiziana, riportata da José Beña Heim nel suo libro *Costa de la muerte.*

La canzone che canta Karima a pagina 325 è una poesia della poetessa Hamda bint Ziyad de Guadix presa dalla notte 245 delle *Mille e una notte.*

E la quartina citata a pagina 341 appartiene a uno dei sonetti d'amore di William Shakespeare.

Inoltre compaiono citazioni più o meno esplicite di cantanti e compositori di musica popolare contemporanea. C'è una descrizione che deve molto al tango *Maquillaje* (che a sua volta prende spunto dai versi di Leandro de Argensola), di H. e V. Expósito, nella versione di Astor Piazzolla. E i versi del cantore pirata Jean Le Chien (come del resto il suo nome) sono il risultato della riscrittura degli eccellenti testi delle canzoni di Santiago Auserón, sia ai tempi in cui faceva parte del gruppo Radio Futura sia attualmente, che ha assunto il nome d'arte di Juan Perro.

Durante questi due anni di lavoro, le opere di Cervantes, Gabriel de la Vega, Luis Vélez de Guevara, William Shakespeare, Thomas More, John Donne, Daniel Defoe, Joseph Conrad, Deleito y Piñuela, Luis García Montero, Paul Auster, León de Greiff e Bernardo Atxaga sono stati i miei libri prediletti. Tutti sono presenti, in un modo o nell'altro, in *Al di là dei mari.* E, soprattutto, il libro di memorie *Vida, nacimiento, padres y crianza del capitán Alonso de Contreras*, nel quale il feroce soldato spagnolo ci ha lasciato un appassionante resoconto delle sue peripezie, ribalderie e prodezze.

Nota dell'autore

In questo romanzo compaiono personaggi assolutamente immaginari e altri che portano il nome di qualche personaggio storico. In ogni caso, sia gli uni che gli altri sono personaggi di fantasia. Ho utilizzato alcuni elementi della realtà storica che ho cercato di seguire fedelmente, ma non ho esitato ad alterarli quando la narrazione lo esigeva. Quindi, il romanzo non va letto come una cronaca storica bensì come il frutto di una fantasia avventuriera. Una menzogna in più in un romanzo menzognero, come tutti i romanzi, che aspira a raccontare la verità mediante l'inganno. Se in certi momenti la narrazione assume tratti di verosimiglianza, sappia il lettore che non è casuale perché il romanzo consiste proprio in questo: rendere credibile l'immaginario, trasformare la finzione in una forma di conoscenza.

INDICE

Ultimi volumi pubblicati

Finito di stampare
nel mese di maggio 2001
per conto della TEA S.p.A.
dalla S.A.T.E. s.r.l.
di Zingonia (Bergamo)
Printed in Italy

TEADUE
Periodico settimanale del 9.5.2001
Direttore responsabile: Stefano Mauri
Registrazione del Tribunale di Milano n. 565 del 10.7.1989